rororo

Im Vatikan hauen, stechen und intrigieren mächtige Kardinäle um das Amt des Stellvertreters Christi. Als der uralte Papyrus in Würzburg auftaucht, passt dies keinem der Kandidaten ins Konzept: Denn das Rätsel um den mysteriösen Tod des heiligen Kilian vor 1300 Jahren erscheint nun in einem völlig neuen Licht. Und wer die Wahrheit kennt, muss das «Schwert des Herrn» fürchten. Auch über Kommissar Kilian schwebt es bedrohlich.

«Die Provinz lebt.» *Hamburger Abendblatt*

«Ein neuer Tatort oder gar ein Schimanski? Kilian braucht den Vergleich nicht zu scheuen.» Bayerischer Rundfunk

Roman Rausch, 1961 in Würzburg geboren, arbeitete nach dem Studium der Betriebswirtschaft lange Zeit im Medienbereich und als Journalist. 1992 gründete er die Schreibakademie *storials*.
«Die Zeit ist nahe» ist der dritte Roman aus der Reihe mit Kommissar Kilian und seinem Kollegen Heinlein. Für sein Debüt, «Tiepolos Fehler» (rororo 23486), wurde Roman Rausch 2002 mit dem Book on Demand Award ausgezeichnet. Weiterhin liegt Kommissar Kilians zweiter Fall vor: «Wolfs Brut» (rororo 23651).

Roman Rausch

Die Zeit ist nahe *Kommissar Kilians dritter Fall*

Rowohlt Taschenbuch Verlag

Originalausgabe
Veröffentlicht im Rowohlt Taschenbuch Verlag,
Reinbek bei Hamburg, Dezember 2004

Redaktion Andreas Feßer
Umschlaggestaltung any.way, Andreas Pufal
(Foto: Anette Liening-Ewert, Hamburg)
Satz Aldus PostScript (InDesign) bei
Pinkuin Satz und Datentechnik, Berlin
Druck und Bindung Clausen & Bosse, Leck
Printed in Germany
ISBN 3 499 23837 3

Diese Erzählung ist frei erfunden. Sie spiegelt die religiösen Ansichten des Autors nicht wider. Ähnlichkeiten mit lebenden oder verstorbenen Personen wären rein zufällig und sind nicht beabsichtigt. Die verwendeten Ortsnamen, Werke, Gruppierungen und alle sonstigen Bezeichnungen stehen in keinem tatsächlichen Zusammenhang mit dem Roman.

Das Buch widme ich meiner Familie.
Pax nobiscum.

Introitus

«DU SOLLST AUCH SAGEN, DASS WIR ES AUFRICHTIG BEKENNEN, GOTT DIESE VERFOLGUNG SEINER KIRCHE GESCHEHEN LÄSST WEGEN DER SÜNDEN DER MENSCHEN, BESONDERS DER DER PRIESTER UND DER PRÄLATEN.
WIR WISSEN WOHL, DASS AUCH BEI DIESEM HEILIGEN STUHL SCHON SEIT MANCHEM JAHR VIEL VERABSCHEUUNGSWÜRDIGES VORGEKOMMEN IST: MISSBRÄUCHE IN GEISTLICHEN DINGEN, ÜBERTRETUNGEN DER GEBOTE, JA, DASS ALLES SICH ZUM ÄRGEREN VERKEHRT HAT. SO IST ES NICHT ZU VERWUNDERN, DASS DIE KRANKHEIT SICH VOM HAUPT AUF DIE GLIEDER, VON DEN PÄPSTEN AUF DIE PRÄLATEN VERPFLANZT HAT. WIR ALLE, PRÄLATEN UND GEISTLICHE, SIND VOM WEGE DES RECHTES ABGEWICHEN.

DESHALB SOLLST DU IN UNSEREM NAMEN VERSPRECHEN, DASS WIR ALLEN FLEISS ANWENDEN WOLLEN, DAMIT ZUERST DER RÖMISCHE HOF, VON WELCHEM VIELLEICHT ALL DIESE ÜBEL IHREN ANFANG GENOMMEN, GEBESSERT WERDE; DANN WIRD, WIE VON HIER DIE KRANKHEIT AUSGEGANGEN IST, AUCH VON HIER DIE GESUNDUNG UND ERNEUERUNG BEGINNEN.»

Erklärung Papst Hadrians VI. Verlesen durch seinen Legaten Francesco Chieregati, 1522 vor dem Reichstag in Nürnberg.

I.

Syrien. Die Ruinen von Kuneitra auf den Golanhöhen. Im Hintergrund die Grenztürme zu Israel.

«Der Heilige Vater straft mich Lügen», krächzt der Reporter ins Mikrophon, das unter der Last des ohrenbetäubenden Jubels um ihn herum Aussetzer produziert. «Sah er noch vor ein paar Minuten bemitleidenswert krank und hilflos aus, so scheint es nun, als habe er neue Kraft getankt. Wir sehen einen Papst, der alle Widrigkeiten überstanden zu haben scheint und uns alle wieder einmal zum Staunen bringt. So wie er jetzt die Wasserkanne entgegennimmt, um den vor ihm platzierten Olivenbaum zu gießen. Dieses Symbol des Miteinanders der Völker in ganz Nahost hat er gut gewählt, gerade im Hinblick auf die tödlichen Auseinandersetzungen zwischen Israelis und Palästinensern in den vergangenen Tagen …»

Der Reporter stockt. Etwas stimmt nicht.

«… sein linker Arm zittert unkontrolliert … die Wasserkanne entgleitet ihm … der Papst verliert das Gleichgewicht, wird gerade noch von seinem Begleiter aufgefangen … jetzt sackt er zu Boden … die Menge stürzt auf die Absperrung zu … Sicherheitsleute gehen dazwischen, sie haben alle Mühe, die Lage unter Kontrolle zu halten … der Papst bewegt sich nicht mehr … einer seiner Begleiter öffnet ihm die Soutane … legt das Ohr auf seine Brust … setzt beide Hände auf … drückt, lässt nach, drückt, lässt nach … immer und immer wieder.»

Eine Schar weißer Friedenstauben steigt auf. In einem langen Bogen ziehen sie an den israelischen Grenztürmen vorbei und verschwinden am Horizont des Heiligen Landes.

Würzburg. Eine Woche später. Kurz vor der Sensation.

Mit einem Schlag war alles anders.

Der schwere Hammer verfehlte den tragenden Bolzen, glitt am Stahlrohr ab und krachte mit voller Wucht gegen die poröse Wand des Kilianshauses. Ein unbedeutend scheinender kleiner Stein, der über Jahre alles zusammengehalten und die Geschichte verborgen hatte, brach, bröselte und wurde schließlich mit tonnenschwerer Wucht in die Freiheit gesprengt. Ihm folgte unter Donner und Geschrei die südliche Fassade des Kilianshauses, als hätte der heilige Bonifaz die Donareiche nochmals gefällt.

Verletzt wurde niemand. Der Bauarbeiter, der den Schlag führte, hing baumelnd, mit einer Hand das Stahlrohr und mit der anderen das Corpus Delicti umklammernd, leichenblass im feingliedrigen Gestänge der nun herrenlosen Verschalung und blickte ungläubig auf sein Werk. Er wurde nach seinem Advent der Reihe nach vom Vorarbeiter bis zum Hilfsarbeiter ein Stockwerk tiefer zum Teufel befohlen; auf dass er auf ewig dort schmoren möge.

Was blieb, war ein zuvor noch nicht da gewesener Zugang zu ebenjenem Höllenschlund, um den sich die herbeieilenden Bauarbeiter versammelten und ratlos in die schwarze Tiefe blickten.

«Hundsverreck», sagte einer, «sou a Louch!»

«Fluch net», ein anderer, «du stässt auf heilichem Bodn. Aber a Louch is scho. Und glei' was für ens.»

Eine Baulampe erhellte bald den Blick auf eine Katakombe. Der Bischof und sein Bau- und Kunstreferent Dr. Mayfarth wurden umgehend hinzugerufen. Sie zeigten sich weniger von der Nachricht überrascht, dass Verschönerungsverein, Architekten und Alt-Würzburger es ja schon immer gewusst hatten und jetzt diese ruchlose Umbauerei des ehrwürdigen Hauses lauthals beklagten. Nein, es war viel mehr die Neugier über die Entdeckung einer Gruft, von deren Existenz bei den vorangegangenen Grabungsarbeiten des Landesamtes für Denkmalpflege niemand etwas ahnen konnte.

Die erste Inspektion dieser drei mal drei Meter großen unterirdischen Grablege sorgte für erstaunte Ratlosigkeit. Außer einem knapp zwei Meter langen und einem Meter breiten Sarkophag inmitten des kahlen Raumes gab es nichts zu sehen. Keine Grabbeigaben, keine Waffen, keine Vorratskrüge und kein Pferdeskelett für die jenseitige Jagd mit Wotan. Vor allem aber, und das war das Verblüffende, gab es weder Zugang noch Ausgang zu dieser unterirdischen Ruhestätte aus massivem Stein. Es schien, als wäre hier ein für den letzten aller Tage bestimmter und von der Außenwelt luft- und wasserdicht abgeschirmter Raum geschaffen worden.

Doch für wen?, fragten sich die Archäologen und der Bischof. Wer war so wichtig, dass man ihn gegen alle möglichen Eindringversuche von außen schützen musste? Oder: Was war so gefährlich, dass man die Welt davor zu bewahren suchte?

Die Antwort ließ nicht lange auf sich warten.

Alle Bauarbeiten wurden sofort eingestellt und die Zufahrtstore am Bauzaun rund um das Gelände geschlossen. Kein Wort zur Presse! Die sollte außen vor bleiben, bis man Klarheit darüber hatte, worauf man hier gestoßen war. Doch die Nachricht verbreitete sich in Windeseile, und Kameras und Feldstecher klebten bald an Giebeln und Hausfronten wie Spatzen auf Stromleitungen.

Dann war es so weit. Unter Aufsicht der lokalen Kirchenführung wurde der Sarkophag geöffnet. Die Platte war schwer und musste behutsam bewegt werden, es konnte schließlich alles Mögliche darunter verborgen sein und nach draußen entweichen. Vorsicht war geboten, und so schützten weihwassergetränkte Tücher Atemwege und Augenlicht. Zudem konnte ein Auseinanderbrechen etwaige Kunstschätze unwiederbringlich zerstören. Vielleicht, spukte es manchem Anwesenden im Kopf herum, vielleicht sind wir da auf etwas ganz Besonderes, nie Dagewesenes gestoßen, auf etwas Fundiertes, was die eigene mutige Theorie endlich beweist und die anderen dem Gespött preisgibt. Würde man endlich unverrückbare Beweise für das Leben und Wirken des heiligen Kilian, des Patrons des Bistums und Wegbereiters der nachfolgenden Christianisierung des Frankenlandes durch die Angelsachsen Burkhard und Bonifatius, ganz in der Nähe seiner heutigen Gruft im anschließenden Neumünster finden?

Die Überraschung war groß.

Nachdem der Kran die Platte aus dem erweiterten Loch nach oben gehievt hatte, starrten alle fassungslos in ein leeres Rechteck aus unberührtem Stein. Nun – nicht ganz. Der Sarkophag war an seiner Außenseite rund einen Meter hoch. Jetzt, nachdem die Platte entfernt worden war, kam eine weitere Platte zum Vorschein, die auf halber Höhe angebracht war. Auf ihr war in lateinischen Buchstaben eine Inschrift angebracht, die von Staub und Dreck verdeckt wurde. Um herauszufinden, worum es sich handelte, stieg einer der Archäologen mutig hinunter und verschaffte sich mit einem Handstrich Klarheit. Wie gebannt las er, was sich ihm offenbarte.

«Was steht da?», fragte der Bischof ungeduldig vom hoch gelegenen Kraterrand aus.

*«Hic expectat adventum domini»**, schallte es hohl zu ihm herauf.

«Hic expectant?», rätselte Mayfarth. «Das haben wir doch schon in der Sepultur. Wobei, *expectant* oder *expectat?»*, rief er nach unten.

«Expectat», lautete die Antwort. «Aber da ist noch was …»

Eine Ewigkeit schien für die Beobachter außerhalb der Grube zu vergehen. Ungeduldig harrten sie der Nachricht aus der Vergangenheit.

«Also, was steht denn da noch?», drängte Mayfarth und setzte bereits den Fuß auf den Krater, um selbst hinabzusteigen.

«Hier steht: *Priusquam longius processeris, tibi conscius sis veritatem te redempturam esse. Sin aliter acciderit, iter tuum pergas, animum tuum explores et dominum in omne tempus laudibus efferas.»*

«Was soll das bedeuten?», fragte sich der Bischof. *«Bevor du weitergehst, sei dir gewahr, dass die Wahrheit dich erlösen wird. Wenn nicht, dann geh deines Weges, prüfe dich und preise demütig den Herrn in alle Ewigkeit.»*

Noch bevor der Bischof seinen Baureferenten Dr. Mayfarth, zugleich oberster Kunstsachverständiger aller bayerischen Bistümer, nach dem Sinn dieser verschlüsselten Botschaft fragen konnte, schallte es erneut aus der Tiefe empor.

«Da ist eine Schlaufe aus Eisen, die in die Platte eingelassen ist. Los, lasst mir nochmal den Kran mit dem Seil herunter. Schnell.»

* «Hier erwartet er die Ankunft des Herrn.»

Das Stahlseil mit Karabinerhaken surrte herunter, und der junge Mann, euphorisiert vom Rausch der Entdeckung, befestigte ihn an der Platte. «Und hoch. Vorsichtig!», gab er Befehl.

Das Seil geriet unter Spannung. Als ginge ein Riss durch den Stein, bewegte sich die Platte unheilschwanger und zitternd. Der Archäologe zwängte sich in die verbliebene Nische zwischen Mauer und ansteigender Steinplatte.

«Ja, gut so. Weiter! Gleich haben wir's.»

Plötzlich gab es einen dumpfen Knall, als fiele ein massiger Stein zu Boden und zöge etwas anderes, etwas rostig Klirrendes hinterher. Noch bevor der Archäologe orten konnte, woher genau das unerwartete, seltsame Geräusch kam, zersplitterten die Steine der gegenüberliegenden Wand, und ein Eisengitter mit scharfen Spitzen schwang auf ihn zu. Er wich zurück, schloss die Augen und ergab sich in das Unvermeidliche.

Als würde eine Sehne reißen, einem dumpfen Ping gleich, fand das wuchtige Eisengitter einen Widerstand im Stahlseil, das die Last einer Tonne Stein trug. Der Stein schwankte gefährlich nahe an den neugierigen jungen Mann heran, der wie eine Assel in den Fugen des Gemäuers klebte.

Der junge Mann öffnete die Augen und starrte in eine Lanzenspitze, die keine Handbreit über seinem Brustkorb drohend verharrte. Diesmal weitaus vorsichtiger als zuvor, manövrierte er sich unter dem todbringenden Gitter hindurch, stieg auf die Platte und verschwand ins lichte Freie.

«Das war knapp. Da soll noch einer sagen, Archäologie wäre langweilig.»

Unter Mithilfe von Verstrebungen und starken Helfern konnte das Eisengitter in seine Ausgangslage zurückgedrängt und befestigt werden. Der zweite Versuch zur Anhebung der Platte gelang.

Ein ruhmreicher Ritter der Tafelrunde hätte nicht andächtiger und beeindruckender begraben werden können als dieser.

Den schmalen kahlen Schädel schützte noch im Tod ein mit Nieten und Edelsteinen besetzter Helm. Das schwere Kettenhemd hatte den Brustkorb vollends eingedrückt, und die Füße steckten in ledernen Stiefeln, die durch kunstvoll geschmiedete Platten die Schienbeine vor den Hieben der Angreifer bewahren sollten. Seine Arme lagen verschränkt über der Magengrube. In der linken knochigen Hand hielt er eine Franziska, ein fränkisches Wurfbeil, und in der rechten einen runden, etwa eine Armlänge messenden Zylinder. Über allem jedoch, vom Nasenbein bis zu den Füßen reichend, war ein Schwert platziert, das ihn als mutigen und treuen Kämpfer auswies.

Mayfarth war jetzt nicht mehr zu halten. Mit einem Satz war er bei dem Krieger in der Grube und griff instinktiv nach dem Zylinder, den er behutsam in die Hände nahm. Er blies den Staub weg, starrte auf die kreisrunde, münzgroße Erhebung und wischte den übrigen Dreck von der Außenseite. Pures Gold funkelte ihm entgegen.

«Was ist es?», drängte der Bischof.

«Es ist …»

«Sagen Sie schon.»

«Das Siegel des Römischen Reiches.»

✳

«UND NUN EILE, RETTE DICH VOR DEN HUNDEN DES SATANS, DIE SICH HEUTE NACHT VOR MEINER TÜRE VERSAMMELN, UM DAS WAHRE WORT ZU TÖTEN. VOR ALLEM, MEIN GELIEBTER SOHN CHAMAR, HÜTE, VOR ALLER WELT VERBORGEN, was ich dir aufgeschrieben und mitgegeben, beschütze es, als wär's dein Leben.»

«Und du, mein Vater, ehrwürdiger Cilline, was geschieht mit dir?»

«Sorge dich nicht um meinetwillen, ich werde den Tod nicht schmecken. Wahrlich, ich sage dir, noch heute werde ich im Reich meines Herrn und Erlösers sein, mit ihm an einem Tische sitzen und für alle Zeiten an seinem Heile teilhaben ...»

II.

«Jetzt mal ehrlich: Glauben Sie an Schicksal?»

Sie lehnte sich nach vorn, blickte mir tief in die Augen.

«Dass alles, was einem widerfährt, von einem höheren Wesen von langer Hand, wie in einem Theaterstück, inszeniert ist und wir nicht den Hauch einer Chance haben, selbst etwas daran zu ändern?»

Ich schwieg und überließ ihr die Antwort.

«Das würde zum einen bedeuten, dass Sie nicht zurechnungsfähig sind, und zum anderen, dass Sie unschuldig sind, da Sie ja ferngelenkt werden und nicht selbst entscheiden können. Der Strippenzieher müsste sich dann für Ihr Handeln verantworten. Eigentlich nicht schlecht, der Gedanke, könnte man diesem Wesen nur habhaft werden.»

Wieder schwieg ich.

«Oder gehören Sie eher zu der Fraktion, die meint, über einen freien Willen zu verfügen, ganz Herr über sich und die Welt zu sein und somit die Verantwortung für jede Handlung übernehmen zu müssen?»

Sie begann mich zu langweilen. Ich hörte nur noch mit halbem Ohr, was sie zu sagen hatte.

«Das klingt in der heutigen Zeit ziemlich sexy, da es einem das Hochgefühl gibt, individuell und frei zu sein, hat aber den Nachteil, dass man Sie jedes Mal am Arsch kriegen kann, wenn Sie einen Fehler machen, egal ob vorsätzlich oder fahrlässig. Ihre einzige Chance auf Rettung hieße dann Zufall. Doch selbst dann kämen Sie nicht ungeschoren davon, da unsere Gesellschaft darauf aufgebaut ist, einen Schuldigen zu präsentieren, damit die Volksseele weiter an die Gerechtigkeit glauben kann, Auge um Auge sozusagen.»

Ich gähnte hinter vorgehaltener Hand.

«Oder sind Sie eher der Kommt-drauf-an-Typ, der sich das Beste aus den beiden Varianten herausholt, gerade so, wie es ihm in den Kram passt? Jemand, der Schwarz und Weiß ablehnt und nur Grautöne auf Erden gelten lässt. Dann müsste ich Ihnen vorwerfen, dass Sie charakterlos sind. Mindestens. Vielleicht sogar gemeingefährlich. Also, entscheiden Sie sich: Wer oder was sind Sie?»

Ah ja, die harte Tour war jetzt an der Reihe, der Schlussspurt sozusagen. Ich musste grinsen und ließ den Bleistift erneut zwischen meinen Fingern kreisen. Weitaus interessanter als dieser lächerliche letzte Versuch, mich aus der Reserve zu locken, war der züchtig um den Hals gewundene rote Seidenschal, der wie ein Tulpenkelch in ihrem Dekolleté endete. Anstatt meine Aufmerksamkeit durch diese Verkleidung auf ihre bemüht bohrenden Augen und Fragen zu lenken, erreichte sie genau das Gegenteil. Ich fragte mich die ganzen geschlagenen fünfundvierzig Minuten, die diese Befragung über meinen Antrag auf vorübergehende Freistellung aus dem Staatsdienst nun schon dauerte, wohin dieser Kelch mich wohl führen wollte.

«Kommissar Kilian», fragte sie eindringlich, «haben Sie mich verstanden? Ist Ihnen bewusst, welche Tragweite das Ergebnis dieser Befragung für Sie und Ihre weitere Laufbahn haben wird?»

«Davon gehe ich aus, Frau Doktor», erlöste ich sie nach einer angemessenen und gut überlegten Pause, die ihr meine Aufmerksamkeit und die Ernsthaftigkeit ihres Unterfangens dokumentieren sollten. Ich war mir meiner Sache sicher und ließ dieses hoffentlich letzte Gespräch über mich ergehen, das den entscheidenden Aufschluss über meine psychische Verfassung und Belastbarkeit geben sollte. Burn-out-Syndrom hatte ich als Grund zur Freistellung auf dem Formular angegeben.

Ich musste weg, schnell und weit. Nur war die Sache nicht so einfach. Schröder, mein Mentor beim bayerischen LKA, war meine letzte Verbindung nach München gewesen. Nach seinem Abgang in die Hölle – möge er dort schmoren bis zum Jüngsten Tag – war ein neuer Mann von außerhalb nachgerückt und hatte gründlich aufgeräumt. Jeder, der mit Schröder, diesem korrupten Verräter, und der Jagd nach den Rosenholz-Dateien zu tun gehabt hatte, war vorsorglich in die Walachei versetzt worden oder sah sich dem Misstrauen des «Inneren Kreises», wie er genannt wurde, gegenüber. Auslandseinsätze, gleich in welcher Form, waren fortan diesem erlauchten Kreis vorbehalten. In meinem Fall war die Sache einfach: Ich wurde offiziell in die Polizeidirektion Würzburg eingegliedert. Adieu, LKA. Das kam einer Strafaktion gleich, zumal ich den Sklaventreiber Oberhammer vor mir hatte.

Selbst Susanne Straßer, meine letzte Hoffnung bei der Staatsanwaltschaft München, war dahin. Auch sie musste vor der Inquisition nach Schröders Enttarnung in Deckung gehen. Ich war ausgekontert und schachmatt. Dem Apparat ausgeliefert und unfähig, aus eigener Kraft an meinem Schicksal etwas zu ändern.

Bis auf die Freistellung, das Sabbatjahr, meine letzte Karte, die ich spielen konnte. Und selbst darum musste ich jetzt kämpfen, damit diese Psychologin ihre Unterschrift unter den Schrieb setzte und ich meine Ruhe hatte. Ein Jahr lang, auf eigenen Wunsch … und ohne Bezahlung. Ich hatte von diesem Affentheater die Nase voll und wollte der Sache nun schnell ein Ende bereiten.

«Frau Doktor», begann ich, «oder darf ich Luzia sagen?»

«Nein, das dürfen Sie nicht, Herr Kilian.»

«Nun gut, Frau Doktor Brühne-Wels ...» Mein Gott, was für ein bescheuerter Name, müssen diese Zicken immer Doppelnamen haben? «... lassen Sie es mich so ausdrücken: Welcher Typ ich bin, ob ich an dieses oder jenes glaube, kann ich Ihnen beim besten Willen nicht sagen. Ich weiß es schlicht selbst nicht. Wahrscheinlich glaube ich an gar nichts. Verstehen Sie, an rein gar nichts. Ob es ‹da oben› einen Strippenzieher gibt oder nicht, interessiert mich nicht, solange er mir nicht in die Quere kommt. Ob ich Herr meiner eigenen Gedanken bin, sofern ich überhaupt welche habe, kann ich Ihnen nicht beantworten. Dazu müsste ich mir einbilden, dass ich frei von Konventionen, Zwängen oder, in diesem Fall, frei von Ihrem ärztlichen Wohlwollen bin. Dass dem nicht so ist, das wissen Sie wohl besser als ich. Und zu guter Letzt, hier in diesem Verein kein Opportunist zu sein verbietet der gesunde Menschenverstand. Und weil wir's gerade davon haben, wie schaut denn das Psychogramm unseres Polizeidirektors Oberhammer aus, nachdem er mit dem lieben Kollegen Schröder den Sicherheitsgipfel Ende Oktober gehörig in Gefahr brachte? Ich wette, das aus München angeforderte Profil liegt passwortgeschützt und in einer anderen Version, nämlich der wahren, auf Ihrem Rechner und ist Ihre letzte Trumpfkarte, wenn die Hütte brennt. Würden Sie das nun charakterlos, gemeingefährlich oder eher verschlagen nennen, Frau Doktor? So, das war's. Ich hoffe, ich konnte Ihre Frage zu Ihrer Zufriedenheit beantworten.»

Ich lehnte mich zurück, wartete auf ihre Reaktion. Das Ping meines Zippos, ein tiefer Zug am Zigarillo und ein Lächeln ohne viel Anstrengung erfüllten die Stille des Raumes.

Sie sah mich eine ganze Weile stumm, ohne eine Miene zu verziehen, an. Dann kritzelte sie emotionslos ihren Namen unter das Gutachten, das wenige Minuten später auf dem Tisch Oberhammers landen und meine Freistellung aus dem Dienst für ein Jahr befürworten würde. Sie stand auf, packte die Unterlagen zusammen und reichte mir die Hand. Ich erhob mich ebenfalls und war gespannt, was sie sagen würde.

«Wir sehen uns in einem Jahr wieder. Ich wünsche Ihnen gute Erholung.»

Bingo. Ein Ruck durchfuhr meinen Körper und ich verspürte einen Hauch, nein, einen Windstoß, der nach Freiheit schmeckte.

Sie ging und gab Heinlein die Klinke in die Hand, der die ganze Zeit über gespannt auf dem Gang gewartet hatte.

«Und, wie ist es gelaufen?», fragte er ungeduldig.

«Geschafft. War aber ein hübsches Stück Arbeit.»

«Ich weiß gar nicht, was ich davon halten soll.»

«Du hast mir doch dazu geraten, ansonsten hätte ich ganz gekündigt.»

«Trotzdem finde ich es nicht gut, dass du dich vom Acker machst. Lässt mich einfach alleine zurück. Dabei haben wir doch so gut zusammengearbeitet.»

«Schorsch, jetzt hör auf. Ich weiß noch genau, wie du mich damals am Flughafen in Frankfurt abgeholt hast. Da hättest du mich am liebsten gleich in die nächste Maschine zurück nach Genua verfrachtet.»

«Kein Wunder. Wer so blasiert daherkommt wie du seinerzeit, kann gleich wieder ab. Da fackeln wir gar net lang rum.»

«Dann hast du jetzt ja, was du wolltest.»

«Jetzt hör auf, so mein ich's doch gar nicht.»

«Wie sonst?»

«Du hast dich verändert. Aus dem Arsch von damals ...»

«Na, sag schon.»

«Du blöder Affe, du weißt genau, was ich sagen will.»

«Nee, echt nich.»

«'n echter Kumpel halt.»

«Ouh, Schörschle», bemühte ich die letzten Brocken Fränkisch, die ich noch beherrschte, legte den Arm um seine Schultern, nahm ihn mit hinaus auf den Weg zum Diensthabenden, um Marke, Ausweis und Waffe abzugeben, und versprach ihm dabei: «Weißt du, ich mach jetzt erst mal ein paar Tage richtig Urlaub. Dolce far niente.»

«Was?»

«Ja, nix halt. Die Italiener nennen das sogar eine Kunst.»

«Die spinnen. Nix schaffen, wie soll denn das Kunst sein.»

«Genau so, wie wenn du den ganzen Tag an 'nem Strand in Frankreich liegst und von kleinen Französinnen träumst. Und das Tag für Tag. Sonst nix.»

«Woher weißt du das mit meinen Französinnen?»

Es gab da nur einen Haken. Ab heute war ich zwar frei und ungebunden, aber ich war blank wie eine Kirchenmaus.

Alles, was meine Brieftasche noch ausspuckte, waren lumpige 150 Euro und eine goldene Diners, bei der ich nicht mal im Traum daran denken sollte, sie noch ein letztes Mal einzusetzen. Mein Konto war geräumt bis in alle Tiefen der Kreditwürdigkeit. Die mahnende Post hatte ich im Briefkasten stecken lassen, um zumindest den Eindruck zu erwecken, dass ich auf Reisen war, falls einer der Geldeintreiber mal vorbeischauen sollte.

So saß ich am Mainkai in einer angenehmen Frühlingssonne, kurz bevor sie über der Häuserzeile am Zeller Berg untergehen sollte, und blickte den Fluss hinunter. Um mich herum liebeshungrige Pärchen, Omas und Opas in stiller Eintracht sowie einige Skater, die Kreise vorm Biergarten am Alten Kranen zogen. Ein Bild für vergilbte Ansichtskarten und ihre fremdsprachigen Käufer, die Freunden und Familien in aller Welt einen Eindruck vom schönen barocken, aber auch braven Würzburg vermitteln wollten. Ich hätte gern mit einer dieser Briefmarken getauscht, um ein paar Stunden später im Flugzeug aus dem Postsack zu klettern.

Verlottert wie der letzte Penner stieg er vom Kahn. Das Schiff trug den Namen *Lisa* und fuhr Kohlen unter niederländischer Flagge mainaufwärts. Gestützt auf einen Wanderstab, der ihm bis zum Kopf reichte und sich am Ende einem Kreis gleich wand, dankte er dem Kapitän und schlug das Kreuzzeichen mit feingliedriger Hand über dessen Haupt. Dann drehte er sich um und schleppte sich geradewegs auf mich zu. Ein dürres Klappergestell, aber fast zwei Meter groß, wenn er sich nicht bückte. Er ließ sein linkes Bein seltsam einknicken, sobald es eine kritische Beuge erreicht hatte, und zog es dann abrupt nach, den Wanderstab stets einen Schritt voraus.

Über die Schultern hatte er eine speckige, ausgebeulte Ledertasche gehängt. Darunter kam eine teils zerrissene und notdürftig geflickte graue Kutte zum Vorschein, die mit einer Kordel um die schmale Hüfte gehalten wurde. Die Kapuze hing weit in die Stirn hinein, sodass ich sein Gesicht nicht sehen konnte. Mein Blick wanderte nach unten, und ich sah bloße Füße in offenen Ledersandalen. Ziemlich abgefahren, dachte ich, als er auf Höhe meiner Bank angekommen war.

«Pax tecum», sagte er mit freundlicher und bestimmter Stimme, die keinen Zweifel an der Ernsthaftigkeit seiner

Worte offen ließ. Das Haupt hielt er geneigt, und er stützte sich weiterhin auf den Wanderstab, als gelte es, die ganze Last dieser Welt zu tragen.

«Et spiritus sanctus cum te, pater», antwortete ich, die letzten Reste meines knappen Lateinwissens aufbietend. Ich staunte über mich selbst, wie mir diese Worte noch fließend über die Lippen gingen, hatte ich sie doch so lange nicht mehr gehört, geschweige denn gesprochen. Ein Schauder lief mir über den Rücken. Alte Ministrantenzeit.

Er blieb stehen und hob den Kopf. Aus dem Dunkel seines Gesichts blitzten zwei Augen. Ein Lächeln in diesem nun sichtbaren, wundersam zerfurchten Ledergesicht strahlte mich an. Ein Totenkopf, durchfuhr es mich. Die Zähne überraschend gepflegt und, soweit ich sehen konnte, alle vorhanden, überlagert von einer langen, markanten Nase, die wie gemeißelt zwischen hohen, hervorstehenden Wangenknochen die beherrschende Achse in seinem Gesicht bildete. Darüber schwangen sich graue Brauen nach außen, die nahtlos in das reiche, gleichfarbige Haar übergingen. So hätte Jesus wohl ausgesehen, wäre er älter als dreiunddreißig Jahre geworden.

«Vater … schon lange hat mich niemand mehr so genannt.» Er zögerte einen Moment, wusste nicht, ob er weiterziehen sollte oder nicht, setzte sich aber dann doch zu mir.

Mein Gott, schoss es mir die Nase hoch, und ich musste mich abwenden. Er war nicht nur abgerissen, sondern stank auch nach Diesel, Kohlenstaub und Pisse. Zudem kam er mir gefährlich nahe. Meinem persönlichen Feiertag angemessen, hatte ich einen meiner Armanis aus dem Ruhestand erlöst.

«Wer bist du, Freund?», fragte er.

Dabei stützte er sich auf den Stab und lehnte sich vornüber, als wollte er mir die Beichte abnehmen. Sein Gesicht verschwand wieder hinter der Kapuze, sodass ich nur noch die Spitze seiner Nase sehen konnte.

«Mein Name ist Kilian», antwortete ich und schnappte über die Schulter nach frischer Luft.

Die Kapuze bewegte sich augenblicklich.

«Kilian? So hieß auch der Bruder, der das heilige Wort aus dem fernen Scotia nach Gallien und ins Frankenreich trug. Ein ehrenwerter Name. Im Gälischen wurde er ‹Cilline› genannt. Er lehrte uns alles, was wir über Gott, unseren Herrn und Schöpfer, den Glauben an ihn und über das *wahre Leben* wissen mussten. Aus seinem Munde hättest du augenblicklich das Himmelreich vernehmen können.»

«Das Himmelreich», schmunzelte ich.

«Glaubst du nicht», fragte er mit sanfter Stimme, «an das Reich unseres Herrn und Schöpfers, das da kommen wird?»

«Entschuldige, Vater», unterbrach ich sofort, um eine drohende Predigt über Heil und Unheil, Gott als Richter am Jüngsten Tag und die zu erwartende Ermahnung abzuwehren, noch zu Lebzeiten den einen wahren katholischen Glauben zu praktizieren, damit ich dem Höllenschlund entginge. «Ich habe meinen Frieden mit dem Herrn, heißt er nun Jesus Christus, Mohammed, Shiva, Buddha oder Winnetou, gemacht. Keiner von ihnen kann mir vorschreiben, wie ich zu leben oder woran ich zu glauben habe. Alle waren Menschen und haben zu Lebzeiten Fehler gemacht. Da soll bloß keiner auf die Idee kommen, mir zu sagen, was richtig oder falsch ist. Und das Himmelreich, wenn es das überhaupt gibt, ist eine Veranstaltung, auf die ich gar nicht so scharf bin. Kannst du dir vorstellen, bis in alle Ewigkeit zu lächeln, keine Lust auf gutes Essen und Trinken mehr zu haben? Ganz ohne Frauen …»

Der Bruder unterbrach mich mit lautem Lachen und warf den Kopf nach hinten, sodass seine Kapuze in den Nacken fiel und langes, gewelltes Silberhaar freilegte.

«O Kilian», prustete er. Das dürre Gerippe geriet gefährlich in Wallung.

Ich verstand nicht. «Was gibt es da zu lachen?»

Er beruhigte sich und zog die Kapuze wieder über Haar und Stirn.

«So wie du über Gott und sein Reich sprichst, habe auch ich keine rechte Lust darauf. Glaube mir, auch ich bin ein Mensch. Aber ich und auch du sind mehr als das.»

«Ach ja, der Odem des Herrn.»

«Wenn du so willst, auch sein Odem. Aber das Entscheidende ist doch, dass du überhaupt keine Wahl hast. Du bist sein Geschöpf, ein Teil von ihm, und ob du nun willst oder nicht, eines Tages wirst du wieder zu ihm zurückkehren, egal, wie du ihn nennst, und egal, wo er sich aufhält.»

«Ich verstehe nicht, du bist allem Augenschein nach ein katholischer Mönch oder gehörst zumindest dieser Kirche an. Wie kannst du so reden?»

«Du meinst, dass ich nicht viel von dieser Drohung der ewigen Verdammung halte, falls man nicht beizeiten umkehrt? Hör gut zu, mein Kilian, zu *glauben* heißt weit mehr, als die richtige Religion zu wählen, zum richtigen Gott zu beten oder ständig das Richtige zu tun. Glauben heißt, die frohe Botschaft zu verkünden, ohne Angst das Leben, das einem gegeben ist, zu leben und sich von nichts und niemandem einreden zu lassen, dass an einem etwas verkehrt ist. Ansonsten müsste ja auch an unserem Schöpfer etwas nicht stimmen. Er hat uns ja nach seinem Ebenbild geschaffen, wie es geschrieben steht.»

«Und was ist mit der Sünde, den Versuchungen des Teufels, der uns vom rechten Weg abbringen will? Wird uns nicht immer gepredigt, dass wir für das büßen müssen, was wir verbrochen haben?»

Unter der Kutte bebte es, und ich hörte ihn kichern.

«Verdammt nochmal, was ist so lustig?!»

«Beruhige dich», erwiderte er mit sanfter Stimme. «Ich lache nicht über dich persönlich. Es ist nur so ... du klingst wie der Diener eines Herrn, eines sehr weltlichen natürlich, und du redest, als hättest du deinen Verstand und dein Herz an der Garderobe abgegeben. Beim ersten Widerspruch plapperst du schön brav wieder, was du über Jahre eingetrichtert bekommen hast. Fast wie im Kuhstall.

Disziplin, die für dich offensichtlich so wichtig ist, ist das Gefängnis, in dem du sitzt. Solch ein abgeriegelter Raum kann ganz angenehm sein, wenn man sich damit abgefunden hat und keine großen Ansprüche stellt. Man bekommt täglich sein Essen, wird geweckt und wieder zu Bett geschickt. Doch was ist, wenn du aus dem Fenster schaust, ich meine, aus dem kleinen, hellen Loch in der Wand deines Bewusstseins? Siehst du dort nicht freie Menschen, die sich ohne Anweisung und Befehl bewegen und leben sollten?»

«Ja, aber worauf willst du eigentlich hinaus?»

«Glauben heißt frei sein. Im Herzen, im Kopf und in der Seele. Alles, was dem widerspricht, ist unrecht, ist gegen Gott. Verstehst du? Gott ist frei, und er hat dich nach seinem Ebenbild geschaffen. Jeder, der dir etwas anderes erzählen will, macht dich unfrei und will etwas von dir haben. Jeder, der gegen diese gottgegebene Freiheit in dir vorgeht, ist ein Tyrann, dein ganz persönlicher Beherrscher.

Kämpfe für die Freiheit, damit du frei sein kannst, um an das zu glauben, was bereits in dir ist und nach draußen drängt. Das ist der wahre Glauben. Nichts anderes.

So wie mein Held Jesus Christus gegen die Unfreiheit in seinem Leben, in unser aller Leben gekämpft hat, so will auch ich kämpfen. Diesen weltlichen Tempel niederreißen und ihn neu aufbauen. Einen neuen Tempel in den Herzen der Menschen, so wie es Christus uns aufgetragen hat. Den Glauben an einen wahren, freien Gott, den es noch immer gibt. In jedem von uns. Das ist der Grund für mein Leben, deswegen bin ich hier.»

Ich klebte an seinen Lippen, als er diese Worte sprach, die wie ein Grollen aus allen Himmeln, offen und hell, auf mich herniedergingen. Der Bruder stand vor mir wie ein furchtloser Kämpfer, den Stock, die Waffe der Armen, fest in der Hand, den Mut, gegen einen übermächtigen Gegner anzutreten, fest in der Seele verankert.

«Doch nun muss ich gehen», sagte er.

«Wohin willst du?»

«Du wirst es bald erfahren.»

Er schlug das Kreuzzeichen über mich und ging davon. Humpelnd, das linke Bein nachziehend, nach vorn gebückt schleppte er sich Richtung Dom.

«Wie heißt du, Vater?», rief ich ihm nach.

Er drehte sich um und lächelte mir zu. «Alvarez. Man nennt mich Bruder Alvarez. Gott segne dich.»

Gott, fragte ich mich, wieso sollte gerade *er* mich noch segnen? Ich hatte mich schon längst aus seiner Obhut verabschiedet. Was war eigentlich der Grund dafür gewesen? Ich überlegte eine ganze Weile. Ergebnislos. Ich wusste es nicht mehr. Er war mir irgendwie abhanden gekommen.

III.

Wer weiß, was uns da erwartet, hatte sich der Bischof gefragt. Das Siegel des Römischen Reiches versprach eine Sensation. Eigentlich hätte er die Nachricht umgehend an den Vatikan weiterleiten müssen. Bei Funden dieser Kategorie auf dem Gelände eines Bistums der heiligen katholischen Kirche würde die römische Verwaltung kaum abwarten, was unter den Augen eines Bischofs im fernen Deutschland zum Vorschein kam, sondern sofort alle weiteren Forschungen untersagt haben, bis ein Spezialist der Kurie angereist war. Dieser Order hätte sich der Bischof keinesfalls entziehen dürfen.

Auch sein Bau- und Kunstreferent Dr. Mayfarth wusste das. Gemeinsam hatten sie die Entscheidung getroffen, sich von Rom nicht in die Suppe spucken zu lassen und die Nachricht erst am Abend, wenn die meisten Würdenträger den Vatikan bereits verlassen hatten, durchzugeben. Somit blieb ihnen zumindest noch eine Nacht, bis die örtlichen Medien am folgenden Tag die Nachricht in alle Welt posaunten.

Vor den Fenstern des Landesamtes für Denkmalpflege in der Residenz hatten sie bereits Aufstellung genommen und harrten ungeduldig mit Mikrophonen und Kugelschreibern der bevorstehenden Sensation. Einige hatten Steigleitern, andere Stühle und gar kleine Bühnen für die Kameras in Erwartung einer Ansprache des Bischofs mitgebracht. Eine stattliche Ansammlung von Bauarbeitern, örtlichem Klerus, Lokalpolitikern und städtischer Prominenz bildete mit den Presseleuten eine brodelnde Gerüchteküche.

Der Bischof hatte eine gut überlegte Wahl getroffen, wer bei der Öffnung des Zylinders anwesend sein durfte. Am Tisch saßen ein Archäologe, das notwendige Arbeitszeug fein säuberlich aufgereiht, vor ihm das *mirum corpus aureum*, dahinter sein Chef, verantwortlich für alle Ausgrabungsarbeiten in Nordbayern, neben ihm der Bau- und Kunstreferent Dr. Mayfarth.

«Nun dann, gehen wir's an», verlangte der Bischof und faltete die Hände vor der Brust, die das daran hängende Kreuz für den entscheidenden Augenblick verdecken sollten.

«Sind Sie wirklich sicher?», fragte der Chef der Denkmalpflege. Er legte die Hand auf die Schulter seines jungen Angestellten, der enttäuscht das dünne Messer sinken ließ.

«Nur zwei Dinge sind sicher», fuhr ihn Mayfarth an, «der Tod und das Amen. Also, legen Sie nun endlich los, bevor ich es selbst tue.»

«Herr Bischof, Sie wissen, dass wir unbefugt handeln. Das könnte Sie und mich den Job kosten. Ich bin angewiesen, jeden bedeutenden Fund, sei es auf Kirchenboden oder auf Staatsgrund, umgehend nach München zu melden.»

«Ob der Zylinder nun bedeutend ist oder nicht, wollen wir ja gerade herausfinden», entgegnete der Bischof. «Jeder von uns beiden kann anschließend seiner Pflicht nachkommen. Stellen Sie sich vor, wir öffnen ihn, und er ist leer.»

«Oder es ist ein Micky-Maus-Heft drin», witzelte der Archäologe.

«Es reicht», mischte sich Mayfarth ein. «Sollen wir warten, bis die Münchner oder die Römer kommen und uns das Ding einfach wegnehmen? Ich müsste mit allen Plagen des Alten Testaments geschlagen sein, wenn ich das zuließe. Lassen Sie uns endlich zur Tat schreiten und uns nicht länger blamieren. Die Presse wartet. Und die Vergangenheit auch.»

«Oder es ist die Büchse der Pandora», mischte sich der Archäologe erneut ungefragt ein.

«Oder ein tödlicher Bazillus wie in den Pharaonengräbern», fügte sein Chef hinzu.

«Oder das Gebiss meiner Oma, verdammt nochmal», schimpfte Mayfarth und entriss dem Archäologen das Handwerkszeug.

«Schluss jetzt!», befahl der Bischof. Seine Faust fiel auf den Tisch und schaffte endgültig Klarheit über die weitere Vorgehensweise. «Seid ihr denn alle verrückt geworden? Was soll erst werden, wenn wir herausfinden, was da drin ist?»

Die kritischen Einwände der Archäologen verstummten ob der entschiedenen Worte. Mayfarth legte zustimmend das Messer in weltliche Hände zurück. Der Archäologe setzte mit eifrigem Entdeckerdrang das Messer an der schmalen Rille an, die sich zwischen Zylinder und Deckel an der Seite befand. Das Unterfangen gestaltete sich schwieriger als vermutet. Immer wieder drang die Spitze nicht durch die harte Füllmasse, ein ums andere Mal rutschte sie ab und drohte den Mantel zu beschädigen.

«Scheint irgendeine Mischung aus Harz zu sein, die sich verhärtet hat», erklärte der Archäologe.

«Und was bedeutet das?», fragte der Bischof.

«Dass es alt ist», antwortete Mayfarth.

«Dann kommt jetzt das schwere Gerät zum Einsatz», sagte der Archäologe. Er nahm einen elektrischen Bohrer zur Hand, der jedem Zahnarzt zur Ehre gereicht hätte, und schaltete ihn an. Eine winzig kleine Scheibe fräste sich fiepend in die Ausfüllung. Wenig später war die Operation beendet. Ein Fenster wurde geöffnet, damit sich der Staubnebel lichten konnte. Die verschworene Gemeinschaft trat an den Tisch. Fiebrige Augen harrten auf den Moment der Offenbarung. Der Bischof nickte auffordernd.

Zum Vorschein kam eine vergilbte, braune Rolle, die behutsam in der Mitte des Tisches platziert wurde.

«Schaut nach Papyrus aus», sagte der Archäologe.

«Ich kann nur noch einmal warnen», ereiferte sich der Chef der Denkmalpflege über vorschnelle und folgenreiche Schritte.

«Ruhe!», beschied der Bischof. Auf einen kurzen, zustimmenden Blickkontakt mit Mayfarth folgte die Entscheidung. Nun gab es kein Zurück mehr.

«Öffnen Sie es.»

✷

Einer der größten Irrtümer der Menschheit lautet: Alle Wege führen nach Rom.

Ich wusste, dass mir der schwerste Gang meines Leben bevorstand. Nie und nimmer wollte ich es so weit kommen lassen. Das hatte ich mir im Alter von sechzehn Jahren geschworen, als ich mit Sack und Pack zu Hause aus- und bei meiner damaligen Freundin einzog. Das war die ultimative, längst überfällige Abnabelung von Brust und Schoß meiner Mutter. Die Entscheidung, fortan selbstbestimmt, frei und eigenverantwortlich zu sein, ohne Rechenschaft ablegen oder jemanden um Erlaubnis fragen zu müssen, war längst überfällig. Endlich Mann.

Ihre unheilschwangere Prophezeiung, dass ich alsbald wieder jammernd vor ihrer Tür auftauchen würde, wenn mir das Geld und/oder die Frauen ausgingen, quittierte ich mit dem überschäumenden Elan eines Halbwüchsigen: «Lieber schlaf ich unter den Brücken.» Diese Tür war zu. Für immer.

Sag niemals nie. Noch so ein blöder Spruch. Aber er stimmte. Ich war der lebende Beweis. Ich brauchte ihre Hilfe.

«Johannes?!»

«Hallo, Mama.»

«Was machst *du* denn hier?»

«Ich war gerade in der Gegend und dachte, ich schau mal vorbei.»

«Das ist schön. Komm rein, ich mach uns 'nen Kaffee.»

«Mach dir bloß keinen Stress wegen mir.»

«Das ist doch keine Arbeit, wenn der einzige Sohn einen mal besucht. Obwohl man ja gleich um die Ecke wohnt.»

O Mann.

«Weißt du, es war total viel los im Büro.»

«Jaja.»

«Echt, wenn ich's dir sage.»

«Du kannst mir doch nichts vormachen. Als Mutter weiß man Bescheid.»

Klar.

«Wie geht's dir so?»

«Wie soll es einem schon gehen … jeden Tag das Gleiche. Man steht auf, alleine, macht sich das Frühstück, alleine …»

Nicht schon wieder diese Platte.

«Mutter, wie geht es dir?!»

«Na, wie ich schon sagte, wie soll es einer alten, kranken Frau schon gehen, so alleine.»

«Also, wie immer.»

«Mach dich bloß nicht lustig über mich. Ich sollte dich mal wieder übers Knie legen und …»

«Mama, du hast mich nie übers Knie gelegt. Du hast Kochlöffel benutzt.»

«Was für Kochlöffel?»

«Du hast mich immer mit 'nem Kochlöffel aus Holz durch die Bude gejagt, wenn was los war.»

«Ich? Dich? Niemals.»

«Und ob. Hier sind die Narben.»

«Schweig still. Ich habe dich niemals geschlagen.»

Okay, dann eben nicht. Alles nur Einbildung gewesen.

«Wie geht's deinem Galan?»

«Wem?»

«Na, deinem Begleiter durch die goldenen Tage des Herbstes?»

«Ausdrücke hast du. Er ist auf Reisen. Erbschaftsangelegenheiten.»

«Und da lässt er dich einfach so ganz alleine hier sitzen? Na, das ist mir aber ein schöner Kavalier.»

«Johannes!»

«Ja, Mutter?»

«Misch dich nicht in fremde Angelegenheiten, die dich nichts angehen.»

Meinte ja nur.

«Wie geht's eigentlich deiner Freundin, dieser Ärztin. Wie heißt sie gleich wieder?»

«Das weißt du ganz genau!»

«Mein Gott, jetzt brüll mich doch nicht so an. Ich habe doch nur …»

«Pia, Mama. Ihr Name ist Pia. Kurz und leicht zu merken.»

«Genau, Pia. Ihr seid so ein schönes Paar, als ich euch das letzte Mal Arm in Arm auf der Straße gesehen habe.»

«Ich bin nie mit Pia Arm in Arm auf der Straße gelaufen. Da musst du mich verwechselt haben. Oder sie war mit jemand anderem unterwegs. Das ist wahrscheinlicher.»

«Jetzt hör aber auf. Eine Mutter wird doch ihr eigenes Kind erkennen, wenn es einem mal begegnet.»

Es ist sinnlos.

«Magst du noch immer nur Zucker in deinen Kaffee?»

«Ja.»

«Johannes, das ist ungesund.»

«Was?»

«Nur Zucker in den Kaffee. Das schmeckt doch nicht, und außerdem ist er dann viel zu stark. Du musst an dein Herz denken.»

«Mein Herz ist voll okay. Ich mach mir eher Sorgen wegen deinem.»

«Wieso?»

Das war ein Fehler. Korrektur, anderes Thema.

«Sag mal, kommst du eigentlich so klar, ich meine, mit deiner Rente?»

«Hör bloß damit auf. Am ausgestreckten Arm lassen einen diese Sozis verhungern, am ausgestreckten Arm. Das bisschen Geld reicht ja nicht mal für ein anständiges Begräbnis.»

«Noch bist du nicht tot.»

«Mein ganzes Leben habe ich sie gewählt, damit es einem mal besser geht im Alter. Und was ist der Dank? Wenn das der Willy noch erlebt hätte. Der würde sich im Grab umdrehen.»

«Dann wähl sie ab.»

«Wenn ich das noch erleben sollte. Es kann ja jeden Tag vorbei sein. So aus heiterem Himmel.»

«Mama, du lebst, und so, wie du ausschaust, wirst du mich wahrscheinlich überleben.»

«Sag so was nicht, Johannes. Es gibt nichts Schlimmeres, als wenn das eigene Kind vor einem stirbt.»

«War ja nur ein Scherz.»

«Mit solchen Sachen scherzt man nicht. Das kann jeden Tag passieren. Jeden Tag.»

Nun gut.

«Nochmal zurück zu deiner Rente. Kommst du wirklich klar?»

«Geht so. Brauchst mir nichts geben, wenn du das meinst. Aber es ist schön, wenn man spürt, dass das eigene Kind sich Sorgen um einen macht.»

Sackgasse. Wie sag ich's ihr nur?

«Aus der Hinterlassenschaft vom Alten … von Vater ist nichts weiter übrig?»

«Da hat es nie was gegeben. Aber da warst du ja schon längst nicht mehr im Haus. Du hattest ja nur immer diese jungen Dinger im Kopf. Familie war doch nie ein Thema für dich.»

«Aber Mama, du weißt doch, dass du meine Familie bist. Das ist doch klar.»

Sie ist glücklich, und die beschämende Anfrage auf finanzielle Unterstützung liegt hinter mir.

Ich starre auf das Bild mit dem Trauerflor und auf das Kreuz an der Wand. Sie bemerkt es.

«Eine Tragödie, eine wirkliche Tragödie. Und ein großer Verlust. Nie wieder werden wir so einen Papst bekommen. Nie wieder. Die Kirche muss sich jetzt kräftig anstrengen, bei den Problemen, die die haben. Keiner will ja mehr Priester werden.»

«Kein Wunder.»

«Jetzt fang bloß nicht wieder davon an.»

«Wenn du meinst.»

«Kein Wort will ich davon hören.»

Pax nobiscum. Aber da ist noch ein anderes Bild an der Wand. Es zeigt mich als Ministranten beim Zeltlager im Kreise meiner Mitstreiter, kurz bevor die Ära der aufgebohrten Mofas beginnen sollte. In der Mitte des Lagerfeuers mein Ersatzvater.

«Sag mal, hast du eigentlich noch Kontakt zu Pater Nikola?»

«Und ob. Ich beichte ja noch jede Woche. Er nimmt sie mir ab. Er ist sehr verständnisvoll.»

«Wie bitte?»

«Unsinn, nichts von dem, was du dir in deiner schmutzigen Phantasie wieder ausmalst. Er ist ein sehr aufgeschlossener Diener des Herrn, gerade in der heutigen Zeit.»

«Soweit ich mich erinnern kann, stammt er doch aus Rom oder aus der Nähe?»

«Du müsstest dich einfach mal bei ihm melden. Er fragt oft nach dir, nach dem verlorenen Sohn, dem kleinen Kiliano.»

«Hat er nicht einen Bruder bei irgend so einer Versicherung in Rom?»

«Hatte er. Jetzt ist er Chef einer großen Bank, irgendwo im Ausland.»

«Du weißt nicht zufällig, wo?»

«Ach Gott, Johannes, was du wieder alles wissen willst.»

«Das wäre aber sehr wichtig für mich, Mama.»

«Wieso?»

Sie ahnt etwas.

«Es gibt da ein paar Entwicklungen. Nichts Dramatisches.»

«Gibt es Probleme auf der Arbeit?»

«Nein.»

«Mit Pia?»

«Nein.»

«Mit deinem Freund, dem Schorsch?»

«Nein, Mama, jetzt hör auf. Ich wollt mich nur mal erkundigen.»

Sie scheint beruhigt.

«Ich könnte ihn ja mal anrufen.»

«Das wäre Klasse, Mama. Am besten gleich noch heute Abend.»

«Ich mach doch alles für dich, mein Sohn.»

«Du bist ein Schatz.»

Ich küsse sie zum ersten Mal in meinem Leben.

✷

Pater Nikola war der ältere der beiden d'Agostini-Brüder, und er war eine einzige Enttäuschung.

An ihm war es, die Dynastie der Bankiersfamilie in die nächste Generation zu führen. Dafür wurde ihm von Kindesbeinen an die beste Erziehung zuteil, die man für Geld bekommen konnte. Bis zu seinem 21. Lebensjahr hatte er sich der Familienräson gebeugt, bis er am Vorabend seines Geburtstags einen Schlussstrich zog. «Vater, Mutter», begann er, innerlich aufs Äußerste gespannt, «ich habe mein Studium in Harvard beendet und werde mich morgen in Bologna für Theologie einschreiben.»

Seine Mutter Alessandra schrie vor Überraschung kurz auf, bevor sie, ganz Grande Dame, ohne ein weiteres Wort in den Salon zu den wartenden Gästen zurückging.

Lorenzo, der unbestrittene und allmächtige Patriarch des Hauses und der Banco d'Agostini, schenkte sich in aller Ruhe einen Cognac nach, ging zum Kamin und blieb unter dem schweren Ölbild des übermächtigen Urgroßvaters Massimo stehen. Er würde Nikola nun für alle Zeiten zur Vernunft bringen.

«Du wirst nichts anderes und nirgendwo anders studieren, als es die Familientradition von dir verlangt», sagte er mit eisiger Bestimmtheit, kippte den Cognac in einem Zug hinunter und begab sich ebenfalls zurück in den Salon.

Das war das Letzte, was der Sohn von seinen Eltern gehört und gesehen hatte. Vor 41 Jahren. Das Studium der Theologie absolvierte Nikola in Göttingen, zum Priester wurde er wenig später in Paderborn geweiht, und nach verschiedenen Auslandsaufenthalten übernahm er Ende der Sechziger schließlich eine Pfarrei im Bistum Würzburg.

Ich war einer seiner ersten Zöglinge. Mit mir erarbeitete er das System Widerstand, das eine Grundfeste meiner Persönlichkeit bilden sollte.

«Regel Numero uno: Niemand hat dir zu sagen, was du zu tun hast. Du bist ein freier Mensch, mit freien Gedanken und einem offenen Herzen.

Regel Numero due: Es gibt nur eine Ausnahme. Gott Vater, unser aller Herr, befiehlt dir anders.»

Nach all den Jahren im Ministrantendienst, wechselnden Erfahrungen im Religionsunterricht an wechselnden Schulen und unvergesslichen Erfahrungen mit anderen Seelsorgern blieb vom Nikola'schen Regelwerk nur noch die Regel Numero uno übrig. Die Stimme des Herrn hatte schon damals aufgehört, zu mir zu sprechen. Alle Versuche, selbst die von Nikola, ihr erneut Gehör zu verschaffen, schlugen fehl. Ich blieb taub auf dem göttlichen Ohr.

«Wie zum Teufel kommst du hierher?», fragte ich, Augen und Mund weit offen, als er in meiner Tür stand.

«Mit dem Teufel hat mich schon lange niemand mehr in Verbindung gebracht», antwortete Pater Nikola und trat auf mich zu. Er umarmte mich wie ein Vater seinen verlorenen Sohn und drückte mich, als gelte es, alles Leben aus mir herauszupressen.

«Genug, genug», stöhnte ich.

Er ließ los. «Schön, dass ich dich nochmal zu sehen bekomme, mein kleiner Kiliano. Wobei … aus dir ist ein richtiger Mann geworden. Groß, kräftig und, wie ich sehe», er blickte an mir vorbei auf die Umzugskartons mit den Armanis, Hemden und Schuhen aus italienischer Manufaktur, «auch ein Mann mit Geschmack.»

«Deine Schule, Onkel Nikola.»

«Lass den Onkel weg, mein Gott. Das ist ja ein Jahrhundert her. Darf ich hereinkommen?»

«Ja, klar.»

Ich gebe zu, ich war überrascht. Wie zum Teufel kam Nikola nur so schnell hierher? Eigentlich hatte ich damit gerechnet, dass meine Mutter der Bitte erst in den nächsten Tagen nachkommen würde.

Nikola nahm auf dem einzig vorhandenen Stuhl Platz, schenkte sich ungefragt und reichlich aus der letzten Flasche Carlos ein und prostete mir zu. Mit einem Schluck war das Glas leer, und ich wusste, dass es etwas zu besprechen gab.

«Deine Mutter hat mich angerufen», begann er wie eine Katze vor dem Sprung. «Sie hat mir erzählt, dass du in Schwierigkeiten bist und meine Hilfe brauchst.»

Ich schob einen der Kartons an den Tisch, setzte mich und füllte das Glas nach. «Und ich dachte schon, ich hätte vor ihr etwas verbergen können.»

«Du unterschätzt sie, wie immer.»

«Scheint so, sonst wärst du wohl nicht so schnell bei mir aufgetaucht.»

«Sie sagte mir, dass du Kontakt zu meinem Bruder Giulio aufnehmen willst.»

«Ich brauche einen Job. Besser, eine neue Perspektive.»

«Gefällt dir das Gendarmen-Leben nicht mehr? Ich dachte, du wärst auf dem besten Weg zum neuen Polizeipräsidenten der Stadt?»

«Ich habe gestern meinen Abschied genommen, vorübergehend zumindest, auf ein Jahr begrenzt. Wobei ich momentan nicht daran denke, nochmal in den aktiven Polizeidienst zurückzukehren. Ich suche nach einer neuen Herausforderung.»

«In einer Versicherung?»

«Wieso nicht? Sie zahlen gut, sind international tätig und brauchen immer gute Leute. So einen wie mich, der nicht viele Fragen stellt, sondern den Halsabschneidern und Betrügern auf die Schliche kommt. Und bei deinen Verbindungen habe ich mir gedacht, dass du mir diese Tür ein Stück öffnen kannst. Den Rest erledige ich selbst.»

«Du meinst, ich soll in deinem Namen Giulio anrufen.»

«Exakt. Er ist doch noch in Rom tätig?»

Nikola nickte wortlos und trank mein Glas leer. «Weißt du, Kiliano, das ist nicht so einfach, wie du dir das vorstellst. Nachdem mein Vater gestorben war – und er hatte schriftlich verfügt, dass er mich zu seiner Beerdigung nicht an seinem Grabe zu sehen wünscht –, ist der Kontakt zu meiner Familie, meinen Bruder Giulio eingeschlossen, nicht gerade das, was man herzlich nennt. Giulio konnte und wollte unsere Bank nicht allein führen. Er war kein zweiter Lorenzo, obwohl unser Vater genau das von ihm erwartet und meine Mutter bis zu ihrem Ableben besessen daran gearbeitet hatte. Aber er war nicht so wie er. Niemand würde so sein wie er. Nach Vaters Tod bat mich Giulio, wieder nach Rom zurückzukehren und mit ihm zusammen den Vorsitz der Bank zu übernehmen, bevor ein anderer Teil der Familie, die Linie meiner Mutter, darauf Anspruch erhob.»

«Und wie ist es gelaufen?»

«Ich lehnte ab. Ich konnte doch nicht meiner Gemeinde den Rücken kehren, als hätte es die letzten dreißig Jahre nicht gegeben. Giulio war verzweifelt. Mit allen Mitteln hat er versucht, mich zu gewinnen. Doch vergebens. Das Ende vom Lied war, dass er aus dem Vorsitz zurücktrat und die Leitung einer Cousine und ihren Brüdern überließ. Seitdem herrscht Funkstille zwischen uns beiden.»

Auch das noch. Ich ließ den Kopf sinken und griff nach dem Glas. Doch Nikola war schneller.

«Aber es gibt da noch eine andere Möglichkeit», sagte er und kippte den Rest meines allerletzten Carlos.

Ich horchte auf. «Ja?»

«Sind die Kontakte zu meiner eigenen Familie auch schwach, so hat sich über die Jahre hinweg, nicht zuletzt durch die Verbindungen meines Vaters zur Vatikanbank und zur Politik, ein erfreulich guter Gedankenaustausch zwischen mir und Vertretern der römischen Kurie gehalten. Dort ist man unter anderem sehr an den Entwicklungen der Kirche in Deutschland interessiert. So konnte ich durch meine Arbeit den besorgten Gemütern im Vatikan die Bedenken nehmen, dass mit einer Bedrohung oder gar Zerstörung der heiligen Ordnung aus Deutschland zu rechnen sei. Eher gelte es, die vorherrschende Ordnung an die neuen Entwicklungen anzupassen. Aber das ist ein anderes Thema.

Was ich sagen will, ist, dass ich seit Jahren im Auftrag der Kurie in Europa unterwegs bin und neue Entwicklungen aufspüre, um Rom schnell damit vertraut zu machen.»

«Klingt interessant. Dann kommst du ja bestimmt viel rum. Ich beneide dich.»

«Kein Grund für Neid. Die Arbeit wächst mir dabei über den Kopf. Meine Gemeindemitglieder merken das nur zu gut und beginnen sich zu beschweren, wenn ich wieder auf Reisen bin. Daher habe ich mich entschlossen, etwas kürzer zu treten und einen Auftrag nach draußen zu geben. Und da dachte ich an dich.»

Ich war fassungslos. «Wie bitte? Ich soll für deine heilige römische Kirche in die Bresche springen? Das hat was. Ehrlich.»

«Es gibt niemand Geeigneteren als dich.»

«Ach ja. Und wieso das?»

«Weil du nicht glaubst, du Teufel.»

✷

Der Archäologe tat, wie ihm geheißen. Achtsam fuhr er mit dem Messer zwischen den oberen Blattrücken und die darunter liegende Krümmung. Langsam zog er den Papyrus auseinander, das Material knackte unter der Belastung.

«Ganz vorsichtig», beschwor Mayfarth den Blatt-Chirurgen.

Zutage traten zwei Rollen, die zum Teil schwer beschädigt waren. Schwarzrandige Löcher hatten sich quer durch die Texte gefressen, die Schriftzeichen litten unter Verblassung des verwendeten Farbstoffes und waren kaum als solche zu erkennen.

Der eine Papyrus wies lateinische Schriftzeichen auf und schien der ältere der beiden zu sein. Das Ende schmückte eine Unterschrift, daneben schwarzbraune Flecken, die nichts mit dem fortschreitenden Fraß am Material zu tun hatten. Ihre Anordnung schien auf den ersten Blick zufällig, gewann man aber etwas Abstand, verrieten sie den möglichen Abdruck einer Hand.

Der zweite Papyrus war in altfränkischen Schriftzeichen gehalten. Eine krakelige Hand hatte sich in der Kunst des Schreibens geübt. Mit *Ich, Chamar* begannen die Zeilen.

Mayfarth beugte sich über den mysteriösen Fund. Er murmelte unverständlich vor sich hin, während sein Blick über das Dokument huschte. Der Bischof unterzog die zweite Rolle einer Prüfung. Auch hier unverständliches

Murmeln. Auf die plötzliche Hektik der beiden Würdenträger und den wortlosen Tausch der Positionen folgte alsbald Ratlosigkeit. Mit stummen Fragen auf den Lippen standen sie sich gegenüber.

«Konnten Sie etwas entziffern?», fragte der Denkmalpfleger. Auch sein Zögling wartete gespannt auf eine Auskunft.

Der Bischof nahm seinen Kollegen zur Seite. Tuscheln, Kopfschütteln, Beratschlagen, stiller Protest. Ein ums andere Mal. Mayfarth weigerte sich. Der Bischof befahl.

Schließlich trat er mit ernster Miene an den Tisch zurück. «Gibt es einen sicheren Ort, ich meine, einen wirklich sicheren Ort, an dem diese Rollen fachkundig aufbewahrt werden können?»

«Ja», antwortete der Denkmalpfleger ahnungslos. «Hier in unserer Asservatenkammer. Sie ist zur Aufbewahrung derartiger Gegenstände konzipiert. Aber jetzt sagen Sie doch, was auf dem Papyrus geschrieben steht.»

«Das fällt nicht mehr in Ihren Zuständigkeitsbereich. Das ist ab jetzt alleinige Angelegenheit der Kirche.»

«Aber …»

«Kein Aber. Ich möchte, dass Sie mir versichern, dass wir die Rollen bei Ihnen sicher lagern können, bis sie von einem Spezialisten entgegengenommen werden. Und zwar im Namen und im Auftrag der Kirche. Ich werde noch heute Rom verständigen.»

«Also doch! Die Sache ist heiß. Wusst ich's doch.»

«Halten Sie endlich mal die Klappe und geben Sie dem Bischof eine Antwort auf seine Frage!», fuhr Mayfarth ihn an.

Plötzlich wurde das Fenster ganz aufgerissen, gefolgt vom Blitzlichtgewitter der Kameras. Das Titelbild der morgigen Ausgabe würde die erstaunten Anwesenden mit einem uralten Papyrus zeigen, der aus einem goldenen Zylinder mit Siegelabdruck des Römischen Reiches vor 2000 Jahren stammte.

«So ein verdammter Mist!», fluchte Mayfarth.

✷

Ich konnte es nicht fassen, was ich soeben im Begriff war zu tun.

Mit einer Zeichnung der Örtlichkeiten in der einen und mit einem Zahlencode in der anderen Hand duckte ich mich in das Dunkel eines Seitenflügels der Residenz und achtete darauf, dass niemand auf mich aufmerksam wurde. Nach wenigen vorsichtigen Schritten hatte ich die Tür erreicht. Ich nahm den Schlüssel, den Nikola mir gegeben hatte, führte ihn ins Schloss und stand eine Sekunde später im Gang, der mich geradewegs zu den Räumen des Landesamtes für Denkmalpflege führen sollte.

Wie um alles in der Welt war Nikola nur in den Besitz des Schlüssels und weiterer Informationen gekommen, die mir den ersten Einbruch seit meinem Eintritt in den Polizeidienst ermöglichen sollten? Nikola hatte sich darüber ausgeschwiegen und schmunzelnd auf das Beichtgeheimnis verwiesen. Natürlich war das eine Lüge, und ich fragte ihn, wieso er mich als Handlanger seiner überraschend düsteren Geschäfte benutzte. Auch darüber vermied er jedes klärende Wort. Lediglich der Hinweis, dass die Sache von entscheidender Bedeutung, ja internationaler Tragweite sei und nur ich, der Ungläubige, sie ausführen könne, musste mir genügen. Das machte die Straftat, die ich soeben beging, für mich nicht unbedingt leichter, stehen doch auf Einbruch und schweren Diebstahl mehrere Jahre Haft. «Kommissar Kilian des Einbruchs überführt», wäre das nicht eine passende Schlagzeile gewesen, die meine Mutter postwendend ins Grab geschickt hätte? Ich mochte es mir nicht ausmalen. Stattdessen hallte Nikolas Versprechen in meinen Ohren: «Als Gegenleistung bringe ich dich nach Rom.» Seitdem hörte ich wie ein verträumter Teenager in meinem Kopf bereits die Glocken von Santa Maria in Trastevere läuten, sah, wie sich die Menschen an der Piazza Trilussa vergnügten und ich im Caffè Settimiana einen Lavazza und einen Carlos genoss.

Wenn ich diesen Job erledigt hätte, stünde dem allem nichts mehr im Weg. Nur dieses eine Mal. Der Preis war die Mühen wert. Wer anderes als der vertrauenswürdige und über alle Zweifel erhabene Pater Nikola hätte mir das sonst ermöglichen können?

Also Augen auf und durch. Nach dieser Tür kam noch eine, dann eine weitere, dazwischen Büroräume, Arbeitszimmer und Materialkammern, und schließlich stand ich vor der alles entscheidenden Tür. Hier half kein Schlüssel mehr, hier war ein digitaler Riegel vorgeschoben.

Natürlich ließ ich die Stoffhandschuhe an, so einfach würde ich es meinen Ex-Kollegen nicht machen, tippte die Zahl vom Zettel auf das Eingabefeld, und ein schnödes Piep verkündete, dass ich Zutritt zur Schatztruhe der bayerischen Denkmalpflege bekommen hatte. Kein Licht! Die Taschenlampe musste genügen, und ich machte mich auf die Suche nach dem Objekt meiner Befreiung.

Nikola hatte mir den Zylinder genau beschrieben. Er sei etwa siebzig Zentimeter lang, zehn Zentimeter breit und aus schierem Gold. Darauf befände sich ein Siegel, das mich nicht weiter interessieren sollte, darin, der eigentliche Grund meines Eindringens, ein Papyrus, den ich unter keinen Umständen anfassen oder gar lesen sollte. Er wäre in alten lateinischen Lettern geschrieben und sage nichts weiter aus.

Und wieso dann das Ganze?, hatte ich ihn gefragt. Wieder erntete ich Schweigen und schließlich den Verweis auf die Belohnung, die mich nach sofortiger Übergabe des Zylinders mit Inhalt an ihn erwarten würde. Das sollte reichen. Und es tat es. Es interessierte mich zu diesem Zeitpunkt tatsächlich nicht, was es mit dem Papyrus auf sich hatte.

Ich ging Regal um Regal durch. Nicht eine Spur von Gold oder staubigem Papier aus antiker Zeit. Im Gegenteil, kein Fussel und kein Stäubchen beleidigten die stoffbespannten Regale und den steril scheinenden Fußboden. Ich musste vorsichtig sein, meine früheren Kollegen vom Erkennungsdienst würden leichtes Spiel haben, wenn ich nur ein Haar verlöre. Anhand dessen Wurzel hätten sie im Handumdrehen dankbares Material für einen DNA-Vergleich in der neu eingerichteten und mit Akribie gepflegten Datenbank des BKA. Natürlich waren dort auch die Daten aller ermittelnden Beamten in Deutschland gespeichert, wie sonst hätte man die Spuren eines Täters von denen eines Beamten am Tatort unterscheiden können.

So bewegte ich mich auf Zehenspitzen über den Flor, um keine Rückschlüsse auf Schuhgröße und Form zu hinterlassen, und suchte jeden Körperkontakt mit dem Inventar zu vermeiden. Die Klamotten, die ich mir für den Bruch aus meiner Kleidersammlung ausgesucht hatte, hatte ich hier in Würzburg noch nie getragen, und sie würden anschließend einer sofortigen Feuerbestattung zugeführt werden. Ich hatte also an alles gedacht – dachte ich.

Ich musste grinsen, als ich mir das Gesicht Oberhammers vorstellte, wie er seinen Leuten wutschnaubend Unfähigkeit und Dilettantismus bei der Spurensicherung vorwarf. Mein Gott, was war ich dankbar, dieses Gesicht nie wieder sehen zu müssen.

Doch zuvor galt es diesen verdammten Zylinder ausfindig zu machen. Wo war er nur? Hatte sich Nikola getäuscht, war er schon längst überführt worden, oder befand ich mich im falschen Raum? Ich ging meine Aufzeichnungen durch. Alles stimmte. Die Tür, das Schloss, die Zahlenkombination, der Raum. Ich schaute mich um, durchsuchte jede Ecke, stieg auf einen Stuhl, überprüfte die Deckplatte eines Schrankes, bis mir die kleine unscheinbare Kiste in der Ecke auffiel. Gewöhnliche Holzspanplatten waren an den Seiten mit billigen Scharnieren zusammengehalten, und auf dem Deckel langweilte sich ein Fahrradschloss, das aus der guten alten Zeit zu stammen schien. Ich kniete mich hin, packte es mit beiden Händen und rüttelte daran. Es hielt. Ein Schlüssel war nirgends auszumachen. Das hätte auch noch gefehlt. Dann hätte Nikola auch gleich die Putzfrau engagieren können. Für sie hätte ein Segen gereicht. Ich verließ den Raum und kehrte wenig später mit Büroklammern bewaffnet zurück. Ich fieselte einen auseinander gebogenen Schenkel des Allroundwerkzeugs der Schreibtischhengste in das Schlüsselloch und versuchte, den Widerstand zu erfühlen. Das wäre ja gelacht. Früher hatte ich derartig lächerliche Vorrichtungen mit meinem Schulzirkel und einer Kugelschreibermine gleich auf dem Schulhof geknackt, um wenig später im Sattel meines neuen Gefährts die Straßen unsicher zu machen. Doch dieses alte, miese Ding hier wollte ums Verrecken nicht nachgeben. Ein ums andere Mal verbog sich der Schenkel, und ich musste ihn gerade biegen und neu ansetzen.

Jetzt tat sich was. Der Backen im Inneren des Schlosses gehorchte. Ich ließ nicht locker, konzentrierte meine ganze Kraft auf die Fingerspitzen und rutschte ab. Ich hätte aufschreien können, schluckte aber den Schmerz hinunter, als sich die Büroklammer in meinen Handschuh bohrte. Keine Sekunde später verfärbte er sich rot. Verdammt, nur nichts zu Boden tropfen lassen, schoss es mir durch den Kopf. Diese Spuren hätte ich nie wieder aus dem Teppichflor herausgebracht. Also steckte ich die Hand mitsamt der Büroklammer in die Hosentasche und schwor mir, sie nicht mehr herauszuziehen, bis ich den Raum, die Büros, den Gang und die Residenz hinter mir gelassen hätte.

Nun half nur noch pure Gewalt. Im Büro vor der Tür fand ich in einer Schublade eine Schere, setzte sie in den Bügel des Schlosses und stemmte mich hinein. Der Bügel brach.

Ich öffnete den Deckel mit einer Hand, griff zur Taschenlampe und sah den Zylinder auf Stoff gebettet. Er trug das versprochene Siegel, und soweit ich es erkennen konnte, war es das wohl bekannte S.P.Q.R.* Ich nahm den Schaft der Taschenlampe in den Mund, griff nach dem Zylinder, drehte ihn zur Seite und sah im Inneren die aufgerollten Papiere, auf die Nikola so scharf gewesen war.

Nur noch kurz aufräumen und dann verschwinden, sagte ich mir, und wollte den Zylinder wieder sacht auf den Boden der Kiste legen. Verdammter Handschuh. Als wäre es Seife, rutschte das Metall durch den Stoff und landete polternd auf dem Boden. Ich versuchte noch den Aufprall zu verhindern, machte mich lang, doch alles, was ich erreichte, war, dass ich ausgestreckt zu Boden ging. Die Taschenlampe auch. Der Aufprall des Zylinders machte einen Heidenkrach, und ich war mir nicht sicher, inwieweit der Lärm draußen zu hören gewesen war. Egal, ich hatte den Zylinder, und jetzt war schnelles Verschwinden geboten.

Zuerst nahm ich die Taschenlampe, steckte sie mir erneut mit dem Schaft in den Mund, sodass sie mir auf dem

* *Senatus PopulusQue Romanus:* Der Senat und das Römische Volk.

Weg nach draußen leuchten konnte, doch sie funktionierte nicht mehr. Zudem war sie bedeutend leichter geworden. Die Verschlusskappe musste sich gelöst haben, und die Batterien waren herausgefallen. Ich tastete den Boden ab, entdeckte relativ schnell die kleinen runden Teile und führte sie in den Schaft zurück. Aber wo war die Kappe? Wieder lag ich auf allen vieren und stocherte im Dunkel herum. Da war was, das musste sie sein. Ich versuchte sie aufzuschrauben, doch sie passte nicht. Wahrscheinlich hatte sie sich verbogen.

Ich steckte sie in die Hosentasche, griff den Zylinder, und wenig später fand ich mich auf dem Residenzplatz wieder. Ich nahm die verletzte Hand aus der Tasche. Kaum zu glauben, wie stark kleine Wunden an entsprechender Stelle bluten können. Der ganze Handballen war dunkel gefärbt. Darin, gottlob, die Büroklammer.

Dann trat ich hinaus. Niemand war zu sehen. Kein Verkehr auf der Straße. Nur ein paar geparkte herrenlose Fahrzeuge auf dem Kopfsteinpflaster. Perfekt – und jetzt ab. Schnell. Ich ging beherzten Schrittes durchs Oegg'sche Tor, um mich gleich danach im Dunkeln und auf Nimmerwiedersehen im Husarenwäldchen wie ein Dieb in finsterer Nacht zu verlieren. Ich achtete nicht auf mögliche Verfolger. Wieso auch. Die Sache war professionell und wie am Schnürchen gelaufen.

Noch in derselben Nacht lieferte ich die Ware.

Zu meiner Überraschung war Nikola nicht allein. An seiner Seite stand ein Mann, den ich nicht kannte.

«Wer ist das?», fragte ich Nikola misstrauisch und verärgert. Ein weiterer Zeuge meiner Tat. Das hatte mir gerade noch gefehlt.

«Mach dir keine Sorgen», antwortete er, «ich bin ein Freund. Du hast nichts zu befürchten.»

Dieser selbst ernannte Freund war zweifellos ein Priester. Er trug einen gut geschnittenen schwarzen Anzug mit schwarzem Hemd. Zwischen den Revers erkannte ich eine feingliedrige Kette und den oberen Teil eines Kreuzes. Der Mann war bedeutend jünger als Nikola, vielleicht um die fünfzig, mit auffallend kurzen Haaren und guter Bräune. Man hätte ihn leicht mit einem Manager verwechseln können – wäre das Kreuz um seinen Hals nicht gewesen.

«Hast du ihn?», fragte Nikola ungeduldig mit Blick auf den Gegenstand in meiner Hand, dem ich mit einem T-Shirt den verräterischen Glanz genommen hatte.

Ich zögerte. Mein Instinkt warnte mich. Geh, schnell, mach dich auf und davon und bring das Ding zurück, als wäre nichts geschehen. Du hast noch eine Chance.

«Ist er das?», fragte Nikola scharf und war drauf und dran, mir die Beute zu entreißen.

«Ja, verdammt!», entgegnete ich ihm.

«Dann gib ihn her!»

Ich blickte auf den Unbekannten. «Ich weiß nicht.»

«Mach dir keine Sorgen um ihn», besänftigte mich Nikola. «Er ist ein Freund, er wird uns nicht verraten. Gerade er nicht.»

Auf Nikolas Lippen lag ein Lächeln. War mir die Pointe entgangen?

Nikola trat näher zu mir heran, flüsterte mir ins Ohr. «Du bist schon morgen in Rom, wenn du mir den Zylinder jetzt gibst. Versprochen.»

Das war der Schlüssel zu meinem neuen Leben. Doch hinter der Tür sollte sich etwas anderes verbergen als das, was ich mir erhoffte. Ich reichte Nikola den Zylinder und legte die mir zur Verfügung gestellten Utensilien auf den Tisch.

Nikola und dieser Freund waren wie besessen. Sie öffneten den Zylinder, den ich nun im Licht bestaunen konnte, und förderten zwei vergilbte Papierrollen zutage. Sie überflogen hastig Zeile um Zeile, schüttelten vor Entsetzen den Kopf und würdigten mich keines Blickes mehr. Als ich unruhig wurde und die mir versprochene Belohnung einforderte, trat Nikola an mich heran.

«Geh jetzt nach Hause. Morgen komme ich vorbei und bringe dir ein Schreiben. Das übergibst du Bruder Ninian. Alles Weitere erledigt er.»

«Wer ist der Kerl?»

«Ein Freund. Und ein sehr einflussreicher dazu. Du wirst dich wundern. Und nun geh. Lass dich von niemandem sehen.»

Bevor ich antworten konnte, hatte er mich bereits zur Tür bugsiert. Ich öffnete sie und drehte mich nochmals um. Nikola und dieser Freund lehnten über etwas sehr Wichtigem. Das war klar. Nur wie wichtig es sein würde, konnte ich nicht ahnen.

Der Unbekannte schaute zu mir herüber. Kannte er mich von irgendwoher?

Die nächtlichen Straßen von Veitshöchheim waren verwaist. Das Taxi, das mich hergebracht hatte, wartete ein paar hundert Meter von Nikolas Haus entfernt auf mich.

Als ich die Straße überquerte, fiel mir ein Wagen im Schatten der Straßenbeleuchtung auf. Saß darin jemand? Um diese Uhrzeit?

Ich duckte mich ins Dunkel und lief die Straße hinunter zum Main.

✳

Der eine Papyrus zeigte zwei Handschriften. Die folgende war nachträglich an die Seite gekritzelt.

ich, chamar,
sündigster mensch unter allen, knecht und krieger des wahren gottes, sohn des herzogs hetan, dessen vater der hruodi war, sohn des rado. hetans junger bruder war theotbald, der meinen vater aus eifersucht tötete. er nahm meine mutter bilihild zum weibe und gab befehl, mich hinterrücks zu morden. arnulf, der schmied, errettete mich, nahm mich in sein haus und pflegte meine schweren wunden.
zum geistigen vater hatte ich den ehrwürdigsten unter allen männern, den heiligen mann cilline, sohn des ceallach und der deirdre von mullagh aus dem fernen scotia. er kam mit zwei getreuen brüdern, aed und tadg, den weiten weg von luxovium herauf, um hier in meiner heimat virteburch einzugehen in das reich des herrn.
nach vielen jahren der flucht in länder ohne zahl kehre ich nun müde in meine erde zurück. hier, neben dem ehrwürdigsten aller, will ich ruhen und mein schicksal dem wahren gott befehlen. in meiner anbefohlenen obhut die worte unseres herrn jesus christus. mögen sie von der welt verborgen mit mir sein, bis zu jenem tag, der da kommen wird, zu richten über die, die sich an seiner frohen botschaft versündigt haben.

Die zweite Handschrift füllte das Blatt. Sie war der Originaltext.

brüder,
in tiefster not und in dunkler nacht befehle ich meinen getreuen sohn chamar in euren schutz. lasst nachsicht mit ihm walten, er ist ein junger mann, zwar stark an kraft und geübt in waffen, aber noch schwach in demut und im glauben an unseren herrn. wie ich jetzt einsehen muss, war meiner arbeit mit ihm und mit seinem stamm im lande des herzogs theotbald nicht der rechte lohn beschieden. alles hat sich für euren ergebenen bruder cilline und meine getreuen gefährten aed und tadg ins schlimmste verkehrt. um zu retten, was ihr mir aufgetragen, schicke ich euch mit chamar die wahren worte unseres herrn jesus christus. keine sekunde länger kann ich mich für ihren schutz einsetzen, da unser aller schicksal besiegelt ist ...

Nikola und der Unbekannte schreckten hoch. War Kilian zurückgekommen? Jemand schlich ums Haus. Nein, Kilian hätte geklopft oder gerufen. Kilian wusste ja, dass er zu Hause war. Nikola löschte das Licht. Im Dunkel rollte er den Papyrus zusammen und verstaute ihn im Zylinder.

«Verschwinde, schnell», flüsterte der Unbekannte ihm zu. «Ich versuche sie abzulenken.»

Nikola klemmte sich den Zylinder unter den Arm und verschwand über die Kellertreppe ins Freie.

Der Unbekannte öffnete vorsichtig eine Schublade. Metall schlug an Metall, bis er das richtige Werkzeug gefunden hatte.

Im blanken Stahl des Hackmessers spiegelte sich das Kreuz auf seiner Brust.

IV.

Es gibt Tage, da weiß man beim ersten Augenaufschlag, dass etwas nicht stimmt; ein seltsam bedrückendes Gefühl der ungewollten Veränderung, des Fallens ohne Netz, der Unlust auf Konfrontation oder schlicht lähmende Apathie. So ein Morgen kann einem den ganzen Tag versauen. Und meiner hatte gerade eben begonnen.

Ich stand spät auf. Aus dem wohlig warmen Totenreich wurde ich durch das größte zusammenhängende Glockengeläut des Landes aus dem Kiliansdom zurück ins Leben geworfen. Die Glocken hatten nicht nur mich aus dem Schlaf gerissen, ihr Lärm schien geradezu ansteckend, und binnen Sekunden war die Welt um mich ein tönendes Irrenhaus. In dieser Stadt gab es eindeutig zu viele Kirchen.

Da heute weder Sonn- noch Feiertag war und ich auch nicht vom Ableben einer «bedeutenden Persönlichkeit» wusste, musste etwas anderes, entscheidend Wichtigeres als der Tod ins Glockenhaus gefahren sein.

Ich verschob die Antwort auf später. Auf dem Weg zum Ofen überprüfte ich, ob der Anrufbeantworter eine Nachricht von Nikola konserviert hatte. Nichts. Nur die Null lachte mir entgegen. Nikola würde sein Wort halten, redete ich mir zu. Auf ihn war Verlass, er hatte mich nie enttäuscht. Ich machte mich über die Kaffeedose her. Noch eine Enttäuschung. Solche Tage bringen nur Ärger. Um jeden weiteren entmutigenden Kontakt mit meinem verbliebenen Inventar zu vermeiden, zwang ich mich unter die Dusche. Nach einer halben Stunde war ich halbwegs wiederhergestellt.

Es muss etwas daran sein, dass man ohne Koffein am Morgen nicht denken kann. Wie sonst lässt es sich erklären, dass ich auf dem Weg ins *Lavazza* keinen Gedanken an die vergangene Nacht verschwendete; an den Bruch, an Nikola und an diesen seltsamen Priester. Nikola schien absolutes Vertrauen zu ihm zu haben, anders konnte ich mir seine Anwesenheit in dieser Nacht nicht erklären. Doch was für Nikola in Ordnung ging, musste noch lange nicht für mich einen Sinn ergeben. Im Gegenteil, dieser Priester war eine Bedrohung, er war Zeuge zweier von mir begangener Straftaten geworden.

Als ich in die Domstraße einbog, riss es mich aus meiner Lethargie. Die Glocken des Kiliansdoms legten erneut los und tauchten die Welt in ein einziges Chaos aus ewig dauerndem Schmerz. Die Menschen um mich herum erstarrten ebenfalls im alles überdeckenden Donner der Glocken. Gebannt schauten sie auf das Portal des Domes, das, ordentlich in Zweierreihen aufgefädelt, eine beträchtliche Anzahl kirchlicher Würdenträger ausspuckte. Schon auf diese Entfernung erkannte ich die Bischöfe an ihren violetten Soutanen.

«Was ist hier los?», fragte ich eine Frau neben mir, die die Hände zum Gebet gefaltet hatte und voller Hingabe an ihre Brust drückte.

«Die Bischofskonferenz», entgegnete sie mir, ohne den Blick von den Bischöfen zu nehmen, die einer nach dem anderen in die aufgereihten Karossen vor dem Domplatz stiegen.

«Welche Bischofskonferenz?»

«Na, die außerordentliche, die in Himmelspforten* statt-

* Im Kloster Himmelspforten, im Würzburger Stadtteil Zellerau gelegen, tagt die Deutsche Bischofskonferenz im festen Turnus.

findet. Alle Bischöfe und sogar der Kardinal sind da. Sehen Sie nur.»

Ein schwarzer Audi zog vorbei. Durch den Spalt des hinteren Fensters grüßte eine bleiche Gestalt die Passanten. Seine Hand versprach Segen. Die Frau winkte begeistert zurück, als wäre Palmsonntag.

«Was ist der Grund für die außergewöhnliche Konferenz der Bischöfe?», fragte ich.

«Na, wissen Sie denn nicht?»

«Nein, was denn?»

«Der Papst ist tot.»

«Das war doch schon vor über einer Woche. Deshalb jetzt der ganze Aufwand?»

«Es muss doch ein Neuer gewählt werden, und bevor die Kardinäle alle nach Rom reisen, hat der Kardinal», dieses Wort schien sie zu lieben, es kam ihr über die Lippen als wäre es Honig, «hat der Kardinal Lackmann schnell noch eine Bischofskonferenz einberufen.»

«Und worum soll es dabei gehen?»

«Na, der Lackmann will sie wahrscheinlich auf seinen Kurs einstimmen. Jetzt, wo er Kardinal ist», wieder dieser ehrfürchtig-bigotte Tonfall, «nach dem ganzen Ärger, den unsere Bischöfe dem Heiligen Vater bisher gemacht haben. Und gerade unserer, der mit seiner Ökumene. Feiert da einfach einen Gottesdienst mit einem Evangelischen und einem Orthodoxen. Schämen sollte der sich.»

Ich legte nach. «Aber das sind doch auch Christen?»

Die Flamme schoss hoch. «Nix Christen! Der Ratzinger, der hat's ihnen gesagt. Nur die katholische Kirche ist die einzig wahre Kirche. Und er hat's mit eindeutigen Bibelstellen belegt. ‹Ich aber sage dir: Du bist Petrus, und auf diesen Felsen werde ich meine Kirche bauen, und die Mächte der Unterwelt werden sie nicht überwältigen. Ich werde dir die

Schlüssel des Himmelreiches geben; was du auf Erden binden wirst, das wird auch im Himmel gebunden sein, und was du auf Erden lösen wirst, das wird auch im Himmel gelöst sein.› Das ist doch eindeutig. Und dass der Petrus ein Katholischer war, ist wohl unbestritten. Oder haben Sie schon mal von einem orthodoxen oder evangelischen Petrus gehört?»

Ich erwiderte nichts und ließ sie wortlos stehen. Ich erinnerte mich des letzten Falles von Exorzismus in Deutschland. Er hatte vor knapp dreißig Jahren nicht weit von Würzburg stattgefunden. Die «besessene Seele» fand im Tod Erlösung von ihren Qualen. Eine Strafverfolgung mussten die beteiligten Vollzugsbeamten des Herrn nicht fürchten.

Im *Lavazza*. Außer einem verirrten Pärchen vom Land war nur ein Stehtisch mit zwei Managern des regionalen Finanzsystems in kneifenden Hosen besetzt. Der abgelegene Tisch am Fenster war gottlob frei.

«Ciao, Carla. Einen Espresso bitte.»

«Ein Wasser dazu?»

«Nein, heute nicht. Mach am besten einen Doppelten.»

Und schon röchelte die Maschine, eine Symphonie, die mir neue Lebenskraft versprach.

«Hab ich's mir doch gedacht, dass ich dich hier finden würde!»

Ich drehte mich zur Tür und erblickte Heinlein. Er war stinksauer. «Bist du von allen guten Geistern verlassen?»

Ich scherzte. «Wenn ich nicht gleich meinen Espresso bekomme, schon. Ich warne dich.»

«Heute Morgen im Bett», begann er leise und schielte auf potenzielle Mithörer, «klingelt in aller Herrgottsfrühe das Telefon. Ich denke mir nichts Schlimmes …»

«Das kenn ich, und schon ist der Tag gelaufen.»

«... ist der Oberhammer dran und erzählt mir was von 'nem Einbruch in der Residenz ...»

Verdammt. Ich schluckte trocken.

«... genauer, in den Räumen der Denkmalpflege. Ich sage: Einbruch ist nicht mein Geschäft. Ist jemand getötet worden? Fährt dieser bajuwarische Bulle mich an, dass ich zur Zeit eh keinen Fall habe und mich gefälligst dorthin bewegen solle, die Kollegen könnten jede Hilfe gebrauchen. Antworte ich, nee, is nich mei Sach, nur Tötungsdelikte. Brüllt der mich wieder an, dass mir der Hörer fast aus der Hand fällt, bis mei Frau, die Claudia, sagt, ich soll's machen, bevor es wieder Scherereien gibt, wie beim letzten Mal. Gut, ich hör ja auf mei Frau. Auf jeden Fall komme ich in die Residenz, zu den Denkmalschützern, und, was soll ich dir sagen?»

«Sag's mir.»

«Stehen der Bischof, der Polizeipräsident und dieser Oberdenkmalschützer da rum und machen einen Riesenzinnober. Heute, wo die Bischofskonferenz in Himmelspforten stattfindet, wo man den Fund allen Bischöfen und dem Kardinal präsentieren wollte, wo alle Zeitungen und das Fernsehen darüber berichten, gerade heute muss dieses Ding verschwinden. Den Dreck hat natürlich erst mal der Oberhammer abgekriegt, der Depp, weil er da rumstand und keine Vorsichtsmaßnahmen eingeleitet hat.»

«Endlich mal 'ne gute Nachricht.»

«Na ja, die Scheiße läuft nach unten; nun hab ich das Ding am Hals. Aber was das Beste ist, und damit hat sich der Oberhammer aus der Schlinge ziehen können, die EDler* fanden eine Superspur von dem Täter.»

«Schön», log ich und tat auf unbeteiligt, dabei hätte ich

* Mitarbeiter des Erkennungsdienstes (= Spurensicherung).

mich unter dem Tisch verstecken mögen. «Was hat das mit mir zu tun?»

«Wart, kommst gleich dran. Schritt für Schritt. Die EDler haben die Verschlusskappe einer Taschenlampe gefunden, die da nicht hingehört. Das Teil geht also ins Labor … Pia hatte gerade Dienst, Gott sei Dank. Sie macht also ihre Tests und findet Speichelspuren. Kannst du dir das vorstellen? Hat dieser Idiot von Einbrecher das Ding in den Mund genommen und einfach liegen lassen. Weiß der Himmel wieso. Kurzum, Pia nimmt die Spuren auf, macht ihren Hokuspokus unter Antrieb vom Oberhammer, der die ganze Zeit hinter ihr steht, und ein paar Stunden später hat sie ein Profil, das sie ans BKA sendet. So schnell war noch niemand. Die jagen das DNA-Profil natürlich sofort durch den Computer …»

«Hier, Kilian, dein Espresso. Hat ein bisschen gedauert, sorry», unterbrach Carla.

Ich war leichenblass.

«Danke, Carla», würgte ich und wartete auf das Fallbeil. Für einen Espresso war es jetzt eindeutig zu spät.

«… taucht da plötzlich deine Visage am Bildschirm auf. Mit neun-und-neunzig-komma-neun-prozentiger Sicherheit …», jede einzelne Silbe klang wie die Kugel eines Erschießungskommandos, «… bist du der, von dem der Sabber stammt. Ha, ich glaub's nicht. Du! Pia ist aus allen Wolken gefallen und hat gleich nochmal die Geschichte getestet. Wieder das gleiche Ergebnis. Du fragst besser nicht, wie die Jungs vom BKA an deine DNA kommen. Wenn ich das den Kollegen erzähle … Auf jeden Fall hat sie die Nachricht für heute erst mal geblockt. Ich frage mich jetzt, was macht deine verdammte Spucke an 'ner Kappe von 'ner Taschenlampe, die wir an einem Tatort gefunden haben? Kannst du mir das bitte mal verraten?»

Mein Kopf hing tief über dem Espresso, der längst erkaltet und nur noch eine stinkende braune Brühe war. Aus dieser Falle gab es kein Entrinnen mehr. Noch bevor ich antwortete, lernte ich, dass kein Ärger so groß sein kann, um nicht von einem noch größeren in den Schatten gestellt zu werden.

Heinleins Handy klingelte. «Ja, was ist denn?!», fragte er wirsch.

Kurzes, abgehacktes Nicken signalisierte, dass es sich um etwas handeln musste, was nicht alle Tage einen abgebrühten Ermittler wie ihn verstummen ließ. Kurz darauf drückte er das Gespräch ab, ließ das Handy in seine Sakkotasche gleiten und machte sich bereit zu gehen.

«Jemand hat den Pfarrer von Veitshöchheim ermordet», sagte er trocken.

✷

Ich hatte Heinleins Frage noch nicht beantwortet, und sie besaß für den Moment auch keine Bedeutung.

Der Pfarrer von Veitshöchheim war Nikola.

Es hatte mich keine großen Mühen gekostet, Heinlein davon zu überzeugen, mich an den Tatort mitzunehmen, obwohl ich offiziell dort nichts verloren hatte. Es war nicht mein Fall, ich war draußen. Oberhammer hatte Heinlein aus schierer Not und auf Bewährung, wie er ausdrücklich betonte, an meine Stelle gesetzt. Dass dies nicht von Dauer sein würde, daran ließ er keinen Zweifel. Und diesmal würde Oberhammer nicht mehr den gleichen Fehler begehen wie in meinem Fall, blind und ungeprüft eine Personalanforderung aus München zu akzeptieren. Ich musste Heinlein jedoch gestehen, dass ich Nikola von früher her sehr gut kannte und ihn tags zuvor noch getroffen hatte. Somit trat ich nicht ganz freiwillig und nicht ohne Brisanz in den

Kreis der anstehenden Ermittlungen. Ich verschwieg die näheren Hintergründe.

Heinlein stellte keine weiteren Fragen. Er wusste so gut wie ich selbst, dass ich mich dadurch hätte belasten können. Stattdessen schien es in seinem Kopf turbulent zuzugehen. Ratloses Kopfschütteln und verständnisloses Seufzen waren unmissverständliche Anzeichen.

Mir drehte sich während der kurzen Fahrt nach Veitshöchheim der Magen auf halb acht, wenn ich nur daran dachte, dass Nikola tot sein sollte. Er war doch in Begleitung dieses Priesters, redete ich mir ein. Und er hatte ihm vertraut. Nikola war nicht der Typ, brisante Angelegenheiten mit einem Unbekannten zu teilen. Was war geschehen?

Wir fuhren an der Mauer des Rokokogartens entlang. An jedem Zugang war ein Kollege postiert und verwehrte herbeigeeilten Schaulustigen den Zutritt. Heinlein parkte den Wagen an der Dorfkirche St. Vitus. Wir bahnten uns den Weg durch eine beträchtliche Ansammlung verstörter Gemeindemitglieder, die nicht wie sonst eifrig Theorien zum Tathergang konstruierten, sondern geschockt darauf warteten, mit dem Unvorstellbaren konfrontiert zu werden. In nicht wenigen Händen kreiste ein Rosenkranz, und stumme Lippen wiederholten Fürbitten, die sie oft mit Nikola gemeinsam bei Andachten gesprochen hatten. Ein sicheres Zeichen dafür, dass Nikola weit mehr als nur der «Herr Pfarrer» in der Gemeinde gewesen war.

Als wir die Absperrung zum Park hinter uns gebracht hatten, kamen uns blass-stumme Kollegengesichter entgegen, bereit für eine posttraumatische Behandlung bei der Polizeipsychologin. Eine erste Sitzung schien ein Gärtner zu erhalten, der wie betäubt auf einer Parkbank saß, die sonst zur beschaulichen Einkehr auf dem Gelände diente.

Fassungslos stierte er in die Tiefe des Raumes, während ein Kollege seine Hand hielt.

Der Tatort lag im hinteren, durch Hecken und Büsche schwer einsehbaren Teil des Rokokogartens, der gemeinhin als schönster und bekanntester Deutschlands gerühmt wird. Es musste eine Ewigkeit her sein, dass ich zum letzten Mal hier gewesen war. Trotz des niederschmetternden Anlasses konnte ich mich der bezaubernden Schönheit der Anlage nicht entziehen. Das Lust- und Jagdschloss der Würzburger Fürstbischöfe, von Antonio Petrini als Sommerhaus errichtet und rund siebzig Jahre später durch Balthasar Neumann zur heutigen Form vollendet, strahlte barockschwanger den Glanz vergangener Feste aus. Davor ruhten eine unüberschaubare Pracht verschiedener Laubengänge und Alleen, verträumte Pavillons, antike Säulen, ein Irrgarten und schließlich im Mittelpunkt der Anlage ein vierpassförmiger See. Auf einer Insel ragten Apollo, das Dichterross Pegasus und die Musen auf. Um den Teich gruppierten sich Figuren der antiken Mythologie und Allegorien der Künste und Jahreszeiten. Welch einnehmende Stimmung hier geherrscht haben mag, als der Hofstaat in festlichen Kostümen, bei feierlicher Wassermusik und bengalischem Feuerwerk lustwandelte, wollte ich mir in diesem Moment besser nicht vorstellen.

Dafür war hier und jetzt kein Platz, obwohl sich Nikola keinen schöneren Ort zum Sterben hätte aussuchen können. Ich folgte Heinlein zu einer Baumgruppe, vor der ein Blumenbeet ausgehoben war. Inmitten der frisch gestochenen Erde lag ein lebloser Körper.

Zuallererst erkannte ich Oberhammer. Die Arme verschränkt, fixierte er stumm die Leiche zu seinen Füßen, die von mehreren EDlern in weißen Schutzoveralls, unter Kollegen auch «Ganzkörperkondom» genannt, und von Pia, der Rechtsmedizinerin und meiner letzten Affäre in dieser Stadt, bearbeitet wurde. Neben ihnen standen der Bischof, unruhig das Gewicht von einem Bein auf das andere verlagernd, und eine mir unbekannte Frau in einem dunkelblauen Kostüm. Ich schätzte sie auf Mitte dreißig, das blonde glatte Haar züchtig zu einem Pferdeschwanz gerafft.

Sie blickte zu uns herüber, als wir uns näherten. Der kurze Anflug eines Lächelns, nicht länger als ein Wimpernschlag, genügte, um mir klar zu machen, dass etwas mit ihr nicht stimmte. In ihren Augen erkannte ich einen seltsamen Schleier der Betroffenheit, der sich wie ein Handschuh über ihre Erscheinung stülpte. Was sich dahinter verbarg, konnte ich zu diesem Zeitpunkt noch nicht ahnen.

Als Nächster bemerkte uns Oberhammer. Er schien tatsächlich über meine Anwesenheit erstaunt. «Was machen Sie hier, Kilian? Oder haben Sie sich's anders überlegt?»

Ich erwiderte nichts und verbannte ihn aus meinem Bewusstsein.

«Was soll's», murmelte er in seinen Bart und raunzte dann Heinlein an: «Jetzt haben Sie Ihren Fall, Kollege. Ihren ersten eigenen. Mal sehen, was Sie imstande sind zu leisten.»

Auch Heinlein hatte die Taue seiner Aufmerksamkeit zu Oberhammer gekappt. Ohne ein weiteres Wort blickten wir alle nach unten, wo Pia am Torso Untersuchungen vornahm. Die Beine an den Körper herangezogen, lag der Mann seitlich auf der frischen Erde. Eine Hand umklammerte ein Buch, die Bibel, und lag auf seiner Brust. Die andere war zur Faust geballt. Sie war Ziel der Aufmerksamkeit Pias unter den Blitzlichtern und Vermessungsarbeiten der EDler.

Dann erkannte ich den Menschen, dessen Kopf mit einem glatten Schnitt von seinem Hals abgetrennt worden war. Dieser lag mit erloschenen Augen keinen Meter entfernt in der weichen Erde. Es war Nikola.

«Kannst du schon was sagen, Pia?», fragte Heinlein und brach das beklemmende Schweigen.

«Gleich, Schorsch», antwortete sie.

Sie hatte mich noch immer nicht bemerkt, was mir nicht unrecht war. Mit einer Szene hatte ich zwar unter den Anwesenden nicht zu rechnen, doch wollte ich sie nicht herausfordern und verhielt mich, was meinem neuen Status als Privatier auch entsprach, ruhig. Ich überließ Heinlein das Ruder.

Pia öffnete die Faust Nikolas ohne große Mühe. Die Totenstarre war zwar schon eingetreten, aber noch nicht fortgeschritten, was meine Überlegungen zum Todeszeitpunkt fütterte. Ich hatte Nikola gegen zwei Uhr in der Nacht verlassen. Jetzt war es 15 Uhr. Der Tod musste demnach nicht lange nach zwei Uhr eingetreten sein.

Pia förderte einen zusammengeknüllten Fetzen Papier zutage, den sie vorsichtig entfaltete und in ein Plastiktütchen steckte. Erst als sie es Heinlein reichte, bemerkte sie mich. «Was …»

Ich schüttelte stumm den Kopf, und Pia, das musste man ihr trotz aller Eigenarten zugute halten, schaltete schnell und verschob Frage und Antwort auf einen späteren Zeitpunkt.

«‹So wurden Himmel und Erde vollendet und ihr ganzes Gefüge. Am siebten Tag vollendete Gott das Werk, das er geschaffen hatte, und er ruhte am siebten Tag, nachdem er sein ganzes Werk vollbracht hatte›», las Heinlein vor. «Was soll das bedeuten?»

«Das ist die Genesis, mein Gott!», entfuhr es dem Bischof, der über diese Unkenntnis der Heiligen Schrift den Kopf schüttelte.

«Um exakt zu sein, Kapitel zwei, Vers eins bis zwei», präzisierte die Blonde an seiner Seite emotionslos und ohne falsches Pathos.

«Wer sind Sie?», fragte Heinlein.

«Das ist Signora Yasmina della Schiava», antwortete der Bischof an ihrer statt, «eine Kollegin für Kirchen- und Kunstgeschichte aus Rom. Sie unterstützt uns im Zuge des Fundes am Kilianshaus. Sie haben sie heute Morgen in den Räumen der Denkmalpflege nur knapp verpasst.»

Eine Römerin, schoss es mir durch den Kopf, und eine echte Blonde noch dazu, wie mir ihre makellosen Haaransätze versicherten. Das war selten, zumal sie eine auffallend helle Hautfarbe hatte, die sich so gar nicht mit dem sonnigen Italien in Verbindung bringen ließ. Ich zog Norditalien ins Kalkül, eine Südtirolerin vielleicht; auf jeden Fall scheute sie die Sonne.

«Ich habe mir erlaubt, sie mit an diesen schrecklichen Ort zu bringen, da ich sie nicht einfach im Ordinariat sitzen lassen wollte», entschuldigte sich der Bischof. «Mein Bau- und Kunstreferent ist heute Morgen leider nicht erschienen. Weiß der Herr, wo er sich wieder herumtreibt. Es wäre seine Aufgabe gewesen. Nun, die Signora hatte nichts dagegen einzuwenden.»

«Das ist zwar ungewöhnlich und von Gesetzes wegen nicht erlaubt, aber wir wollen da mal ein Auge zudrücken», sagte Oberhammer. Das war nun wieder seine Show. Die Großherzigkeit in Person, gerade wenn es nichts zu verschenken gab.

Signora della Schiava verfolgte die Unterredung mit scheinbarem Interesse und schüchterner Verklärtheit. Doch ihre Augen blieben an ihrem Verhalten unbeteiligt, sie sprachen eine andere Sprache, deren Herkunft ich nicht zuordnen konnte. Ihre Aufmerksamkeit galt unerklärlicherweise mir. Sie ließ mich die ganze Zeit über nicht aus ihrem Blickfeld, starrte mich zwar nicht an, registrierte jedoch jede Bewegung und Regung meinerseits genau.

«Ich bedanke mich für Ihre Großzügigkeit», antwortete die Signora, «auch wenn ich zugeben muss, dass der Anlass bestürzend ist.»

«Damit sind wir wieder beim Thema», ergriff Oberhammer nach erhaltener Danksagung die Initiative. «Nun, Herr Heinlein, wie gehen Sie jetzt vor?»

Diese Frage war an sich schon eine Frechheit, das musste man einen gestandenen Ermittlungsbeamten des K1 vor Publikum wirklich nicht fragen. Oberhammer wollte damit ganz offensichtlich einen ungeliebten Kollegen bloßstellen.

Doch mein Freund Schorsch reagierte, wie ich es nicht besser hätte tun können. «Ich denke, Herr Polizeidirektor, wenn nicht alle Spuren von den hier versammelten Anwesenden bereits vernichtet worden sind, werde ich mich nun daranmachen, herauszufinden, wer den Priester umgebracht hat.»

Damit war auch Oberhammer gemeint, und jeder, er inbegriffen, hatte verstanden. «Dann bin ich ja gespannt, Herr Heinlein», giftete er. «Ich erwarte Ergebnisse. Umgehend.»

Heinlein schenkte ihm keinerlei Beachtung, sondern beugte sich zum Toten hinunter und begann mit seinen Untersuchungen.

«Nun dann, meine Herrschaften», sagte Oberhammer mit einer ausladenden Handbewegung, als wolle er Vieh von der Weide treiben, «lassen Sie uns gehen und meinen Beamten seine Arbeit tun.»

Die Signora und der Bischof folgten seiner Anweisung

und setzten sich in Bewegung, doch Heinlein packte noch ein Pfund obendrauf. «Sie bleiben! Ich hätte da noch ein paar Fragen hinsichtlich dieser Bibelstelle und des Opfers. Er war Priester Ihres Bistums.»

Die Ohrfeige hatte gesessen. Ich hörte regelrecht das Klatschen in Oberhammers Gesicht, und die Röte stieg in Rekordzeit empor. Er suchte als letzten Rettungsanker zur Demonstration seiner Macht mich als Opfer aus. «Kilian!», bestimmte er, als gelte es einen Hund zum Herrn zu befehlen.

«Kilian bleibt. Er war mit dem Opfer bekannt. Ich brauche Hintergrundinformationen.»

Treffer und versenkt. Jeglichen weiteren Versuch unterließ Oberhammer. Weiß Gott, was Heinlein noch eingefallen wäre. Geschlagen und gedemütigt drehte Oberhammer ab. Auf dem Weg zur Straße hinunter hörte ich wütende Anweisungen an die Beamten, die mit dem Aufheulen eines PS-starken BMW-Motors erloschen.

Ich war sprachlos, aber auch stolz auf meinen Kollegen, der sich in den letzten Monaten zu einem wahren Widerstandskämpfer gegen die oberbayerische Bevormundung entwickelt hatte.

«Wenn ich's nicht selbst erlebt hätte, ich würd's nicht glauben.»

«Schon gut», wehrte Heinlein ab. «Wir haben ein Problem, und ich weiß nicht, wie ich das lösen soll. Du weißt, was ich meine.»

«Das kann man wohl sagen», mischte sich Pia ein. «Wie kannst du nur?»

«Müssen wir das hier in aller Öffentlichkeit diskutieren?!», ging ich dazwischen, da die Signora und der Bischof großes Interesse an den Vorgängen um meine Person zeigten.

«Nein, natürlich nicht», lenkte Heinlein ein. «Nicht jetzt. Also, Pia, was haben wir hier?»

«Einen Moment. Ich muss erst noch die Temperatur messen.»

Sie blickte auf den bekleideten Nikola herab und zögerte. Normalerweise sollte sie dem Opfer das Thermometer rektal einführen, doch in diesem Fall hätte sie den Priester vor den Augen der Frau entkleiden müssen. Stattdessen öffnete sie ihm Jackett und Hemd, nahm aus ihrem Koffer ein Skalpell und setzte einen kleinen Schnitt im linken Unterbauch. In die blutlos klaffende Wunde steckte sie das Thermometer und las kurz danach eine Temperatur von 26 Grad Celsius an der Skala ab.

Dann erhob sie sich und ging an die Fußseite des Opfers, um einen vorläufigen Tathergang auf Basis der bisherigen Informationen nachzustellen.

«Wie ich die Sache sehe, ist Folgendes passiert: Zwischen ein und drei Uhr heute Nacht hat der Mann hier an dieser Stelle gekniet. Du siehst die beiden Mulden auf der frisch ausgehobenen Erde. Er hatte die Arme mit dem Buch verschränkt vor die Brust gehalten. Dem Fehlen weiterer Verletzungen nach zu schließen, ist ein einziger Hieb mit einer mir noch unbekannten Waffe geführt worden und hat ihm den Kopf abgetrennt. Ich denke, er muss ihn dazu nach vorne gehalten haben, wie bei einer Hinrichtung im Mittelalter. Dadurch war ein ausreichender Widerstand gegeben, um mit einem einzigen schwungvollen Schlag den Kopf vom Hals zu trennen. Der Täter muss links hinter dem knienden Mann gestanden haben, als er den Schlag führte.

Du siehst an der Abtrennungsstelle im Nacken rechts den glatten Wundrand mit einem schmalen Vertrocknungssaum. Dieser fehlt vorne am Hals. Der Körper kippte dann vornüber und fiel zur Seite um. Sein Herz hat nach der Dekapitation sicherlich noch ein wenig weitergeschlagen und seinen Körper ausgepumpt. Auf der Erde siehst du einen eng eingegrenzten Bereich, wo das Blut versickerte. Blutspritzer in der Umgebung konnte ich nicht ausmachen. Deshalb glaube ich, dass sie auch an der Kleidung des Täters fehlen.»

«Kannst du mir noch was zum Täter sagen?», fragte Heinlein.

«Wie gesagt, zusätzliche Hieb- oder Stichwunden konnte ich bei erster Begutachtung nicht feststellen. Anzeichen einer vorangegangenen Auseinandersetzung fehlen auch, was mich zur Annahme dreier Hergangsmöglichkeiten führt: Erstens, der Täter hat das Opfer vielleicht beim Beten oder beim Vergraben eines Gegenstandes überrascht. Für den Todeszeitpunkt und den Ort außergewöhnlich, aber wer weiß, was Menschen zu nachtschlafender Zeit alles so umtreibt. Zweitens, Täter und Opfer kannten sich, oder drittens, die Dekapitation ist im wehrlosen Zustand des Opfers erfolgt. Letzteres wird sich erst nach den toxikologischen Untersuchungen erweisen.»

«Welche Art von Waffe wurde benutzt?»

«Sie muss über eine ausreichend große Masse verfügen. Ein Säbel oder ein Florett, wie sie im Fechtsport verwendet werden, würde meiner Vermutung nach nicht ausreichen. Eher schon eine Art Schwert oder ein schweres Hackmesser mit langem Griff, wie es von Metzgern benutzt wird. Zweitens, die Waffe muss stabil sein, darf sich nicht biegen wie die Sportwaffen, und drittens, sie muss scharf, sehr scharf sein. Der Wundrand ist nach bisheriger Inaugenscheinnahme glatt, ohne irgendeinen Ausriss, sodass die Schneide ohne Kerbe oder Scharte sein muss. Das Instrument wäre demnach neu oder sehr gepflegt. Aber das sind vorläufige Vermutungen. Mehr nach der Obduktion.»

«Und was ist mit dem Papier in seiner Hand?», fragte ich. «Kam es nachträglich dorthin?»

«Gute Frage», antwortete Pia, ohne vorwurfsvollen Unterton, als wäre ich immer noch Chef des K1 und im Dienst. «Die Hand hat den Papierfetzen fest umschlossen und dementsprechend geformt. Eine Platzierung postmortal wäre schwierig umzusetzen, ist aber nicht ausgeschlossen. Nach der offensichtlichen Schweißdurchdringung auf dem Schnipsel tippe ich auf eine Platzierung zu Lebzeiten. Durch wen auch immer.»

«Wäre nicht auch die Frage interessant, woher das Papier stammt?», schaltete sich die Signora Yasmina ein.

«Gute Frage», wiederholte Heinlein.

«Sind die EDler fertig?», fragte ich dazwischen.

«Ja», antwortete Pia.

«Dann lass uns doch mal nachschauen.»

Ich nahm Handschuhe aus Pias Koffer, streifte sie über und entfernte die Bibel aus Nikolas Hand. Tatsächlich, nach dem Inhaltsverzeichnis und den Erläuterungen zur betreffenden Ausgabe fehlte der «Erschaffung der Welt» von Kapitel 1, Vers 26, bis Kapitel 2, Vers 4, die rechte untere Ecke. Heinlein hielt den Papierfetzen zum Vergleich darüber, und er fügte sich nahtlos in die Abrisskante ein.

«Und, was sagt Ihnen das jetzt?», meldete sich der Bischof zu Wort.

«Willst du?», fragte ich den ermittelnden Beamten Heinlein vorsorglich. Er verneinte.

«Ich denke, dass wir hier einen Hinweis auf den Mörder haben.»

«Interessant», sagte die Signora. «Woraus schließen Sie das?»

«Welchen Grund gäbe es sonst, dass sich jemand im sicheren Angesicht des Todes, mit der Bibel in der Hand und auf Knien, die Mühe macht, eine Textstelle herauszureißen und sie in seiner Hand verschwinden zu lassen, wenn er ohnehin wenig später in Gottes Paradies einkehren wird?»

«Was macht Sie da so sicher?», legte die Signora nicht ohne Ironie in der Stimme nach.

«Ich kannte Nikola. Wenn einer es verdient hat, dann er.»

Wieder die Signora. «Wie gut kannten Sie ihn?»

«Ich denke, das Fragen überlassen Sie jetzt wieder mir», unterbrach Heinlein.

«Natürlich», entschuldigte sich die Signora nicht sonderlich glaubwürdig und schwieg.

«Also, wie gut kanntest du eigentlich das Opfer?», fragte Heinlein.

Ich überlegte. Verdammt, was sollte ich sagen. Ex-Kollege Schneider erlöste mich und schickte mich gleich darauf in die Hölle.

«Hallo, Schorsch», stammelte er keuchend. «Ich komm gerade aus dem Pfarrhaus. Da ist eingebrochen worden. Eine Nachbarin hat uns benachrichtigt, noch bevor wir hier angerückt sind. Jetzt war ich mit ein paar Kollegen drüben, hab mir die Sache angeschaut, Spuren nehmen und ins Labor bringen lassen.»

«Und, was gefunden?», fragte Heinlein.

Schneider machte ein verlegenes Gesicht. Dabei schaute er unsicher auf mich und dann wieder zu Heinlein.

«Jetzt sag schon.»

Schneider führte Heinlein zur Seite, in sichere Entfernung, sodass niemand sie belauschen konnte.

Und Schneider erzählte, blickte verschämt herüber, dann wieder nach unten, bis Heinlein plötzlich und unerwartet der Kragen platzte.

«Hundsverreckte Scheiße!»

Jetzt wusste ich, dass auch er es wusste.

✷

Ich war sein erster und einziger Tatverdächtiger.

Die Sache sah beim momentanen Kenntnisstand des ermittelnden Kripobeamten KOK Heinlein folgendermaßen aus: Der zurzeit freigestellte KHK Johannes Kilian hat einen nicht näher identifizierbaren Zylinder aus Gold in eigenem oder fremdem Auftrag aus den Räumen der Denkmalpflege gestohlen. Als Beweismittel hierzu dient eine durch das DNA-Verfahren überprüfte Speichelspur des Verdächtigen auf der Verschlusskappe einer Taschenlampe, die am Tatort sichergestellt wurde.

Ebenjene Verschlusskappe ist eindeutig einer Taschenlampe, ohne Batterien, aber mit Fingerabdrücken des Verdächtigen zuzuordnen, die in den Räumen des gewaltsam verstorbenen Pater Nikola sichergestellt wurde. Eine weitere DNA-Analyse von Speichelresten am Schaft der Taschenlampe ist derzeit in Arbeit. Darüber hinaus wurden eine Skizze der Örtlichkeiten, ein mittlerweile bestätigter Zahlencode der Sicherungsanlage und der Hauptschlüssel zu den Räumen sichergestellt. Auch sie tragen die Fingerabdrücke des Verdächtigen.

Als kleines Bonbon ist die Kappe einer Mineralwasserflasche anzusehen, die in unmittelbarer Nähe zu den oben genannten Beweisstücken im Hause Nikolas aufgefunden wurde und der Marke nach zu einer unverschlossenen Flasche gehört, die in der Asservatenkammer der Denkmalpflege von einem Mitarbeiter versehentlich deponiert worden war. Auch sie trägt den Fingerabdruck des Verdächtigen.

Davon abgesehen sind meine Fingerabdrücke an Tisch

und Tür des Pfarrhauses in ausreichender Zahl erkennungsdienstlich sichergestellt worden.

«Du bist der dämlichste Einbrecher, der mir in meiner ganzen Karriere untergekommen ist», sagte Heinlein und brach damit gleichzeitig den Stab über meinen Kopf. Ab jetzt gab es nichts und niemanden mehr, der mich vor der anschließenden Strafverfolgung bewahren konnte. «Am besten», fuhr er fort, «nehme ich dich gleich an Ort und Stelle fest, damit ich mich nicht noch der Mitwisserschaft schuldig mache.»

«Jetzt mach mal langsam», protestierte ich.

«Nichts da. Ich habe stichhaltige Beweise, dass du den Einbruch verübt hast und im Pfarrhaus von Pater Nikola warst. Nur, wieso musstest du ihn umbringen?»

«Spinnst du?! Ich habe Nikola nicht getötet. Was sollte ich für einen Grund haben? Er war es, der mich aus dieser Scheiße hier erlöst hätte. Ich schlachte doch nicht die Kuh ...»

«Entschuldigung», unterbrach die Signora, «wenn Sie uns nicht weiter benötigen, dann würden wir gerne an unsere Arbeit zurückgehen. Wenn Sie noch Fragen haben, dann erreichen Sie mich unter der Nummer des Bischöflichen Ordinariats.»

Heinlein antwortete nicht sofort. Er dachte kurz nach, bis er die Idee hatte, die mich bis auf weiteres schonen sollte. «Dieser Zylinder, der gestohlen wurde, ist Ihnen doch sehr wichtig», begann er.

«Er ist der Grund, wieso ich hier bin. Darüber hinaus könnte er entscheidende Informationen über die Anfänge des Christentums in Franken beinhalten.»

«Na, wunderbar. Dann hätte ich einen Vorschlag.»

Heinlein winkte den Bischof herbei und lenkte mit einer auffordernden Geste die Aufmerksamkeit auf mich.

«Ja?», fragte ich ihn ahnungslos.

«Erzähl ihnen, was passiert ist. Nur ein Geständnis kann dich retten. Außerdem könnte der Herr Bischof ein Gnadengesuch beim Vorsitzenden Richter für dich einreichen, wenn es ihm mit der Vergebung und der Nächstenliebe ernst ist. Und das mit dem toten Priester, das warten wir erst mal ab, bis Pia und die Spurensicherung ihre Berichte vom Tatort eingereicht haben. Bis dahin bleibst du *nur* verdächtig. Mehr kann ich momentan nicht für dich tun. Also, fang an. Wir sind schon ganz gespannt auf deine, nennen wir es so, Beichte.»

Eine gewisse Schadenfreude in seiner Stimme war unüberhörbar. Ich haderte mit mir, ob ich mir das nun gefallen lassen oder ob ich ihm gleich eine in die Schnauze hauen sollte. Genau genommen war ich noch sein Vorgesetzter, freigestellt zwar, aber vorgesetzt.

«Wir warten ...»

Er saß am längeren Hebel, und ich erzählte diese verdammte, lange Geschichte von Anfang an, damit auch jeder kapieren würde, dass ich das nicht aus Jux gemacht hatte, sondern weil ich mich in einer ausweglosen Lage befand; rein menschlich, versteht sich. Etwas verschwieg ich jedoch, den unbekannten Priester. Weder kannte ich seine Identität noch die Verbindung, die der Bischof oder diese seltsame Signora zu ihm hatten. Der geheimnisvolle Fremde war alleinige Sache von mir und Heinlein.

Wider Erwarten stieß ich mit meiner Geschichte sowohl bei der Signora als auch beim Bischof auf christlich brüderliches Verständnis. Ohne ein Wort des Vorwurfs und mit aufmerksamer Neugier ließen sie mich erzählen. Nur mein Freund Heinlein verzog bei gewissen Details meines Einbruchs schmachvoll das Gesicht.

«Als ich gegen zwei Uhr heute Morgen das Pfarrhaus

verließ, war Nikola noch am Leben. Ich schwöre es bei meiner Seele.»

Betretenes Schweigen. Der Bischof und die Signora ließen die Neuigkeit erst mal auf sich wirken, bevor sie sich dazu äußerten.

Bis natürlich *er* die Stille brach. «Bleibt der Einbruch. Den hast du gestanden, und er wird entsprechend geahndet. Nun liegt es an Ihnen, Herr Bischof, wie wir weiter verfahren. Vorneweg, es liegt mir herzlich wenig daran, dass ich einen verdienten Kollegen, selbst wenn er geständig ist, vom Fleck weg einsperren lasse. Das kommt noch früh genug. Genauso wenig soll mein Kollege ... Ex-Kollege bevorzugt behandelt werden, nur weil er bei seiner Amtseinführung geschworen hat, das Recht zu schützen und die Schuldigen zu überführen.»

«Vielen Dank, Herr Kollege», knurrte ich ihn an.

Er genoss die neu gewonnene Macht sichtlich, und ich war ihm ausgeliefert. Der Bischof nahm die Signora zur Seite und unterbreitete ihr offenbar einen Vorschlag, dem sie in allen Punkten zuzustimmen schien. Dann traten sie wieder heran. Gespannt wartete ich auf den Urteilsspruch.

«Es liegt der Kirche nichts daran, und in ihrem Namen spreche ich», sagte der Bischof, «einen Menschen, sei er nun im Sinne des Gesetzes schuldig oder nicht, hinter Gittern zu sehen. Das obliegt Ihrer Gerichtsbarkeit, Herr Heinlein. Etwas unschätzbar Wertvolles ist der Kirche, uns allen geraubt worden. Es ist weniger der materielle Wert dieser Schriften als das, was sie für die Kirche heute, gestern und für die Zukunft bedeuten. Wie Sie alle wissen, treten die Bischöfe heute in Himmelspforten zusammen, um über ebenjene Zukunft der Kirche, des Glaubens weltweit zu beratschlagen. Sie können mir glauben, wie gerne ich diese Schriften präsentiert hätte, wenn nicht diese Sache mit Herrn Kilian und Pater Nikola dazwischengekommen wäre. Zudem finde ich keine Erklärung, wieso der Pater den Diebstahl der Aufzeichnungen in Auftrag gegeben haben sollte. Nun, das herauszufinden wird Ihre Aufgabe sein, Herr Heinlein. Mein vorrangiges Interesse in dieser Sache ist daher eindeutig. Im Auftrag der Kirche und zu ihrem Wohl gilt es, dass wir wieder in den Besitz der Handschriften und des Zylinders kommen. Deshalb möchte ich Sie, Herr Heinlein, bitten, Ihrem Kollegen die Chance auf Wiedergutmachung zu geben, damit er schnellstens zurückholt, was uns geraubt worden ist.»

Bravo. Das war endlich mal ein guter Vorschlag.

«Was soll ich?», entfuhr es Heinlein.

«Zu seiner Unterstützung habe ich die Signora della Schiava gebeten, ihm zur Seite zu stehen, damit diese leidige Sache schnellstens aus der Welt geschafft wird. Ich zähle auf Sie, Yasmina, und auf Sie, Herr Kilian.»

Kannst du. Besten Dank.

Heinlein war sprachlos. Dank auch dafür.

Die Signora Yasmina della Schiava, züchtig zurechtgestriegelt, schaute mich aus ihren makellosen Augen herausfordernd an. Und sie lächelte ein wenig.

✷

ICH BLICKE ZURÜCK AUF DEN TAG, ALS WIR UNS MIT GROSSER FREUDE IN DIESEM FRUCHTBAREN TAL NIEDERGELASSEN HABEN, UM DAS WORT DES HERRN DEN MENSCHEN ZU PREDIGEN. VIELE WAREN BEREITS IM NAMEN DES ERLÖSERS GETAUFT, WIE ES HERZOG THEOTBALD IHNEN BEFOHLEN, ABER NOCH IMMER HULDIGTEN SIE IHREN HEIDNISCHEN GÖTTERN IN GEWOHNTER WEISE.

auf sumpfigem Boden, mit der Kraft und der Geschicklichkeit unserer Hände erbaut, hörten sie im Hause des Herrn die frohe Botschaft. Anfänglich waren es wenige, denn vielen waren wir nicht geheuer, so fremd waren wir ihnen und die neue Lehre. Unser aufrichtiges und fleissiges Leben zahlte sich aus. So kam es, dass wir bei manchem Leid und auch beim Tode einer der Ihren gerufen und zum Segen der Geplagten und Verstorbenen gebeten wurden, wo zuvor die alten Götter ihr Heil versagten. Wir verweigerten ihnen den Dienst nicht und halfen mit flammenden Herzen einem jeden, der Hilfe suchte. Als Lohn für unsere Mühen forderten wir nichts und belohnten sie stattdessen mit den Lehren des Schreibens, des Hausbaus, der Schmiedekunst, des Fischfangs und anderen Fertigkeiten. Gar viele der fränkischen und der thüringischen Adelinge kamen fortan in unser Haus, um in fremden Sprachen und der Heiligen Schrift unterwiesen zu werden.

Händler, Reisende und Kranke, von Land und zu Wasser kommend, machten alsbald an der Furt zum Castellum halt, um die Brüder zu sehen, von denen sie erstaunliche Kunde erhalten hatten. Mit ihnen kam Wohlstand in die Auen der Mainlande. Die Zahl der Hütten wuchs und mit ihnen die Kreuze, die auf den Giebeln die Herrlichkeit des Allmächtigen bezeugten.

hatte uns der herzog anfänglich noch ein bleiberecht inmitten der hütten seiner untertanen eingeräumt, zeigte er zunehmend wenig begeisterung für unser wirken. zu sehr war er in die kämpfe mit den wenden an der reichsgrenze verstrickt, und der blutzoll seiner untertanen war gross. der widerstand unter den seinen wuchs. die schuld suchte er bei uns.

so kam es in diesen tagen, dass eine noch grössere gefahr über den wällen der virteburch heraufzog. war der herzog die jahre zuvor ein getreuer gefolgsmann derer aus dem königshaus der neustrier gewesen, lehnten sich inzwischen die mächtigen hausmeier in austrien gegen ihre eigenen herren auf und forderten von theotbald die gefolgschaft. der herzog, durch sieg und erfolg nahezu ohne königlichen zwang, musste sich entscheiden, da er an den aufziehenden wirren zu zerbrechen drohte.

heden, dessen und der herzogin bilihilds sohn, sah seine stunde gekommen. vom gift des vaters genährt, wollte er den thron besteigen. er verbündete sich mit den abtrünnigen thüringischen adelingen und dem haus der austrasier, um den schlag gegen die alte macht und den vater zu führen. sie riefen die gemeinen im verborgenen zum waffengang auf. jene aber, vom kämpfen ausgezehrt und vom glauben an den friedfertigen gott er-

griffen, zeigten wenig Eifer. Wiederum fiel die Schuld auf uns. Sie sagten, dass wir den Geist vergifteten und die Götter lästerten. Des Herzogs Weib Bilihild, eine getreue Dienerin unseres Herrn Jesus Christus geworden, suchte mich auf und drängte mich zur Flucht.
Flucht, meine Brüder, welch sinnloses Wort.

V.

Himmelspforten. Der letztendliche Ort für alle Fälle.

«Viele wichtige Entscheidungen wurden hier für die Kirche in unserem Land überlegt und getroffen», hatte Kardinal Lackmann zum fünfundsiebzigjährigen Jubiläum des diözesanen Exerzitienhauses einige Wochen zuvor in einem Grußwort geschrieben. Aber auch ganz weltliche Entwicklungen hatte das ehemalige Zisterzienserinnenkloster schon gesehen. Zuletzt 1998, als kolumbianische Guerillakrieger unter der Vermittlung des Bundesagenten Werner Mauss einen Friedensvertrag mit der kolumbianischen Regierung in stiller Abgeschiedenheit in den Mainauen unterschrieben.

Hinter hohen Klostermauern hatte sich der Ständige Rat der Deutschen Bischofskonferenz zu einer außerordentlichen Sitzung eingefunden, während draußen Journalisten einen Belagerungsring aufgebaut hatten. Die Zeit für Nettigkeiten war mit der Begrüßungsrede des Würzburger Bischofs vorbei. Ab jetzt herrschte Sturmwarnung. Die Bischöfe hatten nun Stellung bezogen, waren bereit zuzuschlagen, sobald sich die gegnerischen Reihen zeigten. Folgende Fragen standen im Raum: Wer stand wo, wer koalierte mit wem und welches Ziel verfolgten die jeweiligen Parteien? Jeder der anwesenden Herren versammelte in seinem Bistum eine entsprechend große Zahl an Gläubigen, Mitarbeitern und Meinungsmachern hinter sich, die je nach Sitzungsergebnis mit den rechten Worten auf die gefundene Linie eingeschworen werden mussten. Die gleiche Prozedur sollte sich nur wenige Tage später in Rom wiederholen, wenn sich die Kardinäle aus aller Welt zum Konklave in der Sixtinischen Kapelle versammelten, um aus ihren Reihen einen Nachfolger für den verstorbenen Papst zu küren. Dort wie hier zählten Allianzen, wenngleich die Zeiten, in denen Päpste gekauft wurden, seit langem vorbei waren. Nur das Gewissen der Kardinäle zählte. Niemandem schuldeten sie über ihre Entscheidung Rechenschaft. So lautete die Theorie. Auch Lackmann, der letzternannte unter den vier neuen deutschen Kardinälen, war nur seinem Gewissen verantwortlich und brauchte nicht das Plazet seiner Bischöfe einzuholen.

Dennoch, Kritik wurde laut. «Wo sind die anderen? Oder zählen sie sich nicht mehr zu uns?»

«Sie sind unabkömmlich und haben sich entschuldigt. Es steckt kein böser Wille dahinter.»

«Soll das bedeuten, dass alles so weitergehen wird wie bisher?»

«Nein. Sie haben ihre Verpflichtungen in Rom.»

«Ist es nicht seltsam, dass die Ernennung zum Kardinal eine sonderbare Distanz zur Kirche im eigenen Lande schafft? Nachdem ihr Kardinäle endlich in die ‹Zentrale› eingezogen seid und an eurer ‹Romkirche› bastelt, braucht man die eigene wohl nicht mehr?»

«Sei nicht zynisch. Es muss sich nicht alles wiederholen wie im Falle Joseph.»

«Apropos Joseph, ich habe schon lange nichts mehr von ihm gehört, seit seiner Dominus-Erklärung. Was treibt er denn so, in der Zentrale, in Rom?»

«Jetzt hör endlich auf. Ich hab nichts mit ihm zu tun.»

«Vielleicht solltest du das endlich mal! Oder willst du alles Walter überlassen? Er scheint wohl der Einzige zu sein, der da unten unsere Ortskirchen gegen die Allmacht Roms vertritt. Es ist zum Heulen. Es ist so, als hätten wir gar kein Konzil gehabt, das sich eindeutig gegen eine zentralistische Struktur und für eine Stärkung der einzelnen Kirchen in den Ländern ausgesprochen hat. Mit dieser Meinung stehe ich nicht alleine, das weißt du.»

«Es geht nicht alles von heute auf morgen. Das braucht Zeit.»

«Blödsinn! Das Letzte, was wir haben, ist Zeit. Wir müssen handeln. Von hier aus. Die Evangelischen sind bereit, sich von bestimmten Positionen zu trennen und uns zu unterstützen, wenn endlich mal wirkliche Reformen eingeleitet werden, und dazu gehört an erster Stelle deren Anerkennung als gleichberechtigter Teil dieser Christuskirche und nicht deren Ausschluss, so wie ihn Joseph in diesem Pamphlet gefordert hat. Der Papst hat doch genau diese Einheit in den letzten Jahren gesucht. Eine Einheit aller Christen. Und dazu gehören auch die evangelischen und orthodoxen Brüder.»

«Komm, hör doch auf. Die Sache in Athen ist gerade noch glimpflich abgelaufen. Was glaubst du, was passiert wäre, wenn er zu den Orthodoxen in die Ukraine gefahren wäre? Die hätten ihn doch gar nicht erst empfangen. Vielleicht dieser Kutschma, der Journalistenmörder, sonst aber niemand. Es liegt nicht in deren Interesse, an den Machtstrukturen etwas zu ändern. So wie die Welt aufgeteilt ist, hat man sich arrangiert. Alles andere sehen die doch als Missionierung und Abwerbung.»

«Stimmt, da hat er Recht.»

«Hat er nicht. Ich unterstütze Martinis Vorschlag, ein neues Konzil einzuberufen, das sich mit den heutigen Themen befasst: Priestermangel, Sexuallehre, Ökumene, das Verhältnis von Priestern und Laien, Frauenordination, Gentechnologie und so fort. Auch das Zölibat. Darüber müssen wir uns unterhalten, weltweit. Wenn ich nur daran denke, dass wir uns bei der Schwangerenkonfliktberatung in die Knie haben zwingen lassen, wird mir immer noch schlecht. Die Frauen laufen uns reihenweise davon. Bald sitzen noch nicht mal mehr die Alten im Gottesdienst, weil sie uns unter den Kanzeln weggestorben sind. Und die Jungen? Die hocken bekifft bei ihren Gurus oder machen Selbsterfahrungstrips zum Amazonas oder auf den Himalaja.

Und am allerwichtigsten, der längst überfällige Abbau von verkrusteten Strukturen. Freiheit für und in einer freien Kirche. Das sind die Kardinalforderungen und nichts anderes. Am besten sollten wir gleich die Abschaffung des Papstamtes verlangen.»

«Bist du jetzt ganz übergeschnappt?! Das ist Ketzerei!»

«Wieso nicht? Wir sind uns doch alle darüber einig, dass Luther in der damaligen Zeit genau richtig gehandelt hat. Und wenn diese verfahrene Rom-Situation nicht so weitergehen soll und wir nicht damit untergehen wollen, muss gerade aus Deutschland heraus eine neue Reformation gefordert werden. Wir sind dazu prädestiniert.»

«Jetzt spinnt er völlig.»

«Nein, das sind Visionen. Nach vorne schauen und handeln. Quinn aus San Francisco fordert kontinentale Patriarchate und König in Wien will Erdteil-Konferenzen mit erweiterten Befugnissen. Darüber kann man sich unterhalten. Nur, welche Forderungen kommen von uns?»

«Du weißt, dass ich das Kardinals-Konsistorium aufgewertet und die Bischofstreffen besser miteinander vernetzt sehen möchte.»

«Das reicht aber nicht. Bischofskonferenzen sind nach wie vor nichts anderes als unverbindliche Zusammenkünfte und deren Ergebnisse nichts weiter als Anregungen. Zu guter Letzt müssen sie auch noch in Rom abgehalten werden. Was für ein Wahnsinn. Die eigentlichen Entscheidungen fallen im Kreise der Papstberater und der Kurie. Ich bin also nichts weiter als ein Filialleiter der Zentrale in Rom ohne Mitspracherecht. Der Papst hatte das endlich erkannt, als er in seinem Schreiben für das dritte Jahrtausend erklärte, dass die Kirchenstruktur der Reform bedürfe.»

«Und hat sich damit nicht gerade viele Freunde gemacht. Im Gegenteil, man munkelt, dass verschiedene Kreise gegen ihn etwas unternehmen wollten, weil sie um ihre Stellung fürchteten. So wie es Sinsheimer zuvor ausgesprochen hat. ‹Der Papst ist ein Gefangener der Zirkel, die ihn umgeben und von der Basis fern halten.› Und jetzt, wo er nicht mehr ist, übernehmen sie ganz offen das Ruder.»

«Damit sind wir endlich beim Thema. Wie ihr alle wisst, werden sich alle 135 stimmberechtigten Kardinäle in den nächsten Tagen in Rom zum Konklave einfinden und hinter verschlossenen Türen die Wahlgänge durchführen. Da ich zum ersten Mal an diesem Verfahren teilnehme, ist es als euer Vorsitzender meine Pflicht, im Vorfeld mit euch zusammen den momentanen Stand der Dinge zu besprechen, wie ich ihn in Erfahrung bringen konnte. Um es kurz zu machen, die Sache läuft auf drei Kandidaten hinaus. Als da wären … die Kardinäle Benedetti, Armbruster und Mala Dingkor.»

«Ich hab's gewusst.»

«Bloß nicht Dingkor. Dann regiert Joseph als sein Inquisitor.»

«Benedetti, der alte Mafioso. Hat er wieder mal alle eingekauft.»

«Armbruster. Ganz klar, Armbruster wird's. Die Amis haben lang genug zugeschaut und bezahlt. Jetzt platzieren sie ihren Mann.»

«Silentium, meine Herren. Noch ist nichts entschieden. Als vierten Kandidaten räume ich auch Kardinal Esperanza große Chancen ein.»

«Esperanza? Bist du verrückt? Dann können wir ja gleich unser ganzes Geld nach Südamerika schaufeln. Esperanza ist bisher gut mit uns gefahren. Er soll sich in Bescheidenheit üben.»

«Wieso eigentlich nicht Esperanza? Er ist ein guter Mann und verdankt uns viel. Auch die Polen würden ihn unterstützen.»

«Du mit deinen Polen! Hast ja gesehen, was die uns eingebrockt haben. Den Fehler haben die Italiener und die Amis nur einmal gemacht. Mein Wort drauf.»

«Woher kommt die Unterstützung für Esperanza? Bestimmt nicht aus Medellín. Die haben ihn schon lange auf dem Kieker.»

«Vielleicht doch von den Amis. Jetzt, wo sie die panamerikanische Freihandelszone eingerichtet haben, brauchen die einen starken Mann da unten, auf den sie zählen können. Ein südamerikanischer Indio-Papst würde die Massen begeistern, so wie in Peru dieser neue Präsident. Da kommt ein Gringo aus New York nicht weit.»

«Du unterschätzt Armbruster. Er hat es offensichtlich geschafft, die Juden und die Iren auf sich einzuschwören. Gegen deren Geld und den politischen Druck kommt keiner an, selbst ein Esperanza nicht und ein Dingkor erst recht nicht. Armbruster traue ich es zu, die Juden und die Araber wieder an den Tisch zu bekommen. Dann ist er unsterblich. Ihr habt ja gesehen, was in Athen und Damaskus los war. Nichts ist ewig, außer der katholischen Kirche, versteht sich.»

«Ihr vergesst Benedetti. Er ist ein schlauer Fuchs und ein grandioser Taktiker obendrein. Jetzt, wo sein alter Freund

Silvio wieder an die Macht gekommen ist, hat er alle seine Krakenarme frei. Die Kurie wird er schnellstens wieder zurückgewinnen und sie von allen Polen befreien. Dort und nur dort wird entschieden, wer der kommende Mann ist.»

«Er ist nicht mehr der Alte. Früher hätte ich es Benedetti zugetraut, aber heute? Er hat zu viel Kraft gelassen in den vergangenen Jahren. Nein, Benedetti ist ein zahnloser Tiger.»

«Genau das ist sein Trick. Er lässt alle glauben, er sei schwach und berechenbar. Aber ehe sie sich versehen, stehen sie auf seiner Lohnliste. Ein Knäblein hier, eine Spielschuld dort, und schon hat er sie im Sack. Weiß der Teufel, wo er seine Spione überall sitzen hat. Bestimmt ist auch einer hier im Raum. Unter uns.»

«Oh Mann, ich halt's nicht aus. Geh endlich mal wieder zu deinem Therapeuten. Das ist ja krankhaft mit deiner Paranoia. Bestimmt glaubst du auch, dass dein Beichtstuhl verwanzt ist.»

«Schweig, sonst glaubt er's wirklich.»

«Wie steht's mit Dingkor? Hat irgendjemand was gehört?»

«Das Letzte war, dass er sich mit dem Dalai Lama getroffen haben soll. Ganz geheim, irgendwo im Busch auf 'ner indonesischen Insel. Die Chinesen sind völlig durchgedreht, als sie es über ihren Geheimdienst erfahren haben. Sie haben gleich ein Kommando losgeschickt, um zwei Fliegen mit einer Klappe zu schlagen. So 'ne Chance bekommen sie nie wieder.»

«Und haben sie sie erwischt?»

«Nein. Die Idioten haben sich im Busch verlaufen und sich zum Schluss mit den Abu Sayyaf angelegt. Muss ziemlich geraschelt haben im Urwald.»

«Ich tipp auf Dingkor. Er bereitet im Hintergrund alles

vor. Zuerst der Dalai Lama, dann irgend so ein Obermufti aus Arabien und, nicht zu vergessen, die Scheichs mit ihrem Öl. Da werden sogar die Amis zahm.»

«Stimmt. Erst Letztens hab ich gelesen, dass in spätestens zehn Jahren die Sprache im Internet nicht mehr Englisch, sondern Chinesisch sein soll. Zusammen mit den Indern bilden sie die Hälfte der Menschheit und beherrschen damit nahezu den ganzen pazifischen Raum. Die Amis müssen also etwas gegen die Schlitzaugen unternehmen, sonst erleben sie ihr zweites Vietnam. Da käme ihnen Dingkor genau recht, mit seiner Wut auf die Moslems und die Chinesen. Also, für mich entscheidet sich alles im Osten. Genau wie damals in Konstantinopel.»

«Was hat er denn gegen die Moslems? Er verhandelt doch mit ihnen?»

«Seine Tochter … es konnte nie bewiesen werden, dass sie es wirklich ist, hat einen geheiratet. Seitdem ist der Ofen aus. Er bekämpft sie, wo er nur kann. Das bringt ihm viel Sympathien ein. Gerade in Rom und New York. Geschäfte macht er aber trotzdem mit ihnen.»

«Jetzt hör aber auf. Das ist Hollywood und übelstes Groschenroman-Niveau.»

«Ich sag ja nur, was ich so höre.»

«Kommen wir nicht vom Thema ab, meine Herren.»

«Exakt. Die alles entscheidende Frage ist, für wen stimmst *du*?»

«Das überlasse ich meinem Gewissen.»

«Kokolores. Lass hören, wer dich im Sack hat.»

«Genau.»

«Meine Herren, ich bin nicht hier, um mich vor euch zu verantworten. Wo kommen wir denn da hin?!»

«Wozu denn dann?»

«Eben. Was soll die Veranstaltung hier, wenn du uns nicht

sagen willst, wer dein Favorit ist? Und, für wen stimmen eigentlich die anderen, die heute durch Abwesenheit glänzen? Haben sie Angst, sich uns zu stellen?»

«Genau, das ist es.»

«Pure Angst. Sonst nichts.»

«Silentium!, wenn ich bitten dürfte. Als Hausherr lasse ich es nicht weiter zu, dass wir uns in diesem Ton unterhalten und uns gegenseitig die abstrusesten Vorwürfe machen. So wie ich die Sache sehe, hat Karl richtig gehandelt.»

«Danke, Paul. Meine Pflicht als Vorsitzender dieses Rates ist es, euch von den letzten Entwicklungen aus Rom zu berichten, bevor ich morgen zum Heiligen Stuhl aufbrechen werde. Dieser Pflicht bin ich hiermit nachgekommen. Alles Weitere wird sich zeigen. Hiermit ist die Veranstaltung beendet. Hat noch jemand etwas zu sagen?»

«Ja!»

Alle Köpfe drehten sich zur Tür, wo Bruder Alvarez bislang unbemerkt gestanden hatte. Noch immer trug er seine graue Kutte. Doch jetzt war sie gereinigt, und die Löcher waren geflickt. Die Kapuze lag zwischen seinen schmalen Schultern, sodass die Anwesenden im Raum die leuchtenden Augen sehen konnten, die inmitten des silbergrauen Haars wie Saphire auf toter Asche funkelten.

«Wer ist das denn?», fragte einer der Bischöfe.

«Das ist Bruder Alvarez», erklärte der Würzburger Bischof und stellte sich neben ihn. «Er ist gestern angekommen und bat um Aufnahme für ein paar Tage, bis er seine Reise fortsetzt.»

«Alvarez!»

Der Name kroch wie die Pest durch die Reihen und bereitete einigen sichtlich Unbehagen. Der Bruder war bekannt. Mit ihm persönlich zu tun zu haben, bedeutete Unheil für jeden Kirchenmann.

«Ist das Bruder Alvarez, der …»

«Ja, ich bin es!»

Ein Raunen legte sich über die Häupter.

«Ich weiß, dass ich in eurem Kreis nicht willkommen bin. Viele von euch meiden mich, wie auch ich keinen Kontakt mehr zu euch suche, seit jenem Tag, als der Bann über mich gesprochen wurde.»

✷

«Nicht die leiseste Spur», antwortete ich gereizt.

Die Suche nach dem verschwundenen Zylinder war in der näheren Umgebung des Tatorts ergebnislos verlaufen. Ebenso hier im Pfarrhaus, wo ich nachts zuvor Nikola die Beute und leider auch die spurenverseuchten Hilfsmittel übergeben hatte, die mich jetzt den Kopf zu kosten drohten. Nie im Leben hätte ich sie ohne Handschuhe angefasst, wenn ich nur geahnt hätte, welche Wendung diese Sache noch nehmen würde.

«Haben Sie auch wirklich überall nachgesehen?», fragte Signora Yasmina zum dritten Mal. «Auch dort, wo man sonst nie …»

«Gnädigste», fiel ich ihr barsch ins Wort, «ich habe meinen Beruf gelernt. Also bitte!»

Das fehlte noch. Eine besserwisserische Hobby-Detektivin, die mir, einem Kriminalbeamten, beibringen wollte, wo man nach versteckten Gegenständen zu suchen hat. Zudem stand sie mir mehr im Weg, als dass sie irgendeine Hilfe für mich war. Warum hatte ich mich nur darauf eingelassen. Ich hätte Heinlein davon überzeugen müssen, dass es weitaus geschickter gewesen wäre, mir den Auftrag ohne einen Aufpasser zu erteilen. Nun hatte ich sie am Hals und wusste nicht, wie ich sie loswerden sollte.

«Seien Sie nicht so empfindlich. Ich habe Sie doch nur

etwas gefragt. Kein Grund, mich anzufauchen», protestierte sie.

«Wie wär's, wenn Sie sich draußen vor der Tür auf die Bank setzen und warten, bis ich hier mit meiner Arbeit fertig bin. Das würde unsere Nerven schonen.»

«Sie haben ein Problem», sagte sie mokiert und ging zur Tür.

«Ach ja?», rief ich ihr nach. «Womit denn?»

«Mit Frauen.»

«Nicht, wenn sie tun, was man ihnen sagt.»

«Macho!»

Peng, die Tür war zu. Wieso nicht gleich. Nun war ich endlich allein, aber keinen Schritt weiter. Ich setzte mich an den Tisch, wo Nikola und der unbekannte Priester noch Stunden zuvor wie elektrisiert diesen ominösen Papyrus studiert hatten. Was hatte er eigentlich für eine Bedeutung, dass Nikola dafür eine Straftat in Kauf genommen hatte? Wieso hatte ich mich nicht näher dafür interessiert, anstatt einfach blind loszulaufen und einen Einbruch zu begehen? Und der entscheidende Punkt: Wieso hatte ich nicht meinem Instinkt vertraut? Ich hätte sofort wieder gehen müssen, als ich mit diesem Priester konfrontiert wurde. Jede noch so kleine Abweichung vom besprochenen Plan konnte das Scheitern bedeuten. Und so war es ja auch. Nur, wieso hatte Nikola mir nichts über ihn erzählt, und wieso vertraute er ihm rückhaltlos? «Er ist ein Freund, er wird uns nicht verraten. Gerade er nicht», hatte Nikola gesagt, um meine Zweifel zu zerstreuen. «Er» musste folglich jemand sein, der mit dem Zylinder ursächlich zu tun hatte und eine bedeutende Rolle in dieser Charade spielte. Doch wie passte das alles zusammen?

Ich wunderte mich sehr über mein gestriges Desinteresse und meine Fahrlässigkeit, die mich wie ferngesteuert all das hatte tun lassen, ohne nach der Identität des Fremden zu fragen. Ich musste mir eingestehen, dass ich auf ganzer Linie versagt hatte und jetzt nicht so recht weiterwusste. Darüber hinaus hatte ich diese seltsame Signora am Hals, die ich in die Vorkommnisse nicht so recht einordnen konnte.

Mein Blick schweifte haltlos im Raum umher, auf der Suche nach dem übersehenen Detail, das mich auf die Spur des Mörders setzte. Ein Tisch, eine Eckbank, ein Vertiko mit Besteck und Teller, ein Herd und eine Lampe. Der Raum war karg gehalten, funktional, ohne nennenswerten Schnickschnack. Zu verstecken gab es hier nichts, was die Kollegen vom Erkennungsdienst und ich nicht schon überprüft hatten.

Ich musste weitere Möglichkeiten in Betracht ziehen. Dazu gehörte, dass ich den Unbekannten ausklammerte und einen «vierten Mann» ins Kalkül zog, der von außen dazugekommen war. Wie war er mitten in der Nacht hierher gekommen? Wie konnte er wissen, dass ich den Zylinder mit dem Papyrus bei mir hatte? Meine Antwort lautete: Er musste mir gefolgt sein. Das bedeutete, dass er bereits vor der Residenz auf mich gewartet hatte beziehungsweise dorthin kam, als ich die Räume der Denkmalpflege verließ. Das wiederum zog nach sich, dass er wusste, was ich mit mir führte und dass auch er in den Besitz des Papyrus gelangen wollte.

Aber wieso hatte er nicht gleich dort zugeschlagen, sondern erst hier draußen? War er mir körperlich unterlegen, oder hatte er nur auf den richtigen Moment gewartet? Und zu guter Letzt, wieso hatte er Nikola enthauptet und nicht einfach erstochen, erschossen, erwürgt oder ihn auch nur gedrängt, den Papyrus herauszugeben? Dafür musste es einen entscheidenden Grund geben.

Genauso wie für den Papierfetzen aus der Bibel, den Nikola in seiner Hand versteckt gehalten hatte. Natürlich war das ein Hinweis, dass die Stelle aus der Genesis, in der es um die Erschaffung der Welt durch Gott geht, eine Bedeutung hatte und dass es der Fingerzeig auf den Mörder war. Nur, wie lautete er? Ich erinnerte mich an die Zeilen, die Heinlein am Grab vorgetragen hatte: «Am siebten Tag vollendete Gott das Werk, das er geschaffen hatte, und er ruhte am siebten Tag, nachdem er sein ganzes Werk vollbracht hatte.» Der siebte Tag war eindeutig der Sonntag. Heute war Mittwoch. Würde am siebten Tag, dem Sonntag, etwas geschehen? Dann die Stelle «vollendete Gott das Werk», die die Erschaffung der Welt beschrieb. Ging es bei der Sache vielleicht um eine neue Welt? Eine neue Ordnung? Wie sähe sie aus und welche Organisation wäre dazu überhaupt imstande? Welche Bedeutung hatte ein alter Papyrus dafür?

Zum Schluss nochmal der «siebte Tag», an dem er, Gott, ruhte, nachdem sein Werk vollbracht war. Mir schwirrte der Kopf, denn ich hatte nicht den leisesten Schimmer, wie das alles zusammenpasste.

Ich konzentrierte mich wieder auf die Mordwaffe. Es musste auf jeden Fall eine scharfe und schwere Klinge gewesen sein, um den Hieb erfolgreich zu führen. Zusätzlich musste der Mörder mit dieser Waffe, einem Schwert oder einem Hackbeil, umgehen können – und er hatte sie bei sich getragen. Ein Schwert. Wer führt ein Schwert mit sich? So ein Irrsinn. Die Waffe wäre nur schwer vor den Blicken eines Passanten zu verbergen gewesen. Also hatte sie eine Bedeutung, für die der Mörder bereit war, das Risiko der Entdeckung einzugehen. Mündete diese Risikobereitschaft in dem Ritual einer Enthauptung, bei der er Nikola hatte niederknien lassen? Und überhaupt, wieso hatte Nikola sich nicht gewehrt?

Viele Fragen für den Moment, ohne eine schlüssige

Antwort. Bevor ich mich weiter auf den Mörder und die Tatwaffe konzentrierte, wollte ich Pias Ergebnisse von der Obduktion und die Auswertung aller Spuren vom Erkennungsdienst abwarten.

Somit kam ich zur alles entscheidenden Frage: Welche Motivation hatte die Person getrieben, einen Mord zu begehen? Was so viel hieß wie: Was war das Geheimnis dieses Zylinders aus Gold und des vergilbten Papyrus?

Auf diese Frage musste mir diese seltsame Signora eine Antwort geben können. Das war ja der Grund, weswegen sie eigens aus Rom angereist war. Eine grünäugige, blondblasse Kirchengeschichtlerin aus Rom. Mein Gott, was für eine Kombination.

Ich unterdrückte widerstrebend meine Aversion gegen dieses Geschöpf und ging vor die Tür, wo ich sie auf einer kleinen Bank an der Hausmauer sitzen sah. Die Bank stand halb im Schatten und halb in der Sonne. Wie ich nicht anders erwartet hatte, saß sie im schattigen Teil. Welch seltsames Verhalten für eine Römerin. Sie mied die Sonne.

Ich drückte mir die Ray Ban auf die Nase und setzte mich neben sie in die Sonne. «Ein schöner Tag. Finden Sie nicht?»

«Jeder Tag ist schön, wenn man die richtige Einstellung dazu hat», antwortete sie. «Haben Sie Ihre mittlerweile gefunden?»

«Hören Sie, ich gebe zu, dass ich nicht sonderlich darüber erbaut bin, eine Partnerin in diesem Fall zu haben. Die Sache ist ohnehin schon kompliziert, und es geht um viel für mich in diesem Spiel.»

«Ich bin in Rom ja so einiges mit der Polizei gewohnt, aber ich habe noch nie davon gehört, dass ein Polizist im Auftrag eines Priesters einbricht und stiehlt. Was war Ihre Belohnung?»

«Dass mich Pater Nikola zurück nach Italien bringt.»

«Wieso brauchen Sie dazu die Hilfe eines Priesters?»

«Er hatte sehr gute Kontakte, die mir den Einstieg in bestimmte Kreise ermöglicht hätten.»

«Als Polizist?»

«Zurzeit bin ich auf eigenen Wunsch beurlaubt. Ich will die Chance nutzen, um mich nach neuen Herausforderungen umzusehen. Nikola war ein d'Agostini.»

«Von der Banco d'Agostini?»

«Exakt.»

«Eine gute Adresse. Selbst die Vatikanbank macht mit den d'Agostinis Geschäfte. Nun, ich befürchte, die Sache mit dem Tod von Pater Nikola schaut nicht gut für Sie aus. Ich habe den Eindruck, dass Ihr Kollege, dieser Herr Heinlein, Sie nicht mehr lange vor einer Anklage schützen kann.»

«Deswegen ist Eile geboten. Ich ... wir müssen schnellstens Ergebnisse liefern.»

«Wir?»

«Ja, wir. Ich habe nachgedacht und möchte mich für meine aufbrausende Art bei Ihnen entschuldigen. Manchmal gehen mir einfach die Pferde durch.»

«Weil Sie meine Hilfe brauchen. Nicht, weil ich Ihnen plötzlich so sympathisch geworden bin. Habe ich Recht?»

«Ich gebe es zu, ja, ich brauche Ihre Hilfe. Vielleicht werden Sie mir dann auch sympathischer. Also, werden Sie mir helfen?»

Die Signora della Schiava lehnte sich zurück, drückte ihren blonden Schopf gegen die Mauer und blickte in den stahlblauen Himmel über Veitshöchheim. Ein Lächeln huschte über ihre Lippen.

«Wissen Sie», sagte sie, ohne den Blick vom Firmament zu nehmen, «Frauen haben für Männer nur dann eine Bedeutung, wenn Sie gebraucht werden. Haben sie ihre Arbeit getan, lässt man sie fallen wie eine heiße Kartoffel. Ich habe nie verstanden, wieso das so ist. Können Sie mir darauf eine Antwort geben?»

«Wahrscheinlich, weil Männer von Natur aus Einzelgänger sind und es ihr Leben lang bleiben, selbst wenn, ich korrigiere mich, gerade wenn sie verheiratet sind und Kinder haben. Für Frauen sind Männer das, was ein Männchen bei den Gottesanbeterinnen für das Weibchen ist. Samen und Nahrung. Nichts weiter. Wir Männer wissen das instinktiv, deshalb bedienen wir uns der Frauen und machen uns anschließend schnellstens aus dem Staub.»

Yasmina lachte laut und geradeheraus. «So eine Erklärung habe ich ja noch nie gehört. Wo haben Sie das denn her?»

«Hat mir 'ne Kakerlake in meiner Dachstuhlwohnung erzählt.»

Auch ich musste lachen, über den Unsinn, den ich mir manchmal auf solch unenträtselbare Fragen einfallen ließ. Wie sollte man etwas erklären, was wahrscheinlich in den Genen oder in den abgrundtiefen Winkeln der Psyche verschüttet liegt.

Von einem Moment auf den anderen hatte sich Yasminas Ausstrahlung einer blond-blassen Kirchenmaus in die herzerfrischende und lebendige Art einer wirklichen Römerin gewandelt, so ausgelassen lachte und strahlte sie. Aber leider war der Moment schnell wieder vorbei, und ihr Lachen versank unter ihren farblosen Zügen.

«Ja, ich werde Ihnen helfen», sagte sie und zupfte artig den hochstehenden Kragen an ihrer weißen Bluse zurecht, der dem Gefühlsausbruch nicht standgehalten hatte.

Ich bemerkte es, vermied es aber, sie zu fragen, wieso sie an einem wohlig warmen Maitag ein dunkelblaues, hochgeschlossenes Kostüm trug, das eindeutig zu warm für die Jahreszeit war.

«Bravo», erwiderte ich, «es freut mich, dass Sie mir helfen wollen. Fangen wir am besten damit an, dass Sie mir sagen, was an diesem Zylinder und dem Papyrus so wichtig ist, dass ein Priester dafür ermordet wird und man Sie aus Rom hierher bestellt hat.»

«Ich wünschte, ich könnte Ihnen die Frage beantworten. Aber leider habe ich noch keinen Blick auf das Gehäuse und die Schriftrolle werfen können. Alles, was ich bisher weiß, habe ich vom Bischof. Er beschrieb mir, nicht ganz freiwillig, den Zylinder und das Siegel, denn er befürchtet, dass ich den Fund nach Rom zum Heiligen Stuhl mitnehmen könnte. Na ja, nicht zu Unrecht, das kann natürlich passieren, wenn der Gegenstand eine gewisse Bedeutung für die Kirche besitzt.»

«Wer hat Sie eigentlich aus Rom angefordert?»

«Der Bischof selbst. Bei potenziell wertvollen Funden auf Kirchengelände muss er umgehend Rom verständigen.»

«Für welche Abteilung arbeiten Sie?»

«Ich bin Professorin am Lehrstuhl für Kirchen- und Kunstgeschichte der vatikaneigenen Universität.»

«Und wie kommt's, dass Sie so gut Deutsch sprechen? Ganz ohne Akzent und fehlerfrei?»

«Meine Mutter war Deutsche. Mein Vater hat in Münster ein paar Semester Medizin studiert und sie dabei kennen gelernt. Na ja, und dann ging alles ziemlich rasch. Es müssen schwungvolle Zeiten gewesen sein, damals in den Sechzigern.»

«Dann sind Sie jetzt wie alt?»

«Vierunddreißig.»

«Und dann schon Professorin? Respekt.»

«Nichts ist mir zugeflogen. Ich musste für alles hart arbeiten. Glauben Sie mir, eine Frau hat es nicht leicht, wenn sie etwas erreichen will. Und schon gar nicht in einer Männerdomäne wie Kirchengeschichte.»

«Wieso gerade dieses Fach? Ist das nicht eher etwas für verklärte Ordensbrüder?»

«So würde ich das nicht sehen. Natürlich hat man in dieser Disziplin viel mit Brüdern und Schwestern aus den verschiedensten Orden zu tun, aber die Erforschung unserer Geschichte kann auch sehr spannend sein. Sie müssen sich vorstellen, dass mit den Leistungen der Kirche auf allen Gebieten, wie zum Beispiel der Kunst, der Geschichtsaufzeichnung oder des Bildungswesens, unsere heutige Zivilisation erst möglich wurde. Stellen Sie sich nur mal vor, was aus Michelangelo ohne die Kirche geworden wäre.»

«Oder aus Galilei.»

«Sie sind hinterhältig.»

«Nein, ehrlich.»

«Wie Sie wollen», antwortete sie trotzig, «dann lassen Sie uns bitte zum eigentlichen Thema unserer Zusammenarbeit zurückkehren. Also, ich kann Ihnen leider nicht viel zum Inhalt des Fundes sagen. Es handelt sich wohl um Aufzeichnungen, die im Grab eines fränkischen Kriegers hinter dem Kilianshaus gefunden wurden. Seltsam, welch ehrfurchtsvollen Namen Sie tragen, und trotzdem scheinen Sie ein Mensch zu sein, der nicht viel mit dem Glauben zu tun hat.»

«Für meinen Namen kann ich nichts. Meine Großmutter hat meinen Vater unehelich geboren. Bei seiner Geburt, die mit großen Komplikationen verlief, muss sie den heiligen Kilian, den Patron der Franken, angerufen haben, damit sie es übersteht. Sie hat es schließlich überlebt, wurde aber mit dem Bastard vom Hof gejagt und fand dann in Köln Anstellung in einer Kneipe. Und wie es der Zufall wollte, lernte sie dort ihren zukünftigen Mann, einen Lkw-Fahrer mit dem Namen Kilian, kennen. Natürlich kam er hier aus Franken. Ich bin also die Frucht einer schmerzerfüllten Bitte und des liebevollen Umgangs mit hilfsbedürftigen Mitmenschen. Der damalige Pfarrer hat die Bauern noch dabei unterstützt, das schändliche Weib vom Hof zu jagen.»

«Nun, ich habe nicht den Anspruch, Sie für die Kirche zu gewinnen. Auch der Teufel braucht Seelen.»

«Mit dieser Einstellung gefallen Sie mir schon besser. Sie können mich aber auch einfach nur Jo nennen, wenn Sie glauben, dass ich das Ansehen des heiligen Kilian mit meinem Namen beschmutze.»

«Jo wie Johannes?»

«Ja.»

«Johannes der Täufer wurde geköpft, weil er der Herodia im Wege war.»

Nach der Mittagsruhe in einer Villa in Rom.

Im Rauch gefangen saßen drei betagte, aber hoch gestellte Herren misstrauisch in einem abgedunkelten Raum um einen edlen Mahagonitisch, der vom schwachen Schein einer Lampe erleuchtet wurde. Er fiel auf einen maulwurfsgroßen Hügel aus Hundert-Euro-Scheinen. Durch die Ritzen der Jalousien drang gleißendes Sonnenlicht auf sündhaft teure Teppiche aus dem Orient.

Full House mit zwei Achten und drei Königen.

«Gebt dem Kaiser, was des Kaisers ist», triumphierte Kardinal Jackson.

«Du hast beschissen», grollte Kardinal Veroni.

«Das ist der Sinn des Spiels», konterte Jackson und schaufelte mit beiden Armen die Scheine in seine Soutane.

«Du meinst bluffen, du verdammter Südstaaten-Hurensohn», haderte Kardinal Makeluma mit seinem Schicksal als Verlierer. Sein Augenweiß glänzte inmitten nachtschwarzer Haut. Verächtlich spuckte er den zerbissenen Stummel eines Zahnstochers aus.

«Kaffer und Spaghettifresser haben's eben nicht drauf», amüsierte sich Jackson, während er die Scheine sortierte, dann glatt strich und einen nach dem anderen zufrieden auf die beiden Säulen vor sich legte. «Bluffen oder bescheißen. Was soll's. Kapiert endlich, dass das ein uramerikanisches Spiel ist, in dem ich einfach nicht zu schlagen bin. Wer gibt als Nächster?»

«Scusi, signori», unterbrach die dünne Stimme eines Dieners in Livree, «Besuch für Eure Eminenz.»

«Wer stört?», fragte Veroni wirsch, ohne den Blick von Makelumas Händen zu verlieren, die die Karten mischten.

Ein Mönch in heller Kutte erschien in der Tür. Er räusperte sich und verschaffte sich dadurch Gehör.

«Ninian? Was machst du hier?», fragte Veroni.

Bruder Ninian trat an den Tisch. Sein linker, verkrüppelter Arm baumelte lose an seiner Seite, als hätte er ihn nicht unter Kontrolle. «Es gibt Neuigkeiten aus Würzburg», sagte er und setzte sich.

«Welche?», fragte Jackson.

«Der Papyrus ist verschwunden.»

«Was?!»

«Und Nikola?»

«Tot.»

«Aber er hatte ihn doch», rätselte Makeluma.

«Verdammt, ja», antwortete Ninian. «Jemand ist uns zuvorgekommen.»

✷

Einige hundert Meter entfernt.

Kardinal Zacharias Armbruster hatte den Spiegel mit der

schweren goldenen Umrandung von der Wand nehmen und neben dem Schreibtisch aufstellen lassen. So hatte sich die Perspektive seines Spiegelbildes von unten nach oben ins Gegenteil verkehrt. Der neue Anblick entsprach nun eher der Stellung seiner Person in der Kurie. Früher im Verborgenen, heute für alle sichtbar. Seine Stunde war gekommen und nichts und niemand würde ihn aufhalten können. Kein Benedetti und kein Mala Dingkor. Doch es gab noch einen Esperanza. Der konnte ihm gefährlich werden; vereinigte er doch gut die Hälfte der katholischen Weltbevölkerung, das waren rund 450 Millionen Menschen, hinter sich.

Er stand regungslos vor dem fein geschliffenen Glas und betrachtete seine fehlerfreie Erscheinung, noch gänzlich im kardinalen Rot, aber schon bald im Weiß des neuen Pontifex maximus.

Alles nur Äußerlichkeiten, hatte Papst Paul VI. dem Glanz widersprochen und seine Tiara den Armen gestiftet. Fortan gab es nur noch Käppchen und Birett. Ritter des Kirchenadels sollten sie sein, allerdings ohne den Prunk vergangener Zeiten. Gesittet und gebildet sollten sie sein und bereit, sich entschieden für den Glauben einzusetzen, wenn nötig, so mahnte es die rote Farbe, bis aufs Blut. Dies hatte er auch dem Papst bei seiner Ernennung versprechen müssen. Treue und Gehorsam obendrein.

Man nannte die Kardinäle den exklusivsten Herrenclub der Welt. Zu ihren Aufgaben gehörte es, den Papst zu beraten in wichtigen Angelegenheiten der Kirche, ihn zu vertreten als seine Gesandten und im Todesfall einen neuen Papst zu wählen. Und wieder das Versprechen, so wie es das Zweite Vatikanische Konzil verlangte, den Märtyrertod anzustreben. Die Kirche brauchte wieder Idole, Männer, die für den Glauben unvorstellbare Schmerzen erlitten und im

Namen Jesu in den Tod gingen. Das sei der wahre und einzige Glaube.

Der Diener räusperte sich verlegen, er wusste, dass er störte.

«Sind sie da?», fragte Armbruster sein Spiegelbild.

«Ja, Eminenz.»

«Dann führ sie herein.»

Der Diener zog sich zurück, und kurz darauf erschienen Benedetti und Mala Dingkor in der Tür.

«Was gibt es so Wichtiges, dass du uns mitten in der Mittagsruhe hierher bestellst?», wollte Benedetti wissen. Er war ungehalten über diese Einladung, die wenige Tage vor dem Konklave weder angemessen noch taktisch klug war.

«Setzt euch», antwortete Armbruster.

«Immer noch in das eigene Ich verliebt?», lästerte Mala Dingkor.

«Ein bisschen Eigenliebe und Aufmerksamkeit könnten auch dir nicht schaden, mein Freund», antwortete Armbruster gelassen. «Du solltest wissen, wie wichtig eine korrekte Erscheinung in den Medien ist. Die Menschen achten mehr auf ein äußeres Ideal als auf aufrechte Worte.»

«Das werden wir noch sehen», erwiderte Mala Dingkor und setzte sich an den runden Tisch, der schon einige Treffen dieser Art gesehen hatte. Das letzte kurz vor der Abreise des Papstes nach Athen. «Ich bin der Vater und der Erretter der Armen. Mein Auftreten ist authentisch, nicht wie das eure, ihr aufgeblasenen Gockel.»

«Aber, aber, Mala. Ich gebe Zach in diesem Punkt recht. Ausnahmsweise. Ein sauberer Haarschnitt würde dir nach dem Trubel um die Abu Sayyaf gut zu Gesicht stehen, da du die Lage offensichtlich nicht mehr im Griff hast. Deine TV-Auftritte waren alles andere als überzeugend. Kein

Wunder, dass deine Imagewerte am Boden sind. Nun, es soll mir recht sein.»

«Dass du das einfach nicht kapierst. Das sind Moslems, keine Christen. Sie werden meine Position eher stärken als schwächen. Bereits jetzt ist ein Rückgang der Touristen und somit der Arbeitsplätze zu verzeichnen. Das Elend greift weiter um sich. Und wer ist der Schuldige? Die Moslems. Ich werde die Menschen aus dieser Misere herausholen, wenn ich erst mal Papst geworden bin.»

«Mala, Mala», sagte Armbruster kopfschüttelnd, «du wirst weder als Papst noch als Kardinal deinen Leuten etwas anderes bringen als Armut und Abhängigkeit. Auf nichts anderem fußt deine Herrschaft dort unten.»

«Dann sind wir uns ja einig», gab Mala Dingkor zu. «Ich sehe nichts anderes bei dir oder bei Giuliano. Eure Trumpfkarte sind die niedergeknüppelten Arbeiter, die gegen das internationale Kapital aufbegehrt haben und schließlich daran zerbrochen sind.»

«Mala, hör auf mit dem sozialistischen Geschwätz. Daran glaubst du doch selbst nicht mehr. Lasst uns endlich zum Grund meiner Einladung kommen», würgte Armbruster jede weitere Diskussion ab.

«Mach es nicht so spannend», griff Benedetti den Faden auf. «Hast du etwas über Esperanza herausbekommen? Wie wir ihn kaltstellen können? Er könnte uns gefährlich werden. Wie ich in Erfahrung bringen konnte, haben sich die Deutschen und die Polen auf seine Seite geschlagen.»

«Esperanza ist im Moment nicht das Problem. Ich habe geeignete Maßnahmen getroffen. Viel schlimmer ist …»

Armbruster brach ab und schaute den beiden misstrauisch in die Augen, darauf wartend, wer sich mit seiner Reaktion verraten würde. «Der Papyrus von Whitby ist wieder aufgetaucht.»

Benedetti zuckte zusammen, aber Mala Dingkor blieb ruhig, nahezu unbeteiligt, als wäre er ahnungslos. «Whitby? Papyrus? Was hat es damit auf sich?»

«Mala, es ist ohnehin unerträglich, dich und deine ungepflegte Erscheinung auf Dauer zu ertragen, aber wenn jetzt auch noch Dummheit dazukommt, werde ich dich in meiner Funktion als nächster Papst in den Laienstand zurückversetzen», schimpfte Armbruster.

In Benedettis Augen hingegen spiegelte sich Aufregung, die er jedoch sofort wieder unter Kontrolle brachte. «Wann, wo und wie?»

«Vor zwei Tagen, in einer Stadt in Deutschland. Würzburg. Bei den Abrissarbeiten eines Hauses kam eine unterirdische Grablege zutage, die aus dem achten, vielleicht siebten Jahrhundert stammt.»

«Das käme zeitlich hin. Nicht mehr als hundert Jahre», grübelte Benedetti. «Und wer hat ihn?»

«Giuliano, mein lieber Freund, wenn ich dich nicht so gut kennen würde, würde ich dir dieses Theater abnehmen», antwortete Armbruster.

«Was meinst du? Ich bin, was selten vorkommt, und ich gebe es nicht ohne Neid zu, ahnungslos. Es werden Köpfe rollen, das ist sicher. Niemand hat mich informiert.»

Armbruster hörte auf jedes Wort, das Benedetti sprach. Jede Silbe und jede einzelne Betonung waren der Schlüssel zu Benedettis Aufrichtigkeit. In diesem Fall glaubte er ihm. Aus der anfänglichen Überraschung war Wut und Verärgerung geworden, die sich im Glanz seiner Augen und im aufgeregten Zucken eines Wangenmuskels äußerten. Er hatte diese Nervosität bei Benedetti bereits früher bemerkt und wusste von daher, wie er bei ihm Lüge von Wahrheit trennen konnte.

«Würde mich bitte schön jemand aufklären?», protestierte Mala, der gebannt den Ausführungen der beiden folgte.

Armbruster erbarmte sich. «Im Jahre 664 ist anlässlich einer Synode in Whitby, das früher Streneashalch genannt wurde und an der Ostküste Englands liegt, ein Papyrus aufgetaucht, der die damalige Kirchengemeinde zu großer Sorge veranlasste. Auf dem Treffen ging es vordergründig um die Frage nach der korrekten Berechnung des Osterfestes. Letztlich lief die Sache darauf hinaus, die vorherrschende iroschottische Kirche, die man auch die culdeische nennt, zu vernichten. Sie, die Culdeer, hatten zuvor von Irland aus Schottland, das heutige England, Gallien und später auch das Frankenreich christianisiert und befanden sich im offenen Streit mit dem römischen Stuhl, den sie genauso wenig anerkannten wie das Primat des Papstes. Alle vorigen Versuche, die Culdeer Rom zu unterwerfen, waren, wie im Falle des Augustinus, gescheitert.»

«Was hat denn der damit zu tun?», unterbrach Mala Dingkor.

«Papst Gregor der Große hatte Augustinus im Jahre 596 mit ebenjenem Auftrag nach England geschickt. Nur, der eifrige Augustinus war nicht der Mutigste und Geschickteste, wie es Beda eindrucksvoll schildert. Kaum gelandet, taufte er zwar König Ethelbert und ließ sich zum Bischof von Canterbury ernennen und damit zum ersten römischen Metropoliten in Britannien, aber bei dem anschließend stattfindenden Treffen, zu dem er die Culdeer aus Wessex rief, kam es zum Eklat. Er hatte sie mit dem Versprechen gelockt, dass deren allgemein bestehende Priesterehe ungestört fortbestehen könne. Er ermahnte sie dennoch ‹brüderlich›, dass sie den Frieden der katholischen Kirche nicht länger stören, sich seinem Supremat unterwerfen und die eigentümliche Osterberechnung aufgeben sollten. Die culdeischen Äbte und Bischöfe waren über diese Anmaßung höchst erstaunt und bezeigten keine große Lust, den kecken Forderungen des Fremdlings zu entsprechen. Augustinus muss ziemlich ausfallend geworden sein, woraufhin die Culdeer von König Ethelbert die Abhaltung einer Synode verlangten. Diese fand im Kloster Bangor statt, wo sich einige walisische Abtbischöfe und culdeische Lehrer und Fratres mit Augustinus und seinen Benediktinern trafen. Die Abtbischöfe hatten zuvor einen ihrer greisen Väter aufgesucht und ihn befragt, wie sie sich verhalten sollten. Der Vater riet ihnen, sich dem Augustinus zu unterwerfen, sofern er ein Mann Gottes sei. Sie würden es daran erkennen, ob er demütig sei.

Nun, als die schlicht gekleideten Culdeer die Synode aufsuchten, empfing sie Augustinus sitzend, ohne Grußwort, und beschimpfte sie in übelster Weise. Er forderte sie auf, sich bei der Osterberechnung zu fügen, seinen Taufritus zu übernehmen – das war eine Massentaufe ohne persönliche Bekehrung – und ihn als Erzbischof anzuerkennen. Dem Rat ihres greisen Vaters folgend, verneinten sie und zogen davon. Wenig später erhielten sie aber von anderer Seite ihre Strafe. Es brach Krieg in Wales aus. In der Nähe des Klosters von Bangor fand die entscheidende Schlacht statt. Auf einem Hügel beteten siebzehnhundert culdeische Fratres für den Beistand Gottes. Der heidnische Angriffsführer sprach: ‹Wenn sie auch keine Waffen tragen, so kämpfen sie doch mit ihren Gebeten wider uns› und befahl, die Wehrlosen abzuschlachten. Zwölfhundert fielen, fünfhundert konnten entkommen. Augustinus konnte es sich nicht verkneifen, dies als eine Strafe des Himmels zu bezeichnen.»

«Das müssen harte Zeiten gewesen sein», fügte Benedetti hinzu. «Wenn man sich überlegt, dass diese Culdeer damals die geistige und intellektuelle Führungsschicht in Europa darstellten. Sie sprachen Latein, Griechisch und wohl auch Aramäisch fließend und waren vielen unserer Gelehrten überlegen. Ihre Kopisten waren einzigartig. Im *Book of Kelts* sieht man es ganz deutlich.»

«Und wie kam es dann zu dieser Synode in Whitby?», wollte Mala Dingkor wissen. Diese Culdeer interessierten ihn nun brennend.

«Was Augustinus nicht schaffte, führte ein Angelsachse namens Wilfrid zum Erfolg. Pikanterweise muss man dazu wissen, dass dieser Wilfrid von den Culdeern in einem der beiden wichtigsten Klöster in Lindisfarne ausgebildet und somit ein iroschottischer Mönch geworden war. Was 596 in der Angelmission Gregor des Großen begonnen hatte, setzte sich 664 in der Synode von Whitby entscheidend fort. Der äußere Anlass war erneut der Streit um die Osterberechnung. War der Norden Englands, mit den beiden Zentren Lindisfarne und Iona, in irischer Hand, hatten Augustinus und seine Nachfolger den Süden mit Massentaufen zum Christentum bekehrt.

Die Zeit war reif für die entscheidende Schlacht. Und jetzt kommt dieser Wilfrid ins Spiel. Er reiste, aus was für Gründen auch immer, nach Rom und nahm dort die römischen Regeln an. Nach seiner Rückkehr strebte er eine Synode an, in der er den Norden und die Culdeer für Rom gewinnen oder bei Weigerung aus dem Land werfen wollte. Hauptvertreter auf iroschottischer Seite waren Colman, Abt von Lindisfarne, Gedda, Abt von Lestingham, und Hulda, Äbtissin von Whitby. Rom wurde durch Wilfrid vertreten. Die Synode selbst leitete der damalige König Oswin.»

Armbruster und Benedetti sahen sich schweigend an.

Mala war gespannt. «Und? Was kam dabei heraus?»

«Genau das ist das Problem», antwortete Benedetti.

«Wilfrids Aufzeichnungen reißen hier ab. Selbst der Chronist Beda Venerabilis, der es auch nur aus den Überlieferungen hat, schweigt sich dazu aus. Seine Beschreibung in der *Kirchengeschichte Englands* lassen den Disput zu einem enttäuschenden Ende kommen.»

Armbruster fuhr fort. «Er beschreibt, dass die Synode mit einer Niederlage Colmans endete und die culdeische Kirche daraufhin Stück für Stück zerbrochen ist. Wir wissen das aus anderen Aufzeichnungen, die gut gehütet in unseren Archiven lagern. Gott bewahre die heilige, katholische Kirche davor, dass sie jemals ans Tageslicht gelangen. Leider läuft nicht immer alles nach Plan, so wie jetzt in Würzburg.»

«Ich verstehe die Aufregung nicht», sagte Mala.

«Eine dieser Quellen berichtet, dass auf dieser Synode Herrenworte* aufgetaucht seien», erklärte Benedetti.

«Es tauchen immer wieder welche auf. Meistens sind es wirre Spekulationen oder dreiste Fälschungen», zweifelte Mala.

«Weil vor einigen Jahren ein anderes Schriftstück ans Tageslicht gekommen ist, das genau auf diese Herrenworte abzielt und deren Echtheit belegen soll. Diese Quelle ist über jeden Zweifel erhaben», antwortete Armbruster. «König Oswins Aufzeichnungen des Disputs von Whitby.»

Malas Wissensdurst war noch nicht gestillt. «Und wo sind sie?»

«Rechtzeitig in Sicherheit gebracht», antwortete Benedetti mit einem siegreichen Lächeln auf den Lippen. Es galt Armbruster.

Der hatte Mühe, seinen Zorn zu beherrschen. «Einmal

* Worte, die Jesus wirklich gesagt haben soll.

bist du mir zuvorgekommen. Bei der Seele meines verstorbenen Vaters, ich verspreche dir, dass sich das niemals mehr wiederholen wird.»

«Wir werden sehen.»

«Was ist aus dem Papyrus geworden?», fragte Mala.

«Er verschwand», antwortete Benedetti. «Es wird vermutet, dass es in Whitby zu einer heftigen Auseinandersetzung gekommen ist und dass im Tumult Zylinder und Papyrus herausgeschmuggelt worden sind. Ein junger Priester in Begleitung des Colman soll es gewesen sein. Vielleicht war es der heilige Kilian.»

Benedetti widersprach. «Das ist durch nichts belegt.»

«Richtig», antwortete Armbruster. «Aber ich wette, die Brüder in Tallaght haben die Antwort.»

VI.

Der Mensch ist eine Ameise. Sozial und gefräßig. Wenn erforderlich, auch gnadenlos mörderisch.

Was ich mir da in aller Herrgottsfrühe anschaute, war eine Wiederholung vom Vortag, in der sich der Würzburger Soziobiologe Hölldobler über die genetische Programmierung von Ameisen erging, aus der wir Rückschlüsse auf unsere eigene Veranlagung ziehen könnten.

Die gute Nachricht lautete, dass sich das Ameisenindividuum der Gemeinschaft selbstlos unterordnet. Das sei reiner Altruismus, basierend auf dem lateinischen *alter*, der/die/das andere, wie ich lernte. Zu Deutsch: Uneigennützigkeit. Demzufolge bringe es der einzelnen Ameise mehr, wenn sie nahen Nestgenossen hilft, anstatt sich um den eigenen Nachwuchs zu kümmern. Dies entspreche dem christlichen Prinzip der Nächstenliebe.

Die schlechte war: Kommt ein anderes Individuum nicht aus der nahen Verwandtschaft, wird es hemmungslos abgeschlachtet.

Was wäre nun, fragte der Moderator, wenn dieselbe Programmierung auch beim Menschen anzutreffen wäre? Religionen zum Beispiel stünden dann nicht mehr alleine als Frucht menschlich geschaffener ethischer Konzepte da, sondern hätten eine biologische Wurzel, für die der Verstand nichts kann. Nach dieser These wäre somit auch das Gegenteil des Guten, nämlich das Böse, uns in die Wiege gelegt. Ein einziges heimtückisches Gen reichte aus, und schon gehörte man dem Teufel oder dem Beichtvater.

«Sollte es wirklich so sein», fragte der Moderator, «dass Gut und Böse genetisch angelegte Eigenschaften sind und ethische Systeme bloß intuitive Autokorrektursysteme zur Eindämmung des Bösen im Menschen? Und Religionen lediglich Konzepte, aufgebaut auf einer biologischen Veranlagung?»

Für einen Funktionär der Kirche ein schwer zu ertragender Gedanke, und Kardinal Lackmann trat ins Bild. Er widersprach, da er nicht glauben könne, «den eigentlichen uneigennützigen Ethos in seiner ganzen Breite davon ableiten zu dürfen. Das wäre ein schwer erträglicher Biologismus.»

Das reichte mir, und ich schaltete ab. Es war höchste Zeit. Pia würde mit der Obduktion nicht auf mich warten. Nicht mehr.

Trotzdem, die Idee hatte was. Wenn die Ergründung des menschlichen Genoms weiterhin so zügig voranging, würden wir bald anhand von Gentests wissen, wer der Finsternis und wer dem ewigen Lichte zugetan war. Und das vorgeburtlich. Kein Wunder, dass die Kirche die Gentechnologie verdammte. Das wäre ihr definitives Aus.

Yasmina erwartete mich bereits unten auf der Straße.

«So früh schon auf den Beinen?», fragte ich und ging voran.

«Wir waren verabredet. Schon vergessen?»

«Stimmt, habe ich vergessen.»

«Wohin gehen wir?»

«Ins Schlachthaus.»

«Wohin?»

«Wir wollen herausfinden, was uns ein Toter verraten kann.»

«Und was soll das bringen? Wir wissen, wodurch Pater Nikola gestorben ist. Das ist reine Zeitverschwendung.»

Ich blieb stehen, damit sie aufschließen konnte. «Hören Sie. Wir haben zwar eine Übereinkunft zur Zusammenarbeit getroffen, aber die Richtung bestimme immer noch ich. Zuerst müssen wir alle Fakten beisammenhaben, damit wir auf einen Täter oder ein Motiv schließen können. Das ist ganz normale Routinearbeit für einen Ermittler.»

Ich ging weiter, ohne eine Antwort abzuwarten. Wieder kam sie nach. «Aber der Zylinder», sagte sie, «er ist wichtiger, als ...»

Wieder hielt ich. «Nichts ist wichtiger, als herauszufinden, wer Pater Nikola getötet hat. Verstehen Sie? Nichts. Ich bin der einzige Verdächtige im Fadenkreuz meiner Kollegen, und ich habe keine Lust, den Rest meines Lebens hinter Gittern zu verbringen.»

«Sie vergessen Einbruch und schweren Diebstahl. Das kann Sie auch einige Jahre kosten.»

«Wollen Sie mich erpressen?»

«Nein. Ich konzentriere mich auf unseren Auftrag.»

«Ihren Auftrag. Meiner ist, einen Mörder zu finden. Habe ich den Mörder, habe ich den Zylinder. So einfach ist das.»

«Oder umgekehrt.»

«Unsinn! Los, kommen Sie endlich!»

Sie schwieg und folgte mir ins Institut für Rechtsmedizin. Leitende Obduzentin war Dr. Pia Rosenthal an den Instrumenten, zweiter Obduzent Karl Aumüller am Mikrophon des Diktiergerätes und, wie immer, an der Säge, mit dem obligatorischen Zahnstocher im Mundwinkel, Ernst, der Assistent.

Wir betraten unangemeldet den Raum im Untergeschoss, ohne jedes natürliche Licht. Vor uns der entkleidete Körper Nikolas auf dem kalten Stahltisch, nebendran in einer Schale auf einem Rollwagen sein Kopf.

Die Obduktion hatte bereits begonnen. Pia untersuchte den Körper nach Totenflecken, und Karl wiederholte die Ergebnisse ins Aufnahmegerät. Heinlein hatte seine gewohnte Stellung mit gebeugtem Haupt hinter dem Schreibtisch eingenommen, während vor ihm Ernst ungeduldig auf seinen Einsatz mit der Säge wartete.

«Morgen, Herrschaften.»

Heinlein schreckte hoch. «Du hast hier nichts verloren. Und in Begleitung gleich zweimal nicht.» Er drängte uns zur Tür zurück.

«Jetzt spiel dich nicht so auf», entgegnete ich ihm.

«Du weißt ganz genau, dass ich mir nicht den geringsten Fehler erlauben kann. Wenn Oberhammer auftaucht, bin ich geliefert. Er wartet doch nur drauf.»

«Komm, Schorsch, lass gut sein», kam mir Karl zu Hilfe. «Wenn dein Chef auftaucht, nehme ich das auf meine Kappe.»

«Wenn du dich da mal nicht übernimmst», fauchte Pia ihn an. Ihre Augen ruhten jedoch auf Yasmina.

«Was hört man denn für Sachen von dir? Kündigst einfach deinen Job, ohne uns vorher um Erlaubnis zu fragen», sagte Karl, nachdem sich Heinlein wieder hinter den Schreibtisch verzogen hatte und auf ein baldiges Ergebnis hoffte. Obduktionen waren noch immer nicht sein Thema.

«Dinge ändern sich», antwortete ich und parkte Yasmina bei Heinlein, während ich mich an Karls Seite stahl. «Hallo, Pia. Wie geht's?», fragte ich scheinheilig über den toten Nikola hinweg.

«Idioten, wie du einer bist, sollten gleich in die Psychiatrie eingeliefert werden, anstatt frei herumlaufen zu dürfen.»

«Sehr liebenswürdig. Danke.»

Ihr Blick streifte Yasmina, die wider Erwarten keine

Skrupel an diesem Ort der Toten zeigte und ganz erwartungsvoll wirkte, wie eine Sichel.

«Es ist immer wieder ein Genuss, zwei Turteltäubchen wie euch beide zu beobachten», mischte sich Karl ein und drückte die Stopptaste seines Aufnahmegerätes. «Bin gespannt, wann ich das euren Kindern vorspielen kann.»

«Können wir jetzt langsam mal?!», knurrte Heinlein.

«Richtig. Wir haben nicht ewig Zeit», stimmte Ernst mit erhobener Säge bei. «Das ist der erste Priester, den ich unters Messer kriege.»

Pia machte sich wieder an ihre Arbeit und suchte routinemäßig nach den verräterischen Anzeichen des Todes. «Blassrote Totenflecke nur im Bereich der linken Hüfte und der Schulter, auf der das Opfer gelegen hat. Die andere, rechte Seite ist frei davon. Die Lage der Leiche wurde also nicht verändert …»

Ich überließ Pia dem festgeschriebenen Prozedere einer Leichenschau und ging zu Yasmina und Heinlein. «Wenn Ihnen schlecht wird, zögern Sie nicht, den Raum zu verlassen», riet ich ihr. «Es ist keine Schande.» Insgeheim hoffte ich, dass sie mir widersprechen würde.

«So etwas habe ich noch nie gesehen. Ich bleibe.»

«Wie Sie wollen.» Mal sehen, wie lange sie's aushält.

Heinlein hingegen war weniger begeistert. Ich hörte ihn nervös summen, damit er das Aufschlagen von schwerem totem Fleisch auf dem Edelstahltisch nicht hören musste, wenn Pia und Karl den Körper wendeten. Heinlein summt immer die gleiche Melodie: *Jingle Bells*. Ich habe nie kapiert, wieso er gerade diese Weise gewählt hat. Wahrscheinlich lag es an dem nicht abreißenden Intro, das ihn in einem Schlitten durch eine reine und unberührte Winterlandschaft zog, die nichts mit Blut, Gedärm und klaffenden Wunden gemein hatte.

«Sei nicht so ungeduldig!», blaffte Pia Ernst an. «Ich brauch noch den Wundsaum, dann kannst du loslegen.»

Ernst geduldete sich nur unter stillem Protest. Pia schnitt ein Stück Haut aus der Stelle, an der die Waffe in den Hals eingedrungen war, und legte es in eine Schale. «So, jetzt, bitte schön», und Ernst schritt zur Tat.

Jingle Bells schwoll plötzlich an, als wollte Heinlein den müden Pferden den Anstieg befehlen. Zudem suchte sein Blick in allen Ecken des Raums nach einem Ausweg.

«Schorsch, nicht so laut! Das haben wir sonst alles auf Band!», rief Karl.

Ich deutete Heinlein an, mir vor die Tür zu folgen, und er wehrte sich nicht. Yasmina blieb und beobachtete Ernst, der eine gerade Schnittlinie an der Schädeldecke Nikolas anbrachte.

«Gibt es was Neues?», fragte ich Heinlein auf dem Gang.

«Die Sache ist ernst», antwortete er. «Heute Morgen lag der Bericht der EDler auf meinem Schreibtisch. Fingerabdrücke und Speichelprobe sind identisch mit den deinen.»

«Das hätte ich dir auch vorher sagen können. Ich habe es ja bereits zugegeben.»

«Es ist weder der Ort noch die Zeit für coole Sprüche. Ich wiederhole, die Sache ist ernst. Du bist mein Mörder und mein Einbrecher in Personalunion. Es gibt nicht den leisesten Verdacht, dass jemand anderes in Frage kommt.»

«Du irrst, es ist ein zweiter Mann im Spiel. Doch zuvor sage ich dir noch einmal, dass ich den Einbruch bereits zugegeben habe. Auch, dass ich bei Nikola war und die Ware wie verabredet übergeben habe. Dann verließ ich das Pfarrhaus. Nikola war noch am Leben. Glaub mir endlich.»

«Was für ein ‹zweiter Mann›?»

«Ich habe gestern am Tatort nicht drüber sprechen wollen, weil der Bischof und diese Signora dabei waren. Was du noch nicht weißt, ist Folgendes: Als ich die Ware lieferte, war Nikola nicht alleine. Da war noch ein Mann im Raum, ein Priester allem Augenschein nach. Nikola hat ihn mir nicht vorgestellt, er nannte ihn nur einen ‹Freund›. Er ist unser Mann.»

Heinlein hörte aufmerksam zu. Doch glauben wollte er mir nicht. «Ein Priester …»

«In schwarzer Montur.»

«Wahrscheinlich mit einem Kreuz um den Hals.»

«Genau. Woher weißt du?»

«Wie hättest du sonst einen Priester erkannt.»

«Es war ein Priester. Bombensicher.»

«Und seinen Namen weißt du nicht.»

«Nein, wenn ich dir's doch sage. Er war groß, braun gebrannt und hatte dieses auffallende goldene Kreuz an einer Kette um den Hals. War bestimmt affenteuer.»

«Bis auf die Bräune trifft diese Beschreibung ungefähr auf jeden zweiten Priester in der Stadt zu. Je weiter südlich du kommst …»

«Schorsch, der Typ war anders. Keines von den üblichen, bleichen, nichts sagenden Gesichtern. Der hatte Stil. Er sah wie ein … ja, wie ein Manager aus. Von der Sorte kann es doch nicht so viele geben.»

«Ein Manager …»

Heinlein ging in Gedanken nochmal alles durch. Ein braun gebrannter Priester mit einem sündhaft teuren Kreuz um den Hals, der sich als Manager verkleidet. «Von einem zweiten Mann haben wir aber keine Spuren gefunden.»

«Da müssen aber welche sein. Er hat keine Handschuhe getragen.»

«Die Küche im Pfarrhaus war übersät mit Fingerabdrücken. Da kann alles Mögliche dabei sein.»

«Separieren und zuordnen.»

«Was, wovon und wem zuordnen? Ich brauch eine Spur.»

«Kriegst du. Ich muss nur den Priester finden. Alles Weitere ist Routine. Lass mich an den Computer, und du bekommst ein Phantombild.»

«Nein.»

«Wieso nicht?!»

Heinlein machte es sich und mir nicht leicht. «Den Stress, den ich mit Oberhammer deswegen bekäme, rechtfertigt nicht deine vage Aussage über diesen mysteriösen zweiten Mann. Wenn er nur deinen Namen hört, sieht er rot und macht mir das Leben schwer. Ich brauche einen Anhaltspunkt, irgendwas Konkretes. Woher hattest du eigentlich die Schlüssel und den Zugangscode für die Räume?»

«Von Nikola natürlich. Er hat sie mir gegeben, als er mich beauftragt hat. Danach habe ich sie ihm wieder zurückgegeben. Mein Fehler war nur, dass ich meine Spuren nicht verwischt habe.»

«Dein Fehler war, dass du dich auf die Sache eingelassen hast.»

Recht hatte er damit, und ich kam mir wie ein kleiner Schuljunge vor, der wider besseres Wissen etwas ausgefressen hatte. Nur dieses Mal würde es nicht mit Nachsitzen und zwanzig Schlägen mit der Weidenrute über die Finger getan sein, so wie ich es noch in meiner glorreichen Schulzeit erlebt hatte. Diesmal drohten mir lebenslänglich und zweimal pro Tag richtige Prügel. Morgens von den Wärtern, die endlich eine Zielscheibe für ihren Frust gefunden hätten, und abends unter der Dusche von den Mitgefangenen, die in mir den Generalvertreter aller Bullen sehen würden.

Mir wurde ziemlich mulmig bei dem Gedanken an solche

Zukunftsaussichten. Ich brauchte noch eine letzte Chance, um alles wieder ins Lot zu bringen. «Schorsch, Kumpel», begann ich.

«Hör auf, Jo, und sag's.»

«Gib mir noch zwei Tage. Lumpige achtundvierzig Stunden, und ich präsentiere dir den Mörder.»

«Nein, Oberhammer erwartet meinen Bericht.»

«Lass die Ergebnisse der Spurensicherung verschwinden.»

«Ja, klar. Einfach schnell mal verschwinden lassen. Mann, du hast 'nen Hau. Das geht nicht.»

«Schorsch, ich bitte dich inständig, meinetwegen auch der alten Zeiten wegen, gib mir noch eine Chance, damit ich die Sache klären kann. Ansonsten bin ich fällig. Und du weißt genau, was mich da erwartet.»

Heinlein kämpfte mit sich. Natürlich wusste ich, was ich da von ihm verlangte. Unterschlagung von Beweismitteln, Begünstigung, Beihilfe … Wenn das rauskäme, wäre auch er die längste Zeit Polizeibeamter gewesen, und wir könnten uns eine Zelle teilen.

«Ich spreche mit Pia und den EDlern. Ich lass alles noch mal gegenchecken, vorwärts und rückwärts. Dabei sollen sie mehr als gründlich vorgehen. Das wird sie einige Stunden beschäftigen.»

«Schorsch … Danke!»

«Dank nicht mir, sondern meiner Dummheit. Wenn die Sache schief geht, bin ich der Erste, der dir 'ne Tracht Prügel verabreicht. Versprochen.»

«Versprochen!»

Als wir den Obduktionsraum wieder betraten, fand ich einen ratlosen Ernst an der geöffneten Brusthöhle Nikolas vor. Neben ihm standen Karl, sehr an den Ausführungen Yasminas interessiert, und sie selbst, nach Erklärungen suchend. «Nein, die können Sie nicht sehen oder anfassen. Sie ist unsichtbar.»

«Aber bei einem Priester vielleicht doch. Gerade bei einem Mann der Kirche müsste man doch mehr sehen als bei einem gewöhnlichen», entgegnete Ernst hartnäckig.

«Ein Priester ist kein anderer Mensch als wir alle. Er ist sich nur bewusst, dass seine Seele Gott gehört.»

«Dann ist sie bei ihm?»

«Jetzt schon.»

Pia kam aus dem Nebenraum mit dem Schnipsel aus Nikolas Faust. «Der Papierfetzen hat nichts Neues erbracht. Fett und Schweiß sind zweifelsfrei von dem Toten.»

«Und was gibt's bei der Leiche?», fragte Heinlein.

«Todesursache bleibt die Dekapitation, bis ich die abschließenden Ergebnisse aus der Toxikologie habe. Weit mehr Sorgen macht mir der Schnitt.»

«Was ist damit?»

«Ich hab ein Stück Haut unters Mikroskop gelegt, nachdem ich an dem Halswirbelschnitt einen kleinen Riss, besser eine Einkerbung entdeckt habe. Er ist sehr, sehr klein, aber er ist vorhanden.»

«Und das bedeutet?», fragte ich.

«Weiß ich noch nicht. Es kann alles Mögliche sein, deshalb habe ich das Stück Haut unter dem Mikroskop nochmal betrachtet. Auch da habe ich die Einkerbung entdeckt. Was aber zusätzlich vorhanden war, war Öl.»

«Öl?»

«Nicht viel, aber eindeutig Öl, wie man es bei der Waffenpflege benutzt, zum Beispiel nach dem Schleifen.»

«Das heißt, wir suchen einen Metzger, der sein Handwerkszeug in Schuss hält und zusätzlich noch einölt. Mann, was für ein beflissener Killer», fasste Heinlein zusammen.

«Möglich», antwortete Pia, «aber es gibt da noch eine zweite Möglichkeit.»

«Und die wäre?», fragte ich.

«Der Täter könnte jemand sein, der mit einem leichteren Gerät, wie zum Beispiel einem Säbel, sehr gut umgehen kann.»

«Aber das hast du gestern ausgeschlossen», opponierte Heinlein.

«Ja, aber heute ist heute.»

«Wie kommst du darauf?», fragte ich.

«Wenn jemand die körperliche Kraft und die notwendige Technik im Umgang mit Schlagwaffen besitzt, dann könnte der Hieb von so einer Person geführt worden sein. Diese Voraussetzungen erfüllen zwar auch ein Metzger, ein Waldarbeiter oder ein Gärtner, aber ich habe noch nie davon gehört, dass sie ihr Handwerkszeug mit Waffenöl pflegen.»

«An wen denkst du dabei?», fragte ich.

«Die Auswahl ist groß. Sie fängt bei Kampfsportlern an, die sich in der Kunst des japanischen Schwertkampfes üben, und reicht bis zu schlagenden Verbindungen. Davon haben wir ja einige in der Stadt. Wir suchen ein sehr scharfes Schwert, das gut gepflegt ist und eine winzig kleine Scharte ungefähr in der Mitte der Klinge aufweist.»

Der Weg in die Stadt verlief ruhig. Nach Pias Beschreibung der Mordwaffe und des potenziellen Täters war ich unsicher, ob ich mich nicht mit der These eines mordenden Priesters in etwas verrannte. Ein säbelschwingender Priester, dem Nikola vertraut hatte. Das passte nicht zusammen. Obwohl er in dieser Nacht dort war, hieß es noch lange nicht, dass er auch der Täter war. So wie in meinem Fall. Aber er war mein einziger Anhaltspunkt. Ich musste etwas in die Hand bekommen, das mich entlasten würde. Und zwar die Mordwaffe.

Yasmina deutete mein Schweigen, dass die Sache heikel für mich stand und dass sie mir besser nicht mit dem Vorschlag in die Quere kommen sollte, erst den Zylinder und dann den Mörder zu suchen.

Ich durfte bei dem Gedanken, in achtundvierzig Stunden dem Untersuchungsrichter vorgeführt zu werden, nicht in Panik verfallen, was mir nicht sonderlich leicht fiel. Ein ums andere Mal hörte ich, wie die Gefängnistür hinter mir ins Schloss fiel und ich mit zerschlagenem Gesicht auf die Pritsche fallen würde, in der sicheren Erwartung, dass dieser Albtraum bis zu meinem letzten Atemzug andauerte.

«Woran denken Sie gerade?», fragte sie mich.

«An die Hölle.»

«Wie sieht sie Ihrer Vorstellung nach aus?»

«Zwei auf drei Meter groß, grau, vergittert, die Toilette aus Stahlblech, in der der Kantinenfraß klebt, ein schmales Bett, in dem niemand anderes mehr schlafen wird als mein welkender Körper in chlorgebleichter, stinkender Wäsche. Mein Blick klebt leer an der Decke, wo kein Traum mehr stattfinden wird, ohne jeden Funken Hoffnung, jemals das Meer noch einmal riechen, sehen, spüren und hören zu können. Das ist der Tod. Nein, das ist schlimmer, als tot zu sein. Das ist lebenslange Folter. Ich glaube nicht, dass ich das ertragen könnte.»

«Wie wollen Sie dem entkommen?»

«Es gibt Möglichkeiten. Einige. Nicht angenehm, aber wirksam.»

«Glauben Sie an Gott?»

«Was hat denn der mit meiner Hölle zu tun?»

«Er kann Ihnen vergeben.»

«Wie bitte? Was denn vergeben?!»

Sie schwieg, denn sie wusste, dass sie zu weit gegangen war.

«Hören Sie, Gnädigste, zum allerletzten Mal: Ich habe Nikola nicht getötet! Er war ein guter Freund und ein guter Mensch. Solche Exemplare sind selten, und man schlachtet sie nicht einfach so ab. Am wenigsten ich. Haben Sie das endlich verstanden?!»

Sie erwiderte nichts, und ich nahm es als Einverständnis.

Dennoch, der Gedanke stieg in mir hoch, dass ich in ihren Augen als Mörder dastand. «Wie kommen Sie eigentlich auf Gott und Vergebung?», fragte ich.

«Er ist der Einzige, der die Macht besitzt, uns unsere Sünden zu vergeben. Wir sind sein Werkzeug, und wir sind in seiner Hand. Doch dazu müssen wir glauben, an ihn und seine Botschaft. Gott ist gnädig mit jedem seiner Kinder.»

«Ich bin mein eigener Herr, und ich gehe meinen eigenen Weg. Dazu brauche ich niemand anderen. Und schon gar nicht Ihren Gott.»

«Sie glauben nicht, und deshalb sind Sie verloren. Doch unser Herr ist geduldig, so wie in dem Gleichnis vom verlorenen Sohn.»

«Das reicht! Ich will nichts mehr davon hören. So weit kommt's noch, dass ich mich von Ihnen missionieren lasse.»

«Die Wege des Herrn sind ...»

«Schnauze!»

Wir fuhren in die Räume der Denkmalpflege, wo ich nachts zuvor eingestiegen war. Ich wollte mir den «Tatort» noch einmal bei Tageslicht anschauen, in der Hoffnung, einen Hinweis darauf zu finden, was diesen verdammten Zylinder so wichtig machte, um dafür zu töten.

Die Entscheidung lag ganz auf der Linie Yasminas, die sich durch die neue Reihenfolge meiner Ermittlungen bestätigt fühlte.

Als einziges erhellendes Ergebnis dieses Vorhabens trat lediglich die leere Wasserflasche zutage, der, wie Heinlein sagte, der Schraubverschluss abhanden gekommen war und den ich dummerweise für den Deckel der Taschenlampe gehalten hatte.

Erst als ein Mitarbeiter der Denkmalpflege seinen Schlüsselbund scheppernd auf die Tischplatte warf, dämmerte es mir. Der Schlüssel. Wo hatte Nikola den Schlüssel her, der mir das ganze Vorhaben als Kinderspiel erscheinen ließ? Ich fragte nach dem Direktor, der über Anzahl und Verteilung der Schlüssel seines Hauses informiert sein musste. Der Denkmalpfleger schickte mich zu den Ausgrabungsarbeiten am Kiliansplatz.

Das Gelände sah ähnlich zerstört aus, wie es nach dem Bombenangriff der Engländer im Jahr 1945 in der ganzen Stadt ausgesehen haben muss. Eingestürzte Häuserwände, verfallene Dachstühle, meterhohe Gesteinshalden und Schutt schaufelnde Bauarbeiter. Sie teilten uns mit, dass der Direktor der Denkmalpflege zusammen mit einem Mitarbeiter aus dem Baureferat in der Krypta des Domes nach etwaigen Gängen zur Katakombe suchte.

Wir stiegen die zwei Stufen durch das Kiliansportal in den Dom hinab und fanden uns in der größten Leichenhalle der Stadt wieder. Über uns im Türbogen der Aufbruch der Frankenapostel Kilian, Kolonat und Totnan aus Irland. In dieser Darstellung war die Tatwaffe nicht ein Schwert, sondern ein Speer, der den Heiligen tötete.

Es war eine Ewigkeit her, damals mit sechzehn, als ich das letzte Mal dieses Haus betreten und inständig um den Beistand des Herrn für die anstehenden Prüfungen gebetet hatte, damit meiner Versetzung, trotz aller berechtigten Zweifel, nichts im Wege stünde. Mein Pech war, dass Gott an diesem Tag nicht zu Hause war oder ich mich nicht deutlich genug ausgedrückt hatte. Jetzt erinnerte ich mich, das war einer der Gründe, weshalb ich mich von ihm verabschiedet hatte.

Ich schaute mich um, wie wir am schnellsten in die Krypta kämen. Yasmina ging voran, blieb im Langhaus stehen und winkte mich heran. Ich folgte und fand mich inmitten einer fast tausendjährigen Totengeschichte wieder.

«Sie können stolz sein, einen Dom mit dieser Geschichte zu besitzen», sagte sie. «Der Kiliansdom ist die viertgrößte deutsche Kirche der Romanik.»

«Überflüssige Prachtbauten, erpresst aus Blut, Unterdrückung und Ausbeutung der Menschen», entgegnete ich.

Sie scherte sich nicht weiter um meine Einwände und verwies auf die Grabdenkmäler, in Pfeiler eingelassene Steinplatten, der hier bestatteten Bischöfe der Würzburger Kirchengeschichte.

«Eine vergleichbare Herrschergalerie hat meines Wissens nach nur noch der Mainzer Dom aufzuweisen. Das älteste Denkmal stammt aus der Stauferzeit und zeigt Gottfried von Spitzenberg, der 1188 den Dom nach rund fünfzigjähriger Bauzeit weihte. Ich glaube, er starb auf einem Kreuzzug in Antiochia. Seine rechte Hand sollte nach seinem Tod nach Würzburg gebracht werden, doch ging sie dem Überbringer verloren. Gottfried war kaiserlicher Kanzler und …»

«… ein Schlächter im Dienste des Herrn.»

«Sie sehen alles nur negativ. Das Gute verschweigen Sie.»

«Ich verweigere mich der Verherrlichung von Menschen, die in der einen Hand das Kreuz und in der anderen das

Schwert führten. Was hat das mit christlicher Nächstenliebe zu tun? Ist das die Botschaft Ihres Jesus?»

«Es waren andere Zeiten damals, in denen man seinen Glauben mit allen Mitteln verteidigen musste.»

«Indem man Andersgläubige, die an denselben Gott glaubten, abschlachtete?»

«Es gibt Gegenbeispiele. Dort, Fürstbischof Rudolf von Scherenberg, in einer unvergleichbar schönen und kunsthistorisch außergewöhnlichen Bearbeitung durch Tilman Riemenschneider. Mit über siebzig Jahren wurde Scherenberg 1466 Bischof. Er war ein kluger und sparsamer Mann, der das völlig zerrüttete Finanzwesen der Stadt wieder sanierte. Er ging gegen Zins und Wucher vor, modernisierte die Festung Marienberg, unterstützte den Neubau der Mainbrücke, untersagte den Import fremder Weine und förderte auch andere Städte. Mit ihm kamen kirchliche und wirtschaftliche Reformen voran, die bei Volk und Klerus nicht immer auf Gegenliebe stießen.»

«Und, hat man es ihm gedankt?»

Yasmina drehte sich kleinlaut weg. «Er wurde als Ketzer hingerichtet.»

Aus dem Hintergrund trat ein Mann auf uns zu. «Das war vor dem Krieg alles anders», sagte er, Anfang sechzig, Halbglatze, die von grauen Strähnen an der Seite eingefasst war, Jeans, blaue Bomberjacke und abgestandenes Mundaroma.

«Was war alles anders?», fragte ich.

«Na, alles hier. Dort oben, die Decke zum Beispiel, ist erst in den sechziger Jahren gebaut worden. Nach dem Bombenangriff von 1945 war nämlich die ganze Decke abgebrannt. Erst …»

Ich interessierte mich nicht dafür und wollte weitergehen, doch der Mann stellte sich mir mit der Hand nach oben zeigend in den Weg.

«Erst im Jahr 1967 ist der Dom wieder eröffnet worden», führte er weiter aus, «doch zuvor haben sie eine Holzdecke eingezogen. Tja, und jetzt haben wir den Mist.»

Ich stutzte.

«Sie fragen sich bestimmt, was ich damit meine?», sagte der Alte.

«Sie haben's erfasst.»

«Der alte Bischof, der Döpfner, wollte eigentlich gar nichts machen. Einfach so lassen, wie's ist.»

«Ein offenes Dach?», fragte Yasmina.

«Nein, eine provisorische Holzdecke haben sie ja nach dem Bombenangriff schon draufgesetzt. Aber dann haben sie sich gefragt, was sie an die Decke machen wollen. Und dann kam der Stangl. Der hat gesagt, da kommt 'ne Holzdecke hin. Und jetzt haben wir den Mist.»

«Ich verstehe nicht. Was wollen Sie mir damit sagen?»

Der Alte schaute mich prüfend an, allmählich begreifend, dass ich nicht oft zu Gast in diesem Hause war. «Na, die Orgel. Die haben sie ja auch neu eingebaut. Eine gute Arbeit, aber die, die unter der Orgel sitzen, werden fast taub, und die weiter vorne am Hochaltar hören gar nichts mehr.»

Er hielt ein, bis seine Erklärung fruchtete. Ich erwiderte nichts, ging weiter. Der Alte folgte.

«Die Holzdecke schluckt alles hier drin. Egal, ob die Orgel was von hinten spielt oder der Bischof von vorne was erzählt. Das bleibt alles auf der Hälfte des Schiffes auf der Strecke.»

«Das ist eine dumme Geschichte. Es würde aber erklären, wieso die Kirche sich so schwer tut, ihre Inhalte zu transportieren.»

«Gott sei Dank nicht mehr lange.»

«Wie?»

«Na, der Bischof ist bald weg», flüsterte der Alte und schaute sich verlegen um.

«Wieso?», fragte Yasmina.

«Mit fünfundsiebzig muss er abdanken. Das ist Kirchengesetz. Endlich mal was Gscheits.»

Der Alte kam näher, und sein galliger Mundgeruch stieg mir unangenehm in die Nase. «Um ganz ehrlich zu sein, mir sin froh, dass er endlich weg is. Der hat bei uns Würzburgern keinen guten Stand.»

«Aber er ist doch ganz fortschrittlich mit seinen ökumenischen Gottesdiensten», warf Yasmina zu meiner Überraschung ein.

«Der und seine Ökumene», höhnte er, «was wollen wir mit 'ner Ökumene? Und außerdem is des kei Würzburger.»

«Sondern?»

«A Paderborner.»

«Na und?»

«Ich sag Ihnen eins, mir sin gespannt auf den Nachfolger. Das Domkapitel soll ja einen vorschlagen, den dann der Papst bestätigen wird oder net. Des is ja des Dumme.»

«Dumm?»

«Mir wissen ja net, wen das Domkapitel vorschlagen wird. Da sin ja auch so Spezialisten drin. Sie verstehen, so mit der ganzen Bauerei. Wenn's nach uns ginge, dann wär das einer, der näher an dem nächsten Papst dran ist als der jetzige beim alten.»

«Sind die Würzburger denn so konservativ?», fragte Yasmina.

Der Alte musterte uns eingehend und fasste den Entschluss, sich und seine Würzburger zu erklären. «Konservativ ist doch gar net so schlecht. Zum Beispiel in der Schwangerenberatung. Ich bin nämlich strikt gegen Abtreibung. Die benutzen ja den Schein als Erlaubnis zum Kindsmord. Das is gut, dass der Papst das verboten hat. Der Bischof würd's aber gerne weitermachen.»

«Ah ja.»

«Oder nehmen Sie zum Beispiel die Ausländer. Oben am Heuchelhof ist alles mit Weißrussen voll gestopft. Da spricht doch keiner mehr Deutsch. Und faul sind sie auch. Oder glauben Sie, ein Deutscher würde zum Sozialamt gehen?»

«Wie meinen Sie das?»

«Na, im Krankenhaus zum Beispiel. Das hab ich mal beobachtet. Da sollte so 'ne Ausländerin einen Schacht reinigen. Das gehörte zu ihren Aufgaben. Aber die hat sich einfach geweigert. Sagte, nee, das macht sie nicht. Da hab ich den Besen genommen, und nach zwölf Minuten war der Schacht sauber. Nee, also wirklich, die Ausländer wollen nichts mehr arbeiten.»

Ich zwang mich, nicht zuzuschlagen, sondern jedes einzelne Wort in mich aufzunehmen und für jenen Tag zu konservieren, an dem ich wirklich mal Heimweh nach Würzburg bekommen sollte, was natürlich Unsinn war und jenseits jeder Vorstellung lag.

Ich ließ den Alten stehen, wollte keine Silbe mehr aus diesem scheinheiligen Munde hören und hielt auf die Krypta zu.

«Warten Sie doch!», rief mir Yasmina mit unterdrückter Stimme nach. «Ich hätte mich gerne noch ein wenig mit ihm unterhalten.»

«Über das faule Ausländerpack oder das Zwangsgebären?»

«Sie sind zynisch. Der Mann benutzt vielleicht ungeschickte Worte, aber es spiegelt sich der Geist der Gemeinde darin.»

«Eben, und genau das kotzt mich an.»

«Sie sind grob und arrogant. Das steht Ihnen nicht zu.»

«Tun Sie mir bitte einen Gefallen: Hören Sie auf mit Ihrer Scheinheiligkeit. Wenn Sie glauben, dass ‹faule Ausländer› und ‹Erlaubnis zum Kindsmord› weniger schlimme Worte sind, dann gehören Sie haargenau zu dem gleichen Schlag, der hier sonntags die Hände faltet, die er vorher seiner Frau oder seinen Kindern ins Gesicht geschlagen hat. Das sind die gleichen Hände, die Unterschriften unter Ausweisungsanträge setzen. Ihr Jesus säße heute in Abschiebehaft.

Ich kann noch ein paar Beispiele für diese streng gläubigen Christen anführen, die hier herumlungern wie die Geldwechsler. Das sind Pharisäer, die ihren Gott für die Selbstgerechtigkeit und den eigenen Vorteil verkauft haben. Genau wie dieser Typ da vorne, der sich in Kirchenarchitektur und dem Lob des Kinderkriegens ergeht.»

«Sie scheren alle über einen Kamm. Sie dürfen nicht die Verfehlungen Einzelner auf die Gesamtheit übertragen.»

Ich zwang mich zur Beherrschung. «Möglich, vielleicht haben Sie Recht. Bestimmt gibt es welche, die ihren Glauben ernst nehmen. Nur kann ich sie nicht entdecken.»

«Weil Sie sich aus der Kirchengemeinde verabschiedet haben und nur noch das Schlechte sehen wollen. Woher kommt das? Sind Sie enttäuscht worden?»

«Bitte keine Psychoanalyse jetzt. Wenn ich ein Gespräch brauche, dann nehme ich einen der Beichtstühle. Es sind ausreichend vorhanden.»

«Haben Sie schon mal ans Beten gedacht?»

«Kommen Sie endlich, bevor mir Huf und Hörner wachsen. Wir haben einen Mord aufzuklären.»

«Gut, aber das Thema ist noch nicht erledigt. Wir werden uns nochmal darüber unterhalten.»

«In einem späteren Leben vielleicht.»

«Immerhin scheinen Sie an die Auferstehung zu glauben.»

Wieder stiegen wir ein paar Jahrhunderte hinab und betraten die Krypta. In derartig flachen unterirdischen Gemäuern wurde mir regelrecht mulmig, wenn ich daran dachte, dass über mir Tonnen von Steinen nur darauf warteten, dass einer der tragenden Pfeiler brechen und mich unter ihnen begraben könnte. Der einzige Hoffnungsschimmer drang durch kleine Fenster oben an den Seitenwänden herein, die ein schwaches Licht auf weitere Bischofsgräber und zahlreiche Ausstellungsstücke zur Bistumsgeschichte warfen. Aus einem Schacht vor uns, gleich neben einem romanischen Kreuz mit dem Haupt eines bärtigen und gestriegelten Unbekannten, das Yasmina ungefragt auf das Jahr 850 datierte, drangen harsche und unverständliche Worte. Ich bedeutete ihr, sich still zu verhalten. Die Stimmen führten uns in einen dunklen Steingang, der alsbald in einem kleinen Vorraum endete, an dessen Übergang von der Wand zur Decke sich die goldfarbenen nackten Füße eines weiteren unbekannten Bildnisses zeigten. Von hier aus führte ein enger, niedriger Gang in die schwarzen Tiefen des Domes. Die Worte wurden klarer und schärfer.

«Ich habe sie nicht. Wie oft soll ich Ihnen das noch sagen!», wehrte sich ein junger Mann, der mit einer Taschenlampe die Wand vor ihm nach Spuren eines Durchbruchs absuchte.

Hinter ihm stand der Direktor der Denkmalpflege. «Wo sollen sie denn sonst sein?», hielt er dagegen. «Ich hatte meine Tasche im Büro Ihres Chefs stehen lassen.»

«Am nächsten Tag haben Sie sie doch wieder abgeholt.»

«Aber ich habe nicht nachgeschaut, ob die Schlüssel noch drin waren. Wer ahnt denn, dass man bei Ihnen ausgeplündert wird?»

«Vorsicht! Gehen Sie nicht zu weit.»

«Sie haben gut reden. An mich wird man sich wenden, wenn man den Besitzer sucht.»

Ich hatte genug gehört. Ich trat einen Schritt vor in den Gang und unterbrach das Gespräch. «Genau deswegen bin ich hier.»

Der Lichtkegel der Taschenlampe erfasste mich.

«Wer sind Sie, und was machen Sie hier?», fragte der junge Mann. «Der Zutritt ist ...»

«Jaja, ich weiß», wehrte ich ab. «Ich suche den Chef der Denkmalpflege. Man sagte mir, ich würde ihn hier finden.»

«Sehen Sie!», hörte ich den Direktor verhalten klagen, während ich auf die beiden zuging und die Hand gegen den Schein der Taschenlampe hielt. Yasmina folgte mir, indem sie ihre Hand auf meine Schulter legte und mich als Blindenhund benutzte.

«Wissen Sie», fuhr ich fort und ging direkt auf ihn zu, «ich frage mich die ganze Zeit, woher Pater Nikola die Schlüssel hatte, die dem Einbrecher Zugang zu Ihren Räumen ermöglichten. Haben Sie eine Antwort darauf?»

«Ich weiß nicht, wovon Sie reden», antwortete er.

Nach hinten konnte er nicht fliehen, der Schacht endete ein paar Meter weiter an einem Gitter. Stattdessen nahm er seinen ganzen Mut zusammen und stellte sich mir. «Wer sind Sie überhaupt?»

«Mein Name ist Kilian, Hauptkommissar. Ich bin mit dem Mord an Pater Nikola betraut. Signora della Schiava unterstützt mich bei meinen Ermittlungen. Haben Sie sich schon kennen gelernt?»

«Ich hörte von ihr», antwortete der Denkmalschützer. Er nickte ihr grüßend zu.

«Nun, können Sie mir sagen, ob Ihnen ein Schlüssel abhanden gekommen ist?»

Er antwortete nicht sofort auf meine Frage, sondern wog verschiedene Möglichkeiten ab. «Um ehrlich zu sein, ja. Ich bin hier, um nach meinem Schlüssel zu suchen, den ich vorgestern im Bischöflichen Ordinariat versehentlich habe liegen lassen.»

«Und ist er wieder aufgetaucht?»

«Eben nicht. Das ist ja das Problem.»

«Ich nehme an», fragte ich den jungen Mann, «Sie sind Angestellter oder Mitarbeiter im Ordinariat?»

«Bin ich. Aber ich habe keine Ahnung, wo sich dieser Schlüssel befinden könnte. Sofern er jemals dort gelegen hat.»

«Natürlich hat er!», protestierte der Denkmalschützer. «Ich hatte meine Taschen bei Dr. Mayfarth stehen lassen, als wir vom Fund hörten und dazugerufen wurden.»

«Wer ist Dr. Mayfarth?», fragte ich.

«Der Bau- und Kunstreferent des Bistums, mein Chef», antwortete der junge Mann. «Er müsste wissen, ob ...»

«Verdammt, ja», schnitt ihm der Denkmalschützer das Wort ab, «dazu müsste er erst mal wieder aus der Versenkung auftauchen.»

Yasmina schaltete sich urplötzlich in das Gespräch ein. «Ist er denn verschwunden?»

«Dr. Mayfarth ist gestern und heute nicht zum Dienst erschienen. Niemand weiß, wo er sich aufhält», antwortete der junge Mann. «Das ist überhaupt nicht seine Art. Normalerweise hinterlässt er eine Nachricht, wenn er dringend wohin gerufen wird.»

«Weiß seine Frau, wo er sich aufhält?», fragte ich.

Der junge Mann lachte spontan auf, verschluckte aber jede weitere Gefühlsregung. «Dr. Mayfarth ist nicht verheiratet. Er ist Priester.»

Hoffnung keimte in mir auf. «Könnten Sie Dr. Mayfarth beschreiben?»

«Wie bitte?», antwortete der junge Mann, «Sie kennen Mayfarth nicht? Sein Gesicht kennt jedes Kind in der Stadt.»

«Nun, da ich längst keines mehr bin, möchte ich wissen, wie er ausschaut. Das müssten Sie doch wissen, wenn er Ihr Chef ist.»

«Klar weiß ich das.» Er suchte händeringend nach einer passenden Beschreibung, bis ihm einfiel, dass er sie bei sich trug. «Warten Sie.» Er öffnete seine Tasche, durchwühlte die Unterlagen und förderte eine Fotokopie zutage, die er mir reichte. «Der da links ist Dr. Mayfarth. Der, der so grimmig schaut.»

Was ich da in den Händen hielt, war ein Zeitungsbericht mit der Schlagzeile «Sensationsfund am Kilianshaus». Darunter das Bild, das den Chef der Denkmalpflege, einen Mitarbeiter und den Bischof zeigte. An seiner Seite der ominöse Kunstreferent Dr. Mayfarth – Nikolas Mörder. Um den Hals das goldene Kreuz. Kein Zweifel, das war er.

Dieser Mayfarth schaute tatsächlich so grimmig, als wollte er den Fotografen für den unerlaubten Schnappschuss erwürgen. Auf dem Tisch vor ihm lagen der Zylinder und der zusammengerollte Papyrus.

«Kann ich die Kopie behalten?», fragte ich.

Der junge Mann hatte nichts dagegen.

«Haben Sie eine Idee, wo sich Dr. Mayfarth aufhalten könnte?», fragte ich.

«Nein, er ist seit gestern wie vom Erdboden verschluckt», antwortete der junge Mann. «Fragen Sie doch mal den

Bischof. Vielleicht hat sich Mayfarth bei ihm zurückgemeldet.»

«Wo kann ich ihn finden?»

«Vor 'ner halben Stunde war er noch oben an der Katakombe.»

Ich ordnete meine Gedanken neu, während wir die Stufen hoch ins Kirchenschiff erklommen. Diesmal hatte der scheinheilige Alte ein Pärchen im Schlepptau, das vor dem Hochaltar stehend die in der Mitte des Altars befindliche Aussparung fixierte, hinter der die Häupter der Frankenapostel aufbewahrt wurden. Seinen Gesten entnahm ich, wie die drei Iren vor dreizehnhundert Jahren in diese Stadt gekommen waren, die sie bei ihrer Ankunft als schön und liebenswert bezeichnet hatten. Der Alte zog seine Hand quer über den Hals und verzog das Gesicht.

Einer der Bauarbeiter schickte uns in die Kiliansgruft, tief im Bauch des Neumünsters gelegen, wo wir den Bischof finden würden. Der Legende nach sollen hier Kilian, Kolonat und Totnan in der Nacht des 8. Juli 689 durch die Hand gedungener Mörder enthauptet worden sein. Ihr Auftraggeber war, so wird berichtet, die unselige Gailana, nach damaligem Kirchenrecht die unrechtmäßige Gattin ihres Schwagers, des Herzogs Gozbert. Der heilige Kilian soll dagegen erst spät opponiert und schließlich von Gozbert verlangt haben, sich von ihr zu trennen. Gailana wiederum zürnte dies Kilian und nutzte einen Kriegszug Gozberts zur tödlichen Abrechnung mit dem ungeliebten Störenfried. Kilian starb demzufolge wegen eines sittlichen Verbots der Kirche und nicht wegen der Verkündigung der Frohen Botschaft.

In Wahrheit steht die Gailana-Theorie auf wackeligen Füßen, wie das Verhältnis der irischen Missionare zu Rom und den ihnen angedichteten Verklärungen. Dazu muss man wissen, dass viele der noch existierenden Geschichtsaufzeichnungen von angelsächsischen Chronisten angefertigt wurden, die in den Iren zugleich Konkurrenten bei der Missionierung als auch Ketzer gegen Rom sahen. Ob daher ausgerechnet ein irischer Kilian wegen des Sittengrundsatzes der römischen Kirche hatte sterben müssen und deswegen das angestrebte Martyrium erlitten haben soll, bleibt fraglich. Wahrscheinlicher ist, dass ein anderer Konflikt zu seinem tragischen Tode führte.

Wir fanden den Bischof betend vor. Er saß in einer Bank, das Haupt tief geneigt, vor dem Kiliansschrein. Die Gruft an sich war nüchtern gehalten, ohne verklärenden Firlefanz, der häufig an anderen Orten der Heiligenverehrung wuchert. Lediglich ein Kreuzweg auf sechzehn Tafeln zeigte die Leidensgeschichte Jesu, beginnend mit der Befragung durch Pilatus bis hin zur Vision des Johannes von Jesus Christus als Herrscher über Himmel und Erde. Der Leidensweg Christi wiederholte sich in Darstellungen auf dem Schrein, als Dialog zur überlieferten Geschichte der Frankenapostel. Auch sie hatten den Weg in den Märtyrertod gewählt, um dadurch an Jesu Seite ins Himmelreich zu gelangen; die Frankenapostel dienten damit allen Gläubigen als leuchtendes Vorbild. Diese Botschaft hat sich in unserer Zeit verloren. Niemand geht mehr vorsätzlich für seinen christlichen Glauben in den Tod. Das Heilsversprechen hat sich entscheidend gewandelt. Heute stehen alle lebensverlängernden Maßnahmen hoch im Kurs.

Ich steuerte geradewegs auf den Bischof zu. Yasmina hielt mich zurück. «Warten Sie. Lassen wir ihn in seiner Andacht ungestört.»

Da ich etwas über einen seiner Angestellten herausbekommen wollte, lag mir sehr an einem aufgeschlossenen

Bischof, und so willigte ich ein. Yasmina und ich machten uns dadurch bemerkbar, dass wir an ihm vorbeigingen und im hinteren Teil der Gruft die Exponate bestaunten. Er blickte kurz auf, erkannte uns und versank gleich darauf wieder im Gebet.

Wie den Dom hatte ich auch die Begräbnisstätte meines Namenspatrons jahrzehntelang nicht mehr gesehen; dabei lag sie inmitten der Stadt, direkt an der Einkaufsstraße, und ich dachte mir, dass es vielen Würzburgern ebenso erging. Das, was vor der Haustür liegt, gerät in Vergessenheit, weit entfernte exotische Tempel und Paläste hingegen werden zum beliebten Thema ausufernder Urlaubsbeschreibungen. Dabei hatte die Kiliansgruft in früheren Jahrhunderten einiges zu bieten. Pilger aus nah und fern reisten hierher, um Erlösung zu erbitten oder sich von Schicksalsschlägen zu befreien, wie es der Legende nach einem «ungläubigen Priester» namens Atalongus widerfahren sein soll. Jener hatte seinen Schülern Prügel angedroht, da sie ihm Unwissenheit über das Leben und Wirken des Kilian vorwarfen. Daraufhin wurde er mit den Worten eines Unbekannten im Traum geblendet: «Wenn du nicht glaubst, wirst du nicht sehen.» Dem Klagen folgte Reue und das Aufsuchen der Grabstelle, über der mittlerweile ein Pferdestall errichtet worden war. Sein Flehen um Vergebung wurde erhört, er gewann das Augenlicht wieder und den Glauben.

Ab da gab es kein Halten mehr. Augenkranke, Gicht- und Rheumaleidende kamen in Scharen. Wundergeschichten mussten herhalten, wenn der eigene Glaube schwächelte. Die darauf folgende angelsächsische Missionierung begründete sich somit auch auf die wundersame Erhöhung eines Menschen, wenn erforderlich, auch auf den Kult um einen verhassten Iren und Gegenspieler.

Ich schaute mich im Rund der Apsis gelangweilt um,

während Yasmina den Exponaten ihre Aufmerksamkeit zuwandte.

«Schauen Sie», flüsterte sie mir zu.

Ich folgte ihr zu einem schweren Sarg aus rotem Sandstein, der an der Seite eingemeißelte Schriftzeichen aufwies.

«Hier ist der älteste Steinsarg für die Gebeine des Heiligen Kilian aus dem 8. Jahrhundert», sagte sie. «Die Schrift dagegen stammt aus dem 13. Jahrhundert und ...»

Ich ging weiter. Kilianslegenden interessierten mich nicht.

Sie ließ nicht locker. «Und hier der wohl älteste Brunnen der rechtsmainischen Stadt. Sein Wasser soll Augenleiden geheilt ...»

Ich war bereits einen Schritt weiter, am Kiliansaltar, auf dem der schwere Schrein ruhte.

«Früher wurden in diesem Altar die Reliquien sowie Gebrauchsgegenstände der Frankenapostel aufbewahrt. In die runden Löcher konnte man seinen Kopf stecken und wurde von Augen- und Kopfleiden geheilt.»

«Daran glauben Sie?», fragte ich kritisch.

«Das ist nicht entscheidend. Die Menschen brauchen etwas, worin sich ihre Religiosität manifestiert. Etwas Konkretes, was man anfassen, sehen und riechen kann. Auf der ganzen Welt, in allen Religionen finden Sie zahlreiche Entsprechungen.»

In der Ecke stieß ich auf die Büste eines Mannes. Dahinter war eine Steintafel angebracht. Sie erinnerte an einen Sohn der Stadt, einen Priester, der 1942 im Konzentrationslager von Dachau starb. Die Urne mit seiner Asche war vor zwanzig Jahren in der Kiliansgruft beigesetzt worden. Er war einer der Märtyrer dieses Jahrhunderts, die für ihren Gott und ihren Glauben in den Tod gegangen waren.

Der Bischof trat auf mich zu. «Sie wollen mich sprechen?»

«Nur eine einzige Frage: Wo kann ich Dr. Mayfarth finden?»

«Wenn ich das wüsste. Er ist seit zwei Tagen verschwunden. Niemand weiß, wo er sich aufhält. Am wenigsten ich. Dabei brauche ich ihn jetzt mehr denn je.»

«Gibt es Probleme?»

«Die Kurie sitzt mir im Nacken wegen dieses seltsamen Fundes aus der Katakombe, Kollegen aus aller Welt fragen, ob wieder Priester in unserem Land verfolgt und getötet werden, und zu guter Letzt habe ich da noch einen Bruder am Hals, dessen alleinige Anwesenheit in meinem Bistum bereits ausreicht, mich vorzeitig in den Ruhestand zu versetzen.»

«Wer ist dieser Bruder?», forderte Yasmina unverhohlen.

«Jemand aus längst vergessener Zeit, Schwester Yasmina», antwortete er gereizt.

Mir war, als träfe mich eine Keule. «Schwester?!» Ich schaute sie vorwurfsvoll an. Sie erwiderte meinen Blick emotionslos.

«Haben Sie das nicht gewusst?», fragte der Bischof.

«Nein. Wenn ich eine Ahnung gehabt hätte …»

«Dann?», fragte sie provokant.

«Ich dachte, man hätte Sie informiert», kam mir der Bischof zuvor. «Eigentlich hätte das ja Mayfarth erledigen sollen. Es ist sein Job, sich um alles, was das Bauen und die Kunst im Bistum betrifft, zu kümmern. Schwester Yasmina ist quasi sein Pendant. Nur auf anderer Ebene. Wenn Sie nun keine weiteren Fragen mehr haben, ich muss wieder an die Arbeit.»

«Können Sie mir noch sagen, was der genaue Inhalt dieses Papyrus war, den Sie und Dr. Mayfarth zutage gefördert haben?»

Der Bischof tat unwissend. «Ich wünschte, ich könnte es, aber leider hat uns die Zeit gefehlt, den Inhalt einer näheren Prüfung zu unterziehen.»

Ich zeigte ihm die Fotokopie, die mir der junge Mann zuvor überlassen hatte. «Aber man sieht doch auf dem Bild, dass der Zylinder geöffnet und der Papyrus entnommen worden ist.»

«Richtig, aber weiter kamen wir leider nicht. Wie Sie sehen, wurden wir von den Journalisten bei unserer Arbeit unterbrochen.»

«Ohne einen Blick auf den Papyrus zu werfen?»

«Exakt.»

Ich glaubte ihm kein Wort.

Es war Zeit für eine Standortbestimmung. Ich zog mich in das nahe gelegene, verträumte Lusamgärtlein zurück. In meiner ungebetenen Gefolgschaft Yasmina. Ich bat sie, mir ein paar Minuten Ruhe zu gönnen, da ich nachdenken müsse, und auf einer Bank zu warten, die neben dem Grabstein des 1230 in Würzburg verstorbenen Minnesängers Walther von der Vogelweide stand. Seinem letzten Willen entsprechend war die romantisch abgelegene stille Grabstelle mit einer Vogeltränke ausgestattet worden. Ein Strauß vertrockneter Blumen auf dem Grabstein hielt die Erinnerung an einen der berühmtesten Sänger mittelalterlicher Liebeslieder wach.

Ich setzte mich unter einen der sechzehn Bögen eines mit Ornamenten verzierten Kreuzganges aus dem 12. Jahrhundert, der dem Grab einen kunst- und würdevollen Rahmen verlieh. Das Wechselspiel von Säulen und Pfeilern wird ergänzt durch zwei in grünbraunen Sandstein gemeißelte

Darstellungen. Die eine zeigt Christus auf dem Thron sitzend, das Evangelium haltend, die andere meinen Namenspatron Kilian in stoischer, weltabgeschiedener Pose, als gäbe es nichts in diesem Seinszustand, worüber man sich sorgen müsste. Wahrscheinlich kannte er keine hinterhältigen Priester wie diesen Mayfarth – und leider wohl auch Nikola.

Die Sache war so krumm wie die Unbefleckte Empfängnis. Nikola hatte mich zum Diebstahl eines offensichtlich wertvollen und wichtigen Manuskriptes aus der Frühzeit des Mittelalters angestiftet. Die Schlüssel für die Räumlichkeiten hatte er von Mayfarth erhalten, der sie selbst dem Direktor der Denkmalpflege entwendet hatte. Wozu das alles? Wozu sollte ich etwas stehlen, das ohnehin im Besitz der Kirche war? Die Antwort musste mit dem Inhalt des Papyrus zu tun haben und durfte offensichtlich nicht ans Tageslicht kommen.

«Eine Lösung gefunden?», fragte Yasmina, die unbemerkt an meiner Seite aufgetaucht war.

«Sie haben mich belogen», antwortete ich.

«Wie bitte?»

«Sie sagten mir, dass Sie Professorin am Lehrstuhl für Kirchengeschichte in Rom seien.»

«Das schließt nicht aus, dass ich einem Orden angehöre.»

«Richtig, das tut es nicht. Aber Sie hätten es mir sagen können.»

«Hätte es etwas geändert?»

«Ich weiß nicht. Vielleicht schon. Zumindest hätte es mir klar gemacht, wer an meiner Seite ist.»

«Wissen Sie es jetzt?»

«Ja. Eine abhängige Angehörige der römisch-katholischen Kirche. Stecken Sie mit Mayfarth unter einer Decke?»

«Wie bitte?»

«Ich meine, arbeiten Sie mit ihm zusammen?»

«Natürlich, was den Fund angeht. Ansonsten habe ich nichts mit ihm zu schaffen, ich kenne ihn ja noch nicht einmal. Mein Arbeitgeber ist die Kirche in Rom. Nur ihr bin ich verantwortlich.»

«Und was soll dann das Theater hier? Wieso verschweigt mir der Bischof den Inhalt des Papyrus? Er gehört zu Ihrer Kirche.»

«Glauben Sie mir, das würde ich auch gerne wissen. Ich bin in dieser Sache keinen Deut schlauer als Sie.»

«Wieso sind Sie dann hier?»

«Es ist meine Aufgabe, historische Funde auf ihre Relevanz für die Kirche hin zu überprüfen. Daran ist nichts Geheimnisvolles.»

«Können Sie den Bischof zwingen, sein Geheimnis preiszugeben?»

«Grundsätzlich ja. Aber das würde sehr viel Zeit in Anspruch nehmen. Zeit, die Sie und ich nicht haben.»

«Wer oder was drängt Sie?»

«Die Wissenschaft.»

Ich sagte ihr, dass wir unsere Recherche auf den jungen Archäologen, der bei der Öffnung mit dabei gewesen war, ausdehnen würden. Vielleicht konnte er etwas Licht in die Sache bringen. Sie stimmte zu, und wir fanden ihn wenige Schritte entfernt, bei der Katakombe auf dem Kilianplatz, wo soeben eine lange Kiste in einen Transporter verladen wurde.

«Sie überführen den Krieger nach Rom», sagte er hilflos.

«Wieso das?», fragte ich.

«Weil Rom es in die Hand nimmt», antwortete Yasmina.

«Rom, Rom, Rom. Ich kann's bald nicht mehr hören. Ich denke, Sie sind anstelle Roms vor Ort?»

«In Sachen Papyrus. Der Krieger wird umfangreichen

Tests unterzogen, die hier in Würzburg nicht gemacht werden können.»

«Sie nehmen ihn uns weg!», protestierte der Archäologe. «Wie Sie uns alles wegnehmen, was wir finden.»

«Das hat damit nichts zu tun. Es ist …»

«… eine Schande.»

Der Transporter setzte sich auf Nimmerwiedersehen in Bewegung. Resigniert wandte sich der Archäologe ab.

«Sie waren doch bei der Öffnung des Zylinders mit dabei», fragte ich ihn. «Was war sein Inhalt?»

«Da müssen Sie die Herren im Dom fragen», antwortete er.

«Aber Sie haben doch gesehen, was …»

«Das ist genauso abgelaufen wie der Abtransport gerade eben. Die Dreckarbeit übernehmen wir, und wenn es um die Belohnung geht, reißt sich die Kirche alles unter den Nagel. Ich hab langsam die Schnauze voll. Das macht keinen Spaß mehr.»

«Das kann ich gut verstehen, aber Sie können mir doch bestimmt einen Anhaltspunkt geben, um was es sich gehandelt hat, als Sie den Zylinder geöffnet haben.»

«Stillschweigen. Wir sind vom Bischof zum Klappehalten verdonnert worden. Verstehen Sie? Totschweigen, als hätte es nie etwas gegeben. Das Einzige, was ich Ihnen sagen kann, ist, dass das ziemlich alte Dokumente sein müssen. Der Bischof und der Baureferent haben sich darauf gestürzt wie der Teufel auf die gute Seele. Der eine Papyrus wies lateinische Schriftzeichen auf und der andere …»

«Es gab zwei Dokumente?», unterbrach ich ihn.

«Ja, zwei, und beide sind jetzt weg. Irgend so ein Idiot ist nachts bei uns eingestiegen und hat sich bedient. Als hätte er genau gewusst, wo und wonach er suchen muss. Es ist zum Kotzen. Ich habe keinen Bock mehr auf die Scheiße hier.»

«Dieser Papyrus», schaltete sich Yasmina ein, «wie war er beschaffen? Gab es da irgendein Siegel oder eine Unterschrift?»

«Ja. Woher wissen Sie das?»

«Ich habe es gehofft.»

«Das Siegel auf dem Zylinder war das des Römischen Reiches. Mann, wenn ich das beweisen könnte, ich wär ein gemachter Mann. Eine zweitausend Jahre alte Nachricht hatte ich in der Hand. Unvorstellbar. Das wäre ein Ding gewesen. Die Kollegen hätten sich vor Neid in die Hose gepisst. Und jetzt? Nicht den Dreck unter dem Fingernagel habe ich jetzt mehr.»

«Und der Papyrus?», hakte Yasmina nach.

«Ich hab ihn ja nur kurz gesehen, aber da war am Ende eine Art Unterschrift. Ziemlich krakelig, irgendwas mit ‹P› oder ‹A›. Ein Doppelname auf jeden Fall.»

«Lateinisch oder griechisch?»

«Eine Endung auf ‹us›. Latein, römisch vielleicht, das würde einen Sinn ergeben. Mensch, eine Originalnachricht eines Kaisers vielleicht. Augustus oder Pompejus? Mann, ich könnte heulen. Ich hätte ein zweiter Schliemann sein können.»

«Und der zweite Papyrus?», hakte ich wieder nach.

«Der Text hat mit einem großen Buchstaben begonnen. Ein ‹C›, glaube ich, und dann ein ‹a›, nein, zwei ‹a›. Ein Name, irgendwas mit ‹Ca› oder ‹Cara›.»

«Chamar?», fragte Yasmina.

«Chamar! Genau, das war's, Chamar. Woher wissen Sie das?»

«Das würde mich auch interessieren», unterstützte ich ihn.

«Chamar oder Rado, beide Bezeichnungen meinen wahrscheinlich die gleiche Person, war im Jahre 630 königlicher

Kämmerer und ein paar Jahre zuvor Hausmeier im damaligen Neustrien. Dieses Neustrien stellte die merowingischen Könige, bevor das aufstrebende Haus der Austrier, aus dem Karl Martell, Pippin und Karl der Große stammten, das Frankenreich begründeten. Als ein Sohn dieses Chamar wird ein Radulf hergeleitet, was nicht unstrittig ist, und ebenjener Radulf war der erste Herzog in Thüringen, dessen Sitz damals Würzburg war.

Überliefert ist uns in einer Leidensgeschichte des heiligen Kilian, der *passio minor*, ein Mann namens Hruodi, der von einigen Historikern mit diesem Radulf gleichgesetzt wird, was aber fraglich ist.»

«Signora, kommen Sie bitte auf den Punkt», unterbrach ich sie, die gänzlich in ihrem Element aufzugehen schien.

«Es gibt zwei Herleitungen. Nehmen wir mal zuerst an, dass Hruodi mit Radulf identisch ist, dann hatte dieser Mann einen Sohn Hetan, der auch als der Ältere oder als der Erste bezeichnet wird. Er soll verheiratet gewesen sein mit einer Frau namens Bilihild. Aus dieser Ehe entstand ein Sohn, der nicht näher beschrieben ist und jung gestorben sein soll. Hetan verstarb, und Bilihild blieb Witwe, die dann um 700 das Frauenkloster Altmünster bei Mainz gründete. Da es in damaliger Zeit nicht unüblich war, dass die Namen der Väter oder Großväter auf die Kinder übergingen, könnte dieser Chamar ebenjener nicht verstorbene Sohn aus dieser Ehe sein. Aber, wie gesagt, das ist rein hypothetisch.»

«Und, was sagt uns das?», fragte ich, gänzlich überfordert.

«Dass wir den Katakombenfund zeitlich und im Kontext einordnen können», antwortete der Archäologe.

«Die zweite Herleitung sagt Folgendes: Hetan I. hatte der *passio minor* zufolge zwei Söhne, von denen einer mit dem

Namen Gozbert überliefert ist. Unter ungeklärten Umständen soll der andere Sohn zu Tode gekommen sein, und Gozbert soll dessen Ehefrau, die uns als Gailana bekannt ist, geehelicht haben. Aus dieser Ehe entstammt Hetan II., der 704 und 716 urkundlich erwähnt ist. Die Frage ist nun ebenso hypothetisch, ob Hetan II. vielleicht einen Bruder hatte, von dem nichts überliefert ist, aus welchen Gründen auch immer.»

«Ich komme immer noch nicht dahinter, wohin die Nachhilfestunde in Heimatgeschichte uns führen soll», ging ich dazwischen.

«Ihr Namenspatron Kilian soll nach der *passio* von gedungenen Mördern jener Gailana umgebracht worden sein», führte Yasmina fort. «Kilian war aus Irland, was damals als Scotia und später als Hibernia bezeichnet worden ist. Er war Anhänger der iroschottischen Kirche, die zu seiner Zeit im Überlebenskampf mit dem römischen Stuhl stand. Wie ein Chronist namens Beda Venerabilis uns berichtet, kam es im Jahr 664 in Whitby, einer Ortschaft an der Ostküste Englands, zu einem handfesten Streit zwischen den eigenbrötlerischen Iren und den romtreuen Angelsachsen, von denen auch Bonifatius, der Apostel der Deutschen, abstammt.

Es gibt eine Überlieferung, mehr ein Gerücht, dass während dieses Streits ein Papyrus aufgetaucht sein soll, der so genannte Herrenworte, also direkt Jesus Christus zugeschriebene Aussagen, beinhaltete. Der Papyrus verschwand, und die iroschottische Kirche zerbrach.»

«Sie meinen …?»

«Natürlich wäre es ein unvorstellbarer Zufall, wenn der Papyrus nun in einem Grab eines fränkischen Adelings wieder aufgetaucht wäre. Und wenn dieser Adeling mit dem Kilian bekannt war, von dem er den Papyrus erhalten hat.»

«Was würde ein Historiker dafür tun, wenn er die Chance auf diesen Papyrus bekäme?», fragte ich die beiden.

«Alles!», kam es unisono wie aus der Pistole geschossen.

✱

Die ehrwürdige Herzogin Bilihild wurde nicht müde, mich zur Flucht vor meinen Feinden zu drängen.

«Bruder Cilline, ich bitte Euch inständig, dieses Tal zu verlassen. Nicht nur mein Mann, der Herzog, auch mein Sohn Heden, der so unglücklich nach seinem Vater geraten ist, trachten Euch nach dem Leben. Mit ihm sind viele der thüringischen Adelinge, die sich gegen den Herzogsstuhl verschworen haben. Ein jeder, der sich in diesen Tagen gegen sie erhebt, muss um sein Heil fürchten. Selbst ich musste mich vorsehen, als ich zu Euch gekommen bin.»

«Herzogin, ich danke Euch für Eure Fürsorge. Doch gibt es niemanden, der mich von hier vertreiben könnte. Weder dem Herzog noch Eurem Sohn Heden und seinen Gefolgsleuten kann ich eine Gefahr sein. Meine Botschaft ist die des Friedens.»

«Ihr irrt, ehrwürdiger Bruder. Nicht Frieden ist es, was sie wollen, sondern Gefolgschaft.»

«Jeder weiss, dass ich nur dem einen Herrn dienen kann.»

«Ebendiesen fürchten sie. Wie ihr Gott Ziu von Wotan vertrieben wurde, so fürchten sie nun Jesus Christus, Gottes eingeborenen Sohn, als Zerstörer ihres Glaubens und ihrer Macht. Denn seine Botschaft ist die brüderliche Friedfertigkeit. In diesen unruhigen Zeiten ist nichts gefährlicher, als gottgefällige Tatenlosigkeit. Sie rufen auf zum Kampf gegen das verhasste fränkische Joch. Ein jeder, der sich ihnen nicht anschliesst, ist ihr Feind. Somit ersuche ich euch, geht, verlasst dies Tal, wenn nicht für immer, dann wenigstens, bis sich der Sturm gelegt hat. Mein Oheim lebt nicht weit von hier in Höchheim. Bei ihm könnt ihr euch verstecken.»

«Ich weiss eure Besorgnis zu schätzen. Doch was wäre ich für ein Diener des Herrn, wenn ich flüchten würde und die, die an die frohe Botschaft des Messias glauben, zurückliesse? Müssten sie sich nicht fragen, wie schwach dieser Glaube ist, wenn sich das erste Kampfgeschrei erhebt? Jesus Christus wäre nicht in Jerusalem eingeritten, wenn er die Schriftgelehrten oder die Römer gefürchtet hätte. Er musste sich ihnen stellen, damit sie den wahren Gott erkennen. So werde auch ich nicht flüchten, um nicht die, die an ihn glauben, zu verraten, ebenso, wie ich Zeugnis ablege und den Herrn preise, um ihn nicht zu verraten, auch auf die Gefahr hin, dass mein Haupt fällt.»

«Dann seid ihr des Todes.»

«Nicht den Tod auf Erden fürchte ich,

sondern die ewige Verdammnis, wenn ich nicht lebhaftes Zeugnis seiner Botschaft bin. Ich nehme sein Kreuz auf mich.»

«Cilline!»

«Was gibt es, Chamar, dass du unser Gespräch störst?»

«Ein Reiter ist gekommen aus Luxovium. Er hat Kunde.»

«Sprich.»

«Er sagt, ein römischer Bruder ist mit einer Gesandtschaft des Heiligen Vaters in Ihrem Kloster eingetroffen.»

«Führ ihn zu mir.»

Die Herzogin beobachtete den jungen Chamar, den sie verloren glaubte. «Chamar ... ich hatte einen Sohn mit demselben Namen.»

«Und was geschah mit ihm?», fragte ich sie.

«Die Wölfe haben ihn beim Spielen im Wald gerissen. So berichtete es mir der Herzog.»

VII.

*Uns sind unsaenfte Briefe her von Rome (ge)kommen.**

Der Bischof beendete seine Predigt mit den Worten: «Daneben gibt es Probleme, deren Bewältigung noch nicht in Sicht ist. Hierzu gehört die Frage nach der Rechts- und Lehrvollmacht des neuen Papstes. Unbestritten sollte die Feststellung sein, dass eine Versöhnung der Kirchen mit Blick auf den Petrusdienst nur als Umkehr und Bekehrung, als Neuanfang der universalen Gemeinschaft auf Grundlage der gemeinsam prägenden Überlieferungen gedacht werden kann. Ich hoffe, dass wir der Herausforderung gerecht werden. Ich werde mein Möglichstes dazu tun, wenn ich jetzt nach Rom aufbreche.»

Die Worte stießen nicht bei der ganzen versammelten Kirchengemeinde im Kiliansdom auf fruchtbaren Boden. Manch frommes Haupt wandte sich ab.

Der Bischof nahm Platz, überließ Bruder Alvarez das Pult. Das linke Bein nachziehend, humpelte er voran. Mit der Linken stützte er sich auf seinen Wanderstab, in der Rechten hielt er mehrere Blatt Papier, die er zum Mittelpunkt seiner Worte gewählt hatte. Das lange graue Haar, gewaschen und gekämmt, reichte bis auf seine Schultern und umrahmte sein Gesicht, dessen Augen der bevorstehenden Rede entgegenfieberten.

* Walther von der Vogelweide vor rund 800 Jahren.

«Verehrte Brüder und Schwestern im Herrn ... Ich trete heute vor euch, um euch die wahren Worte unseres allmächtigen Herrn Jesus Christus zu verkünden, so wie es mein Bruder Kilian vor mehr als tausend Jahren in dieser Stadt getan hat. Ich tue dies, weil damals wie heute unser Glauben einer großen Gefahr ausgesetzt ist.»

Alvarez zeigte für alle sichtbar ein Schreiben des verstorbenen Papstes an die deutschen Kardinäle, das Wochen zuvor auf der Bischofskonferenz für Aufsehen gesorgt hatte. Die vorderen Reihen erkannten das päpstliche Wappen schnell. Geflüster erfüllte das Kirchenschiff.

Alvarez blätterte die Seiten durch, bis er die richtige Stelle gefunden hatte, und las vor. «Dankbar stelle ich fest, dass die Kirche in Ihrem Lande eine solide organisatorische Struktur besitzt. Zugleich ist nicht zu übersehen, dass sich immer mehr Menschen vom aktiven Glaubensleben zurückziehen oder nur noch Teile des Evangeliums und der kirchlichen Lehre annehmen. Ein Glaubensschwund droht die Kirche von innen her auszuhöhlen, sodass sie zwar nach außen hin stark erscheint, aber innerlich kraftlos wird. Jene, die im Namen der Kirche den Dienst der Lehre und der Leitung ausüben, müssen fest im Glauben der Kirche verankert sein. ‹Das ist der Sieg, der die Welt besiegt hat: unser Glaube ...›»

Alvarez blätterte weiter. «... dass es trotz vieler Klarstellungen weiterhin Vorfälle in Ihrem Lande gibt, die nicht mit den lehrmäßigen und disziplinären Vorgaben der Kirche übereinstimmen. Sie werden auf lange Sicht den Ortskirchen schaden, weil sie dem inneren Wesen der Kirche entgegenstehen.»

Er schloss die Unterlagen, schaute durch die Bänke, in denen er viele Häupter erkannte, die den Papstworten gehorsam zustimmten.

«Was würde Jesus dazu sagen?», rief er ihnen zu. Seine unvermittelt lautstarke Anklage schallte durch den Dom, sodass auch der Letzte in den hinteren Reihen aufmerkte.

Alvarez nahm das Schreiben des Papstes, hielt es für alle sichtbar hoch und warf es ihnen schließlich vor die Füße. Raunen mischte sich in das Flattern der Blätter, einzig unterbrochen von den scharfen und anklagenden Worten Alvarez'.

«Ihr aber sollt euch nicht Rabbi nennen lassen; denn nur einer ist euer Meister, ihr alle aber seid Brüder. Auch sollt ihr niemand auf Erden euren Vater nennen; denn nur einer ist euer Vater, der im Himmel. Auch sollt ihr euch nicht Lehrer nennen lassen; denn nur einer ist euer Lehrer, Christus. Denn wer sich selbst erhöht, wird erniedrigt, und wer sich selbst erniedrigt, wird erhöht werden.

Wehe euch, ihr Schriftgelehrten und Pharisäer, ihr Heuchler! Ihr verschließt den Menschen das Himmelreich. Ihr selbst geht nicht hinein; aber ihr lasst auch die nicht hinein, die hineingehen wollen.

Wehe euch, ihr zieht über Land und Meer, um einen einzigen Menschen für euren Glauben zu gewinnen; und wenn er gewonnen ist, dann macht ihr ihn zu einem Sohn der Hölle, der doppelt so schlimm ist wie ihr selbst.

Wehe euch, ihr bringt die Witwen um ihre Häuser und verrichtet lange, scheinheilige Gebete. Deshalb wird das Urteil, das euch erwartet, umso härter sein.

Wehe euch, ihr haltet Becher und Schüsseln außen sauber, innen aber sind sie voll von dem, was ihr in eurer Maßlosigkeit zusammengeraubt habt. Wehe euch, ihr seid blinde Führer!»

Ein aufgebrachter Zwischenrufer ging lautstark dazwischen. «Schaut ihn an, den verlausten Bruder, hält sich für Jesus und lästert Papst und Kirche!»

Alvarez packte seinen Stock, schlug ihn mit Macht auf den Stein und sprach: «Und Jesus sprach: Gebt Acht, dass euch niemand irreführt. Denn viele werden unter meinem Namen auftreten und sagen: ‹Ich bin der Messias›, und sie werden viele in die Irre führen. Amen, das sage ich euch: Kein Stein wird hier auf dem anderen bleiben. Alles wird niedergerissen werden!»

✵

Eine Klinge ruhte über meinem Nacken; bereit, mich geradewegs in die Hölle zu schicken.

«Bekenne!», lautete die letzte Aufforderung, «Nie und nimmer» meine letzten Worte, «Dann brenne!» das Urteil.

Das Schwert Gottes, ein Meter rasiermesserscharfer Stahl, fuhr auf mich herab und drang an meiner rechten hinteren Halshälfte ein, durchtrennte mühelos die Wirbel und die Luftröhre. Mein Kopf kippte nach vorne, und ich folgte zur Seite weg. Mein Herz schlug weiter, ich spürte es genau, und pumpte den letzten Tropfen Blut aus mir heraus, bis mir schwindelig wurde. Im Dunkeln hörte ich es pochen, immer langsamer und stockender, bis der letzte Schlag mit einem Seufzer endete und ich erwachte.

«Kilian!», schrie jemand und malträtierte meine Tür mit Fußtritten. «Machen Sie auf. Ich weiß, dass Sie da sind!»

Ich drehte mich zur Seite. «Wer ist da?»

«Ich bin's, Yasmina. Jetzt machen Sie endlich auf!»

Meine blutleeren Beine drohten mir den Halt zu versagen, als ich zur Tür schlurfte, nackt, die Riegel mit zwei Schlägen öffnete, um dem ungebetenen Gast Zutritt zu gewähren.

«Was gibt's?», fragte ich sie, die in gewohnter marineblauer Uniform, die blonden Haare hochgesteckt und bis zum Hals zugeknöpft, vor mir stand.

«Wir waren …»
«Verabredet? Dacht ich mir's doch.»
Ich kümmerte mich nicht weiter um sie und trat den Rückzug an, der mich zum letzten Schluck Carlos führte. Eine kleine Reserve für den darauf folgenden Tag war Gold wert, und an diesem Morgen hatte ich ihn bitter nötig. Zumal wenn die erste Frau nach meiner Rückkehr aus dem Totenreich eine Streiterin der Gegenseite war.
Sie kam herein und gab sich gezwungen normal, als sei mein Auftritt die natürlichste Sache der Welt. «Ich habe versucht, Sie letzte Nacht zu erreichen», sagte sie und stellte sich vor eine Gaube, die freien Blick auf die Festung und das Käppele gestattete. Den Blick nach hinten vermied sie.
«Ich war nicht zu Hause, ich meine, ich war zwar hier, aber nicht bei mir. Sie verstehen?»
Mit Blick auf die Flasche antwortete sie: «Ich befürchte es.»

Mayfarth war und blieb verschwunden. Ich hatte mich den Abend zuvor auf die Suche nach ihm gemacht, nachdem ich mich aus der lähmenden Gefolgschaft Yasminas gestohlen hatte. Das Schloss an seiner Wohnung hatte mir keine große Mühe bereitet. Ich wartete bis in die frühen Morgenstunden auf ihn, durchsuchte die angestaute Post, Unterlagen, Schreibtisch, Schrankwände und mögliche geheime Staufächer in Boden und Decke nach einem Hinweis, überprüfte das Telefon nach dem zuletzt geführten Gespräch, das Nikola gegolten hatte, überprüfte die Bücher aus seiner umfangreichen Bibliothek auf eine erhellende Notiz, bis ich schließlich bei Tagesanbruch erfolglos in meine Wohnung zurückgekehrt war. Nichts hatte ich in der Hand, was meine These vom Mord eines Priesters an einem anderen untermauern, geschweige denn beweisen konnte. Einzig Mayfarths Anwesenheit in der Mordnacht, die sich allein auf meine Aussage stützte, auf den Schuldvorwurf eines des Mordes dringend Verdächtigen, war mir geblieben.

Das war nichts. Selbst bei wohlwollendster Betrachtung würde man es als einen unhaltbaren Vorwurf an einen unbescholtenen und vor allem angesehenen Bürger dieser Stadt werten, der zudem in seiner Eigenschaft als Priester und hoch stehender Funktionär des Bistums *non disputantum*, quasi unantastbar, war. Was blieb, waren meine verräterischen Spuren an gleich zwei Tatorten in unmittelbarer Folge. Sie reichten aus, um mir den Prozess zu machen.

Dieselben Überlegungen musste auch Mayfarth anstellen. Wer konnte ihm beweisen, dass er in der Mordnacht bei Nikola gewesen war? Die Spurensicherung hatte bis auf meine Abdrücke keinen anderen separieren und eindeutig zuordnen können. Sofern es keine Zeugen gab, war er aus dem Schneider. Das musste er wissen. Es gab nicht einen ersichtlichen Grund, warum er nicht ganz normal am nächsten Morgen zur Arbeit erschienen war.

Meine Antwort lautete, dass er entweder eine eindeutige Spur hinterlassen hatte, um deren baldige Aufdeckung er fürchtete, oder dass es vielleicht doch einen Zeugen gegeben hatte. Letzteres war unwahrscheinlich. Die Gemeinde war zutiefst aufgerüttelt, jede noch so unbedeutende Begebenheit in dieser Nacht wäre umgehend gemeldet worden. Blieb letztlich die Spur, die er hinterlassen hatte und bisher von Heinlein und den Kollegen nicht ausfindig gemacht werden konnte.

Nun, daran konnte ich nichts ändern. Heinlein wusste Bescheid, und er hatte mir versprochen, am Tatort und im Pfarrhaus alles noch einmal genauestens durchzugehen. Ein mögliches Ergebnis musste ich abwarten. Was jedoch keinen Aufschub duldete, war das Auffinden der Tatwaffe. Sie könnte Mayfarth überführen, egal welche Ausflüchte oder Alibis er bei seinem Auftauchen für die Tatzeit anführen würde. Diese konnten der Wahrheit nicht standhalten, denn sie würden früher oder später in sich zusammenbrechen, wie ich es schon hundertmal in anderen Fällen erlebt hatte. Kein falsches Alibi war von Dauer, ein jedes hatte seinen Schwachpunkt, man musste ihn nur finden.

Die Tatwaffe war der Schlüssel zu meiner Entlastung. Fände ich sie, würde sie auf den Mörder Mayfarth zeigen. Doch wo sollte ich suchen? Ich wusste ja nicht einmal, um welchen Gegenstand es sich handelte. Pias Hinweise auf ein Hackmesser oder ein Schwert waren dünn. In Mayfarths Küche war mir kein vergleichbares Küchengerät aufgefallen, im Pfarrhaus hatte ich nicht danach gesucht, was mittlerweile auch zu spät war. Das musste Heinlein klären.

Blieb das Schwert: eine scharfe, gepflegte und vor allem schwere Waffe, mit einer Scharte an der Klinge, hatte Pia gesagt. Wie würde ein Akademiker wie Mayfarth an ein derartiges Gerät kommen und wo und wie hätte er es entsorgt? Eine Tatwaffe mit sich herumzutragen und darauf zu warten, dass man ihn damit entdeckte, nein, für so dämlich hielt ich ihn nicht. Also musste ich herausfinden, wie er in ihren Besitz gelangt war.

Wieder fielen mir Pias Worte ein. «Kampfsportschulen bis hin zu schlagenden Verbindungen.» Als einen Samurai schätzte ich Mayfarth nicht ein, aber als Sprössling einer Studentenverbindung schon eher. Auch wenn er nicht in Würzburg studiert haben sollte, so kannten sich die ehemaligen Schwertschwinger und späteren «Alten Herren» untereinander und waren sich in fremden Städten gegenseitig Gast. Vielleicht übten sie gelegentlich noch mit den Schwertern. Das war meine Chance.

Als ich nach einer Dusche gestriegelt und bekleidet zu Yasmina zurückkehrte, war sie in ein Buch vertieft, das ich in der vergangenen Nacht bei Mayfarth hatte mitgehen lassen.

«Wir sollten nochmal die Umgebung am Tatort nach dem Papyrus absuchen. Vielleicht haben wir etwas übersehen», sagte sie, ohne den Blick zu heben.

«Später. Vorher werden wir den Säbelschwingern in der Stadt einen Besuch abstatten. Wäre gelacht, wenn wir dabei nicht auf unseren Zorro stoßen würden.»

«Wir verschwenden wertvolle Zeit. Lassen Sie uns zuerst nach dem Papyrus suchen und dann ...»

«Ich sagte Ihnen bereits, die Richtung bestimme ich.»

«Ihnen ist nicht zu helfen.»

Sie nahm das vor ihr liegende Buch in die Hand und prüfte das Impressum.

«Die *Iroschottische Mönchskirche des 6. bis 8. Jahrhunderts* von Ebrard, Gütersloh 1873. Sie erstaunen mich. Dieses Werk habe ich während meiner Studienzeit kaum in die Hand bekommen. Wo haben Sie es her?»

«Ein Antiquariat hinter dem Dom hatte es im Schaufenster liegen», log ich. Weder ihr noch dem Bischof hatte ich meinen Mordverdacht bisher mitgeteilt. Ich traute ihnen nicht, da beide mir etwas Entscheidendes verheimlichten. Dessen war ich mir sicher. Es gab ein Geheimnis, das sie – Nikola, der Bischof, Yasmina und Mayfarth – teilten. Alle vier im Dienste des Herrn, auf der Suche nach einem alten Papyrus, der ein tödliches Mysterium in sich barg.

«Eigentlich interessiert mich diese Thematik überhaupt nicht, aber ich muss gestehen, dass das eine sehr spannende Geschichte ist. Sie stützt meine These von der Unvereinbarkeit von Glaube und Macht. Diese Culdeer sind mir sehr sympathisch», sagte ich.

«Es waren sonderbare Abweichler, die schließlich einsehen mussten, dass es kein Heil außerhalb der Kirche gibt.»

«Für mich klingt das eher nach Unterdrückung und absolutem Herrschaftsanspruch, der nicht den Hauch von Freiheit zulässt. Mit teuflischer Hinterhältigkeit und Boshaftigkeit haben Ihre Leute die Lehre der Iren rücksichtslos ausgerottet. Ihre romhörigen, angelsächsischen Eroberer haben ganze Arbeit geleistet.»

«Sie haben einen sehr verklärten Blick auf die Umstände, die damals geherrscht haben. Ohne die angelsächsischen Missionare hätte sich das Christentum nicht so schnell im damaligen Frankenreich verbreitet. Die Iren mögen vielleicht gute Prediger gewesen sein, aber für Organisation und erfolgreiche Missionierung hatten sie wenig übrig.»

«Sie reden wie ein Manager. Ich frage mich, wie die heutige katholische Kirche aussehen würde, wenn sie nicht von Beginn an auf Hierarchien und starre Dogmen gesetzt, sondern die Menschen mehr mit der Botschaft des Evangeliums vertraut gemacht hätte. Als Atheist kann ich diese *peregrinatio pro christo** inhaltlich zwar nicht nachvollziehen, aber sie nötigt mir Respekt gegenüber diesen Mönchen ab, die ihren Glauben ernst genommen und auf Reichtum und weltlichen Glanz verzichtet haben. Wenn ich mir die heutigen Manager Ihrer Kirche so ansehe, mit Besitztümern und fetten Einkommen ausstaffiert, frage ich mich schon, ob dieser Jesus nun ein mittelloser Schreiner oder ein römischer König gewesen ist.»

«Sie reden Unsinn! Eine Schar von damals zwölf Apos-

* Das Verlassen von Heimat und Familie, um dem Vorbild Jesu zu folgen.

teln ist etwas anderes, als heute über eine Milliarde Katholiken zu führen. Die Menschen suchen den Glanz, das Heil, das ihnen bereits hier auf Erden augenscheinlich sein muss. Eine Kirche ohne das für alle sichtbare Versprechen auf Erlösung hat keine Chance. Schauen Sie dazu ruhig mal zu den Moslems oder Hindus. Da sehen Sie Tempel, da passen unsere Kirchen zweimal rein.»

«Sie befinden sich im Wettstreit. Habe ich nicht Recht? Es geht Ihnen gar nicht so sehr darum, die Botschaft des Evangeliums unter die Leute zu bringen, als die Nummer eins zu bleiben.»

«Was ist dagegen einzuwenden, wenn mir meine Religion als die einzig wahre erscheint? Nur in Jesus Christus erlangen wir die Erlösung. Und seine Kirche ist die des Petrus. Amen.»

Ich gab es auf, und wir verließen die Wohnung.

«Ihre Seele wird in der Hölle schmoren», sagte ich.

«Wieso?», fragte sie.

«Weil Sie wider besseren Wissens am Unrecht festhalten.»

Sie grinste selbstzufrieden. «Eine Hölle gibt es nur außerhalb der Kirche. Das ist sicher, das ist Gesetz.»

*

Die Worte «Ehre, Freiheit, Vaterland» umschlossen das Schild über der Tür, das in seiner Mitte ein verschnörkelt geschwungenes «F» und ein Ausrufezeichen führte.

Das Verbindungshaus klebte wie eine Schnecke am Berg und gestattete seinen studentischen Bewohnern einen exklusiven Blick auf die Stadt zu ihren Füßen. Wie in allen anderen Häusern zuvor hörte ich auf die Frage nach Mayfarth und einem verschwundenen Schwert immer den gleichen Sermon: Ja, Mayfarth sei ihnen bekannt. Er wäre öfter Gast bei Feierlichkeiten in ihrem Hause. Aber nein, alle Schläger, wie sie die zweifellos mordtauglichen Instrumente nannten, seien in der Waffenkammer weggesperrt. Niemals würde ein Schläger unbeaufsichtigt entnommen werden können, da der jeweils Verantwortliche, der so genannte Waffenfux, den Schlüssel zur Waffenkammer der ehrenwerten Gemeinschaft zu hüten hatte. Auch würde niemand einen Schläger über Nacht «einfach so mitnehmen» können, da man ja um die Gefährlichkeit jener Waffen wusste.

Diese Spurensuche brachte also nichts, und ich beschloss, sie mit diesem letzten Besuch eines Verbindungshauses einzustellen.

«Sie wünschen?», fragte die Gestalt, die uns die Tür öffnete.

Der vermutlich junge Mann war mit Verbänden am Kopf einer Mumie gleich eingewickelt. An den wulstigen Lippen klebte vertrocknetes Blut und ein sprießender Haarschopf krönte sein Haupt, ähnlich dem Grün einer Ananas.

«Was ist denn mit Ihnen passiert?», fragte ich, ohne mich vorzustellen, so sehr hatte mich sein Anblick erschreckt.

«Die letzte Partie lief nicht so gut für mich. Irgendwie hatte ich meinen Kopf woanders.»

«Oder auch nicht», sagte Yasmina, die eine gewisse Schadenfreude nicht verbergen konnte und sich ein Grinsen nur mühsam verkniff.

«Haha, selten so gelacht. Also, was wollen Sie?»

«Ich bin Kommissar Kilian», log ich. «Das hier ist meine Kollegin. Wir sind auf der Suche nach einem Schwert, mit dem vorgestern ein Mann getötet wurde.»

«Der Pfarrer aus Veitshöchheim? Ja, davon habe ich gehört. Schreckliche Sache.»

«Wir führen eine Befragung unter allen schlagenden Verbindungen in der Stadt durch, ob ein Schläger, so nennen

Sie doch Ihre Waffen, möglicherweise in den letzten Tagen abhanden gekommen ist. Können wir dazu Ihre Waffenkammer einsehen?»

«Ja, klar. Wieso nicht. Wir haben nichts zu verbergen», antwortete er spontan und bat uns herein. «Warten Sie hier einen Augenblick», sagte er und verschwand hinter einer kunstvoll verzierten Holztür, die Einblick auf eine reich ausgestattete Bibliothek gestattete. Er nahm aus einer Schublade einen Schlüssel und kehrte zu uns zurück.

«Kann jeder so einfach auf den Schlüssel zugreifen?», fragte ich.

«Grundsätzlich schon», antwortete er und ging die Treppe hoch. «Kommen Sie.»

«Ich dachte, der Waffenfux wäre als Einziger dazu berechtigt.»

«Er ist für die Waffenkammer und die Instandhaltung der Schläger verantwortlich. Der Schlüssel ist frei verfügbar.»

Im ersten Stock reihten sich Tür an Tür die Zimmer der Studenten, unterbrochen von Radierungen der glorreich und blutig umkämpften Jahre 1832 bis 1849. Hambacher Schloss, Sturm auf die Haupt- und Konstablerwache in Frankfurt und natürlich die Paulskirche mit der Nationalversammlung – die Anfänge der Demokratie in Deutschland.

Yasmina musterte sie aufmerksam.

«Die deutschen Burschenschaften waren der wichtigste Träger des nationalen Freiheits- und Einheitsgedankens. Sie trugen die Botschaft des Hambacher Festes von 1832 in den gesamten deutschen Liberalismus. In der Nationalversammlung waren bis zu 156 Burschenschafter neben zahlreichen weiteren Korporierten vertreten», erklärte der junge Mann stolz.

«Und wer ist das hier?», fragte Yasmina und zeigte auf

ein Bild, das einen Vertreter der Nationalversammlung porträtierte.

«Das ist Heinrich von Gagern, der erste Parlamentspräsident und ebenfalls Burschenschafter. Wussten Sie das nicht?»

«Ich bin Italienerin.»

Der junge Mann wandte sich enttäuscht ab.

«Wer hat Sie eigentlich so zugerichtet?», fragte ich.

«Ich hatte gestern Abend meine zweite Fuxenpartie, und mein Gegenpaukant war entsprechend meinen fechterischen Fähigkeiten gut ausgesucht, aber irgendwie ging die Sache für mich in die Hose.»

«Fuxenpartie … Gegenpaukant?», fragte Yasmina.

«Fux bedeutet, dass ich noch in der Probezeit bin, und eine Partie ist hier bei uns ein Waffengang über fünfundzwanzig so genannte Gänge mit jeweils vier Hieben, die abwechselnd und auf Kommando des Sekundanten geschlagen werden. Und ein Paukant ist ein Übender, so wie das ‹Pauken› in der Schule.»

«Und Ihr Gegner hat Sie immer nur auf den Kopf geschlagen? Das muss doch wehtun», legte Yasmina nach.

«Stechen wie in diesen Mantel-und-Degen-Filmen darf man nicht. Das ist streng geregelt. Es wird nur über den Kopf auf den anderen geschlagen. Erwischt es einen, wird der Gang unterbrochen und sofort genäht. Ohne Narkose, versteht sich. Ich weiß, dass viele da draußen ein sonderbares Verständnis von dem haben, was wir hier tun und warum wir es tun.»

Ich verstand nur Bahnhof, so seltsam entrückt kamen mir diese Gepflogenheiten und Bezeichnungen studentischen Selbstverständnisses vor. «Und, wieso tun Sie es?», fragte ich, bevor wir den so genannten Paukboden betraten.

«Im Grundsatz geht es darum, dass wir als Studentenverbindung für drei Werte stehen: Ehre, Freiheit und Vaterland. Diese gilt es nach außen und nach innen zu vertreten. Für einen schlagenden Studenten, wie in meinem Fall, heißt das, dass er sich insgesamt vier Pflichtpartien stellen muss, die man auch als Ausdruck seiner Ernsthaftigkeit gegenüber der Gemeinschaft und ihren Werten verstehen kann. Das ist ein gutes Regulativ, um sich gegen Schmarotzer und Trittbrettfahrer zu erwehren, da wir natürlich aufgrund unserer Verbindung auch über bestimmte Vorteile verfügen, wie zum Beispiel günstiges Wohnen oder Zugang zu einem elitären studentisch-wissenschaftlichen Kreis. Glauben Sie mir, wenn die Studenten mit dem Schläger in der Hand für ihre Verbindung einstehen müssen, trennt sich die Spreu vom Weizen.»

«Und dafür lassen Sie sich abstechen?»

«Wir stechen nicht!»

Wir kamen in einen großen, hellen Raum im Dachstuhl, der vom Geruch nach Schweiß und Blut erfüllt war und in dem man die Anfeuerungsrufe der gegnerischen Parteien der letzten Nacht immer noch zu hören meinte. An der Wand waren Übungshelme mit Drahtgeflecht-Visier, gefütterte Stulpen zur Abwehr der Hiebe und zum Schutz des Kopfes und eine beträchtliche Anzahl der gesuchten Schläger aufgereiht. Davor ein seltsames Artefakt, das Phantom, ein massiver, schädelgroßer Ball aus Gummi, der auf einem Stab in Augenhöhe aufgespießt war.

Ich machte mich gleich daran, die Schläger nach den geforderten Kriterien zu untersuchen. Zu meiner Überraschung musste ich jedoch feststellen, dass die Schneiden stumpf und ziemlich abgenutzt aussahen.

«Damit kämpfen Sie?», fragte ich ungläubig.

«Nein, natürlich nicht. Das sind unsere Übungsschläger. Warten Sie, ich zeig's Ihnen.»

Er nahm einen Schläger von der Wand und postierte sich rund einen Meter vor dem Phantom.

«Normalerweise würde ich jetzt eine Schutzbrille für Augen und Nase und einen Stulpen für den Fechtarm tragen. Mein Gegenpaukant und ich stehen uns also gegenüber und warten auf das Kommando des Sekundanten. Dann wird abwechselnd geschlagen.»

Er legte den Fechtarm mit dem Schläger vorsichtig über den verbundenen Schädel und schlug unvermittelt auf den Gummiball vor sich ein. Die Klinge bog sich um den vermeintlichen Kopf des Gegners und hinterließ eine sichtbare Mulde darauf. Dann nahm er den Schläger zurück und wiederholte die Hiebe mit zunehmender Geschwindigkeit. Die Klinge flirrte durch die Luft und fand links, rechts und oben ein dumpfes und stummes Ziel.

«Verdammt, wenn ich nur letzte Nacht so gut gefochten hätte wie jetzt. Mir nix, dir nix», keuchte er. «Einfach so.»

Ich hatte nun eine ausreichende Ahnung, wie die Klinge an Pater Nikolas Hals aufgeschlagen war und ihm den Kopf abgetrennt hatte. Mit ein bisschen Übung sollte es auch mit einem derartigen Schläger möglich sein.

«Können Sie sich vorstellen, dass man damit auch den Kopf eines Menschen abschlagen kann?», unterbrach ich ihn.

«Theoretisch schon ... Wobei, nein, ich glaube nicht. Die Klinge ist sehr biegsam und würde am Halswirbel stecken bleiben. Ich bin zwar kein Mediziner, aber das erscheint mir unrealistisch. Die Schläger sind nicht dafür ausgerichtet, um etwas abzuschlagen, sondern um sich an der Stulpe des Gegenübers zu biegen.»

«Wo sind nun die scharfen Schläger, mit denen Sie gestern gefochten haben?», fragte Yasmina.

Er führte uns eine Tür weiter, schloss sie auf, und wir betraten die Waffenkammer.

Um uns herum fanden wir ein Sammelsurium aus Bandagen, Fechtbrillen, Klingen und Körben sowie medizinisches Hilfsmaterial vor; in einem Köcher an der Wand steckten Klingen. Er nahm vorsichtig eine heraus und zeigte sie uns.

«Vor jeder Mensur, so nennen wir die zu schlagenden Partien, werden nach der jeweiligen Stärke des Paukanten Einser-, Zweier- oder Dreier-Klingen aufgezogen und mit einem Handschutz, dem Korb, am Griff befestigt. Fertig ist der Schläger.»

Yasmina trat heran und begutachtete Schliff und Ausfertigung. Ihr Finger strich am Metall entlang.

«Vorsicht! Die sind verteufelt scharf!», warnte er sie, und sie nahm die Hand zurück.

«Fehlt eine?», fragte ich.

«Dazu müsste ich den Waffenfux fragen. Aber ich denke, nicht.»

Wieder eine Sackgasse. Auf dem Weg hinunter zur Tür stellte ich die Frage nach Mayfarth.

«Natürlich kenne ich ihn», antwortete er überrascht, «Dr. Mayfarth ist ein Alter Herr des Hauses. Er ist oft hier und kümmert sich um die Probleme der Hausbewohner. Er ist sehr beliebt, nicht nur, weil er ein exzellenter Fechter ist.»

«Er ficht noch immer?», fragte ich.

«Ja, er kommt bestimmt einmal die Woche auf den Paukboden und übt mit uns. Er ist ein wahrer Meister und hat uns viel beigebracht. Aber eigentlich sollte ich darüber nicht reden. Es soll nicht bekannt werden, dass er als Priester auf dem Paukboden kämpft. Er sagt, da könnte jemand leicht auf falsche Gedanken kommen.»

«Wissen Sie zufällig, ob Dr. Mayfarth so einen Schläger auch privat besitzt?»

«Ich glaube nicht, da er ja oft viele Gäste bei sich begrüßt, die ihn dann auf seine ‹schlagende Vergangenheit› ansprechen könnten. Das wäre ihm unangenehm, so hat er es uns zumindest gesagt. Sein Hobby ist sein kleines Geheimnis.»

Für mich war es das die längste Zeit. Ich hatte nun endlich etwas Verwertbares, einen nachweislichen Meister der Klinge. Jetzt musste nur noch die Tatwaffe her. Ich beschloss, abermals die Wohnung Mayfarths aufzusuchen. Ich musste etwas übersehen haben. Vielleicht hatte er die Waffe im Keller versteckt, den ich in der vergangenen Nacht nicht überprüft hatte.

Als wir das Haus verließen, kam uns jemand entgegen. Der Student begrüßte ihn freudig. «Hallo, Alexander … Herr Bauer», korrigierte er sich.

Wir gingen wortlos an ihm vorbei. Er jedoch blieb stehen und schaute uns nach.

Ich bemerkte es. «Der Mann scheint Sie zu kennen.»

«Wie?», antwortete Yasmina, drehte sich zu ihm um, schaute ihm kühl in die Augen. Er kämpfte mit seiner Erinnerung, bis er es schließlich aufgab und in der Tür verschwand.

«Kennen Sie ihn?», fragte ich sie.

«Nicht dass ich wüsste. Das passiert mir oft. Irgendwie habe ich das klassische Durchschnittsgesicht.»

Ich stimmte ihr innerlich zu.

Ich musste Mayfarths Wohnung noch einen Besuch abstatten, das war klar. Und davor Yasmina loswerden. In meine Überlegungen hinein, wie ich das am besten bewerkstelligen könnte, klingelte das Handy. Es war Heinlein. Er berichtete kurz von seinen Besuchen in den Kampfsportschulen. Auch dort hatte er keinen Anhaltspunkt gefunden. Genauso wie bei der erneuten Überprüfung aller Spuren im Pfarrhaus, die keinen Hinweis auf den dritten Mann, Mayfarth, erbrachte. Der Kerl musste ein Profi sein.

Und natürlich erinnerte er mich an die verbleibende Zeit, die er mir eingeräumt hatte. Vierundzwanzig Stunden hatte ich noch, bis er Oberhammer vom derzeitigen Ermittlungsstand informieren müsste. Dann würde er mich wohl oder übel als den einzigen dringend Tatverdächtigen festnehmen lassen. Ich wünschte ihn zum Teufel.

«Ich will mich ja nicht in Ihre kriminalistische Vorgehensweise einmischen», sagte Yasmina.

«Dann lassen Sie es auch!»

«… aber wir sollten uns endlich auf den Papyrus konzentrieren. Die Suche nach der Mordwaffe ist aussichtslos. So ein Schwert zu finden kommt der Suche nach der Nadel im Heuhaufen gleich.»

Sie hatte damit nicht ganz Unrecht, wenn der Keller Mayfarths nicht den erhofften Beweis zutage brachte. Er hätte das Schwert überall verstecken können. Ungehinderten Zugang zu Kirchen, Klöstern und anderen Liegenschaften der Kirche hatte er ja.

Und sollte ich mit meinem Verdacht schief liegen, waren da auch noch die Metzger, Waldarbeiter oder Hobbysammler, die eine vergleichbare Waffe besaßen. Zudem musste der Mörder nicht einmal in Würzburg zu finden sein, sondern er konnte aus der Umgebung oder jeder anderen Stadt kommen. Ich wagte nicht, mir das vorzustellen, und verbannte es sofort aus meinen Überlegungen. Nein, ich durfte nicht irren.

Ich fragte mich, in welcher Verbindung zum Papyrus

und zu Nikola der Mörder gestanden haben konnte, wenn es nicht Mayfarth war? Es musste jemand sein, der ursächlich an diesem wunderlichen Stück Zeitgeschichte interessiert war.

«Sie sagten mir gestern, dass Sie für den Papyrus alles tun würden. Haben Sie das als Historikerin oder als Ordensschwester gemeint?», fragte ich sie.

«Das ist ohne Belang. Ich stehe in Diensten meines Herrn, in beiderlei Funktion.»

«Mein Gott, existieren Sie auch noch als ganz normaler Mensch? Gibt es so etwas wie eine Privatperson in Ihnen?»

«Ich diene, und das füllt mich voll und ganz aus.»

«Lassen Sie uns mal an die potenziell Interessierten an diesem Papyrus denken. Wer könnte dafür infrage kommen?»

«Endlich denken Sie in die richtige Richtung. Das hat lange gedauert. Meiner Einschätzung nach müsste es jemand sein, der die Kirche und ihre Heilsbotschaft diskreditieren will.»

«Wie kommen Sie darauf?»

«Wenn der Papyrus das beinhaltet, was ich gestern vermutet habe, dann kann man viel Schaden damit anrichten. Derartige Schriften müssen, bevor sie an die Öffentlichkeit gelangen, erst mal auf ihre Echtheit überprüft werden. Danach kann man sich über Inhalte unterhalten.»

«So wie bei den Schriften aus Nag Hammadi? Soviel ich darüber weiß, hat es Jahrzehnte gedauert, bis die Kirche wenigstens einen Teil davon der Wissenschaft zugänglich gemacht hat. Der Rest schlummert immer noch streng geheim und verschlossen in den Archiven des Vatikans.»

«Aus gutem Grund.»

«Und der wäre?»

«Es gibt aberhunderte so genannter apokrypher* Schriften, die dies und dann wieder jenes behaupten. Die meisten sind Fälschungen. Es ist die dringlichste Aufgabe der Kirche, die Botschaft der Bibel nicht mit diesem Dreck zu beschmutzen.»

«Sie meinen, so wie die Kirche die oberste Richterin darüber ist, was wahr und was falsch ist auf diesem Planeten?»

«In christlichen Belangen schon. Was gäbe es für einen Grund, daran zu zweifeln?»

«Dass sich Päpste und Kardinäle auch mal irren können.»

«Kardinäle schon, ein Papst nicht, er ist unfehlbar.»

«Sie können doch nicht allen Ernstes an so einen Mist glauben.»

«Wissen Sie, jeder noch so Halbgebildete glaubt, irgendeinen selbst zusammengereimten Unsinn über die Bibel, die Kirche oder den Papst von sich geben zu müssen. Päpste und Kardinäle sind keine dummen Menschen, die einfach so aus einer Laune heraus bestimmen, was anderen nicht gefällt. Sie sind zum einen sehr gebildet, und zum anderen sind sie erfahren in ihrer Hinwendung zu Gott, der durch den Heiligen Vater zu uns spricht. Wann verstehen Sie und Ihresgleichen das endlich?!»

«Komischerweise haben diese Päpste und Kardinäle mit *Ihresgleichen* aber nicht viel am Hut.»

«Was meinen Sie damit?»

«Sie sind schließlich eine Frau.»

* Von der Kirche «nicht anerkannt». Gegenteil zu *kanonisch*.

Das Bischöfliche Palais, der so genannte Hof Conti, liegt ein paar Schritte neben dem Dom und dem Neumünster, unweit von Mayfarths Wohnung. Es ist ein typisch fränkischer Bau, weiß gehalten mit herausgearbeiteten roten Sandsteinverzierungen und einem hübschen Erker, der für einen Neffen des wohl berühmtesten Würzburger Fürstbischofs, Julius Echter, um das Jahr 1600 erbaut worden ist.

Kaum auf dem Kardinal-Döpfner-Platz angelangt, liefen wir dem Bischof in die Arme, der mit dem Mönch Alvarez, den ich ein paar Tage zuvor mit dem Schiff hatte kommen sehen, in eine Limousine stieg.

«Geht es auf Reisen?», fragte ich ihn.

«Ich bin schon gar nicht mehr hier. Mein Flieger wartet nicht», antwortete er und schob sich an mir vorbei auf den Rücksitz, während Alvarez wieder ausstieg.

Dann geschah etwas Unerwartetes.

«Schwester Yasmina», sagte er nicht ohne Groll, «wieder im Auftrag des Herrn unterwegs?»

«Alvarez?!» Yasmina war sichtlich nicht erfreut. «Solltest du nie wieder einen Fuß auf christliche Erde setzen?»

«Yasmina, wirst du niemals lernen, wer deine wirklichen Freunde sind?»

«Alvarez, komm endlich!», rief der Bischof aus dem Fenster der Limousine.

«Du siehst, ich muss dem Wort des Bischofs folgen. Ich hätte gerne noch ein wenig mit dir gesprochen, Schwester. Sehen wir uns in Rom?»

«Mit Sicherheit nicht.»

Ohne ein weiteres Wort stieg Alvarez ein, und der Wagen fädelte sich in den Verkehr ein.

«Was war denn das für ein Auftritt?», fragte ich Yasmina, die den Wagen mit ihrem Blick verfolgte, als sei der Leibhaftige mit ihm auf der Flucht.

Sie wandte sich ab. «Ich muss telefonieren.»

«Sie bleiben jetzt und beantworten meine Frage. Also, woher kennen Sie sich?»

«Das geht Sie gar nichts an! Und jetzt lassen Sie mich los.»

Sie entwand sich meinem Griff mit erstaunlicher Geschicklichkeit und verschwand mit dem Handy am Ohr hinter einer Hausecke.

«Vielleicht kann ich Ihnen helfen?», sprach mich eine Stimme von hinten an.

Ich drehte mich um und erblickte den jungen Mann, den ich tags zuvor in der Krypta mit dem Chef der Denkmalpflege angetroffen hatte. Er hielt einen Stapel Unterlagen und Briefe in der Hand, die mir seltsam vertraut vorkamen. «Wie könnten Sie mir helfen?»

«Schwester Yasmina und Bruder Alvarez kennen sich schon sehr lange.»

«Woher?»

«Als es um den Tod Johannes' XXIII. und um das plötzliche Ableben Johannes Pauls I. ging.»

Ich musterte den Jüngling und fragte mich, wie alt er wohl sein mochte und woher er Yasmina kannte.

«Sie fragen sich jetzt bestimmt, woher ich das alles weiß und wieso ich Ihnen das nicht schon bei unserem ersten Treffen erzählt habe.»

Der Junge konnte Gedanken lesen. «Genau. Klären Sie mich also bitte auf.»

«Kommen Sie und begleiten Sie mich ein paar Schritte zu meinem Büro, dann erzähle ich Ihnen alles.»

Ich folgte ihm und bekam einen Abriss der letzten fünfzig Jahre Kirchengeschichte zu hören.

«Es hat alles mit dem Zweiten Vatikanischen Konzil begonnen, auf dem entscheidende Beschlüsse zu einer wirklichen innerkirchlichen Reform getroffen wurden. Von Johannes XXIII. am 11. Oktober 1962 eröffnet, sollte vom Konzil eine entscheidende Neuausrichtung und eine Öffnung der Kirche ausgehen. So wurde zum Beispiel die Rolle der Laien in der Kirche gestärkt und das ökumenische Gespräch mit den anderen christlichen Kirchen und den nichtchristlichen Religionen gefördert. Doch der reformwillige Johannes überlebte das Konzil nicht und starb. Einer der engagiertesten Berater an seiner Seite war Bruder João Alvarez aus Brasilien, der mit 21 Jahren an den Heiligen Stuhl gekommen war und durch seine sozialliberalen Ansichten die Aufmerksamkeit des Papstes erregt hatte. Er war ein früher Vertreter von dem, was später ‹Befreiungstheologie› genannt wurde und nach jesuanischem Vorbild eine ‹Kirche der Armen› propagierte, die sich wie Jesus zu seiner Zeit der gesellschaftlichen Randgruppen annehmen sollte. Auf dieser Basis versuchten sie, Marxismus und Katholizismus miteinander zu verbinden.»

«Jesus ein Marxist?»

«Es gab dazu in den siebziger Jahren einige vom Papst auferlegte Bußschweigen prominenter südamerikanischer Bischöfe, die öffentlich die Befreiungstheologie unterstützten und im US-Imperialismus den Hauptverantwortlichen für das Elend in der Dritten Welt sahen. Aber das ist eine andere Geschichte, zurück zu Alvarez ... Er war vom Tod Johannes' XXIII. erschüttert und glaubte nicht an einen natürlichen Tod. Wie besessen sammelte er Material, entwickelte wilde Theorien und fand schließlich im Opus Dei, der gerade im Begriff war, sein Netz über den Vatikan zu ziehen, den passenden Schuldigen. Die Sache verlief jedoch im Sand, und das Konzil ging 1965 zu Ende. Alle glaubten an eine moderne und der Welt zugewandte katholische

Kirche. Die damaligen politischen Verhältnisse verhinderten jedoch die lang ersehnte und bitter notwendige Öffnung der Kirche nach außen, und der altbekannte Konservatismus fasste wieder Fuß. Viele Theologen, darunter der Tübinger Hans Küng, forderten die Umsetzung der Konzilsbeschlüsse. Zur Belohnung wurde ihnen das Lehramt entzogen. Daraufhin trat Alvarez wieder in Erscheinung. Die Jahre bis zum Tod von Paul VI. hat er dann irgendwo in Südamerika und in Irland verbracht. Dann kehrte er zurück und hoffte auf einen Neubeginn, der sich mit Johannes Paul I. auch abzeichnete.»

«War das nicht der, der keinen Monat lang Papst war?»

«Exakt 33 Tage. Alvarez hatte sich in der kurzen Amtszeit zu ihm vorgearbeitet und sah in ihm die große Chance für die Reform zu einer Kirche im Dienste des Volkes, wie er es nannte. Nach dem Tod Johannes Pauls I. trat Alvarez wieder mit seinen Verschwörungstheorien auf den Plan, schaffte es aber trotzdem, bis zum 13. Mai 1981 die volle Unterstützung des engeren Rates um Johannes Paul II. zu genießen. Das änderte sich schlagartig mit dem Attentat des Ali Agça auf dem Petersplatz. Die sechzehnjährige Augenzeugin Yasmina, die in unmittelbarer Nähe des Attentäters gestanden hatte, berichtete von einem kurzen Gespräch Agças mit einem Mann rund dreißig Minuten vor dem Anschlag, den sie als Bischof erkannt haben wollte. Anfänglich konnte sie ihn gut beschreiben, anhand eines Fotos sogar identifizieren, und war für eine Untersuchung, die Alvarez auf eigene Rechnung vorantrieb, die entscheidende Kronzeugin.»

«Wen hatte sie denn erkannt?»

«Davon drang überhaupt nichts an die Öffentlichkeit. Nur, dass es jemand aus dem Umfeld Kardinal Armbrusters, des jetzigen Opus-Dei-Leiters, gewesen sein soll. Yasmina konnte sich aber plötzlich an nichts mehr erinnern, und Alvarez stand mit seiner Privatuntersuchung im Regen. Er reiste ihr nach, bedrängte sie, ihre Aussage zu wiederholen, doch es war sinnlos. Der wieder genesene Papst machte daraufhin kurzen Prozess. Er verbannte ihn aus dem Vatikan.»

«Und was wurde aus Yasmina?»

«So genau weiß ich das nicht. Man sagt, dass Yasmina und ihre Eltern ins baden-württembergische Weikersheim gezogen seien, wo sie einige Jahre lebten. Dann ging sie zum Studium nach Köln, danach ins Ausland und später nach Rom.»

«Haben sich Yasmina und Alvarez wieder gesehen?»

«Ich habe gehört, dass sich die beiden im Ausland ein paarmal über den Weg gelaufen sein sollen, wo Alvarez sie zur Aussage über die damaligen Ereignisse gedrängt hätte.»

«Und, wurde die Sache nochmals aufgerollt?»

«Wo denken Sie hin! Nachdem das Opus Dei zwei Jahre nach dem Attentat zur päpstlichen Personalprälatur gemacht wurde, wird jede erdenkliche Äußerung dahingehend im Keim erstickt.»

«Wieso hat man gerade Yasmina zur Prüfung des Papyrus angefordert?»

«Keine Ahnung. Der Bischof musste den Fund melden, und plötzlich stand sie in der Tür. Das ist alles.»

«Wie kommt dann Alvarez zur gleichen Zeit in die Stadt? Ist das nicht ein wenig viel Zufall?»

«Das müssen Sie ihn selbst fragen.»

Hätte ich gern, wenn ich es zuvor gewusst hätte. Doch woher wusste *er*, der junge Angestellte Mayfarths, so gut Bescheid? «Sagen Sie mir doch, woher Sie das alles wissen. Ich wette, Sie sind noch keine dreißig Jahre alt?», fragte ich ihn.

«Mein Chef, Dr. Mayfarth, hat es mir erzählt.»

«Wann?»

Der Junge suchte nach einer Antwort. «Das ist schon einige Zeit her.»

«Wie lange? Ein, zwei Tage?»

Jetzt wurde ihm ungemütlich. «Jahre. Bestimmt.»

«Wissen Sie, ich glaube Ihnen nicht. Gestern noch war kein Sterbenswörtchen aus Ihnen herauszubekommen, und jetzt erzählen Sie mir eine wüste Geschichte um Papstmorde, südamerikanische Befreiungstheologen und das Opus Dei, das als geheimes Netzwerk im Hintergrund die Fäden zieht. Welches Ziel verfolgen Sie damit?»

Der Junge hatte genug und wollte sich losreißen. Ich hielt ihn fest. «Sie bleiben und sagen mir endlich, wer Sie beauftragt hat.»

«Lassen Sie mich.»

«Reden Sie.»

«Ich habe Ihnen alles erzählt.»

«Wer ist Ihr Auftraggeber?»

«Habe ich Ihnen doch gesagt.»

Ein letzter Befreiungsversuch scheiterte, und der Stapel Papiere und Briefe in seinen Armen ging zu Boden. Ich erkannte, dass sie alle an Dr. Mayfarth gerichtet waren. Der Junge war also in seiner Wohnung gewesen. Mir ging ein Licht auf. «Mayfarth ist hier. Richtig? Er hält sich versteckt und hat Sie beauftragt, seine Post abzuholen.»

«Unsinn, ich habe Dr. Mayfarth seit Tagen nicht mehr gesehen.»

«Wie kommen Sie dann an seine Schlüssel?»

«Ich habe sie aus seinem Schreibtisch.»

«Ihr Chef lässt seine Wohnungsschlüssel unter aller Augen einfach in seinem Schreibtisch liegen? Erzähl mir nicht so 'nen Scheiß!»

«Er hat mir gesagt, wo sie sind, und ich sollte …»

Er brach ab. Das war eindeutig zu viel geredet.

«Wo steckt er?», wollte ich wissen. «Wo hat er sich versteckt?!»

«Bei meiner Seele, ich weiß es nicht. Er hat vorhin auf meinem Apparat angerufen und mich gebeten, in seine Wohnung zu gehen. Dort sollte ein Fax angekommen sein, das ich ihm unbedingt vorlesen sollte. Danach sollte ich es verbrennen.»

«Hat er schon angerufen?»

«Ja, vorhin in seiner Wohnung.»

Verdammt. «Von wo aus?»

«Weiß ich nicht. Ehrlich. Ich habe ihn gefragt, aber er bestand darauf, es nicht zu sagen. Es wäre sicherer für mich.»

«Und dann hat er dir die Geschichte von Yasmina und Alvarez erzählt.»

«Ja, und ich sollte sie Ihnen irgendwie … unterbreiten.»

«Unterjubeln, meinst du, das trifft es besser.»

Was konnte ich jetzt noch davon halten? War die Geschichte frei erfunden oder echt? Und welchen Plan verfolgte Mayfarth damit? Wollte er den Verdacht von sich ablenken?

Entscheidend jedoch war, dass er in der Stadt war oder bis vor kurzem noch gewesen war und mich und meine Vorgehensweise offensichtlich beobachtete. Was hatte er vor?

«Hast du das Fax noch?»

«Ich wollte es gerade in sein Büro mitnehmen und dort vernichten.»

«Gib es mir.»

Er suchte es aus dem Papiergewirr heraus.

Ich erkannte, dass das Fax von Rom aus zum Kloster Tallaght in Dublin geschickt worden war, dann zu einem Priester nach Mullagh weitergeleitet wurde und schließlich mit einer handschriftlichen Anmerkung auf Mayfarths Gerät gelandet war. Eingang heute Morgen. Der Briefkopf war italienisch. Chiesa S. Agata in Trastevere.

Ich las: «Hoch geschätzte Brüder. Lasst alles verschwinden. Sie sind unterwegs. Gezeichnet Ninian.»

Darunter, in Handschrift: «Bruder, wir brauchen deine Hilfe. Schnell. Gezeichnet Father Quinn.»

«Ist das alles?», fragte ich.

«Ja.»

«Kennst du diesen Ninian oder Father Quinn?»

«Nein, nicht persönlich. Aber Dr. Mayfarth hat mit Quinn einiges zu tun.»

«In welcher Form?»

«Er ist der Geistliche in Mullagh, in Irland, wo das St. Kilian's Heritage Center steht, eine Gedenkstätte unseres Frankenapostels.»

«Sagte Mayfarth, ob er dorthin wollte?»

«Ich glaube, ja.»

Wollte Mayfarth sich absetzen oder nur einem Hilferuf nachkommen? Die Gefahr, dass er beides ins Kalkül zog, nachdem ich ihm nun gefährlich nahe gekommen war, war hoch. Heinlein einzuschalten und ein Amtshilfeersuchen an die irischen Kollegen zu schicken hätte Wochen, wenn nicht Monate gedauert. Schengen hin oder her. Ich musste selbst ran.

«Kannst du mir was pumpen?»

✵

Die Sonne stand hoch über dem Circus Maximus in Rom. Sie warf ihre gnadenlose Hitze auf die versammelte Menge vor San Giovanni in Laterano – für eine Stunde der Mittelpunkt der Welt. Kardinal Esperanza feierte eine Messe mit den Gläubigen, die in ihm den Erneuerer, manche gar eine

Art Messias sahen. Die Wahl des Ortes war gut überlegt, sollte sie doch symbolischen Charakter haben, aus der Geschichte des Laterans heraus, aber auch, weil der Vatikan auf der anderen Seite, rund vier Kilometer entfernt, den Gegenpol darstellte.

Vor der Kirche San Giovanni in Laterano ragt der größte und älteste Obelisk der Welt mit über dreißig Meter Höhe gewaltig in den Himmel. Er stammt aus dem 15. Jahrhundert vor Christus und hatte seinen ursprünglichen Platz im ägyptischen Theben vor dem Tempel des Gottes Ammon. Konstantinus II. ließ ihn nach Rom bringen und im Circus Maximus aufstellen. Jahrhunderte später fand man ihn zerstört in den Ruinen liegen. Offenbar war er in frühmittelalterlicher Zeit von fanatischen Christen umgestoßen worden, die ihn für ein Werk des Teufels hielten. Kein Wunder, dienten die Obelisken als Ehrerbietung und Fingerzeig des Sonnengottes der Ägypter, bis die Bauherrenpäpste, allen voran Sixtus V., sie wieder aufstellen ließen; teils aus verkehrspolitischen Erwägungen, teils als exorzierende Waffen gegen den Satan höchstpersönlich. Das Auge des Sonnengottes wurde an der Spitze der Obelisken gegen ein Christenkreuz ausgetauscht, und sie sollten damit den zahlreichen heidnischen Baudenkmälern in der Ewigen Stadt etwas entgegensetzen.

«Mutter und Haupt aller Kirchen», ist auf der Fassade von San Giovanni in Laterano zu lesen. Zu Recht, ist sie die erste und älteste christliche Hauptkirche Roms, lange bevor die Macht auf den Vatikan überging. War sie zu Beginn noch Jesus Christus geweiht, ersetzte man den Patron später durch Johannes den Täufer. Die blutige Geschichte dieser «Mutterkirche» ist schnell erzählt. In der Mitte des 1. Jahrhunderts nach Christus heckten zwei Adelsfamilien, unter ihnen die der Laterani, ein Mordkomplott gegen Kaiser Nero aus. Der Plan schlug fehl, und die Oberhäupter der Familien wurden hingerichtet. Was blieb, war der Name Lateran. Dann kam das alles entscheidende Jahr 312, die eigentliche Stunde null für die römische Kirche. Bis zu diesem Zeitpunkt waren die Fronten klar abgesteckt. Auf der einen Seite gab es die heidnischen Römer und auf der anderen die Christen. Letztere konnten zu jeder Zeit, und sei es auch nur aus Langeweile, den Löwen zum Fraß vorgeworfen, auf offener Straße zu Tode geprügelt oder als abschreckendes Beispiel an einer römischen Straße gekreuzigt werden. Reichtum und Macht waren römisch, Armut und das Vertrauen in die Heilsbotschaft des Herrn christlich. Am 27. Oktober 312 bereitete sich der heidnische König Konstantin auf die bevorstehende und alles entscheidende Schlacht gegen einen anderen Heiden, Maxentius, vor. Er wusste, dass sehr viel Blut fließen würde, und war sich seiner Sache nicht sicher. In der Dämmerung kam die Wende. Er hatte eine Vision. Am Himmel sah er das Kreuz Jesu, und eine Stimme sprach zu ihm: «*In hoc signo vinces.*»*

Am Morgen des 28. Oktober ritten seine Krieger mit einem Kreuz auf dem Schild in die Schlacht und siegten. Die Prophezeiung hatte sich erfüllt, und Konstantin, nun Herrscher über das ganze Römische Reich, wusste, wem er das zu verdanken hatte. Blutverschmiert reiste er nach Trastevere, einem kleinen, schäbigen Stadtteil am Tiber, und ließ sich einen völlig verängstigten, kleinen Mann vorführen – Papst Miltiades, einen Afrikaner, der glaubte, sein letztes Stündchen habe geschlagen. Zitternd hörte er vom Hünen Konstantin die Ereignisse der vorangegange-

* «In diesem Zeichen wirst du siegen.»

nen Stunden. Am folgenden Tag begaben sich Konstantin, Miltiades und dessen Nachfolger Silvester auf den Lateranhügel. Konstantin öffnete die Palasttore der Laterani und sprach: «Fortan ist dies das Heim des Miltiades und jedes Nachfolgers des heiligen Apostels Petrus.»

Eineinhalb Jahre später wurde Silvester Papst, gekrönt von Konstantin. Silvester besaß Weitblick und Kalkül. Er erkannte, wie sich mit Hilfe des Römischen Reiches eine allumfassende Kirche bauen ließ. Auf römischen Straßen gelangten seine Prediger in die entlegensten Winkel der damaligen Welt, und unter dem Schutze Roms missionierten sie nahezu gefahrlos. Hatte Jesus Christus 300 Jahre zuvor das Ende der Welt vorausgesagt, erlebte nun die auf seinen Namen aufgebaute Religion die wahre Auferstehung. Regiert wurden Herrscher, Reich und Glauben vom Thron des heiligen Petrus aus, vom Lateran. Die Ehe zwischen Glauben und weltlicher Macht war somit geknüpft. Aus den ehemals verfolgten Christen wurden nun machthungrige Monarchen, die sich in den folgenden Jahrhunderten Länder und Reichtümer aneigneten und nun selbst Andersgläubigen nach dem Leben trachteten.

Kardinal Esperanza, ein schmächtiger und rundgesichtiger Indio mit der Haut einer reifen Avocado, war angetreten, um just aus der Vergangenheit dieses Hauses heraus die Revolution in der Kirche anzuzetteln. Die riesige Basilika San Giovanni war bis auf den letzten Stehplatz gefüllt; noch einmal die gleiche Zahl begeisterter Zuschauer hatte sich auf der Piazza rund um den Obelisken versammelt und hörte über Lautsprecher, was drinnen vor sich ging. Esperanza las die Messe im Kreise mehrerer Bischöfe unterschiedlicher Ethnien unter einem großen, reich verzierten Baldachin aus dem 14. Jahrhundert. Der Legende nach beinhalten die angebrachten Reliquienschreine die Häupter des Petrus und Johannes des Evangelisten. Darunter der päpstliche Altar, der einen noch älteren umschließt, an dem schon Petrus und die ersten Päpste gewirkt haben sollen.

Mit kirchenpolitischen Äußerungen hatte sich Esperanza wohlweislich zurückgehalten, schließlich musste er die Versammelten von seiner Person und seinen Zielen nicht mehr überzeugen. Als Papst der Armen, der Benachteiligten, der Kranken, der Hoffnungslosen und Geknechteten hatte er sich wenige Tage zuvor im Fernsehen gegen die Großgrundbesitzer, die Lobbyisten multinationaler Unternehmen, gegen die allmächtige Korruption und gegen die regierenden Parteien in Szene gesetzt und eine nie da gewesene Einschaltquote im süd- und mittelamerikanischen Raum erreicht. Jeder, der an den vorherrschenden Besitzständen und Machtverhältnissen interessiert war, musste Esperanza als Generalinquisitor fürchten. Die anderen jedoch sahen in diesem kleinen Mann aus dem Urwald Brasiliens die Reinkarnation Jesu, von dem sie die Erlösung aus ihren miserablen Lebensumständen erhofften.

Für den kommenden Tag hatte Esperanza eine Ansprache an die Gläubigen aus aller Welt auf dem Petersplatz geplant. Sollte diese ähnlich verlaufen wie die im Fernsehen, würde seiner Wahl zum Papst nichts mehr entgegenstehen. Das wusste auch Kardinal Armbruster, der, zivil und schlicht gekleidet, im hinteren Teil des Kirchenschiffes die Messe verfolgte. Er wirkte gelassen, nahezu in freudiger Erwartung, und blickte sich im weiten Rund nach Kollegen seines Standes um. Kardinal Benedetti neben ihm, italienisch chic im standesgemäßen schwarzen Anzug, verkörperte das genaue Gegenteil. Nur mühsam konnte er seine Gefühle unterdrücken.

«Wenn dieser Indio morgen spricht, ist es aus», flüsterte

er an Armbrusters Ohr. «Ich verstehe nicht, dass dich das überhaupt nicht zu berühren scheint.»

«Du hast Recht. Tut es nicht», antwortete Armbruster.

«Sollte es aber, verdammt», zischte Benedetti. Sein Augenzucken verriet seinen inneren Aufruhr.

«Sei still», befahl Armbruster.

«Du bist mir immer noch die Antwort schuldig. Ich will jetzt endlich wissen, was du gegen Esperanza zu unternehmen gedenkst.»

«Wart's doch ab. Oder habe ich dich jemals enttäuscht?»

«Irgendwann ist immer das erste Mal.»

Armbruster schmunzelte selbstgefällig und ließ seine Daumen in den verschränkten Händen kreisen. Sein Blick suchte erneut unter den Versammelten nach bekannten Gesichtern. Und er fand sie. Unter einer Apostelstatue erkannte er die Kardinäle Veroni, Makeluma und Jackson. Auch sie waren in Zivil, und offensichtlich trieb sie ebenfalls die Neugier hierher, um Esperanza nach seinem grandiosen Fernsehauftritt live zu erleben.

«Da drüben stehen Armbruster und Benedetti», sagte Jackson leise zu seinen Kollegen.

«Schon längst gesehen», antwortete Makeluma.

«Ich frage mich, was die beiden hierher treibt», sagte Veroni.

«Wahrscheinlich sind sie aus demselben Grund hier wie wir», antwortete Jackson.

«Ich sehe Mala nicht», sagte Veroni. «Wo ist diese Natter nur geblieben? Es ist doch sonst nicht seine Art.»

«Da vorne ist er», unterbrach Makeluma.

Kardinal Mala Dingkor hatte einen bühnenreifen Auftritt. Im festlichen Ornat trat er in den Kreis der Bischöfe und Priester zu Esperanza, der ihn mit einem stillen Lächeln begrüßte. Ein verhaltenes Raunen ging durch die Menge.

«Was zum Teufel macht Mala da oben?», staunte Benedetti.

«Ein Treffen der Dritten Welt», antwortete Armbruster, nicht sonderlich überrascht. «Drei Viertel der katholischen Weltbevölkerung üben sich in brüderlicher Eintracht. Oder anders ausgedrückt: Die Hungerleider aus dem Westen treffen die Habenichtse aus dem Osten.»

«Hast du davon gewusst?»

Armbruster antwortete nicht, er lächelte nur.

«Sag schon.»

«Mala glaubte, die Sache hinter unseren Rücken durchziehen zu können, um sich einen Vorteil zu verschaffen. ‹Die sozialistisch-katholische Weltrevolution›, ha, dass ich nicht lache.»

Benedettis Augenzucken war nicht mehr zu stoppen. «Hat ja wohl geklappt, oder?»

Armbruster reagierte kühl. «Es klappt alles, so wie ich es geplant habe. Mala hat sich vorgedrängelt. Jetzt steht er am Abgrund, ohne dass ich ihn selbst dorthin bugsieren musste.»

«Was hast du vor?», fragte Benedetti.

«Mala und Esperanza sind erledigt. Sie wissen es nur noch nicht.»

Veroni machte sich ernsthaft Gedanken. «Wenn ich nur wüsste, was hier gespielt wird.»

«Jetzt mach dir keinen Kopf», beruhigte ihn Jackson. «Wir sind alle aus demselben Grund hier.»

«In diesem Fall muss ich ihm Recht geben», pflichtete Makeluma bei. «Die halbe Welt schaut auf den Lateran.»

«Ja, ich weiß», sagte Veroni. «Aber Armbruster und Benedetti … Das ist gar nicht ihre Art, jemanden durch ihre Anwesenheit aufzuwerten. Es sei denn …»

Armbruster nahm Benedetti am Arm. «Jetzt passiert's. Schau.»

Kardinal Esperanza ging auf Mala Dingkor zu, der sich brav in den Kreis der umstehenden Bischöfe eingereiht hatte. Er gab ihm vor aller Augen den Bruderkuss auf beide Wangen, nahm ihn dann mit beiden Händen an den seinen, wollte ihn nach vorn führen, an den Altar, um mit ihm zusammen die Messe zu feiern. Mala weigerte sich zuerst, Esperanza flüsterte ihm ins Ohr, kam ihm erneut sehr nahe, bis sich Mala schließlich überzeugen ließ und mit ihm an den Altar schritt. Die Geste zeigte Wirkung. Ein paar Übereifrige klatschten.

«War das alles?», fragte Benedetti.

«Das war der erste Akt, der zweite kommt gleich», antwortete Armbruster.

In Benedetti keimte der Frust. «Würdest du mir jetzt bitte erzählen, was hier gespielt wird?»

Armbruster zeigte endlich ein Einsehen. Er flüsterte Benedetti ins Ohr.

«Blue Thunder. Die neueste Kreation aus den Laboratorien des Verteidigungsministeriums. Der Wirkstoff wird aus einer unscheinbaren kleinen Blüte gewonnen, die direkt aus dem Urwald stammt. Insekten laben sich daran. Er macht sie ab einer bestimmten Dosierung so aggressiv, dass sie sogar die eigene Population angreifen. Aufgenommen wird der Wirkstoff über die Schleimhäute. Die Haut eignet sich weniger dazu, sofern die Droge gleich abgewaschen wird. Bleibt sie jedoch länger als ein paar Stunden darauf, findet sie auch dort ihr Ziel. Somit ist sie bei Mala genau richtig platziert.»

«Und wie kommt sie zu Esperanza?»

«Der Indio hat ein großes Problem. Seit er seinen Urwald verlassen hat, kommt er mit dem Essen und der Luft in unserer wunderbaren Zivilisation nicht zurecht. Seine Schwachstelle ist die Haut. Täglich muss er sich mit penicillinhaltiger Creme einschmieren, damit er nicht wie ein Streuselkuchen aussieht.»

«Aber er wird doch bestimmt von seinem Leibarzt täglich untersucht. Der müsste doch ...»

«Der kann nur feststellen, was er kennt. Das Pentagon hatte das Zeug im Golfkrieg im Einsatz. Seitdem liegt es unter Verschluss. Kein Kommentar. Die wollen nichts mehr darüber wissen. Die perfekte Waffe. Schau hin, jetzt kommt der Todesstoß.»

Aus dem Kreis der Bischöfe und Priester trat ein junger Mann hervor und füllte den Kelch mit Messwein.

«Das ist Esperanzas Privatsekretär. Ein junger Mann aus den Favelas von Rio», sagte Armbruster. «Er genießt Esperanzas vollstes Vertrauen ... und das meinige auch. Hat mich einiges an Arbeit und Geld gekostet.»

«Wenn das dein großer Plan ist», sagte Benedetti. In seiner Stimme schwang Enttäuschung. «Wegen eines Drogenvergehens wird doch heute kein großes Aufsehen mehr gemacht.»

«Das ist erst der Anfang. Die Zeitungen werden morgen eine andere, wirklich sensationelle Nachricht zu verkünden haben. Es ist alles bis ins Kleinste arrangiert. Vertrau mir.»

Armbruster verschränkte zufrieden die Arme und wohnte der *Wandlung* bei, in der Brot und Wein in das Fleisch und das Blut Christi wechseln.

Jackson packte das Spielfieber. «Okay, letzte Chance. Die Wetten stehen drei zu eins auf Esperanza. Armbruster hat noch fünf zu bieten. Benedetti ist auf zehn abgerutscht.»

«Ich setze tausend auf mich», sagte Makeluma.

Jackson fuhr herum. «Tausend? Ich setze eine Million auf

mich. Wer als Bester von uns beiden abschneidet, kriegt die ganze Beute.»

Makeluma hielt die Hand hin. «Schlag ein.»

Die Glocken waren verklungen, der Kelch stand vor Esperanza und Mala auf dem Altar. Beide hatten vom Schierlingsbecher getrunken. Sie machten sich auf, das Brot zu brechen und die Kommunion an die Gläubigen zu verteilen. Gemeinsam traten sie vor den Altar.

Esperanza reagierte als Erster. Schweiß trat ihm auf die Stirn, seine Gesichtszüge verzerrten sich, aber er bemühte sich, die Kontrolle zu behalten. Doch er hatte keine Chance. Aufgebracht warf er den Kelch zu Boden und steuerte auf einen ahnungslosen Mann in der ersten Reihe zu. Von hinten eilten die Bischöfe herbei.

Wie aus dem Nichts tauchten zwei Reporter auf. Blitzlichter zuckten durch das Getümmel vor dem Altar des heiligen Petrus. Die Apsis füllte sich wie geplant mit einer Gruppe Sanitäter. Unterdessen wurde der Kelch auf dem Altar durch einen anderen ersetzt.

Armbruster holte tief Luft und atmete sie entspannt aus. «Wie am Schnürchen …»

VIII.

Die letzte Maschine nach Dublin war weg.

Ich musste den Flieger nach Shannon im Westen nehmen. Von hier waren es gute 300 Kilometer bis Mullagh, einem kleinen Ort in der Nähe von Kells. Ich rechnete mit einer Fahrtzeit von drei Stunden, sofern die Autovermietung meine Kreditkarte noch akzeptieren würde.

Die Sonne war im Begriff, den Alten Kontinent zu verlassen, um auf der anderen Seite des Horizonts einen neuen Tag anbrechen zu lassen. Der Pilot flog eine Schleife auf die Küste hinaus, die wohl wegen meines Erscheinens vor Wut schäumte. Ich tröstete mich mit einer Flasche Jameson Finest Irish Malt.

Die zwei Stunden Flug hatten mir gut getan, zwangen sie mich doch, in Ruhe über die bisherigen Ereignisse und alles, was danach auf mich zukommen konnte, nachzudenken, wenn ich Mayfarth nicht rechtzeitig überführte. Heinlein würde mich am folgenden Tag zur Fahndung ausschreiben. Meiner Karriere als Polizeibeamter wäre damit definitiv ein Ende bereitet. «Cheers», prostete ich mir zu, «let's take a walk on the wild side», und leerte den Becher in einem Zug.

Yasmina war nach ihrem plötzlichen Verschwinden nicht mehr aufgetaucht. Das kam mir gerade recht, hatte ich nun endlich wieder freie Hand und Ruhe vor ihrem missionarischen Eifer. Ich schmunzelte bei dem Gedanken, dass sie außer dem Papyrus nun auch mich verloren hatte. Heinlein würde ihr nächstes Opfer.

«Es tut mir Leid, Mr. Kilian», sagte die Kleine am Schalter der Autovermietung, «Ihre Karte wurde zurückgewiesen.»

Ihr Lächeln verriet mir, dass sie Bescheid wusste.

«Und es gibt überhaupt keine andere Möglichkeit?»

«Ich fürchte nicht. Der letzte Bus nach Kells ist vor einer halben Stunde abgefahren, der nächste geht erst morgen früh um sieben. Wenn Sie bis dahin nichts anderes vorhaben, kann ich Ihnen ein nettes kleines B&B* ganz hier in der Nähe empfehlen. Gleich nebenan ist ein Pub, wo ich mit einer Freundin etwas essen werde. Sie sind herzlich eingeladen.»

Mein Lächeln verriet ihr, dass man mich nicht lange darum bitten musste.

«Hi, Molly. Hast du was für mich?», fragte sie ein Mann, der neben mir aufgetaucht war und uns wie selbstverständlich ins Wort fiel. Er stank nach Whiskey, irgendwas zwischen Paddy und Bushmills. Eine imposante Erscheinung. Er überragte mich um einen Kopf und wog mindestens 30 Kilo mehr, die gleichmäßig auf Arme, Fäuste und Schultern verteilt waren. Eine Zurechtweisung war also sinnlos.

Molly ging ihre Unterlagen durch. «Tut mir Leid, Lucy. Heute ist nichts für dich dabei.»

«Na, kein Problem. Dann bis morgen. Soll ich dir was aus Dublin mitbringen?»

«Sie fahren nach Dublin?», fiel ich ihm ins Wort.

Er musterte mich eingehend. Seine Augen waren glasklar, ohne jegliche Rückstände des Treibstoffes, von dem er reichlich getankt hatte. «Ja, Mann.»

* Bed & Breakfast. Günstige Übernachtungsmöglichkeit mit Frühstück.

«Können Sie mich mitnehmen?»

«Ich glaube nicht, dass Sie das wirklich wollen», fiel mir Molly ins Wort.

«Heute ist nicht alle Tage», beruhigte ich sie, «ich bin morgen Abend wieder zurück. Dann nehme ich gerne Ihr Angebot an.»

«Sie verstehen nicht ...»

«Kein Problem», antwortete Lucy, «wenn Sie was vertragen können. Platz gibt's genug.»

Ich stimmte zu. Molly schüttelte enttäuscht ihren roten Schopf.

Gelegentlich sollte man einen gut gemeinten Ratschlag annehmen. Das wurde mir später klar. Nun stand mir erst einmal ein teuflischer Ritt durch die Nacht bevor.

«Mein richtiger Name ist Lorcan», sagte Lucy und reichte mir die Hand.

«Ich heiße Kilian», antwortete ich.

Sein Handschlag quetschte mir die Knöchel. Ich war froh, dass ich ihn am Schalter der Autovermietung nicht zurechtgewiesen hatte.

«Kilian? Hey, wenn das kein guter irischer Name ist. Jedes zweite Nest in Irland trägt deinen Namen. Zumindest die erste Silbe, ‹Kil›.»

«Wie meinst du das?»

«‹Kil› ist vom lateinischen ‹cella› abgeleitet, was so viel wie Zelle oder Kloster bedeutet. In deinem Fall heißt das, dass du der Zellenmann oder ein Mann des Klosters bist. Du bist also ein Katholik. Wenn du in meinem Land die richtige Religion hast, ist das schon die Hälfte der Miete. Andernfalls hast du ein Problem.»

Er lachte breit und laut, und die schätzungsweise 120 Kilo bebten. Er machte vor einem Laster mit der Aufschrift

«Guinness» und einer riesigen goldenen Harfe Halt, öffnete die Fahrertür und stieg ein.

Die linke Beifahrertür sprang auf, und Lorcans Bass schallte drohend heraus. «Steig ein, Kilian, die süße Hölle meiner wunderschönen Heimat erwartet uns.»

Und schon donnerte das treibende, unheilschwangere Gitarrenriff von *The Boys Are Back in Town* von Thin Lizzy aus der Fahrerkabine.

Ich kletterte auf den Beifahrersitz, und Lorcan drückte den störrischen Schaltknüppel scheppernd in den ersten Gang. Dreihundert Pferde unter der Motorhaube bäumten sich wütend auf.

«Los geht's!», brüllte Lorcan, und der schwere Laster setzte sich langsam in Bewegung.

Mir fiel ein Aufkleber ins Auge, der an der Windschutzscheibe befestigt war. Er zeigte das dornengekrönte Haupt Jesu, der um Erlösung bittend nach oben blickt. Darunter stand: «Kill your idols!»

Nach drei todesverachtenden Einfällen in die für Irland so typischen Roundabouts* fanden wir uns auf einer gewundenen, schmalen Landstraße wieder, die Lorcans Bierkutsche zu drei Vierteln einnahm.

Er und der spärliche Gegenverkehr waren sich der Macht seines tonnenschweren Gefährts und der kostbaren Fracht bewusst, die der Lebenssaft der Iren war. Freiwillig würde er keinen Zentimeter dieser Macht preisgeben. Jeder anständige Ire erwartete ein frisch gezapftes und nie enden wollendes Pint, was ein wenig mehr als einen halben Liter Bier zählt, in seinem Pub, an seinem Tresen täglich vorzufinden.

* Kreisverkehr.

Lorcan missachtete jeden gut gemeinten Hinweis meinerseits auf eine ausgebaute und vor allem breite Straße, die nach Dublin führte. Er hatte die Ochsentour zu fahren, die westlich des Lough Derg nach Mullingar und zu meiner Freude dann nach Kells und schließlich zurück in die Heimat nach Dublin führte.

Lorcan öffnete eine Flasche Bushmills, schenkte zwei Plastikbecher halb voll und erhob den Becher.

«Cheerio, Kilian, los, erzähl mir deine Geschichte. Die Nacht ist lang.»

Ich stieß mit ihm an, machte es mir bequem und starrte in die grellen Kegel vor mir, die die Nacht teilten.

Der sanfte Malt lockerte meine Zunge, und ich erzählte ihm alles über den Papyrus, Nikola, Mayfarth und Yasmina. Lorcan hörte aufmerksam zu, ohne mich zu unterbrechen, und ich bedankte mich, indem ich die Becher neu füllte.

«Holy Shit», sagte er trocken und kippte den Rest des Whiskeys runter. «Was willst du machen, wenn du diesen Mayfarth erwischst?»

«Ihn zur Rede stellen.»

«Und du glaubst, er wird dir gestehen, dass er diesen Priester umgebracht hat?»

«Ich weiß es nicht. Ich müsste ihn unter Druck setzen, damit er das Maul aufmacht.»

«Vergebene Liebesmüh. Ich kenne diese Brüder zu Genüge. Die schweigen bis ins Grab.»

«Was macht dich so sicher?»

«Weil ich selbst mal einer war. Oder glaubst du, dass ich mit dieser Kutsche auf die Welt gekommen bin?»

«Nicht schon wieder!», schoss es mir durch den Kopf. Was hatte ich nur an mir, dass ich diese Brüder so anzog.

«Begonnen hat alles mit den *Troubles,* den Unruhen 1969 in Derry», sagte er. «Damals hatte ich den Kopf voller

Illusionen, kämpfte für Freiheit und Gleichberechtigung, wie alle anderen. Bis zum 30. Januar 1972, als die Briten das Massaker in Derry veranstalteten und vierzehn meiner Landsleute kaltblütig umbrachten. Neben mir kroch ein verletzter junger Mann die Wand entlang. Er rief: ‹Nicht schießen!› Ein Fallschirmspringer kam auf ihn zu und erschoss ihn. Ich konnte mich retten. Dann sah ich einen Jungen, keine fünfzehn Jahre alt, er versuchte seine Freundin zu schützen. In der Hand ein weißes Tuch. Sie wollten die Demonstration verlassen. Ein Brite erschoss ihn, ohne mit der Wimper zu zucken. Das Mädchen wurde schwer verletzt.

Alles, wofür wir demonstrierten, war gleiches Wahlrecht für alle, gleiche Wohn- und Arbeitsmöglichkeiten für Katholiken und die Abschaffung des Special Power Act, der es den Briten erlaubte, willkürlich ‹verdächtige Personen› festzunehmen und sie ohne Haftbefehl zu internieren. Dann kamen zwanzigtausend Soldaten aus London und übernahmen die Macht. Sie herrschten wie Fürsten und behandelten uns wie Sklaven. Reihenweise traten die Leute in die IRA ein, um die katholische Minderheit gegen die Übergriffe der Protestanten zu schützen. So wurde die IRA, die lange Zeit kaum noch eine Rolle gespielt hatte, stärker und militanter denn je. Den Rest der Geschichte kennst du ja.»

«Und was hat die Kirche damit zu tun?»

«Früher hieß es, Irland sei das Juwel in der Krone des Vatikans. In keinem anderen Land folgte die Kirche so entschlossen den Dogmen des Papstes. Ein Katholik in diesem Lande zu sein war nicht nur eine Angelegenheit des persönlichen Glaubens, sondern auch ein Mittel, um seine Identität als Ire gegenüber den protestantischen Briten zu behaupten. Ich ließ mich zum Priester ausbilden. Wir leisteten viel, engagierten uns und brachten einiges auf den Weg. Aber die Medaille hatte auch eine Kehrseite. Wir waren die unbestrittene Autorität in der Gesellschaft, und diese Macht wussten wir zu nutzen. Zum Beispiel in Sachen Moral waren wir einsame Spitze. Erst seit 1993 sind Kondome frei erhältlich, und schwul zu sein ist nicht mehr strafbar. Das hatten wir bis dahin noch verhindern können. Zwei Jahre später erzwang eine Volksabstimmung die Aufhebung des gesetzlichen Scheidungsverbotes. Dagegen predigten wir unverdrossen, ebenso gegen Mischehen und vor allem gegen die Abtreibung. Bis vor ein paar Jahren, als in Amerika die Memoiren einer Irin erschienen. Sie war in den Siebzigern vom Bischof von Galway schwanger und gebar das Kind in aller Diskretion in den Staaten. Der Bischof zahlte Unterhalt, manche behaupten sogar, aus der Gemeindekasse.

Das war erst der Anfang. Plötzlich kamen noch ganz andere Geschichten ans Tageslicht. Unzucht mit Kindern bis hin zum Alkoholismus. Ein Abgrund an Doppelmoral tat sich auf, sie tranken heimlich Wein und predigten öffentlich Wasser. Das Resultat war, dass sich die Jungen aus meiner Kirche verabschiedeten und ich nichts dagegenzusetzen hatte.

Ich musste etwas unternehmen und drängte meinen Bischof zur Tat. Alles, was ich erntete, war Zurechtweisung und der Befehl zum strikten Gehorsam. Bis eines Nachts ein völlig verzweifeltes Mädchen an meiner Tür klopfte. Ich weiß nicht, was sie ausgerechnet zu mir getrieben hatte, aber sie schien Vertrauen zu mir zu haben. Sie beichtete, dass sie schwanger sei, ihr Freund nichts mit dem Balg zu schaffen haben wollte und ihr Vater sie mit Prügeln zum Dorf hinausgejagt hätte. Sie bat mich um Geld, damit sie nach England gehen konnte, um das Kind abzutreiben. Ich kam ihr natürlich mit den altbekannten Sprüchen und drängte sie, das Kind zu gebären. Alles andere wäre eine Todsünde, und sie würde in der Hölle schmoren … Am nächsten Morgen haben Kinder sie in einem Gebüsch gefunden.»

Er reichte mir seinen Becher, und ich füllte ihn bis zum Rand. Nach dem dritten Schluck war er leer, und ich führte den stummen Auftrag nochmals aus.

«Was hast du daraufhin gemacht?», fragte ich.

«Ich zog meinen Priesterrock aus, öffnete eine Flasche und trank sie aus.»

«Und seitdem?»

«Bringe ich Schnaps unter die Leute. Das ist ein ehrenwerter Beruf. Daran gibt es nichts auszusetzen. Cheers.»

Wir leerten unsere Becher und Lorcan sein Reservefach. Er förderte eine Flasche Black Bush zutage und reichte sie mir zur feierlichen Öffnung.

«Guuud-stuff!», schwelgte er, als der goldene Malt seine Kehle hinunterrann.

Wahrlich, das Zeug war gut.

«Was ist das eigentlich für ein Aufkleber?», fragte ich und zeigte auf die Windschutzscheibe.

«Kill your idols! Das ist die wahre Botschaft des Herrn.»

Er wechselte die Kassette im Recorder, und *Paradise City* von Guns N' Roses hämmerte aus den Boxen. Ich hielt mir die Ohren zu, bis er ein Einsehen hatte.

«Zu hart für dich?», fragte er.

«Früher hab ich nicht genug davon bekommen können. Heute lass ich's ruhiger angehen. Tom Waits und Cassandra Wilson sind eher mein Ding.»

«Was glaubst du, was passieren würde, wenn Jesus heute noch einmal auf die Welt käme?»

«In Deutschland würde er entweder als Ausländer ausgewiesen werden, oder er bekäme seine eigene TV-Show. Und du?»

«Ich denke, es würde haargenau das Gleiche passieren wie vor zweitausend Jahren. Nur das Kreuzigen ist heute nicht mehr so in. Wenn ich mir vorstelle, dass so ein verlauster Rumtreiber vor dem Vatikan die Händler verjagen würde und dann den Papst zur Rede stellt, was er und seine Vorgänger aus seiner Botschaft gemacht haben. Das wäre wirklich funny. Cheers.»

«Was würde Jesus ihm vorwerfen?»

«Einiges! Die Bibel, die Kirche, die Millionen toter Andersgläubiger, die Milliardengeschäfte, Hunger, Armut und vielleicht das schlimmste aller Vergehen, dass alles in seinem Namen verübt wurde. Das, was seine Nachfolger aus seiner Botschaft gemacht haben und worauf diese ganze Charade aufbaut, würde er dem Papst vorhalten. Jesus war ein Rebell, ein Unruhestifter gegen die Gewohnheit und die Macht der Herrschenden, einer, der sich mit Huren und Zöllnern abgab. Ihm waren Macht, Reichtum und Unterdrückung zuwider, ebenso der irrsinnige Glaube, dass es eine Kirche bräuchte, die seine Botschaft in die Welt tragen sollte. Wie auch? Er glaubte an ein baldiges Gottesreich. Da war kein Platz für eine Kirche.

Doch dann kam Paulus. Er und nicht Jesus ist der wahre Religionsstifter und Kirchengründer. Und die vier Apostel mussten den wirren Interpretationen des frühen Christentums ein einheitliches Gesetz an die Hand geben. Diesem Neuen Testament, wenn man es historisch genau nimmt, gehen gut achtzig Prozent der Wahrheit verloren. Der Rest besteht aus dürftigen Worten und Taten Jesu, die aber kaum zum Aufbau oder dem Erhalt einer ernst zu nehmenden Religion dienen können.

Das Schlimme an der ganzen Sache ist, dass jeder Priester das weiß und wider besseres Wissen weitermacht. Es geht um pure Macht, und das Pfund, mit dem sie wuchern, ist Angst.»

«Angst wovor?»

«Vor der Sinnlosigkeit des Lebens und davor, dass es dunkel bleiben wird, wenn wir die Augen für immer schließen.»

«Also kein Leben nach dem Tod?»

«Wo denkst du hin? Natürlich nicht. So wie die Sonne eines Tages erlischt, wird auch unsere Uhr ablaufen. Dann verschwinden wir in der Bedeutungslosigkeit des Raumes.»

«Das sind keine guten Aussichten.»

«Hast du je an was anderes geglaubt?»

«Früher schon. Wobei, auch wenn ich nicht an ein Leben danach glaube, so bleibt ein Rest verzweifelter Hoffnung doch im Hinterkopf hängen.»

«Dann solltest du diesen letzten Funken Hoffnung schnellstens beseitigen. Am besten mit einem ordentlichen Schluck von dem Stoff hier. Cheers! Du solltest lieber jede Sekunde deines erbärmlichen Lebens genießen. Alles, was danach kommt, ist Fäulnis und ewige Finsternis und Stille.»

«Und die Seele?»

«Eine Täuschung, so wie das Betriebssystem bei einem Computer. Es gaukelt dir vor, du seiest bewusst, real, tatsächlich. Stattdessen ist es nur ein Programm, ein Zustand. Nichts Reales. Die Seele ist nur eine Datei. Sonst nichts. Sie gibt dir allerdings die Illusion, dass du *wirklich* bist, dass da noch was ist, das irgendwo herkommt und dorthin zurückstrebt. Glaub mir, all das ist Illusion.»

«Es gibt doch diese Todesnaherfahrungen von Menschen, die klinisch tot waren und zurückgekommen sind.

Sie berichteten über alle Grenzen und Kulturen hinweg von einem Tunnel und von Menschen, die sie kannten. Verwandte Seelen eben.»

«Ein vorprogrammiertes Gespinst deines Hirns, das dich auf den Tod vorbereiten soll. Das ist alles. Vielleicht auch eine Rückprojektion an den Zeitpunkt der Geburt, wie du aus dem Dunkel der Gebärmutter hinein in die grelle Welt gedrückt worden bist.»

Das war's also. Die Religion war nach Lorcans Meinung nichts weiter als eine Lüge, die uns vor dem Wahnsinn schützen soll. Nach einer Flasche Black Bush war das eindeutig zu hoch für mich. Ich schloss die Augen und ergab mich in einen traumlosen Schlaf.

Ich erwachte erst, als Lorcan den Laster vor einem Pub parkte. Die Sonne quälte sich hinter den Giebeln dieser verschlafenen kleinen Stadt hervor und warf die ersten unschuldigen Strahlen auf die grauen Mauern eines Klosters.

«Morgen, Kilian», begrüßte er mich, «hast du den Weg zurück auf diesen Planeten gefunden?»

«O Mann, ja», stöhnte ich. Mein Schädel und mein Rücken waren ein einziger Schmerz.

«Kells, da wären wir. Bitte aussteigen.»

Lorcan ging frohgemut voran. Wo hatte dieser Mensch nur die Kondition her?, fragte ich mich.

Ich kletterte aus der Führerkabine und machte mich lang. Meine Wirbel knackten einer nach dem anderen und fanden erstaunlicherweise in ihre alte Position zurück. Die Straße war menschenleer und führte geradewegs hinauf zum Kloster Kells. Das ganze Nest schien wie ausgestorben. Entweder lebte in dieser Stadt niemand, oder sie lagen alle im Suff der letzten Nacht begraben.

Lorcan hämmerte unterdessen mit der Faust gegen den

Fensterladen des Pubs, bis endlich ein verschlafenes Gesicht öffnete.

«Lucy, mach nich so 'nen Krach, ich bin gleich unten!», rief jemand herunter.

«Ich muss los», sagte ich.

Er schüttelte mir die Hand und zog mich mit der anderen an sich heran. «Ja, Mann, hat Spaß gemacht. Ich hoffe, du kriegst deinen Mörder. Erst recht, wenn's ein Priester ist. Ich drück dir die Daumen.»

«Ich werde mir Mühe geben. Also, besten Dank für deine Hilfe.»

«Kein Problem.»

«Wieso nennt man dich eigentlich Lucy?», fragte ich.

«Weil sein richtiger Name Lucifer ist!», grölte der Alte aus dem Pub, ein leeres Fass vor sich hertreibend. «Stimmt doch, du alter Teufel!»

Lucy lächelte verschmitzt. Dann tauschte er das leere Fass mit einem neuen. «Von meinem Blute sollt ihr trinken ...»

Der Drahtesel war nicht gerade der letzte Schrei, aber er war herrenlos. Mit seiner Hilfe schaffte ich es zu dieser gottlosen Stunde, die knapp acht Kilometer nach Mullagh in bester irischer Manier zurückzulegen.

Nach den ersten bergigen Kilometern schwenkte ich in eine Ebene ein, die von seltsamen Bäumen am Wegesrand gesäumt war. Wie dürre Geisterkrallen ragten die kargen Spitzen in den Himmel, während sich ein kräftiger, grüner Schmarotzer am Stamm entlang über das gesamte Baumwerk gelegt hatte und ihn wie ein wohliger Handschuh überzog.

Eine Linkskurve brachte mich in das stille Nest Mullagh, wo ich gleich zu Beginn von zwei Pubs empfangen wurde.

Der Rest des Örtchens zog sich unspektakulär dahin, bis ich die Kirche am Ortsrand erreichte. Ich stellte das Fahrrad am Zaun ab und ging über den kleinen Friedhof, der üppig mit irischen Steinkreuzen bestellt war, auf eine Statue zu, die mir nicht unbekannt war.

Auf dem Sockel stand zu lesen: «Saint Kilian. Born Mullagh 640. Martyred Würzburg 689.»

Darüber erhob sich jener Wandermönch in steinerner Kutte, mit Wanderstab und geschulterter Tasche, das noch jugendliche Gesicht mit festem Blick vorausgewandt.

«Hier hat also alles begonnen», sagte ich zu mir.

«Nicht ganz», antwortete eine Stimme. Neben mir stand ein Priester, unausgeschlafen, in schwarzer Amtstracht. «Ich bin Father Quinn. Ich habe Sie vom Fenster des Pfarrhauses auf den Kirchplatz gehen sehen. Ich nehme an, Sie sind Mr. Kilian, der Kommissar aus Würzburg?»

Ich war wie vom Schlag getroffen. «Woher wissen Sie das?»

«Mayfarth hat es mir gesagt. Wenn einer nach ihm fragen würde, dann dieser Kommissar mit dem Namen unseres Heiligen.»

«Dann hat er eine visionäre Begabung. Noch vor ein paar Stunden wusste ich selbst nicht, dass ich hier stehen würde.»

«Sie nicht, aber er.»

Ich kam mir vor wie eine Puppe an einem Faden; am anderen Ende Mayfarth, der mich nach Belieben steuerte.

«Lassen Sie uns ein paar Schritte gehen», schlug der Priester vor. «Es wird ein schöner, sonniger Tag, und die Morgendämmerung ist unvergleichbar hier am Ende der Welt.»

Er lächelte mir auffordernd zu und ging voran. Durch weite Hügellandschaften unter sattem Gras, durchbrochen von wilden Hecken und brusthohen Steinmauern entlang des Weges, die wie aufgepfropfte Nähte diesen grünen Mantel teilten, schritten wir zur Kiliansquelle nach Cloughballybeg. In unserem Rücken zog die Sonne auf und wärmte uns. Die dünnen Nebelbänke glitzerten in ihrem Schein, bevor sie sich wie von Geisterhand in nichts auflösten und einen freien Blick in die Auen erlaubten. Von dort drangen Hundegebell, blökende Schafe und ein bestimmender Pfiff zu uns herauf. Aufgeschreckt stieg eine Schar Vögel in die Luft, um sich nach einem langen Bogen auf einer verfallenen Steinhütte niederzulassen.

«Dr. Mayfarth hat mich gebeten, Sie zur baldigen Rückkehr nach Würzburg aufzufordern», begann Quinn. «Er sagte, dass Sie hier nicht finden werden, wonach Sie suchen. Das Geheimnis um den toten Priester müssten Sie dort lösen, nicht in Mullagh und nicht in Tallaght.»

«Dann haben Sie Mayfarth getroffen?»

«Ja, er war hier letzte Nacht.»

«Und wo ist er jetzt?»

«Weitergefahren, noch in der Nacht. Ich kann Ihnen leider nicht sagen, wohin, denn ich weiß es selbst nicht.»

«Wieso sollte ich Ihnen glauben? Vielleicht versteckt er sich in Ihrem Haus und wartet nur darauf, dass Sie mich abwimmeln.»

«Ich bin Priester, ich lüge nicht.»

Ich verkniff mir eine zynische Bemerkung. Auch Nikola sollte ich vertrauen, jetzt war er tot und ich wurde des Mordes an ihm verdächtigt. «Gut, gehen wir vorerst davon aus, dass ich Ihnen glaube. Wieso haben Sie Mayfarth aus Würzburg hierher gerufen?»

«Weil etwas sehr Wichtiges in Gefahr ist. Es ist seine Aufgabe, es zu schützen.»

«Was ist *es*?»

«Nennen wir es ein ‹Etwas› aus einer vergessenen Zeit.»

Ich unterbrach ihn. «Bitte keine Märchen, Father. Ich will die Wahrheit hören.»

«Genau darum geht es, um nichts anderes als die Wahrheit.»

Wir gelangten an einen See, wie man ihn aus den Erzählungen um den Zauberer Merlin kennt. Der Zeit und allen Sorgen dieser Welt entrückt, lag er umgeben von Bäumen sanft in seinem Bett. Der Wind hinterließ feine Muster auf der Oberfläche, die von majestätischen Schwänen sanft durchkreuzt wurden. In ihrem Kielwasser die Spuren der Gegenwart, wenig später leise verklungen.

Quinn setzte sich auf eine Anhöhe ins saftige Gras neben einen Steinbau, dessen Gitter neugierige Passanten abhalten sollte. In der Mitte ein Abgang – die eigentliche Quelle, wo der Überlieferung nach der heilige Kilian geboren worden sein soll und der heilende Kräfte zugesprochen wurden.

Quinn schaute entspannt aufs Wasser hinaus. Ich setzte mich zu ihm und nahm mir vor, ihn nicht zu unterbrechen.

«Hier an dieser Stelle lag viele Jahrhunderte eine Schrift sicher begraben, die von einem Landsmann von dir hierher gebracht wurde», begann er seine Ausführungen. «Er war ein Krieger, mit Schwert und Wurfbeil bewaffnet, und den weiten Weg über Land und das Meer an den Geburtsort seines Herrn gereist, um die ihm auferlegte Pflicht zu erfüllen, eine Schrift vor den Verfolgern in Sicherheit zu bringen. Bis an die Grenzen dieser Insel war er im Schutz der muslimischen Heere gekommen.»

«Moslems?», sagte ich und brach meinen Vorsatz.

«Du musst wissen, dass die Welt damals zweigeteilt war. Die eine Hälfte befehligte ein Frankenkönig, und die andere wurde von den Muslimen von Afrika und Spanien her erobert. Es war ein Kampf der Religionen um die Vorherrschaft in Europa, ja in der ganzen Welt. Rom hatte sich unter den Schutz der Franken gestellt. In ihrem Dienste waren viele meiner irischen Vorfahren, bis die Angelsachsen sie aus ihren Ämtern vertrieben und unseren christlichen Glauben zerstört hatten. Er fußte auf einer sehr alten schriftlichen Überlieferung des Herrn, die während eines heftigen Disputes vor den zürnenden römischen Gesandten in Schutz gebracht wurde. Dein Namenspatron war dazu ausersehen, die Schrift zu bewahren. Auch er musste fliehen, zuerst zu den Brüdern nach Luxeuil und dann in deine Heimatstadt Würzburg. Doch auch dort spürten sie ihn auf und töteten ihn. Sein Diener Chamar konnte die Schrift retten und gelangte nach vielen Abenteuern hierher, wo du jetzt sitzt.»

«Wie kamen der Papyrus und Chamar wieder nach Würzburg?»

«Natürlich erkannten die ehrwürdigen Brüder die Brisanz der Lage schnell. Sie fertigten Kopien an, um die Verfolger in die Irre zu führen. Doch unter diesen war einer, ein Schriftgelehrter, dem sie nicht so leicht etwas vormachen konnten. Die Brüder baten Chamar, die Schrift zu beseitigen, so wie es sein Herr zuvor getan hatte, und schickten ihn mit dem Original fort. Eine Kopie der Worte des heiligen Kilian aber, die ebenjener Chamar gefertigt hatte, verblieb hier, tief in der Quelle vergraben. Sie sollte als weiterer Beweis dienen, wenn die eigentliche Schrift des Herrn verloren gehen sollte. Und tatsächlich, die Schrift verschwand spurlos, ebenso wie Chamar.»

«Bis vor ein paar Tagen …»

«Richtig. Seitdem sind die Romani, wie sie der heilige Kilian genannt hatte, wieder unterwegs, um das Original und die Kopien in ihren Besitz zu bekommen. Sie wollen nicht, dass diese Schriften je an die Öffentlichkeit gelangen. Als uns gestern eine Nachricht aus Rom erreichte, musste ich Mayfarth dringend informieren, doch er war wie vom Erdboden verschwunden.»

«Wem sagen Sie das. Aber was hat er damit zu tun?»

«Das ist viele Jahre her. Damals, unter meinem verstorbenen Vorgänger, wurde nicht weit von hier die Ruine eines alten irischen Königshauses gefunden. Kinder waren beim Spielen im Wald darauf gestoßen. Die Nachricht verbreitete sich wie im Flug und erreichte auch Mullagh. Ein Kunststudent war im Pfarrhaus zu Gast, der junge Mayfarth, der sich umgehend dorthin begab, lange bevor die Spezialisten aus Dublin und Armagh eintrafen. Er machte sich sofort an die Arbeit und begann zu graben. Dabei förderte er ein Steingrab zutage, in dem sich, in einer Kupferrolle geschützt, auch Schriftstücke aus Northumbria befanden. Darunter die Aufzeichnungen des Königs Oswin über einen Disput, der in Whitby im Jahr 664 stattgefunden hatte.

In seinem Leichtsinn übergab er den Fund einem Priester, der, von Armagh angefordert, aus Rom angereist war. Dieser Priester, eigentlich ein Freund der Iren, nahm die Schriftrolle mit nach Rom und forderte damit vom Vatikan die Herausgabe aller damals erbeuteten und in den geheimen Archiven versteckten Kopien, die Aufschluss über die Schrift des Herrn gaben. Doch die Aufzeichnungen des Oswin verschwanden. Der junge Mayfarth war außer sich. Er reiste nach Rom, suchte Aufklärung und fand schließlich den Priester, dem er seinen Fund in Treu und Glauben überlassen hatte. Doch auch der Priester wollte betrogen worden sein von einem Kardinal. Allerdings mochte ihm niemand das so recht glauben.»

«Wer war dieser Priester?»

«Ein brasilianischer Bruder. Er war eine sehr große Enttäuschung für uns. Sein Name war Alvarez.»

Alvarez! Was zum Teufel hatte dieser verlauste Bruder im Gewand eines Heiligen mit der Sache zu tun? Mayfarth war noch bis vor ein paar Minuten mein Mann gewesen, und jetzt kam Alvarez ins Spiel, der als Handlanger für den Vatikan agiert haben sollte.

Ich musste meinen inneren Aufruhr wieder unter Kontrolle bringen und mich von lieb gewonnenen Denkmustern befreien, selbst auf die Gefahr hin, dass ich mich in Mayfarth getäuscht hatte. Aber das konnte nicht sein. Er war es, der in jener Nacht bei Nikola gewesen war, und nicht Alvarez. Zudem fragte ich mich, ob ich diesem Father Quinn überhaupt trauen konnte. Vielleicht erzählte er mir da im Auftrag Mayfarths eine abstruse Lügengeschichte, um mich von seiner Spur abzubringen.

«Zurück zu Mayfarth», sagte ich, «was hat ihn so überstürzt hierher nach Mullagh gebracht und wo steckt er jetzt?»

«Die Brüder im Kloster Tallaght, die für die sichere Aufbewahrung der Schrift des Chamar verantwortlich sind, haben mich über die Ankunft eines Mannes informiert, der im Auftrag eines Kardinals angereist war. Er sei mit allen Befugnissen ausgestattet, und die Brüder sollten die Archive öffnen. Doch schlau, wie sie sind, hatten sie lange vorher die Schrift hierher ausgelagert. Aber schweigen kann niemand auf Dauer und schon gar nicht auf die Gefahr hin, in Rom in Ungnade zu fallen. Daher rief ich Mayfarth herbei, um sie in Sicherheit zu bringen. Er sagte mir nicht, wohin er sie bringen würde, denn auch ich würde Besuch bekommen.»

Mayfarth sollte also der Retter der Christenheit sein. Sein Job war es, gefährliches Gedankengut vor wem auch immer in Schutz zu bringen. Notfalls nahm er dafür wohl auch einen Mord in Kauf. Doch in wessen Auftrag handelte er? Ich wurde nicht so richtig schlau aus dieser Geschichte. Denn auch Alvarez war nun in sie verstrickt. Mit ihm war der Bischof nach Rom abgereist. Steckten sie unter einer Decke, machten sie gemeinsamen Plan gegen rivalisierende Kardinäle oder operierten sie gar auf eigene Rechnung?

Und wie passte Yasmina da ins Bild? Offiziell arbeitete sie für den Vatikan. Folglich musste auch sie bestimmte Interessen verfolgen. Und sie hatte es verdammt eilig, Erfolg zu haben. Kein Wunder. Die Papstwahl stand bevor.

«Noch eine Frage, Father Quinn. Sagt Ihnen der Name Yasmina della Schiava etwas?»

Er überlegte eine Zeit lang. «Gehört habe ich den Namen schon. Nur, in welchem Zusammenhang?»

✳

die ähren standen hoch im juli des 689. jahres nach der fleischwerdung des herrn. alle brüder und schwestern aus meiner gemeinde ernteten das korn in den fruchtbaren mainauen, während die hufe der pferde und das scheppern der schilde und lanzen von der virteburch herunterdrangen. der herzog ritt wieder gegen die wenden. seine knechte wilderten derweil in den hütten und auf den feldern nach neuem gefolge. kein knabe war ihnen zu jung, um ein schwert zu halten, kein pferd zu kostbar, das nicht den pflug gegen einen reiter einzutauschen hatte. das geschrei der mütter zerriss mir das herz.

«geh nicht. sie werden dich töten», sprach

Chamar. «Wenn nicht die Knechte, dann der Herzog.»

«Achte nicht auf mich, Chamar. Bevor du dich versiehst, wirst du als erster den Schild des Herzogs tragen. Verstecke dich, schnell.»

«Ich bin kein Feigling, Cilline. Ich komme mit. Meine Axt wird sie lehren, wer ich bin.»

Die Knechte des Herzogs hatten die Jungen um den Brunnen zusammengetrieben. Der Kommandant befahl den Marsch hinauf zur Feste. Väter hielten ihre wehklagenden Frauen zurück.

«Haltet ein!», sprach ich und verwehrte ihnen den Weg.

Der Kommandant zückte das Schwert. «Aus dem Weg, bevor ich dich in zweien haue.»

«Wer befiehlt dir, dass du es wagst, das Schwert gegen einen Diener des Herrn zu erheben?»

«Des Herrn?! Es gibt nur einen, der befiehlt. Sein Name ist Theotbald, der Herzog. Und jetzt aus dem Weg!»

«Du irrst. Der Herzog ist nicht mein Herr und auch nicht der deine. So leg dein Schwert nieder und gib die Jungen frei.»

«Du Hund!», schrie er mich an, den Arm bereit, der die Waffe gegen mich führte. «Du sollst wissen, was es heisst, sich gegen den Herzog zu stellen.»

Unseliger Chamar. Hatte ich dir nicht befohlen, dich zu verstecken?

Seine Axt schwirrte durch die Luft und fand den Kommandanten. Die Knechte erhoben ihre Lanzen und jagten ihn. Er flüchtete in die Wälder.

Vom Main herauf ritt der Herzog. In seiner Gefolgschaft Heden, sein Statthalter.

«Was ist hier geschehen?», fragte er.

«Es ist die Ernte, die euer Hass erzeugt.»

«Schweig! Wer die Hand gegen einen der Meinen erhebt, erhebt sich gegen mich! Hast du es gewagt?!»

«Es war ein Unglückseliger, der die Jungen vor deinem Krieg bewahren wollte.»

«Er lügt!», schrie einer der Knechte. «Der Mörder handelte in seinem Auftrag.»

Heden ritt vor. «Ist das der Dank, du Hund, dass wir dich in unserer Mitte aufgenommen haben?!»

«Und du, bist du nicht Heden, der Sohn des Herzogs, die Schlange an seiner Brust?»

Er zückte das Schwert. Der Herzog ging dazwischen. «Heden, halte ein! Zuvor will ich wissen, was er damit meint.»

«Er lügt, Vater. Er ...»

«Schweig! Nun, Cilline, ich höre ...»

«Ich habe dir nichts zu sagen, Herzog, was du nicht selbst schon weisst. Deine Herrschaft erzeugt den Hass in meiner Gemeinde.»

«In deiner Gemeinde?!», fuhr er mich an. «Du wagst es, dich über mich zu stellen?!»

«Nein, Herzog. Meine Gemeinde ist die der Gläubigen an unseren Herrn Jesus

Christus. Derselbe Herr, der auch dir befiehlt.»
«Dein Christengott ist in deiner Kirche zu Hause. Hier bestimme ich. Also, erkennst du mich als deinen Herren an, der dir befiehlt? Überlege dir die Antwort gut. Es könnte dich den Kopf kosten.»
Eine Reiterschar, die den Main hinaufgeritten kam, kam meiner Antwort zuvor. An ihrer Spitze war ein Mann, den ich mehr fürchten musste als den Herzog oder den Tod. Sein Name war Wilfrid.

IX.

Rom braucht den Vatikan. Ohne dessen Glanz und die Millionen Pilger wäre die Stadt nicht nur arm, sondern stürzte in die Bedeutungslosigkeit eines antiken Ruinenfeldes am Rande eines dünnen, ranzigen Flusses.

Und Rom braucht Skandale. Sie gereichen der Stadt zur wahren Größe. Sie sind ihre Sakramente, so wie Taufe, Firmung und Ehe seit der Kaiserzeit. Eine Scheidung ist undenkbar.

Die Gazetten überschlugen sich am Morgen: «Kardinal Esperanza in dunkle Drogengeschäfte verwickelt. Unbekannte schwarze Konten aufgetaucht. Auch bei Kardinal Mala Dingkor Rückstände derselben Droge nachgewiesen. Neues Kartell zwischen Südamerika und Indonesien. Der nächste Papst ein Drogenhändler?»

Sicherlich nicht. Der Plan und die Desinformationspolitik Armbrusters waren bis ins kleinste Detail aufgegangen. Über die Hälfte der christlichen Weltbevölkerung wandte sich verraten und enttäuscht von ihren beiden Hoffnungsträgern ab. Das «Papst-Toto», ein beliebtes Ratespiel und guter Gradmesser der römischen Gerüchteküche um den kommenden Papst, verzeichnete Rekordumsätze. Auf Esperanza mochte niemand mehr setzen. Selbst wenn er sich schließlich gegen die erhobenen Vorwürfe zu Wehr setzen würde, sein Ruf war dahin. Mit ihm rutschte Mala Dingkor in den trüben Schleim des Tiber, weniger aufgrund des Drogenskandals, sondern wegen den neu aufgekommenen Gerüchten um eine mögliche Tochter. Seine Feinde hatten leichtes Spiel, die Geschichte war heiß, und die Medien waren für jeden Tipp dankbar.

Als eindeutiger Favorit aller *papabile** ging Kardinal Zacharias Armbruster in das heute beginnende Konklave**, das seit 1870 in der Sixtinischen Kapelle, einem reich verzierten und durch Michelangelos Fresken weltberühmten Raum inmitten des weit verschachtelten Vatikans, abgehalten wird. Die Wahl findet unter absolutem Ausschluss der Öffentlichkeit statt. Den Kardinälen ist jeglicher Kontakt zur Außenwelt untersagt. Handys, Radios et cetera sind verboten. Jeder darf nur einen Begleiter, einen Konklavisten, bei Erkrankung bis zu drei, an seiner Seite haben. Ziel dieser strengen Wahlordnung ist es, eine Beschleunigung im Konklave zu erreichen, indem die Lebensbedingungen umso schwerer erträglich werden, je länger sich die Wahl hinzieht. Die übliche Form der Papstwahl ist die geheime Abstimmung mittels Wahlzettel. Wählbar ist nicht nur ein Kardinal, sondern jeder getaufte, rechtgläubige Katholik, der die Voraussetzungen für den Empfang der Priester- und Bischofsweihe besitzt. Gewählt ist, wer zwei Drittel der Stimmen plus eine erhält. Als äußeres Zeichen der erfolgreichen Wahl wird weißer Rauch aus dem Schornstein der Sixtinischen Kapelle entlassen. Ist er schwarz, erbrachte eine der vier möglichen Abstimmungen an einem Tag nicht die erforderliche Mehrheit. Kommt diese auch im 27. Wahlgang nicht zustande, reicht die absolute Mehrheit. Ein Kandidat, der rund die Hälfte der Stimmen hinter sich weiß, braucht nur abzuwarten.

* Mögliche Papstnachfolger.

** Versammlung aller zur Papstwahl berechtigten Kardinäle unter 80 Lebensjahren.

Nachdem Esperanza und Mala Dingkor die Weltbühne des Skandals betreten hatten, konnte Armbruster nur noch sein «Freund» Benedetti gefährlich werden. Dieser vereinigte viele der europäischen und amerikanischen Kardinäle hinter sich. Insbesondere die größte Landesfraktion innerhalb des Kardinalsgremiums, Italien, stand geschlossen zu seinem Kandidaten. Weniger, weil Benedetti bei seinen Landsleuten so beliebt war, sondern weil nach Auffassung aller Italiener die Reihe an einem der ihren war. Der folgenschwere Fehler, sich, wie bei der letzten Papstwahl, in zwei Gruppen aufzuspalten und einem Polen den Vorrang zu lassen, sollte sich nicht wiederholen. Armbruster hob sich Benedetti bis zum Schluss auf. Zuvor galt es, ein bestelltes Feld abzuernten.

Weit über hunderttausend Gläubige, die zur geplanten Rede Esperanzas an «alle Völker der Erde» erwartet worden waren, hatten sich trotz der wild kursierenden Gerüchte um Drogen und schwarze Konten am Petersplatz eingefunden. Mit ihnen ein enormes Medienaufgebot.

Armbruster hatte Benedetti und die anderen Kardinäle bis zum Morgen hinsichtlich seiner Pläne in Unwissenheit gehalten. Jeder war davon ausgegangen, dass Esperanzas Auftritt abgesagt werden würde. Schulter an Schulter saßen die knapp 140 wahlberechtigten Kardinäle in der ersten Reihe vor dem Aufgang zum Petersdom. Keiner hatte Armbrusters Einladung ausgeschlagen, wenngleich die meisten ihn zum Teufel gewünscht hatten. Hinter den Kardinälen erstreckte sich eine überwältigend große Menschenmenge bis zur Engelsburg. Sie wurde von Polizeihundertschaften und bei den Kolonnaden am Petersplatz von der Schweizergarde unter Kontrolle gehalten.

«Sag, Giulio», fragte ein Kardinal Benedetti, «weißt du, worüber Armbruster sprechen will, jetzt, wo Esperanza ...?»

Benedetti kochte vor Wut. Wie ein Schuljunge war er von Armbruster vorgeführt worden. Alle mit ihm getroffenen Absprachen hinsichtlich der Fraktionsbildung gegen die anderen Kandidaten waren damit hinfällig geworden.

«Ich denke, dieser Trick von Zacharias wird ein Nachspiel haben. Er verschafft sich dadurch einen unfairen Vorteil gegenüber uns allen. Die anderen sehen das genauso. Wie steht es mit dir?»

Die Frage war keine Frage, sondern eine Drohung. Neue Mehrheiten wurden gesucht. Wer stand in wessen Lager? Das war die entscheidende Frage.

«Ich werde mich mit den anderen besprechen», lautete die Antwort aus dem Mund des erfahrenen Kirchenpolitikers.

«Hast du Nachrichten aus Würzburg bekommen?», fragte Kardinal Jackson seinen Kollegen Veroni. Neben ihnen saß der Rest der Würdenträger schweißtriefend in der grellen Sonne.

«Der Bischof ist letzte Nacht eingetroffen», antwortete Veroni. «Er hat Alvarez dabei.»

«Und der Papyrus?», fragte Makeluma leise.

«Keine Spur», erwiderte Veroni enttäuscht.

Jackson war ratlos. «Was machen wir jetzt?»

Veroni zuckte mit den Achseln. «Auf Zeit spielen. Was sonst.»

Das Stimmengewirr auf dem Petersplatz verebbte, als über die Lautsprecher der mächtige, alles einnehmende Klang einer Orgel erschallte. Ein Kirchenlied legte sich wie eine Decke über die Menge, begrenzt und getragen von den weiten elliptischen Kolonnaden an den Seiten und der imposanten Front des Petersdoms.

Inmitten zweier Brunnen ragte der zweitgrößte Obelisk Roms in die Höhe. Vor ihm war das Mischpult des Tontechnikers aufgebaut, der für eine optimale Beschallung des Platzes zu sorgen hatte. Keine leichte Aufgabe, erstreckte sich der Petersplatz über die eineinhalbfache Fläche des Kolosseums, zerklüftet von den 284 Säulen und 88 Pfeilern der Kolonnaden. Vom Obelisken aus verlief ein Gang zwischen den bestuhlten Reihen direkt hoch zum Pult am Eingang des Petersdoms. Ein roter Teppich war ausgelegt worden, über den nun eine Gruppe Kinder aller Hautfarben in weißen Gewändern schritt. Sie sangen zur Orgelmusik ein Lied, übertragen von kleinen ansteckbaren Mikrophonen; in ihren Armen ein Lamm, das sie Armbruster ans Rednerpult brachten. Auf riesige Videowände an den Kolonnaden wurde das Bild auch für die letzten Reihen sichtbar projiziert und von den Kameras in alle Welt transportiert.

Die Menge war begeistert, die Kardinäle rangen nach Fassung.

«Das Lamm. Ich glaube es nicht», lästerte einer.

Ein anderer: «Jesus, Maria und Josef!»

Aus der dunklen Tiefe des Petersdoms trat Kardinal Armbruster im roten Ornat ans Mikrophon. Die Orgel und die Menge verstummten. Bis zum letzten Räusperer wartete er, bis absolute Stille eingekehrt war.

«Brüder und Schwestern aller Länder im Herrn», begann er. «Der Herr sprach: Ich bin das Licht der Welt. Wer mir nachfolgt, wird nicht in Finsternis umhergehen, sondern das Licht des Lebens haben. So soll auch euer Licht vor den Menschen leuchten, damit sie eure guten Werke sehen und euren Vater im Himmel preisen.»

Applaus unterbrach ihn in seiner Gewissheit, das Licht des Herrn allen anderen voranzutragen.

«Ich spreche heute zu euch anstelle meines geschätzten Bruders, Kardinal Esperanza. Er ist verhindert, wie wir alle wissen. Er hat mich gebeten, an seiner statt die freudige

Pflicht zu übernehmen und zu euch zu sprechen, wie es Jesus Christus, unser Herr, getan hat: Ich bin das Licht. Wer mir nachfolgt, wird nicht in Finsternis wandeln und errettet werden.

Diese von Gott erwiesene Gnade lässt sich nicht ermessen. Ist sie doch einem Strom lebendigen Wassers gleich, wie er seit zweitausend Jahren vom Thron Gottes und des Lammes hervorgeht und die Kirche und allen, die in ihr sind, erfüllt. Es ist das Wasser des Geistes, das den Durst stillt und uns erneuert. Diese eine heilige, katholische und apostolische Kirche war von Beginn an Auftrag unseres Herrn. Sie ist der *eine* und einzige Hort der Errettung. Außerhalb von ihr gibt es kein Heil, sondern nur Verdammnis und Finsternis. Der Kirche zu dienen, heißt dem Herrn zu dienen, denn sie ist sein Auftrag an uns und sie ist sein Heim auf Erden und im Himmelreich.

Daher gilt es jetzt, die empfangene Gnade zu beherzigen und sie in eifriges Handeln umzusetzen. Ein neues Jahrtausend hat sich im vergangenen Heiligen Jahr dem Lichte des Herrn geöffnet. Viele sind hierher nach Rom gekommen, zum Sitz der *einen* Kirche, die, wie es geschrieben steht, den Vorsitz in der Liebe innehat. Die Liebe zu unserem Herrn Jesus Christus und die Liebe zwischen einem jeden von uns. Diese Liebe ist in diesem wunderbaren Licht, das Christus uns nahe gebracht hat. Es ist das Licht, in dem sich die Kirche spiegelt und das auf euch herabscheint. Auch auf jene, die im Schatten stehen. Ich meine die Armen, die Benachteiligten und Hungernden dieser Welt. Ihnen schenke ich meine besondere Aufmerksamkeit. Denn es steht geschrieben: Der Geist des Herrn ruht auf mir, denn er hat mich gesalbt. Er hat mich gesandt, damit ich den Armen eine gute Nachricht bringe; damit ich den Gefangenen die Entlassung verkünde und den Blinden das Augenlicht;

damit ich die Zerschlagenen in Freiheit setze und ein Gnadenjahr des Herrn ausrufe.»

Beifall füllte die Pause, die Armbruster geschickt gewählt hatte. Auf den Videowänden wurden Bilder aus Südamerika eingespielt, wo sich Tausende auf Plätzen versammelt hatten und der Übertragung aus Rom beiwohnten. Schilder, auf denen die Worte «Freiheit», «Gerechtigkeit» zu lesen waren, sowie Bilder des Gekreuzigten wurden geschwenkt. Der tobende Applaus wurde über die Lautsprecher auf den Petersplatz übertragen.

«Den Reichen und Mächtigen aber rufe ich zu: Geht, verkauft, was ihr habt, gebt das Geld den Armen und ihr werdet einen bleibenden Schatz im Himmel haben. Selig ihr Armen, denn euch gehört das Reich Gottes.»

Die Inszenierung Armbrusters als Erretter der Armen trieb manchem Kardinal in der ersten Reihe den Groll ins Gesicht. Andere wiederum nickten zustimmend, wussten sie doch, dass ihre Reaktion auf Armbrusters Worte von den Kameras eingefangen und in alle Welt ausgestrahlt wurde. Benedetti jedoch hatte Mühe, sich im Griff zu behalten. In ihm gärte der Zorn, und er suchte nach einem Weg, sich unbemerkt aus dieser Veranstaltung zu verabschieden. Als er den langen Gang zum Obelisken hinunterblickte, erkannte er einen Mann, der in einer verschlissenen Mönchskutte, das linke Bein nachziehend und sich auf einen langen Wanderstab stützend, heraufkam. Sein langes, graues Haar umschloss ein ausgemergeltes Gesicht, in dem zwei Augen aus dunklen Höhlen funkelten. Benedetti war nicht der Einzige, der ihn bemerkte. Zwei Schweizergardisten hatten ihn gestellt, drängten ihn zur Seite weg. Ein Mann im Bischofsgewand eilte hinzu und redete beschwichtigend auf die Wachen ein.

Benedetti erhob sich, ging auf sie zu, begleitet vom anhaltenden Applaus der Einspielung. Je näher er ihnen kam, desto deutlicher wurde dieses merkwürdige Gesicht, das er zu kennen glaubte. Der Bischof von Würzburg bemerkte Benedetti als Erster. Anstatt die Wachen weiterhin zu beschwichtigen, drängte er Alvarez zurück. Nun erkannte auch Alvarez den Kardinal. Seine Augen funkelten böse, als käme ihm sein größter Feind entgegen.

«Wir werden das Problem sofort lösen», entschuldigte sich einer der Gardisten bei Benedetti. Sie packten den Mönch am Arm und zerrten ihn weg.

«Wartet!», befahl Benedetti.

Er wandte sich nun Alvarez zu. «Alvarez! Was in aller Welt hast du hier zu suchen?»

«Entschuldigen Sie, Eure Eminenz», sagte der Bischof. «Ich konnte ihn gerade noch aufhalten, bevor …»

«Ihr Pharisäer und Geldwechsler», zischte Alvarez, «habt euch wieder zusammengefunden, um die Kleider des Gekreuzigten unter euch aufzuteilen und um den nächsten eurer Könige zu krönen, hier vor eurem lasterhaften Tempel, erbaut mit dem Blut der Armen, den Steuern von Huren und erkauften Ablässen.»

«Alvarez!», unterbrach Benedetti ihn scharf. «Hör auf mit diesem Gewäsch. Ich will wissen, wieso du hier bist.»

«Das wahre Wort unseres Herrn will ich predigen. Diesem falschen Propheten dort oben werde ich vor aller Welt die Maske vom Gesicht reißen.»

Benedetti blickte zurück. Er sah Armbruster im Kreise der Kinder und des Lammes zu seinen Füßen. Seine Worte schallten über den Petersplatz. Sie fanden Gehör und Begeisterung.

Wieso nicht, überlegte Benedetti. Sollte Armbruster selbst sehen, wie er sich aus dieser Situation befreien konnte. Das wäre die passende Quittung für seinen Verrat. Er befahl den

Tonmeister zu sich. «Hast du noch eines dieser ansteckbaren Mikrophone?»

Der Mann bejahte.

«Dann steck es ihm an und leg ihn auf die Lautsprecher.»

Der Mann tat, wie ihm befohlen.

Alvarez stutzte ob der unerwarteten Hilfe seines Erzfeindes. «Willst du mich wieder betrügen, wie damals mit dem Papyrus?»

«Nein», antwortete Benedetti. «Geh jetzt und tu, weswegen du gekommen bist.» Den beiden Wachen befahl er, ihn zu geleiten.

Alvarez setzte seinen Wanderstab voran und näherte sich Schritt für Schritt dem Rednerpult. Benedetti verschränkte die Arme und grinste in freudiger Erwartung.

«Warum tun Sie das?», fragte der Bischof. «Ich dachte, Sie und Alvarez …»

«Das ist lange her. Schnee von gestern. Heute geht es um weit mehr als um ein vergilbtes Stück Papier aus der Vergangenheit. Es wird Zeit, dass diesem Größenwahnsinnigen dort oben endlich Einhalt geboten wird.»

Armbruster sah das Unheil in Form eines Bettelmönches auf sich zukommen. «… und darum lasst uns nach vorne schauen, Brüder und Schwestern. Die Zeit ist gekommen, um den Sieg der Frohen Botschaft unseres Herrn Jesus Christus über den Tod zu feiern. ‹Folget mir nach, und ihr werdet den Tod nicht schmecken.›»

Noch bevor der Beifall einsetzte, durchschnitt Alvarez' Anklage Armbrusters Botschaft. «*Ecce crux Domini, fugite partes adversae!*»*

* «Dies ist das Kreuz des Herrn, flüchtet, feindliche Heerscharen!»

Seine Stimme legte sich wie ein betäubendes Gewitter über den Petersplatz. Er streckte seinen Wanderstab drohend in die Höhe. Die Menge erschrak, die Kameras suchten das neue Ziel, die Kardinäle fuhren herum. «Alvarez!», raunte es durch die Reihen.

Auch Armbruster erkannte ihn jetzt. Er suchte nach dem Kommandanten der Schweizergarde. Dieser wirkte unsicher, ob er eingreifen sollte, da der Störenfried ja von zweien seiner Männer begleitet wurde. Armbruster musste selbst handeln. Er wählte den Angriff.

«Bruder Alvarez», sprach er versöhnlich ins Mikrophon, «ein verdienter Bruder unserer heiligen Kirche. Kommt zu mir herauf, um gemeinsam das Wort des Herrn an die Welt zu sprechen.»

Doch Alvarez blieb, wo er war. «Hütet euch vor den falschen Propheten; sie kommen zu euch in Schafspelzen, in Wirklichkeit aber sind sie reißende Wölfe. Nicht jeder, der mich Herr ruft, wird in das Himmelreich kommen, sondern nur, wer den Willen meines Vaters erfüllt.»

«Aber Bruder Alvarez», ging Armbruster dazwischen, «in seinem Namen spreche ich, und seinem Willen folge ich.»

«Viele werden an jenem Tage, dem letzten aller, zu ihm sagen: Herr, sind wir nicht in deinem Namen als Propheten aufgetreten? Und haben wir nicht mit deinem Namen Wunder vollbracht? Dann wird er, der Herr, euch antworten: Hinweg, ich kenne euch nicht. Denn ihr seid Übertreter des Gesetzes.»

«Das Gesetz. Ich kenne es und befolge es», verteidigte sich Armbruster.

«Du Narr! ‹Du sollst den Herrn, deinen Gott, lieben mit ganzem Herzen, mit ganzer Seele und all deinen Gedanken. Genauso liebe deinen Nächsten wie dich selbst.› Das ist das Gesetz.

Du, Bruder, jedoch liebst dich am meisten, nennst dich Kardinal und einen Lehrer, willst ‹Papa›, der nächste Papst, werden und dich dadurch über andere erhöhen. Doch es gibt nur einen Vater im Himmel. Niemand anderes soll ‹Vater› genannt werden, so steht es geschrieben. Wie auch ihr, die Kardinäle, Bischöfe und Priester in euren prächtigen Gewändern, mit Edelsteinen an den Händen und dem Hochmut im Geiste, euch ‹ehrwürdiger Vater› rufen lasst und doch nur schlechte Verwalter der Frohen Botschaft unseres Herrn seid. Ihr seid Heuchler, Wölfe im Schafspelz, strebt nach Ruhm und Ansehen, habt unseren Christus am Kreuze verraten und verkauft. Er mahnte euch zu Armut, zu Redlichkeit, Barmherzigkeit, Liebe, Gerechtigkeit und Treue. Ihr aber dankt es ihm mit falschen Lehren, Bürden und Opfern, die ihr den Menschen auferlegt, an die ihr aber selbst nicht glaubt. Ihr Nattern! Ihr Schlangenbrut! Wie wollt ihr dem Strafgericht der Hölle entkommen?!

Am letzten aller Tage wird der Herr die Völker vor seinem Thron zusammenrufen und die Ungerechten verfluchen. ‹Denn ich war hungrig, und ihr habt mir nicht zu essen gegeben; ich war durstig, und ihr habt mir nichts zu trinken gegeben; ich war fremd und obdachlos, und ihr habt mich nicht aufgenommen.› Die Gerechten aber wird er für ihre Barmherzigkeit belohnen und in sein Himmelreich aufnehmen. ‹Amen, ich sage euch: Was ihr für den geringsten meiner Brüder getan habt, das habt ihr für mich getan.›

Darum kehret um, reißt eure leeren, verwaisten Tempel nieder und seid lebendiges Zeugnis unseres Herrn Jesus Christus. Legt eure teuren Gewänder ab, erniedrigt euch vor allen anderen und gebt den Armen euer Hab und Gut. Denn der Herr sprach: Wer mein Jünger sein will, der verleugne sich selbst, nehme sein Kreuz auf sich und folge mir nach.

Wehe euch, wenn ihr nicht tut, was der Herr befohlen. Der Engel wird kommen mit der Schale in der Hand und sie ausschütten über euch, denn auf eurer Stirn steht Babylon geschrieben. Babylon*, die Große, die Mutter der Huren und aller Abscheulichkeiten der Erde, trunken vom Blut der Heiligen und vom Blut der Zeugen Jesu. Mit ihr haben die Könige der Erde Unzucht getrieben und vom Wein ihrer Hurerei wurden die Bewohner der Erde betrunken.»

❋

Ich landete mit der Mittagsmaschine in Frankfurt und traf zwei Stunden später am Hauptbahnhof Würzburg ein. Bisher war alles glatt gelaufen. Der gute Heinlein hatte also noch keine Fahndung nach mir herausgegeben, obwohl das Ultimatum seit 12 Uhr abgelaufen war. Ich hielt meinen Kopf gesenkt, während ich mich eilends aus der Bahnhofshalle hinaus zum Taxistand machte. Die neuen und allseits präsenten Überwachungskameras, die für mehr Sicherheit an öffentlichen Plätzen sorgten, arbeiteten gut, und ich war mir nicht sicher, ob die biometrische Vermessungssoftware bereits im System installiert war. Der Computer würde eine gesuchte Person selbst unter Hut, Brille und Bart anhand unverwechselbarer Kennzeichen wie der Gesichtsform erkennen. In den USA und in England war die Technik bereits im Einsatz, und sie förderte verblüffende Ergebnisse zutage.

Ein Taxi setzte mich wenig später vor dem Bischöflichen Ordinariat ab. Ich wollte mir Mayfarths jungen Gehilfen nochmals vornehmen und nicht eher lockerlassen, bis er

* Offb. 17,1–6. Mit der «Hure Babylon» ist die Weltmacht Rom gemeint.

mir verriet, wo sich sein Herr und Meister aufhielt. Kaum war ich ausgestiegen, da bretterte ein Audi A6 um die Ecke. Mit quietschenden Reifen stoppte er direkt neben mir. Die Tür ging auf, und Heinlein sprang heraus.

«Wo zum Teufel treibst du dich herum?! Kannst du dir vorstellen, was für Verschleierungsmanöver ich seit gestern wegen dir durchführen muss?»

Verblüfft über seinen unerwarteten Auftritt, berichtete ich ihm von meinem Kurztrip nach Irland.

«Das weiß ich schon längst. Seit Frankfurt verfolgen die Kameras jeden Schritt von dir. Sei froh, dass Oberhammer davon keine Ahnung hat. Pia und ihrem Bekannten beim BKA sei Dank. Hoffentlich hält er dicht.»

«Lass Pia aus der Sache raus.»

«Ohne sie würdest du schon längst sitzen. Ist dir das klar? Sie und ich decken deinen Arsch. Oberhammer rotiert seit heute Morgen, nachdem deine neue Freundin bei ihm aufgetaucht ist.»

«Wer?»

«Na, wer wohl? Diese Signora della Schiava natürlich. Sie hat nichts anderes zu tun, als Oberhammer zu stecken, dass du dringend tatverdächtig und flüchtig bist.»

«Wie bitte? Woher weiß sie das?»

«Gute Frage. Gib du mir 'ne Antwort.»

«Ich habe keinen blassen Schimmer, woher sie das hat.»

«Na bravo. Ich halte Ermittlungsergebnisse zurück, verzögere die Strafverfolgung und mache mich wegen Begünstigung selbst strafbar. Weißt du, was das für mich bedeuten kann?»

Klar wusste ich das. Es wäre sein Ende als Polizeibeamter gewesen, und wahrscheinlich würde auch seine heile Familienwelt daran zerbrechen. Doch weitaus mehr beschäftigte mich der Umstand, dass sich Yasmina hinter meinem Rücken an Oberhammer gewandt hatte. Welches Ziel verfolgte sie dabei?

«Hör zu, Schorsch, ich brauch noch ein paar Stunden, um dir Mayfarth zu liefern.»

«Dr. Mayfarth, den Bau- und Kunstreferenten des Bistums?»

«Ja, er ist der dritte Mann.»

«Bist du jetzt völlig verrückt geworden? Da kann ich ja gleich den Papst verhaften lassen.»

«Er ist unser Mann. Sicher.»

«Nix da! Du hattest deine Chance. Pia und ich haben gemacht, was wir konnten. Ich muss dich jetzt festnehmen.»

«Das ist doch nicht dein Ernst.»

«Und ob. Los, steig ein.»

Ich setzte mich nicht zur Wehr, wusste ich doch, dass es ab jetzt nicht mehr allein um mein Schicksal ging, sondern auch um das von Heinlein und Pia.

Heinlein klärte mich während der Fahrt darüber auf, wie er Oberhammer die verzögerten Ermittlungen begreiflich machen wollte, um nicht selbst unter das Fallbeil zu geraten. Doch wider allen Befürchtungen hörte sich Oberhammer seine Ausführungen über die doppelte und dreifache Überprüfung der Testergebnisse ruhig und widerspruchslos an. Er wippte gelassen in seinem Bürosessel, schaute nahezu gelangweilt aus dem Fenster, bis Heinlein geendet hatte. «Daher war es für mich oberste Pflicht, gerade weil es sich um einen verdienten Beamten aus Ihrem K1 handelt, bombensicher zu sein, dass mir und der Gerichtsmedizin kein Fehler unterlaufen ist. Nach jetzigem Ermittlungsstand weisen alle Spuren auf KHK Kilian. Doch meiner Einschätzung nach handelt es sich dabei um eine Verkettung unglücklicher Umstände. So wie wir Kilian kennen, wäre er niemals in der Lage, eine Tat wie diese zu begehen. Daher melde ich größte Bedenken gegen die vorgelegten Indizien an, da sie uns auf eine falsche Spur führen. Ich bitte Sie, dies zu bedenken.»

Oberhammer stellte seine Schaukelpartie ein und beugte sich nach vorn. «Ihre Bedenken interessieren mich einen Scheißdreck. Verstehen Sie? Nicht das Schwarze unter meinen Fingernägeln. Lieber heute als morgen möchte ich euch beide sicher weggesperrt oben in der Vollzugsanstalt sehen. Unter normalen Umständen wäre das auch kein Problem. Es liegen ausreichend Versäumnisse und Straftaten vor, dass es mich nur ein müdes Arschrunzeln kosten würde, euch bis zum Tag meiner Pensionierung und darüber hinaus dingfest zu machen. Dann könnte ich endlich in Ruhe meiner Arbeit nachgehen. Aber ich weiß nicht, wer immer wieder die Hand schützend über euch hält.»

«Was soll das heißen?», fragte ich.

«Nachdem diese Signora heute Morgen bei mir war und mir Ihre Verwicklungen in diesen Fall dargelegt hat, war ich drauf und dran, diesen Tag als Tag der Befreiung zu feiern, bis vor einer Stunde mein Telefon läutete und ich Anweisung bekomme … von ganz oben, nicht vom Polizeipräsidenten, sondern von ganz oben aus München … Sie vorerst nicht festzunehmen, sondern Sie bei Ihren Ermittlungen um diesen verschwundenen Zylinder gewähren zu lassen. Voraussetzung dafür ist, dass Sie die Stadt nicht verlassen und sich täglich und persönlich hier bei mir melden, um mir Ihre Ermittlungsergebnisse mitzuteilen. Sofern Sie aber nur einen Fuß aus der Stadt setzen oder bei mir nicht zur verabredeten Zeit erscheinen, sind Sie fällig. Dann geht es ratzfatz, und ich werde Sie höchstpersönlich einsperren. Haben Sie das kapiert?!»

Es gab also einen Schutzengel. Jemand hielt seine Hand über mich, aber ich wusste nicht, wer. Das beunruhigte mich, denn ab jetzt war ich ihm auf Gedeih und Verderb ausgeliefert.

«Und Sie, Herr Heinlein, sind mir dafür verantwortlich, dass Kilian diesen Auflagen nachkommt. Ich ziehe Sie persönlich dafür zur Verantwortung, wenn er nur einen Schritt zur Seite macht. Die bisher von Ihnen verübten Straftaten in Ausführung Ihres Amtes als Kriminalbeamter werden sonst dem Disziplinarausschuss und anschließend dem Strafrichter vorgelegt. Dann ist endgültig und unwiderruflich Schluss mit Ihnen. Haben Sie das verstanden?!»

Heinlein schluckte hörbar, als wäre die Guillotine in voller Fahrt einen Zentimeter oberhalb seines Halses eingerastet.

«Natürlich, Herr Polizeidirektor», presste er heraus.

Wir stahlen uns zur Tür.

«Noch was!», rief uns Oberhammer nach. «Melden Sie sich bei der Signora aus Rom. Sie erwartet Sie im Bischöflichen Ordinariat! Folgen Sie Ihren Anweisungen! Und jetzt raus!»

Ein dumpfes Fluchen war auf dem Gang noch zu hören. Oberhammer kochte vor Wut, besaß aber genug Selbstbeherrschung, sie uns nicht zu zeigen. Letzteres fehlte Heinlein.

«Das ist die mieseste Tour, die ich jemals erlebt habe! Wie ein Schulbub muss ich vor dem Arsch einen Diener machen, nur weil der Herr wieder mal Mist gebaut hat.»

«Jetzt pluster dich nicht so auf», versuchte ich ihn zu beruhigen, «es ist doch alles glatt gelaufen.»

«Einen verdammten Scheiß ist es! Ich hänge wie festgekettet an dir dran und gehe mit dir zugrunde. Ob mir das nun passt oder nicht.»

«Bisher hat immer alles geklappt. Wieso nicht auch dieses Mal?»

«Weil irgendwann Ende der Fahnenstange ist. Du kannst nicht immer so viel Glück haben.»

«Wie du siehst, schon. Ich frage mich nur, wer daran interessiert ist, uns vor dem Galgen zu retten.»

«Na, wer wohl?!»

Es war Zeit, mich zu bedanken. Ich erwischte Pia nach einer Obduktion im Waschraum. Allein. Die blutverschmierten grünen Klamotten lagen zerknüllt in einem Korb, sie, makellos schön in ihrer eleganten Unterwäsche, war über das Waschbecken gebeugt und musterte müde ihre Stressfalten im Spiegel. Als sie mich sah, fuhr sie herum.

«Wer hat dich hier reingelassen?», fauchte sie mich an.

«Beruhige dich. Kein Grund zur Panik. Ich wollte mich nur bedanken. Sonst nichts.»

«Wofür?»

«Für deine Hilfe. Schorsch hat mir erzählt …»

«Der redet eindeutig zu viel!», unterbrach sie mich barsch und streifte sich einen frischen Kittel über, als gelte es, jeden Quadratzentimeter nackte Haut vor meinen unberechtigten Blicken zu verbergen. Merkwürdig, noch vor ein paar Wochen war genau das Gegenteil der Fall gewesen. Da konnte sie sich nicht schnell genug aus den Klamotten befreien.

«Es ist nicht selbstverständlich, dass du das alles für mich tust», sagte ich.

«Schön, dass du das endlich mal kapierst.»

«Wieso machst du's dann?»

«Weil ich wahrscheinlich eine blöde Zicke bin.»

«Das war doch nur ein Scherz.»

«Ach ja? Klang verdammt ernst gemeint.»

«Lass uns nicht streiten. Ich bin hier, um Danke zu sagen.»

«Fein, ich hab's vernommen. Dann kannst du jetzt wieder gehen. Ich habe zu tun.»

«Jetzt stell dich nicht so an. Ich will, dass wir Freunde bleiben.»

«Freunde? Was soll das denn sein? Für dich gibt es doch nur eine Sorte Freund, und der bist du selbst. Andere interessieren dich nicht.»

«Das stimmt nicht. Ich habe mich eine lange Zeit sehr zu dir hingezogen gefühlt. Nur … die Dinge haben sich geändert.»

«Du hast dich geändert, nicht die Dinge. Das ist ein sehr großer Unterschied. Und überhaupt, welche ‹Dinge› sollen das denn sein?!»

«Das zwischen uns. Am Anfang war alles einfach und ohne Stress. Je länger wir aber zusammen waren, desto schwieriger wurde es. Ging es dir nicht genauso?»

«Nein, ganz und gar nicht. Je länger ich nämlich mit dir zusammen war, desto intensiver wurde die Beziehung zwischen uns. Zumindest für mich. Eine Beziehung zu führen heißt, sich auseinander zu setzen mit dem anderen, sich zu engagieren, sich zu kümmern. Und genau da liegt dein Problem. Du willst niemand an dich heranlassen, weil du Angst hast.»

«Aha, und wovor habe ich Angst?»

«Dass jemand hinter deine Fassade schaut und den kleinen Kilian erblickt, wie er am Rockzipfel seiner Mama hängt.»

«Jetzt mach mal halblang, ich glaub, du spinnst!»

«Keine Sekunde. Ich sehe plötzlich alles ganz klar. Dir geht ganz schön die Muffe, weil du weißt, dass, wenn jemand hinter deine coole Tour kommt, er ganz schön enttäuscht sein wird, was er da vorfindet. Es ist alles nur Show bei dir. Nichts ist ehrlich, und nichts ist auf Vertrauen ausgelegt. Ein einziges Ablenkungsmanöver. Es fehlt dir einfach der Mut, dich auf jemanden einzulassen. Er könnte ja etwas entdecken und es für seine Zwecke nutzen. Stattdessen lässt du den großen Macho raushängen, stakst rum wie ein brünstiger Gockel und schlägst jeden vor den Kopf, der dir zu nahe kommt. Diese ganze Italiengeschichte ist nichts anderes als eine Flucht vor dir selbst. Und solltest du es wirklich einmal schaffen, dort wieder hinzukommen, dann wirst du eines Tages erkennen müssen, dass du dich zwar schadlos gehalten hast, aber du wirst auch merken, dass du einsam bist. Ganz allein für dich, wie du es ja willst. Du wirst jeden noch so guten Freund vergrault haben, weil es nämlich niemand auf Dauer mit dir und deiner verdammten Egomanie aushält … Meine Fresse, wieso bin ich dumme Henne nur nicht früher darauf gekommen. Ich könnt mich ohrfeigen.»

«Und das ist dir alles in den letzten Tagen klar geworden.»

«Ich hatte genug Zeit, um nachzudenken.»

«Liegt es nicht eher daran, dass du schlicht eifersüchtig bist? Dass es einfach nicht in dein ach so intellektuelles Selbstverständnis passt, eine andere Frau an meiner Seite zu sehen? Das würde auch bedeuten, dass du einsehen müsstest, dass du's nicht gebracht hast.»

«Ich nicht gebracht? Vergiss es! Deine blonde Tussi von gestern kannst du ruhig weiter beglücken. Meinen Segen hast du. Wenn sie nur einen Funken Verstand hat, wird sie sehr schnell sehen, was auch ich erkennen musste.»

«Und das wäre?»

«Dass du ein hoffnungsloser und selbstverliebter Idiot bist.»

«Danke.»

«Bitte!», schrie sie mich an.

So weit war es also gekommen. Wir waren bereit für den nächsten Schlag, der den anderen nicht nur verletzen, sondern einen selbst von einer quälenden Last befreien sollte. Eigentlich war ich gekommen, um mich zu bedanken, stattdessen erhielt ich ungebeten eine Gratis-Psychoanalyse und ein paar Beschimpfungen obendrein.

Trotz allem, wenn Pia wütend war und in Fahrt geriet, förderte sie eine Leidenschaft zutage, die mich ein ums andere Mal faszinierte. Das war sie, meine Pia, wie ich sie kennen und, ja, vielleicht auch lieben gelernt hatte. Ohne Umwege und emotional. Kein Vergleich zum Sauertopf Yasmina.

«Gut», sagte ich, «da wir uns jetzt endlich mal ausgesprochen haben, möchte ich mich nochmal bei dir be…»

Klatsch. Und schon hatte ich eine sitzen.

«Du verdammtes Arschloch, kannst du nicht einmal ein ehrliches Gefühl zeigen?!», schrie sie mich an.

«Jetzt drehst du langsam durch, oder?!», schrie ich. «Was um Himmels willen habe ich nun schon wieder verbrochen?»

«Du sollst dich nicht ständig für irgendeinen Mist bei mir bedanken. Das ist selbstverständlich, wenn man jemanden liebt. Geht das nicht in deinen Schädel hinein?»

So lief also der Hase. Von «Liebe» sprach sie. Ich war mir unschlüssig, ob ich sie teilte. Was ich aber sicher wusste, war der Umstand, dass mich diese Frau immer wieder begeistern konnte, wenn sie mit aller Macht aus sich herausging. Diese Leidenschaft fehlte mir offensichtlich. Dagegen musste ich etwas unternehmen.

Ich nahm sie in die Arme und küsste sie. Und sie mich.

Karl, dem zweiten Obduzenten, war es zu verdanken, dass es dabei blieb. Unvermittelt stand er in voller Montur in der Tür.

«Muss Liebe schön sein», schmunzelte er. «Ich erneuere meine Anwärterschaft auf den Trauzeugen. Doch zuvor möchte ich gnä' Frau in den weißen Salon bitten. Gast Nummer eins, ein ziemlich aufgeblasener und übel riechender Kerl aus dem Main, erwartet eine vollständige Aufklärung seines abrupten Ablebens. Gast Nummer zwei ist soeben aus Tauberbischofsheim eingetroffen. Leider muss ich Madame mitteilen, dass auch er sich vorzeitig in den Todesstand verabschiedet hat. Er starb offensichtlich an einem gebrochenen Herzen. Zu schade, dass ich nicht fechten gelernt habe.»

«Fechten?», fragte ich. «Was soll das heißen?»

«War nur ein Witz. Das Opfer hat mehrere Stichwunden. Wahrscheinlich von einem eifersüchtigen Rivalen.»

«Ich komm schon», sagte Pia und befreite sich aus meiner Umarmung. Sie streifte sich eine grüne Gummischürze um und folgte Karl in den Obduktionsraum. In der Tür angekommen, drehte sie sich nochmals um und lächelte mir zu, bevor sie an ihre Arbeit ging.

«Sag mal», rief ich ihr zu, «wie hast du das eigentlich geschafft, das mit Oberhammer?»

«Was meinst du?»

«Ich meine deine Verbindungen ins Ministerium.»

«Ich verstehe nicht.»

«Na, dass Oberhammer klein beigeben musste.»

«Schatz, ich habe keine Ahnung, wovon du sprichst.»

Heinlein war mir seit Verlassen von Oberhammers Büro nicht mehr von der Seite gewichen. Nur bei Pia hatte er eine Ausnahme gemacht und am Eingang auf mich gewartet. Als ich zum Wagen zurückkehrte, sah ich ihn am Kotflügel lehnen und seltsam geistesabwesend und ziellos die Straße entlangblicken. Die Sonne stach vom Himmel auf seine Vaterstirn, und ein sanfter Wind strich ihm durchs Haar. Dabei schmunzelte er zufrieden, als säße er auf dem Schoß des Buddha. Wenn er nicht die Augen offen gehabt hätte, ich hätte geschworen, dass er träumte, so selig und entspannt blickte er drein. Als sei er am Meer, aller Sorgen ledig, mit seiner hübschen Claudia Arm in Arm am Strand barfuss im seichten Wasser watend.

«Pack mer's», sagte ich und ging an ihm vorbei zur Fahrertür. Doch er reagierte nicht und kehrte mir weiter den Rücken zu.

Ich stellte mich direkt vor ihn und nahm sein ganzes Blickfeld ein. Es änderte nichts an seinem entrückten Gesichtsausdruck und diesem selbstzufriedenen Grinsen.

«Schorsch», flüsterte ich ihm ins Ohr, «wo bist du gerade?»

«Ah oui, ma chère», säuselte er.

«Schorsch!», rief ich und klatschte in die Hände. Voilà, schon war er wieder in meiner Welt.

«Was ist?», fragte er.

«Jetzt träumst du schon im Stehen. Was ist nur los mit dir?»

«Was soll sein? Nichts.»

«Bist du wirklich so unglücklich, dass du dich am helllichten Tag in deine Traumwelten zurückziehen musst?»

«Blödsinn. Mit unglücklich sein hat das überhaupt nichts zu tun.»

«Womit dann?»

«Ich habe halt Phantasie. Irgendetwas braucht man doch, so zum Ausgleich.»

«Zum Ausgleich in der Arbeit oder privat?»

«Privat … Arbeit. Ist doch eh alles das Gleiche in unserem Job.»

«Ich mach mir Sorgen.»

«Wegen mir?»

«Ja.»

«Das ist nett. Danke.»

«Also, was ist los mit dir?»

«Vergiss es. Es wird sich schon wieder alles einrenken. Es ist nur so ein Gefühl …»

Wenn man es am wenigsten erwartet, geschehen die seltsamsten Dinge. Wir fuhren geradewegs in die Stadt zurück und parkten den Wagen im Hof des Bischöflichen Ordinariats. Als hätte sie auf uns gewartet, trat Yasmina aus dem Eingang.

«Schön, dass Sie sich auch wieder mal blicken lassen», giftete sie mir entgegen. «Seit gestern laufe ich mir die Hacken nach Ihnen ab. Wo waren Sie?»

«Signora», antwortete ich kühl, «ich bin in unserer Sache unterwegs gewesen. Es gab keinen Grund, deswegen die Pferde scheu zu machen.»

«Und schon gar nicht bei Oberhammer», fügte Heinlein vorwurfsvoll hinzu.

«Ich wollte nur sichergehen, dass Sie unserer Übereinkunft nachkommen», verteidigte sie sich. «Es hätte ja auch sein können, dass Sie sich Ihrer Verantwortung entziehen wollen.»

Mir schwoll der Kamm. Was bildete sich diese Zicke überhaupt ein? War ich ihr Leibsklave? Sie genoss es sichtlich, Macht auszuüben.

«Gott sei Dank haben wir noch Fürsprecher, die uns gegen hinterhältige Attacken in Schutz nehmen», sagte Heinlein und wähnte Pia als meinen Schutzengel.

«Meinen Sie die Order, die an Ihren Chef gegangen ist?»

Die Signora kicherte. Es war kein ehrliches Lachen, sondern ein mitleidiges, und mir ging ein Licht auf.

«Sie waren es», sagte ich ihr auf den Kopf zu. «Wer sonst hätte Arme, die so weit reichen.»

«Meine Herren, Sie überschätzen mich.»

Sie log. Eindeutig.

«Ich bin nur eine unbedeutende Ordensschwester, die im Dienste des Herrn steht. Lassen Sie uns endlich wieder an die Arbeit gehen.»

«Nun gut. Was haben Sie in den vergangenen vierundzwanzig Stunden zur Aufklärung beigetragen?», fragte ich.

«Ich habe Nachricht aus Rom erhalten. Nach den ersten Tests am Krieger vom Kiliansplatz weist alles darauf hin, dass wir es mit einem Fund aus dem 8. oder 9. Jahrhundert zu tun haben. Seine Herkunft ist eindeutig thüringisch-fränkisch, wenngleich bestimmte Grabbeigaben, wie ein Dolch und die Stiefel, auf muslimische Einflüsse schließen lassen. Ich vermute, dass er entweder im südspanischen oder im vorderasiatischen Raum unterwegs war und sie von dort mitgebracht hat. Denkbar wäre auch ein Einsatz an der damaligen Kriegsfront in Südspanien, wo der Karolingerfürst Karl Martell die muslimischen Heere 732 bei Tours und Poitiers geschlagen hat.

Auf jeden Fall ist der Mann sehr alt geworden, vielleicht um die achtzig Jahre, was für damalige Verhältnisse unvorstellbar ist. Somit hätten wir jemanden, der, zumindest rein rechnerisch, den heiligen Kilian gekannt haben kann. Was mich zu der Annahme führt, dass der Zylinder und sein Inhalt von unschätzbarem Wert für uns sind, nicht nur um etwas mehr Licht in diese Zeit zu bringen, sondern auch im Hinblick auf die Christianisierung des Frankenreiches.»

Heinlein klebte an ihren Lippen und nahm staunend die Vorlesung in früher fränkischer Geschichte auf. «Und das können Sie alles aus einer über tausendjährigen Leiche herauslesen?», fragte er.

«Ja, und wahrscheinlich auch, ob er gerne Frankenwein getrunken hat», lästerte ich. «Diese Vorlesungen in Geschichte beginnen mich zu langweilen, Signora. Ich hatte gehofft, dass Sie in meiner Abwesenheit etwas herausgefunden haben, das uns auf die Spur des Mörders bringt. Aber wie ich feststellen muss, scheint Sie das nicht im Geringsten zu interessieren.»

«Wie ich Ihnen schon sagte, Herr Kilian, der Mörder ist Ihr Problem. Mein Auftrag lautet: Finde den Zylinder. Und soweit ich mich erinnern kann, ist dies ein wesentlicher Bestandteil unseres Abkommens und nach der jüngsten Entwicklung auch der eindeutige Auftrag Ihres Dienstherrn, dank meiner Intervention.»

Also war sie es doch gewesen, die Oberhammer in die Knie gezwungen hatte. Allmählich wurde aus der anfänglichen Abneigung gegen die römische Dame eine handfeste Wut. Weniger gegen sie persönlich als gegen die Fäden, die sie zu spinnen befähigt war, denn sie machten mich von ihr abhängig.

Ich beschloss, vordergründig auf ihre Forderungen einzugehen, bis ich ihre Schwachstelle erkannt hatte und sie auszunutzen in der Lage war. «Was schlagen Sie nun vor?», fragte ich.

«Dass wir uns nochmal an die Fundstelle des Opfers begeben, nicht des bemitleidenswerten Paters Nikola wegen, möge er ruhen in Frieden, sondern um das Gelände abermals einer gründlichen Untersuchung nach dem Zylinder zu unterziehen.»

«Aber das haben wir doch schon zigmal gemacht», intervenierte Heinlein lustlos. «Meine Kollegen vom Erkennungsdienst ...»

«... haben vielleicht auch mal was übersehen», beschied sie und stieg ohne ein weiteres Wort in den Wagen.

Die Suche im Rokokogarten war wie befürchtet ergebnislos verlaufen. Das Gleiche erwartete ich in der angrenzenden Kirche St. Vitus, die ebenfalls von der Spurensicherung in die Untersuchung mit einbezogen worden war. Der Verdacht, dass sich Nikola vor seinem gewaltsamen Ableben hier aufgehalten haben könnte, war berechtigt; fand man ihn doch in ritueller Haltung, nämlich auf Knien, wenige Meter entfernt im Park.

Die Stadtkirche von Veitshöchheim beherbergt einen Altar zu Ehren der heiligen Bilhildis oder ursprünglich Bilihild. Diese Dame aus vornehmem Haus soll, was nicht eindeutig geklärt ist, nicht nur die Klostergründerin von Altmünster bei Mainz gewesen sein, sondern sie wird auch mit einer ruchlosen Fürstin in Verbindung gebracht. Ihr Name: Gailana – das geile Stück, wie aus manchem Priestermund zu hören war, und angeblich die Frau des damaligen Herzogs Gozbert, ihres Schwagers. Diese Ehe war laut Überlieferung durch das von Kilian geforderte Verbot der so genannten Leviratsehe in ihrer Existenz bedroht, und Gailana schaffte sich das Problem durch Meuchelmord vom Hals. Dieser Tod war einer der Grundpfeiler für die anschließende Kilian-Verehrung als Märtyrer.

Dass die Gailana-Theorie in Bezug auf den Auftragsmord und auf die Bilihild hinkt, war Mittelpunkt von Yasminas Ausführungen, während wir die Kirche nach einem möglichen Versteck durchsuchten. Heinlein war nicht mehr von ihrer Seite loszulösen und hörte ehrfürchtig ihre Worte. Sie war sich dessen bewusst und genoss es.

«Wenn man die Quellen genauer untersucht, wird man die weitläufige Meinung, die Iren hätten Probleme mit Frauen gehabt, neu hinterfragen müssen. Denn viele Culdeer waren verheiratet», referierte Yasmina. «Man muss jedoch kritisch festhalten, dass die Frau als gottgeweihte Jungfrau sich des

Lobes der Kirchenväter sicher sein durfte. Allerdings zu einem hohen Preis: Sie hatte ihre Jungfräulichkeit zu behalten. Dadurch wurde sie natürlich ein gehöriges Stück ‹entweibt›, da sie ihr Geschlecht verleugnen und sich in Enthaltsamkeit üben musste. Hieronymus drückt es so aus:

‹Solange die Frau für Geburt und Kinder lebt, besteht zwischen ihr und dem Mann derselbe Unterschied wie zwischen Leib und Seele; wenn sie aber Christus mehr dienen will als der Welt, wird sie aufhören, ‚Frau' zu sein, und ‚Mann' wird man sie nennen, weil wir wünschen, dass alle vollkommen zum Mann erhoben werden.›»

Von der Empore aus sah ich Heinlein stutzen. «Also, ich weiß nicht, ob das meiner Claudia gefallen würde. Wobei, Tendenzen zur Selbstbestimmung und zur Persönlichkeitsentfaltung habe ich bei ihr schon festgestellt.»

Ich musste grinsen, wenn ich an Heinleins Frau Claudia dachte, wie sie sich täglich neu erfand, um bestimmten Weibsbildern aus Zeitschriften, Fernsehen und Werbung gerecht zu werden. Der arme Heinlein hatte all diese Wiedergeburten auszuhalten, obgleich er sich nur ein warmes, ruhiges Nest im Kreise seiner Ehefrau und Kinder wünschte. Abwechslung hatte er im Job genug.

«Es gab natürlich auch Männer», führte Yasmina fort, «die mit Frauen wenig am Hut hatten und überall nur die Sünde sahen. Dabei haben Frauen in der Christianisierung viel geleistet. Zum Beispiel wäre der heilige Bonifatius ohne Thekla oder Lioba bestimmt nicht so weit gekommen. Lioba leitete das Kloster in Tauberbischofsheim, und Thekla wurde bekannt als Äbtissin von Kitzingen und Ochsenfurt. Bonifaz schien es ihr damit zu danken, dass er verfügte, dass ihre Gebeine nach dem Tod zu den seinen gelegt werden sollten, damit sie zusammen den Tag der Auferstehung erwarten konnten.»

«Das ist wahre Liebe», entfuhr es Heinlein.

«Schorsch!», rief ich. «Deine Bigotterie stinkt bis hier hoch.»

«Nehmen Sie sich besser ein Beispiel an Ihrem Kollegen, Herr Kilian, anstatt ihn zu beleidigen», maßregelte mich Yasmina über den Altar und die Kirchenbänke hinweg. «Ich wünschte, bei der Kriminalpolizei gäbe es mehr von seinem Schlag.»

«Stimmt, dann könnten wir endlich in euren Kutten Dienst schieben und ganz offiziell Spenden annehmen.»

Ich verabschiedete mich aus diesem Streit und zwängte mich hinter die Orgelpfeifen. Das wäre ein wunderbares Versteck für den Zylinder gewesen, zumal er sich in Form, Material und Farbe kaum von seiner vieltönigen Umwelt unterschieden hätte. Doch außer Spinnweben und Staub war da nichts zu entdecken. Kaum hatte ich meinen Rückzug angetreten, durchfuhren mich die Hörner und Posaunen von Jericho. Ich hielt mir die Ohren zu und brüllte gegen den Lärm an, der über mich hereingebrochen war. Ich musste Gehör gefunden haben, da die Musik abrupt abbrach. Dafür fluchte jetzt eine mir unbekannte Stimme, und jemand packte mich bei den Schultern und zog mich aus der Falle heraus.

«Was machen Sie hinter meiner Orgel?!», fragte ein junger Mann.

Ich konnte nur Bruchstücke davon verstehen, was er mir zu sagen versuchte. «Verdammter Idiot!», brüllte ich ihn stattdessen an, während ich meine Ohrmuschel massierte. «Sind Sie völlig verrückt geworden?!»

Den Klang meiner eigenen Stimme vernahm ich jedoch nur sphärisch und verzerrt. Heinlein und Yasmina tauchten auf der Empore auf und redeten auf den Mann ein, der alsbald nickte und sich bei mir entschuldigte.

«Geht's wieder?», fragte er mich besorgt.

«Was machen Sie hier oben?», antwortete ich ihm.

«Ich bin der Organist dieser Gemeinde, und nachdem die Kirche durch die Polizei erst heute wieder freigegeben worden ist, wollte ich für das Begräbnis von Pater Nikola üben.»

Pater Nikola, fiel es mir wieder ein. Die Leiche war inzwischen von Pia zur Bestattung freigegeben worden und würde nun unter Anteilnahme der ganzen Gemeinde zu Grabe getragen werden. Es stand mir noch einiges bevor, würde ich meine Mutter an diesem Tage hierher begleiten müssen.

«Wann ist das Begräbnis?», fragte ich.

«Morgen um 14 Uhr», antwortete er. «Es ist höchste Zeit, dass ich die Stücke, die ich morgen vortragen soll, einstudiere.»

«Dann lassen Sie sich durch uns nicht länger aufhalten», bestimmte Heinlein. «Wenn es Sie nicht stört, werden wir unten im Kirchenschiff weitermachen.»

«Überhaupt nicht», erwiderte er und setzte sich an die Orgel.

Wir verließen die Empore und begaben uns in Begleitung der Toccata von Bach hinunter ins Schiff. Ein Schwall von einnehmend schöner, barocker Kirchenmusik erfüllte den Raum, und ich konnte mir gut vorstellen, wie Nikola diese Musik in seiner Kirche genossen hätte, wäre sie nicht zu seinem eigenen Begräbnis gespielt worden. Doch der Orgelspieler hatte noch einen weiten Weg vor sich. Zwischen die fliegenden hohen Töne drängte sich ein missgestimmter Bass, der alles andere als vom Meister selbst komponiert zu sein schien.

«Ich glaube, die Sache ist sinnlos», sagte ich zu Yasmina. «Wir sollten unsere Zeit nicht auf etwas verschwenden, das keine Ergebnisse bringt. Wenn Nikola den Zylinder versteckt hat, dann bestimmt nicht hier. Zudem, wer sagt uns, dass der Mörder …»

Ein überraschend lauter Protest von oben schnitt mir das Wort ab. Der junge Mann hatte offensichtlich ein Einsehen und brach ab. Er malträtierte die Basspfeifen in absteigender Folge, und bis auf eine klangen alle richtig gestimmt.

«Keine zehn Tage ist es her», wetterte er von oben. «Orgelbauer. Man darf sie nicht aus den Augen lassen. Pfusch, alles Pfusch.»

Heinleins Blick und der meine trafen sich. Jede Unregelmäßigkeit in einem Mordfall ist eine Spur. Ohne ein Wort zu verlieren, liefen wir die Treppe hoch und fanden den Orgelspieler, wie er die verdächtige Basspfeife abklopfte.

«‹Überprüft und gestimmt.› Und ich hab mich darauf verlassen», sagte er kopfschüttelnd. «Dabei hat sie doch vorher funktioniert.»

«Wann haben Sie das letzte Mal darauf gespielt?», fragte Heinlein.

«Vor vier, fünf Tagen.»

«Und da war alles in Ordnung?», fragte ich.

«Ja, aber irgendwie muss sie sich inzwischen verzogen haben.»

«Welche ist es?», hakte ich nach.

«Die hier.»

Er verwies auf eine mächtige viereckige Röhre aus Holz, die am oberen Ende mit einem Griff verschlossen war.

«Kann man sie öffnen?», fragte ich.

«Ja», antwortete er und ging mit uns hinter das Ensemble. Er packte den Griff und zog ihn heraus. «Da ist ja was drin.»

«Holen Sie's heraus», befahl Heinlein.

Er griff tief hinein, packte zu und förderte den von mir erhofften Gegenstand zutage. «Bingo!», jubelte ich.

«Ist er das?», fragte Heinlein.

«Darauf kannst du deinen Arsch verwetten.»

Ich nahm den Zylinder, erkannte das Siegel und schüttelte ihn wie einen Cocktailbecher, um zu überprüfen, ob wir auch auf den gesuchten Inhalt hoffen durften. Ein dumpfes Geräusch im Inneren gab mir Recht. Ich öffnete den Deckel an der Seite und griff hinein.

«Finger weg!», befahl Yasmina.

«Wie bitte?», fragte ich erstaunt.

Sie kam auf mich zugeschossen und entriss mir den Zylinder. «Sie sollen Ihre schmutzigen Finger von unserem Eigentum lassen.»

«Ich muss Sie nicht weiter darauf hinweisen, dass dieser Gegenstand Teil eines Mordfalles ist und somit in unsere Verfügungsgewalt gehört, solange die Sache nicht aufgeklärt ist», bestimmte Heinlein, der von Yasminas Verhalten ähnlich überrascht worden war wie ich.

«Es handelt sich hier um kostbares und unersetzliches Eigentum der heiligen, katholischen Kirche. Ich bin offiziell aus Rom dazu bestellt, in ihrem Auftrag zu handeln. Somit nehme ich erneut Besitz von dem, was uns gehört und was uns von diesem Herrn hier widerrechtlich entwendet wurde.»

«Und mein Kollege hat Ihnen klar gemacht, dass es nichts an Ihrem Eigentumsanspruch zu deuteln gibt. Es geht alleine darum, dass wir endlich herausfinden müssen, was dieser ominöse Zylinder enthält, damit wir unter Umständen auf ein Motiv des Täters schließen können», erwiderte ich.

Ihre Augen funkelten triumphierend. Verdammtes Miststück. Jetzt würde sie mir den Todesstoß verpassen.

«Die Frage nach dem Täter ist doch schon längst geklärt»,

sagte sie mit kühler Eleganz, als hätte sie nie an jemand anderen gedacht als an mich.

«So schnell geht das nicht», schritt Heinlein ein, «wir haben einen Verdächtigen, aber noch keinen überführten und geständigen Mörder. Es gibt einige Unstimmigkeiten, die ...»

«Ich denke, ich werde mit einem Anruf die letzten Zweifel aus der Welt schaffen.»

«Was haben Sie vor?», fragte ich mit allen Befürchtungen.

Sie holte ihr Handy hervor, tippte eine Nummer ein und begrüßte zu unserer Überraschung den Polizeidirektor von Würzburg. Nach ein paar kurzen Erklärungen und dem Hinweis auf die Order, die er bereits erhalten hatte, reichte sie Heinlein das Telefon.

«Ihr Chef möchte mit Ihnen sprechen.»

«Heinlein hier.»

Er hörte, nickte und schwieg, bis er das Gespräch beendete. Dann ging er ein paar Schritte vor an den Rand der Empore, blickte hinunter, kratzte sich am Hinterkopf, breitete die Arme aus und schrie ins weite Rund, als wollte er die Reformation erneut ausrufen.

«Ich habe die Schnauze voll! Definitiv, absolut, unwiderruflich. Bin ich hier der Depp der Nation? Glaubt hier jeder, mit mir machen zu können, was er will? Auf jeden Fall, denn ich bin ja der Depp, und der springt, wie man es ihm befiehlt. Braucht man sich um irgendwelche Regeln überhaupt noch zu scheren? Wenn man blöd und der Depp ist, schon. Aber jetzt reicht's. Auch meine Geduld ist irgendwann am Ende. Finito! Leckt's mich alle am Arsch.»

Ich ging auf ihn zu. «Was ist los mit dir?»

«Es ist alles in wunderbarer Ordnung. Verstehst du? Alles easy. Man braucht nur seine Überzeugungen aufzugeben, auf das Gesetz zu spucken und jedem dahergelaufenen Idioten in den Arsch zu kriechen. Und schon passt alles. Bloß kein Rückgrat zeigen, dann kommt man exzellent durchs Leben … Ich sag dir, was los ist: Diese Dame dort, aus Rom oder woher sie sonst kommen mag, hat nicht nur unseren oberbayerischen Saftsack in der Hand, sondern auch seine Obermacker in München. Ist ja auch kein Wunder. In Bayern herrscht die Kirche und nicht der Staat. Ein kurzer Anruf von ihr genügt, und die Herren stehen Spalier. Verstehst du? Wofür ich wahrscheinlich dreihundert Jahre bräuchte, dazu benötigt die Dame nur einen einzigen Anruf. Das nenne ich effizient.»

«Soll das heißen …?»

«Genau, das tut es. Wir sollen sie mit diesem verdammten Zylinder unbehelligt lassen. Und dich soll ich umgehend zur Vernehmung mitnehmen. Was auf mich wartet, mag ich mir erst gar nicht vorstellen. Wahrscheinlich hat Oberhammer den Richtblock bereits aufstellen lassen. Das war's dann wohl.»

Ich drehte mich zu Yasmina um.

Sie hielt den Zylinder im Arm wie eine stolze Mutter ihr Baby. Ein Lächeln blitzte auf, und sie zeigte mir ihre Zähne, die ich viel zu lange nicht gefürchtet hatte.

X.

Nun war ich dort, wo ich niemals enden wollte.

Ich hatte die Nacht fest durchgeschlafen, ohne dass mich das laute Knallen der Zellentüren auf dem Gang hätte wecken können. Die erste Vernehmung am vergangenen Spätnachmittag hatte mich ebenso geschlaucht wie Oberhammer, der sich die Gelegenheit nicht hatte nehmen lassen, und natürlich Heinlein, der als ermittelnder Beamter in diesem Fall nicht ausgeschlossen werden konnte. Wie ein Leierkasten wiederholte ich, was sich aus meiner Sicht zugetragen hatte, obwohl ich wusste, dass es nichts an den Vorwürfen ändern würde und dass die Kollegen nach Beweislage entscheiden mussten. Die von Oberhammer genüsslich formulierten Vorhaltungen, dass ich der Mörder Nikolas war, und mein stetes und vehementes Verneinen waren Teil des Spieles. Nur dieses Mal saß ich auf der anderen Seite, und mein Kopf würde rollen und nicht der eines Unbekannten.

Für Heinlein hatte der gestrige Tag weit weniger schlimm geendet als für mich. Pia wurde auf Anordnung Oberhammers hinzugezogen und nach dem ordnungsgemäßen Verlauf der Untersuchungen befragt. Sie hatte Heinleins Version gestützt und ihn gegen die Attacken Oberhammers vorerst in Sicherheit gebracht. Gentests und Bluntuntersuchungen dauerten nun einmal ihre Zeit. Niemand wagte ihre Ausführungen anzuzweifeln.

Nur für mich sah die Zukunft düster aus. Ich war eingesperrt und wartete auf die Vorführung beim Ermittlungsrichter. Er würde, wie in jedem anderen Fall auch, auf

Basis der Ergebnisse meines Kollegen Heinlein und des gerichtsmedizinischen Gutachtens Pias sein Urteil fällen. Und das hieß ohne Zweifel: Inhaftierung aufgrund dringenden Tatverdachts in Sachen Pater Nikola. Was für ein Wahnsinn.

Heinlein hatte mich ohne ein Wort zu verlieren zu meiner Zelle gebracht. Ich sah es ihm an, wie verzweifelt er seiner Pflicht nachgekommen war. Ich wähnte in seinen Augen Scham, die ich ihm mit einem letzten aufmunternden Klaps auf die Schulter nehmen wollte. Ebenso wie ich quälte er sich ein Lächeln ins Gesicht.

Pia wirkte wie ein Häufchen Elend, als sie noch einen Blick von mir auf dem Weg zum Zellentrakt erhaschte. Sie winkte mir verstohlen zu und senkte gleich darauf den Kopf, damit ich ihr Gesicht nicht sehen konnte. Gott sei Dank hatte sie sich einigermaßen in der Gewalt, sodass sie sich bei den Kollegen nicht mit ihren Tränen blamierte.

Die Zellentür war hinter meinem Rücken ins Schloss gefallen, und ich legte mich auf die Pritsche. Dann wurde es sehr schnell dunkel um mich.

Das Klirren eines weit entfernten Schlüsselbundes, das Klacken des eingerasteten Zylinders und das Quietschen einer sich öffnenden Tür weckten mich. «Besuch, Kilian», dröhnte es über mir.

Ich rappelte mich müde hoch, ohne aufzublicken, setzte mich auf den Rand der Pritsche und stützte meinen schweren Kopf auf beide Hände. Mein Besuch nahm wortlos auf dem einzigen Stuhl vor mir Platz. Ich erkannte gepflegte schwarze Schuhe, schwarze Strümpfe und Hosenbeine, und als mein Blick zwischen den Reverskragen das goldene Kreuz an einer Kette erspähte, durchfuhr mich der Schrecken. Ein Reflex in mir wollte nach dem Wachmann rufen, um den Mörder Nikolas dingfest zu machen.

«Ich kann mir gut vorstellen, dass Sie überrascht sind», sagte Mayfarth und drückte seine Hand auf meine Schulter. «Aber wir müssen jetzt einen kühlen Kopf bewahren, um diesem Spuk ein Ende zu bereiten.»

«Sie haben mir gerade noch gefehlt», murrte ich zornig. «Ist es an der Zeit für die letzte Ölung?»

«Glauben Sie mir, Kilian, ich kann Ihnen gar nicht sagen, wie Leid mir das alles tut.»

«Sparen Sie sich die Heuchelei.»

Ich stand auf, pochte gegen die Zellentür und rief nach dem Wachmann. Die Durchreiche öffnete sich.

«Nehmen Sie den Mann hier fest», befahl ich. «Nein, rufen Sie Heinlein an. Er soll hierher kommen. Sofort. Vorher öffnen Sie die Tür auf gar keinen Fall.»

Der Wachmann grinste. Dann wandte er sich an Mayfarth. «Ist alles okay, Herr Dr. Mayfarth? Macht der Häftling Schwierigkeiten?»

Mayfarth war ruhig, hatte die Beine übereinander geschlagen und antwortete im Selbstverständnis der absoluten Pastoralmacht. «Keine Sorge, Herr Kilian ist nur noch etwas verstört. Gleich vorbei.»

Ich ging dazwischen. «Ein Scheiß ist gleich vorbei, verdammt. Holen Sie Heinlein, schnell.»

Noch bevor der Wachmann sich äußerte, sah ich Mayfarth, wie er ihm beruhigend bedeutete, er müsse sich wegen mir keine Sorgen machen. Er habe alles im Griff.

«Wenn er Probleme macht, dann rufen Sie, ich warte vor der Tür. Sicherheitshalber», sagte der Wachmann und schloss den Deckel.

Ich konnte es nicht glauben. Der Pfaffe hatte hier das Sagen. Nicht ich, ein Bulle, ein ehemaliger. Heinlein hatte Recht. Wofür wir Jahre gebraucht hätten, erledigte dieser Typ mit einem einzigen Fingerzeig. Die Macht in dieser

Stadt war eindeutig festgelegt, und sie war nicht auf unserer Seite.

«Nun setzen Sie sich wieder», sagte er, «wir haben nicht viel Zeit.»

Ich setzte mich notgedrungen. «Reden Sie, was führt meinen Henker hierher?»

«Keiner von uns beiden wird zu Schaden kommen, das kann ich Ihnen versichern», begann er. «Weder Sie noch ich haben mit dem Mord an Pater Nikola etwas zu tun.»

Ich lachte auf.

«Ja, es stimmt, dass ich in der betreffenden Nacht dort war», fuhr er fort, «aber ich habe ihn nicht getötet. Nachdem Sie uns verlassen hatten, schlich jemand um das Haus. Er suchte ein offenes Fenster oder eine unverschlossene Tür. Wir wussten, was er suchte und was er bereit war, dafür zu tun. Wir löschten das Licht. Nikola verbarg den Papyrus im Zylinder. Ich befahl ihm, sich und das Schriftstück in Sicherheit zu bringen, während ich mich dem Einbrecher stellen wollte. Nikola verschwand durch den Keller nach draußen. Ich nahm ein Küchenmesser zur Hand, wartete, aber niemand kam. Nach ein paar Minuten ging ich vor die Tür. Alles war ruhig. Nirgends eine Spur. Ich geriet in Panik, da ich spürte, dass ich zu lange gewartet hatte. Er hatte Nikola verfolgt. Verdammt, wie konnte ich nur so dumm sein, ihn unbewaffnet gehen zu lassen ...»

Mayfarth hielt ein, verbarg sein Gesicht hinter den Händen und massierte seine Stirn.

«Und dann?», fragte ich.

«Ich lief los. Rief nach ihm, suchte ihn, überall ... Die Nacht war bleiern still, schluckte alles in sich hinein. Ich wollte bereits zum Pfarrhaus zurückgehen, um zu sehen, ob Nikola wieder eingetroffen war, als ich doch noch etwas vernahm. Ich stand vor St. Vitus. Hinter der Mauer zum Rokokogarten tat sich etwas. Ich hörte Nikola, wie er auf Befehl etwas rezitieren musste. Es war das Glaubensbekenntnis. ‹Ich glaube an den einen Gott, den Vater, den Allmächtigen, der alles geschaffen hat, Himmel und Erde, die sichtbare und unsichtbare Welt …›

Die andere Stimme kannte ich nicht. Sie klang hell, besaß aber diesen kommandierenden Unterton, befehlend, wie ich ihn bei bestimmten Orden kennen gelernt habe, die … sagen wir, mittelalterliche Exerzitien durchführen.»

«Was meinen Sie damit?»

«Geißelungen, Selbstanklagen … so was in der Art.»

Der Gedanke gefiel mir. Mönche üben Selbstkritik. «Könnte das auf einen bestimmten Orden zutreffen?»

«Schwierig zu sagen. Ich habe nicht alles gehört, sondern nur Wortfetzen. Seltsam war, dass das Glaubensbekenntnis, das Nikola gesprochen hat, nicht das in der katholischen Kirche heute allgemein übliche war.»

«Sondern?»

«Es war das alte von Nizäa-Konstantinopel. Auf dieses Konzil ist die Kirchentrennung zwischen Ost und West zurückzuführen. An dem lateinischen *filioque,* dass der Heilige Geist nicht nur aus dem ‹Vater›, sondern auch ‹aus dem Sohn›, also aus Jesus Christus, hervorgeht, hat sich die damalige Kirchengemeinde gestoßen, wie an der darauf folgenden Zeile: ‹Ich glaube an die heilige, katholische Kirche.› Der Begriff ‹katholisch› bedeutet in diesem Zusammenhang die ‹allumfassende, weltweite› Kirche, was so viel heißt wie ‹eine gesamte Kirche›, über alle Grenzen hinweg. Eigentlich die Basis der Ökumene.»

Ich war nicht ganz auf dem Laufenden mit den Feinheiten früherer und heutiger Glaubensbekenntnisse. «Und was soll mir das sagen?»

«Gegen eine Ökumene ist nichts einzuwenden. Im Gegenteil, gerade diese versuchen wir ja mit allen Mitteln endlich Wirklichkeit werden zu lassen. Nur stellt sich die Frage, ob diese ‹eine Kirche Jesu› unter dem Oberbefehl der katholischen in Rom steht.»

«Und das bedeutet?»

«Dass die Machtkämpfe nun voll am Laufen sind.»

Mayfarth schwieg. Dann stand er auf, ging zum Fenster und blickte durch die Gitter hinaus in den blauen Himmel. Ich lehnte mich zurück an die Wand, ließ mir seine Version der Geschehnisse nochmals durch den Kopf gehen, ob sie eine Ungereimtheit oder gar eine Lüge beinhalteten. Ja, es hätte so sein können, wie er es mir berichtet hatte, aber gleichzeitig konnte er mir alles Mögliche erzählen. Es stellte sich eher die Frage, zu welchem Zweck? Was hatte er vor, und wieso tauchte er unversehens wieder aus der Versenkung auf?

«Wie sind Sie eigentlich in den Rokokogarten gekommen?», fragte ich. «Er wird von rund drei Meter hohen Mauern umgrenzt und in den Abendstunden abgeschlossen.»

«Ein Jeep mit Anhänger stand direkt davor geparkt. Damit war es keine große Kunst, über die Mauer zu klettern. Ich nehme an, Nikola und sein Mörder haben den gleichen Weg gewählt.»

«Und der Zylinder? Was ist mit ihm passiert?» Ich war gespannt, wie viel er wusste.

«Als ich Nikola tot aufgefunden hatte, fehlte jede Spur von ihm», antwortete er nahezu gelangweilt. «Wir beide wissen jetzt, wo er die ganze Zeit versteckt war. Lassen wir das Versteckspiel.»

Er setzte sich wieder. «Ich brauche Ihre Hilfe.»

«*Sie* brauchen *meine* Hilfe?!» Wahrlich, der Typ besaß Nerven. «Es ist genau anders herum. Sie und Nikola haben mich in diese Lage gebracht. Ihnen habe ich es zu verdanken, dass ich dringend mordverdächtig bin. Sie sind in meinen Augen der eigentliche Mörder, und nun wollen Sie *meine* Hilfe? Tut mir Leid. Bevor Sie mich nicht aus diesem Loch befreien, kann ich Ihnen nicht helfen. Zuvor erwarte ich von Ihnen, dass Sie Ihre Aussage bei meinen Kollegen von der Mordkommission wiederholen und mich dadurch entlasten.»

«Sie verstehen, dass ich das nicht kann», antwortete er kühl. «Dadurch würde ich mich selbst dem Tatverdacht aussetzen. Darauf warten meine Feinde in dieser Stadt nur. So einfach werde ich es ihnen nicht machen. Ich denke, das werden Sie verstehen.»

«Sie sind ein dreckiges, hinterhältiges Schwein, Mayfarth.»

«Sie urteilen vorschnell, Herr Kilian. Sie kennen die Beweggründe meines Handelns nicht. Es geht hier um weit mehr als nur ein paar Jahre Gefängnis. Die Kirche, der Glauben, ja, die ganze Welt steht auf dem Spiel, und Sie kommen mir mit Ihren jämmerlichen Vorwürfen. Sie enttäuschen mich.»

«Suchen Sie Ihr Opferlamm woanders. Ich werde den ermittelnden Kollegen über unser Gespräch unterrichten. Wäre gelacht, wenn wir Sie nicht dran bekämen.»

Mayfarth grinste, schüttelte den Kopf. «Ach ja? Welche Spuren haben Sie denn vorzuweisen? Fingerabdrücke oder Ähnliches können Sie vergessen. Ich war vorsichtig. Die Tatwaffe? Kenne ich selbst nicht. Das Küchenmesser, das ich zur Verteidigung mitgenommen habe, ist gründlich von mir entsorgt worden. Zeugen? Ich habe noch von keinem gehört. Was bleibt Ihnen also noch?»

In meinem Schädel zerplatzte eine Hoffnung nach der anderen. Es stimmte. Ich hatte nicht mal den Dreck unter dem Fingernagel gegen ihn in der Hand. Nur seine Aussage, die er jederzeit widerrufen würde. Sein plötzliches Verschwinden und sein fehlendes Alibi könnten ihn aber verdächtig machen.

Er las meine Gedanken. «Es ist nichts Ungewöhnliches daran, dass ein Priester alleine in seiner Wohnung die Nacht verbringt. Schon gar nicht, wenn sich ein Aufsehen erregender Fund in seiner Gemeinde ereignet hat und er nächtelang über Büchern sitzen muss, um für den Bischof eine entsprechende Erklärung vorzubereiten.»

«Und Ihre Vergangenheit als Oberfechtmeister?»

«Ein kleines, lieb gewonnenes Hobby, dem ich nur noch selten nachkommen kann. Um eine Verbindung herzustellen, müssten Sie mich schon mit der Tatwaffe konfrontieren. Zu Ihrer Information, die Hälfte der Staatsanwaltschaft und der Richter ist korporiert.*»

Treffer und versenkt. Der Typ hatte mich im Kasten. Nichts konnte ich gegen ihn vorbringen. Absolut nichts. Er saß da wie ein Gott, massierte das Kreuz um seinen Hals in einer Tour, als wäre sein Werk, mich in die Hölle zu schicken, vollendet. Wie ein Gott … Stopp, da war noch was. Ich musste nachdenken. «Sagen Ihnen folgende Worte etwas: ‹So wurden Himmel und Erde vollendet und ihr ganzes Gefüge. Am siebten Tag vollendete Gott das Werk, das er geschaffen hatte, und er ruhte am siebten Tag, nachdem er sein ganzes Werk vollbracht hatte.›»

Er war irritiert. Das Kreuz stach in die Finger. «Was soll das? Natürlich, das ist aus der Genesis. Jeder Priester weiß das», sagte er mit aufkeimender Verunsicherung.

Jetzt hatte ich ihn. Er wusste über den Papierschnipsel in

* Mitglied einer (schlagenden) Studentenverbindung.

Nikolas Hand nicht Bescheid, und ich wusste nicht, wohin mich diese Frage führen würde. «Beschreiben diese Zeilen nicht die Erschaffung der Welt durch Gott?»

«Ja, tun sie», antwortete er trocken. Er erhob sich und ging im Zimmer auf und ab. Das Kreuz machte Kapriolen in seiner Hand. Irgendetwas in ihm musste ich getroffen haben.

«Wo haben Sie diese Textpassage her? Ich meine, wie kommen Sie jetzt darauf?»

«Sie stammt von einem Papierfetzen, den Nikola in seiner Faust versteckt hielt. Ich habe die Spur bisher nicht verfolgt, da sie mir nicht wichtig ...»

«Ist sie aber!», unterbrach er mich nahezu wütend. «Und er hatte diese Worte tatsächlich in der Hand versteckt?»

«Mein Wort drauf.»

«Nun gut», sagte er bestimmend und setzte sich wieder. «Die Sache ist schlimmer, als ich befürchtet habe.»

Er beugte sich nach vorn, ich tat es ihm gleich, und er begann mir eine sonderbare Geschichte zu erzählen. Vom «Werk Gottes», auf Lateinisch «Opus Dei», von Bruder Alvarez, der ihn damals hintergangen und an jenes Werk Gottes verraten hatte, und schließlich von einem Gespräch zwischen Nikola und ihm, das sich auf jene Bibelstelle, als geheimes Zeichen für den anderen, bezog. Neben mir an der Tür sah ich die Pupille des Wachmanns, wie sie durch den Spion auf mich gerichtet war. Er schien beruhigt, hatte ich doch die Haltung eines Büßers eingenommen.

Und plötzlich kam die Rede auf Schwester Yasmina, Signora della Schiava, im Dienste des römischen Stuhls, als Speerspitze des Opus Dei vor Ort, und seiner Flucht vor ihr. Er kannte sie nicht, hatte aber einen Tipp aus Rom erhalten. Zu spät, wie es sich herausstellte. Erst als er in der Nacht nach Hause gekommen war, fand er die Nachricht auf dem Anrufbeantworter und machte sich eilends davon. Bruder Ninian, ich sollte mir diesen Namen gut einprägen, hatte ihn vor Yasmina gewarnt.

«Ninian», flüsterte er mir ins Ohr, «nicht vergessen.» Der Name kam mir seltsam bekannt vor, aber ich wusste nicht mehr, woher.

«Wozu?», fragte ich.

«Heute Nachmittag findet die Beerdigung Nikolas statt. Das Requiem halte ich, das bin ich ihm schuldig. Zuvor werde ich eine Bitte an den Innenminister richten. Er ist mir noch etwas für eine Expertise schuldig. Jetzt kommen Sie ins Spiel. Suchen Sie Bruder Ninian ...»

✷

Der Plan hatte was. Und das Beste daran war, dass er funktionieren konnte.

Mayfarth hatte wahr gemacht, was Heinlein und ich nie im Traum für möglich gehalten hätten – die tatsächliche Allmacht der heiligen, katholischen Kirche. Dem Anruf im Innenministerium folgte ein Rückruf beim örtlichen Polizeipräsidenten, der gab eine Anweisung an Oberhammer, und rechtzeitig vor Beginn der Beerdigung brachte mir ein verwunderter Heinlein einen meiner schwarzen Anzüge in die Zelle.

Ich klärte ihn über das Vorhaben auf, er widersprach heftig, ich bat ihn um seine Unterstützung, er brachte berechtigte Einwände hervor, ich zweifelte. Danach wäre ich als ein unter Verdacht stehender und flüchtiger Mörder für immer gebrandmarkt. Ich sah keine andere Möglichkeit, mich aus dem System zu befreien, das mich zwingend vor eine Anklage stellen und zu lebenslanger Haft verurteilen würde. So ergriff ich jeden sich mir bietenden Strohhalm. Auch wenn dieser Flucht hieß. Dadurch würde ich zumindest Zeit gewinnen, bis sich neue Hinweise auf den tatsächlichen Mörder Nikolas ergaben. Mayfarth hatte mir seine Unterstützung versprochen, und ich wusste jetzt, was er bewegen konnte.

Zu meiner «Vorführung» und Bewachung wurden Heinlein und ein Kollege von der Streife eingeteilt. Oberhammer setzte sich selbst mit auf die Ausflugsliste, da er nicht nur stinksauer über die mir zuteil gewordene Begünstigung, sondern im höchsten Grade misstrauisch und nervös war. Er verfügte, dass Heinlein und ich die ganze Zeit über mit Handschellen miteinander verbunden sein sollten, er selbst würde den Ablauf nach Vorschrift überwachen.

«Wie soll der Plan funktionieren, wenn du die ganze Zeit an mich gekettet bist?», fragte Heinlein. «Oder wird das die Neuauflage von *Zwei auf der Flucht*?»

«Wart's ab», entgegnete ich ihm.

Aber er hatte Recht, der Plan benötigte eine aktive Begünstigung seitens Oberhammers.

Kopfzerbrechen bereitete mir zudem der bevorstehende Spießrutenlauf und die Bloßstellung meiner Mutter, die an der Beerdigung teilnehmen würde. Denn die Nachricht, dass ich als Hauptverdächtiger festgenommen und vernommen worden war, hatte sich ohne Zweifel über die Familien der Kollegen in Windeseile verbreitet. Nicht zuletzt ließ es sich Oberhammer nicht nehmen, in Uniform zur Abfahrt zu erscheinen.

«Ich vermute, Sie sind am Ziel Ihrer Wünsche?», fragte ich ihn während der Fahrt nach Veitshöchheim.

Er hatte vorne neben dem Fahrer Platz genommen, Heinlein und ich saßen aneinander gekettet auf dem Rücksitz des Streifenwagens.

«Es ist einer der besseren Tage in meiner langen Karriere. Und wenn ich es mir recht überlege, ist es mir ein Fest,

Sie mit dem heutigen Tage aus meiner Mannschaft zu entfernen. Daran wird auch dieser kurze Ausflug nichts ändern, wenn das Ihr Plan ist. Im Gegenteil, Kilian, Sie haben sich verspekuliert. Niemand wird Ihnen Ihre Tat verzeihen. Kein Hinterbliebener und kein Herrgott. Unter aller Augen kehrt der Mörder an den Tatort zurück, so sehe ich das. Für mich kommt das einem Schuldeingeständnis gleich.»

Ein selbstzufriedenes Lachen bewegte diesen Koloss vor mir, als säße er auf einer Harley und genösse die Vibration zwischen seinen Schenkeln.

«Nur schade, dass Ihr Triumph durch die Ermittlungsarbeit meines Kollegen Heinlein herbeigeführt wurde, anstatt von Ihnen.»

Sein Lachen verebbte.

Die erwartet große Menge an Trauergästen und Gemeindemitgliedern hatte sich eingefunden. Viele hatten in der Kirche keinen Platz gefunden und standen auf dem Kirchplatz. Sie verfolgten gespannt die Ankunft unseres Streifenwagens. Wir stiegen aus.

Es ist zuweilen ein zutiefst befriedigendes Gefühl, wenn eine Vorahnung in Erfüllung geht.

«Heinlein, warten Sie!», befahl Oberhammer.

Er setzte seine Mütze zurecht, streifte die Uniform glatt und stellte sich vor uns. «Öffnen Sie die Handschellen, und machen Sie Kilian an mir fest.»

«Ich glaub, ich verstehe nicht», entgegnete Heinlein.

«Tun Sie, was ich Ihnen befohlen habe.»

Oberhammer hielt den Arm hin, und Heinlein dockte mich an. Jeder sollte sehen, wer da an wessen Seite marschierte.

Hochmut kommt vor dem Fall, und dieser Spruch hatte bei Oberhammer gleich doppeltes Gewicht. Ich hatte mit seiner Eitelkeit spekuliert und wurde belohnt. In Ausübung seines Amtes und seiner Pflicht als Polizeidirektor führte er mich der Menge vor. Die vorwurfsvollen Augen und stummen Beschuldigungen, die auf mich einprasselten, ließen mich die Wehrlosigkeit eines Unschuldigen oder zu Unrecht Angeklagten in diesem Moment in jeder Faser meines Körpers spüren. Genauso musste es sein, wenn man absolut machtlos war und nicht vor Wut aufschreien konnte, wenn der Stab über einem längst gebrochen war.

Wir betraten die Kirche St. Vitus, wechselten vom hellen Sonnenschein in das dämmrige und anklagende Trauerflor eines Gerichtssaales. Im Handumdrehen ging die Kunde meines Erscheinens auf die Anwesenden über, und ich sah mich inmitten eines Tribunals wieder. Am Ende der überfüllten Kirchenbänke war mein vermeintliches Opfer unter einem Meer von Blumen aufgebahrt. Ich erkannte meine Mutter unter Tränen und in Scham aufgelöst in den vorderen Reihen. Die Familienangehörigen Nikolas waren nicht anwesend.* Gleich nach dem Requiem sollte der Leichnam nach Italien gebracht werden, wo er in der Familiengruft die letzte Ruhe finden sollte.

Oberhammer zog mich schnurstracks auf den Altar zu, als würde er mich zum Schafott führen. Er machte nicht Halt, und ich fragte mich, was er vorhatte. Er platzierte mich unter den Augen der versammelten Kirchengemeinde direkt vor dem Sarg.

«Was soll das werden?», fragte ich ihn.

«Sie wollen Vergebung? Jetzt haben Sie die Chance. Knien Sie nieder.»

* Ein italienischer Leichenbestatter hatte den Auftrag zur Überführung.

Damit hatte ich nicht gerechnet. Ich drehte mich verlegen um, um zu sehen, wie die Trauergäste reagierten. Es war totenstill. Selbst der Organist hatte sein Wirken eingestellt und blickte wie die Übrigen auf mich herab.

«Sie sind die wahre Ausgeburt eines Schweins», flüsterte ich.

«Falsch, ich bin Ihr Hirte», triumphierte Oberhammer.

Vorgeführt, ging ich nieder. Von oben blickte das Foto Nikolas auf mich herab, neben mir saugte Oberhammer die ganze Pracht des Schauspiels zufrieden in sich ein. Das war nun der Moment, in dem ich hätte sterben wollen, schuldig oder nicht. Mayfarth erlöste mich. Er kam mir aus der Sakristei zu Hilfe und fasste mich am Arm.

«Es reicht», bestimmte er und gab dem Organisten ein Zeichen, damit die Andacht beginnen möge.

Ich erhob mich. «Sie werden in der Hölle schmoren, schneller als Sie sich vorstellen können.»

Oberhammer lächelte, schlug das Kreuzzeichen und setzte zur letzten Station meines Kreuzweges an.

Ich war wie festgemauert, starrte nach vorne, wagte es nicht, mich umzudrehen und mich erneut den Blicken zu stellen. Doch ich hatte keine Chance. Oberhammer zog mich an der Leine mit sich. Als blickte man voraus, auf den kommenden Tag des Jüngsten Gerichts, nachdem vor aller Augen das Sündenregister eines ganzen Lebens, die intimsten Verfehlungen, Hoffnungen und Wünsche offenbar geworden sind, starrten mich Hunderte Augen verachtend an. Ich entdeckte meine Mutter. Sie weinte, weil ihr eigenes Fleisch und Blut Schande über sie gebracht hatte.

Auch der schlimmste Weg und die größte Schmach ist irgendwann zu Ende. Ich musste alle Kraft aufbieten, um meinen Kopf erhoben durch die Reihen zu führen. Heinlein und der Kollege beobachteten das Ganze vom Kircheneingang aus. In ihren Augen konnte ich lesen, dass mich meine Eindrücke nicht täuschten.

«Heinlein, übernehmen Sie wieder», bestimmte Oberhammer und hielt ihm unser beider Fessel hin.

Er hatte seinen Triumph gehabt, ihn bis zur bitteren Neige meiner Selbstachtung ausgekostet, jetzt gab es nichts mehr für ihn zu gewinnen, und er steuerte die Rückreise an.

Das war nun überhaupt nicht im Plan. Heinlein schaute mich fragend an. Bevor ich reagieren konnte, kam mir erneut Mayfarth zu Hilfe, während die Gemeinde im Hintergrund das Eröffnungslied sang. «Herr Oberhammer, die Andacht ist noch nicht zu Ende.»

«Kilian hat bekommen, was er wollte, ein letztes Abschiednehmen», konterte Oberhammer.

«Aber Sie wollen ihm doch nicht das Recht verwehren, in stiller Buße und im Gebet mit der Gemeinde seine Sünden zu bekennen? Das ist unchristlich und verstößt im größten Maße gegen die Gnadenerweisung des Herrn.»

«Eine Begnadigung kann er sich gleich aus dem Sinn schlagen. Die Sache ist erledigt.»

Oberhammer zog mich weiter. Verdammt, ich war aufgeschmissen. Jetzt half nur noch ein Wunder.

Oder die Segen spendende Kraft einer höheren Macht.

«Ich werde den Innenminister bei seinen Exerzitien begleiten», sagte Mayfarth. «Er hat ein sehr tiefes Verständnis, wie er mir sagte, von der durchdringenden und reinigenden Kraft des Gebets in stiller Andacht. Ebenjene Besinnung im Gebet, die ihn seit frühester Kindheit begleitet und die ihm durch die schwierigsten Entscheidungen seines Amtes geholfen hat. Diesem gelebten Christentum soll eine Renaissance in der Verwaltung und seinen jeweiligen Organen zuteil werden, versprach er mir.»

Als sei Oberhammer zu Lots Frau mutiert und der Ort,

auf den er blickte, Sodom, erstarrte er, und ich sah ein makelloses Weiß in sein bekehrtes Gesicht treten. Dieser Handlungsunfähigkeit setzte ich einen entschiedenen Ruck nach hinten entgegen, der uns in die offenen Arme des Christentums führte. Mayfarth schloss die Tür und führte uns an einen Platz unterhalb der Empore.

Zähneknirschend ließ Oberhammer die Gebete und Fürbitten, die Reden der Trauergäste, das Orgelspiel und die Lieder über sich ergehen, während ich in stiller Andacht auf das Kommen meiner Rache sann. Heinlein begab sich derweil auf Position, der uneingeweihte Kollege blieb an der Tür.

Mayfarth ergriff das Wort an die Gemeinde. «Liebe Brüder und Schwestern im Herrn. Bevor wir nun Abschied von unserem geliebten und geschätzten Bruder Nikola nehmen und in stiller Andacht seiner gedenken wollen, lasst mich noch ein persönliches Wort an euch richten. Wie wir alle wissen, ist Pater Nikola einem schrecklichen und uns völlig unverständlichen Verbrechen zum Opfer gefallen. Er war lange Jahre in dieser Gemeinde als Seelsorger tätig und hat, wie mir berichtet wurde, vielen von euch Zuspruch und Hilfe zuteil werden lassen. Dieselbe Unterstützung möchte ich nun von euch erbitten, wenn es um die Vergebung der Sünden anderer geht. Niemand weiß, in welcher aussichtslosen Lage und Bedrängnis sich dieser Mensch befunden haben mag, der diese schreckliche Tat beging. Was muss in ihm vorgegangen sein, dass er keinen anderen Ausweg mehr wusste. Ich will nicht die Tat entschuldigen, doch möchte ich euch aufrufen zu handeln, wie es der Herr getan hat. Seinen Peinigern im brüderlichen Verständnis die Hand reichen, um mit ihm, unserem Herrn, einzukehren in sein Reich, das da kommen möge.»

Die Orgel erklang. Das war mein Einsatz.

«Ich möchte beichten», sagte ich zu Oberhammer und gab Mayfarth das verabredete Zeichen.

«Was wollen Sie?», kam es zurück.

«Um Vergebung meiner Sünden bitten.»

«Einen Scheiß wollen Sie.»

Oberhammer steuerte auf die Tür zu.

«Wohin so schnell, Herr Oberhammer?», kam mir zum dritten Mal Mayfarth zu Hilfe.

«Er will mir das heilige Sakrament der Beichte verweigern», insistierte ich.

«Ich hab die Faxen dicke», rechtfertigte sich Oberhammer. «Sie kommen zurück in Ihre Zelle. Punkt.»

«Jetzt reicht es», konterte Mayfarth und stellte sich uns in den Weg. «Ich werde offiziell Beschwerde gegen Ihr Vorgehen einlegen, wenn Sie dem Mann seinen Anspruch auf Buße verweigern.»

Ohne viel Federlesens packte er mich bei der Hand und zog mich zu den Beichtstühlen, in meiner Folge Oberhammer. Er schob den Vorhang beiseite, damit ich eintreten konnte.

Ich hielt die Fessel hoch. «Soll er vielleicht mit reinkommen?»

«Natürlich nicht», bestimmte Mayfarth.

Gutes Timing ist die halbe Miete. Die Orgelmusik endete, und die Kirchengemeinde verrenkte die Köpfe nach uns.

«Beginnen Sie mit den Fürbitten!», rief Mayfarth einem Messdiener zu. «Ich bin gleich so weit. Ein Bruder erbittet die Beichte, sofern der Herr Polizeidirektor uns nicht länger aufhält.»

Oberhammer sah sich im Mittelpunkt des Interesses.

«Na, machen Sie schon», drängte ich.

Er brummte vor Wut, bis ein Klacken mich befreite.

«Kommen Sie bloß nicht auf dumme Ideen», fletschte er mich an.

Ich schloss den Vorhang hinter mir, während Oberhammer davor Position bezog.

«Sie warten auf den richtigen Moment. Hören Sie?», flüsterte Mayfarth durch das Gitter.

Ich bejahte. Vorsichtig schob ich den Vorhang zur Seite. An Oberhammers Rücken vorbei sah ich den Wache stehenden Kollegen an der gegenüberliegenden Eingangstür. Heinlein hatte an der Tür auf meiner Seite Stellung bezogen. Sie war rund fünf Schritte von meiner Position entfernt. Auf die Fürbitten folgten die Kondolenzen der Ortsvereine. Die Vertreter der Kirchengemeinde, des Kriegervereins, der Feuerwehr und weitere zwangen sich auf beiden Seiten des Kirchenschiffes den schmalen Gang entlang. Wie es üblich ist, trug jeder einen Kranz mit der Trauerbekundung auf einer Schleife mit sich. Auf der gegenüberliegenden Seite wie auf meiner wurde es unruhig. Umstehende gingen zur Seite, soweit es ihnen möglich war. So auch auf meiner Seite. Oberhammer war der Pfropfen im Gang, der weichen musste.

«Jetzt kommt's drauf an», flüsterte ich Mayfarth zu.

«Gut, es geht los.»

Ich duckte mich und wartete auf das verabredete Kommando.

«Herr Oberhammer, kommen Sie bitte», hörte ich. «Nein, zur anderen Seite. Nur einen Moment, damit die Trauergäste durchkommen.»

«Jetzt!», presste Mayfarth mir durchs Gitter zu.

Ich schob den Vorhang zur Seite und hastete zum Seitenausgang, wo Heinlein auf mich wartete. Die Unruhe hielt an, bis alle zwischen Altar und Sarg Aufstellung genommen hatten. Niemand achtete auf mich.

«Der Schlüssel steckt», sagte er.

Seine Augen waren traurig. Wir beide wussten in diesem

Moment, dass wir uns wahrscheinlich zum letzten Mal sahen. Ich schnaufte durch, würgte ein aufsteigendes Gefühl des Abschiednehmens mühselig beiseite.

«Komm», forderte ich ihn auf. «Alles ist besser als das hier.»

Er lächelte. «Ich bin nur ein kleiner Bulle in einer kleinen Stadt.»

«Du hast es in der Hand.»

«Ich bin nicht wie du. Leider. Und jetzt hau schon ab.»

Ich umarmte ihn. «Danke für alles, Kumpel.»

«Ich werde dich vermissen», antwortete er.

Dann schob ich mich zur Tür hinaus. Der Wagen stand bereit. Ich öffnete die Tür. Ein letzter Blick zurück.

Heinlein wischte sich die Nase mit dem Ärmel ab, bevor er die Tür hinter sich schloss.

XI.

Nach einer Odyssee über abenteuerliche Passstraßen und verwaiste Kontrollstationen, durch die weiten Ebenen des Po und über verschlungene Bergstraßen der Toskana bog ich in der Morgendämmerung in die Via del Cipresso ein. Den Wagen hatte ich am Lungotevere Raffaello Sanzio mit offenem Seitenfenster und den Schlüsseln im Handschuhfach abgestellt. Bis zum Abend sollte auch diese Spur von den römischen Fachleuten ausgelöscht sein, bevor sich die italienischen Ex-Kollegen mit meinem Fahndungsfoto auf die Suche nach mir machten.

Inmitten der holprigen Gassenschluchten von Trastevere, leicht abseits von der Via del Moro und der Vicolo de Cinque, lag das schmale erdfarbene Haus mit der Nummer 10. Ein kleiner Balkon mit schmiedeeiserner Umrandung ragte aus der Hausfront im ersten Stock hervor, der zweite schien verwaist, darüber im dritten öffnete sich die Front zu einem begrünten Umlauf unter gewellten und überhängenden Dachziegeln. Das dahinter liegende Zimmer sollte mir für die nächsten Tage einen unbehelligten Unterschlupf garantieren, so wie es früher der Fall war, wenn ich für bestimmte Ermittlungen in die Szene eintauchen musste. Dieser Stadtteil Roms, am rechten Ufer des Tiber und rund zwanzig Gehminuten südlich des Vatikans gelegen, war dafür bestens geeignet. Tagsüber, während der sengenden Hitze, blieben die Jalousien für ungebetene Fragesteller kategorisch geschlossen, hingegen mit Anbruch des Abends verwandelten sich die wild ineinander verschachtelten Gassen mit den zahlreich flanierenden Römern in ein unüberschaubares Dickicht; selbst für die Carabinieri, die unweit der Via del Cipresso eine Station unterhielten.

Von der Straße führten vier Stufen zu dem schmalen Eingang einer grün gelackten Holztür hinauf, über der ein schummrig beleuchtetes Messingschild mit der Aufschrift *La casa dello strano* hing. Ich klopfte an die Tür und wartete.

Nichts geschah. Ich wiederholte mein Klopfen, dieses Mal stärker. Über mir am kleinen Balkon knarrte der Fensterladen, nun einen Spalt offen. Ich trat ein paar Schritte zurück auf die Straße.

«Fremder, was willst du in aller Herrgottsfrühe?», murrte jemand.

«Ich brauche das oberste Zimmer für ein paar Tage.»

«Komm später wieder.»

«Also ist es frei?»

«Kann sein.»

«Wieso lässt du mich dann nicht jetzt schon rein? Ich bin müde und will schlafen.»

«Wer um diese Uhrzeit an meine Tür klopft, ist entweder verrückt oder auf der Flucht. In beiden Fällen will ich nichts mit dir zu tun haben.»

«Ich bin ein Pilger, der ein Dach über dem Kopf sucht.»

«Katholiken bleiben grundsätzlich draußen. Geh zu deinem Papst, oder hilf dir selbst.»

Der Laden schloss sich.

«Du bist ein widerwärtiger, alter Sack, Enzo!», rief ich nach oben. «Dein Gebiss soll dir im Mund verfaulen!»

«Und du, Kiliano, bist ein verlauster Straßenköter, der mich nicht schlafen lässt.»

«AS hat sich den Titel gekauft. Da spielen nur Penner.»

«So wie bei deinen Bayern.»

«Aber wir haben den Cup.»

«Und ich bin ein Trasteverino*.»

«Stimmt, du alter Halsabschneider. Jetzt mach schon auf.»

Der Laden schloss sich, und der alte Enzo schlurfte nach unten zur Tür. Reihum klackten fünf schwere Schlösser.

«Was hast du denn schon wieder ausgefressen?», fragte er mich, während er die Arme ausbreitete, um mich zu begrüßen.

«Dieses Mal sind wirklich alle hinter mir her.»

«Wer Charakter hat, fällt eben auf. Das war schon immer meine Rede. Komm rein, bevor dich die Carabinieri sehen.»

Ich trat in den schmalen Gang, vorbei an dem Tresen, der für Polizei und Gewerbeaufsicht eine Rezeption darstellte, aber Enzos eigentliche Schaltzentrale für den Umschlag von Waren, Dienstleistungen aller Art und sein Wettbüro war.

Er führte mich die Treppe hinauf in die Küche, die sich zu einem kleinen Hinterhof öffnete. «Grappa oder Carlos?», fragte er mich.

«Carlos. Sag, wie stehen die Dinge im Viertel?»

«Es wird viel gebaut, renoviert und hergerichtet. Die Spekulanten stürzen sich wie die Geier auf mein altes Trastevere. Zu viel Geld ist im Umlauf. Das ist der Lauf der Dinge. Damals wie heute. Aber erzähl von dir. Was führt dich her?»

Ich schenkte mir nach und begann.

* Bewohner des Stadtteils Trastevere. Sie gelten als die «ältesten und echtesten Römer».

Als ich geendet hatte, stöhnten die ersten Lieferwagen um die Straßenecke. Die Sonne hatte sich eine Handbreit über die Dächer erhoben und sollte auch an diesem Tage ihr Versprechen auf einen heißen Sommertag in der Ewigen Stadt erfüllen.

«Ich werde mich mal umhören», versprach Enzo, «ob ich über diese Yasmina etwas herausfinden kann. Es wird aber ein bisschen dauern. Die Leute sprechen nicht gerne über die Kirche. Du weißt, jeder Zweite lebt hier von ihr.»

«Guter Enzo. Ohne dich würde ich ganz schön alt ausschauen.»

«Das tust du auch so», lachte er und erhob sich. «Du hast Glück, dein Zimmer ist gestern frei geworden. Schlaf dich erst mal aus. Dann sehen wir weiter.»

Ich folgte ihm. Zwei Stockwerke später ließ ich mich erschöpft aufs Bett fallen. Von draußen drangen die ersten Morgengespräche und das Aufschlagen der Läden zu mir herauf. Das Erwachen eines neuen Tages in dieser Stadt beruhigte mich, als wär's mein erster seit Jahren gewesen. Durch die Ritzen der Lamellen schnitt grelles Sonnenlicht quer über meine Füße. Ich spürte ein wohliges Kribbeln.

✳

Heinlein hatte sich für den Rest des Tages noch nicht einmal krankgemeldet. Er ging einfach. Zurück ließ er sein verwaistes Büro.

Sabine, die Sekretärin, hing an der Strippe und teilte aufgeregt ihrer Freundin die neueste Entwicklung in Sachen «entflohener Chef» und das anschließende Donnerwetter mit, das seit dem gestrigen Abend auf Oberhammer herniedergegangen war. Der Polizeipräsident persönlich hatte sich ihn vorgeknöpft. Seit dem Morgen war die Dienstaufsicht im Hause und führte eine kurzfristig einberufene

Untersuchung der Umstände durch, die dem freigestellten KHK Kilian die Flucht erlaubt hatten. Die Presse hatte davon Wind bekommen und harrte im Konferenzraum auf die ersten offiziellen Stellungnahmen. Ansonsten herrschte eisige Stille in den Gängen. Hinter den Türen hatten sich die Kollegen der anderen Abteilungen verschanzt und diskutierten die Lage.

Heinlein hatte sich noch nicht mal etwas ausdenken müssen, so eindeutig war der gestrige Ablauf gewesen. Auf Anordnung Oberhammers hatte er den Kollegen Kilian mittels Handschellen an sich gekettet und unter Bewachung eines Kollegen nach Veitshöchheim gebracht. Die Aktion stand unter Leitung des Polizeidirektors Oberhammer, der ihn, wie er ausdrücklich betonte, dazu aufgefordert hatte, Kilian von sich zu lösen und ihn an Oberhammer zu übergeben. Während der Vorgänge in der Kirche hatte er sich ordnungsgemäß an einen der Ausgänge begeben und ihn bewacht. Welchen Weg der Geflohene genommen hatte, konnte er nicht beantworten. Bei ihm kam ich auf jeden Fall nicht vorbei. Zudem war die Lage äußerst unübersichtlich gewesen. Erst als der Polizeidirektor aufgelöst und ratlos bei ihm aufgetaucht war, hatte er vom Verschwinden des KHK Kilian erfahren. Eine vermeintliche Komplizenschaft zwischen Kilian und Dr. Mayfarth, die Oberhammer ständig wiederholt hatte, war seiner Meinung nach auszuschließen, im eigentlichen Sinne absurd. Der Bau- und Kunstreferent des Bistums sei über jeden Zweifel erhaben und habe zu keinem Zeitpunkt Grund zur Sorge gegeben.

Die Befragung endete für Heinlein mit dem Hinweis, dass er sich korrekt verhalten hatte und sich nicht weiter grämen sollte, was man jedoch von seinem Vorgesetzten und dem Hauptverantwortlichen an dem Desaster nicht behaupten konnte. Beförderungsstopp und Versetzung in eine Wache an der tschechischen Grenze seien noch die mildesten Konsequenzen, denen er sich zu stellen habe.

Heinlein nahm dies alles nur am Rande wahr. Seine Gedanken kreisten um die letzten Worte Kilians und in welchem Teil der Welt er sich nun aufhalten mochte. Die Reisen, auf die sich Heinlein in seinen Träumen begab, führte Kilian tatsächlich herbei. «Du hast es in der Hand.»

Heinlein trat auf den Parkplatz hinaus.

Pia erwartete ihn bereits. «Und, wie ist es gelaufen?»

«Sie konnten mir nichts anhängen. Für Oberhammer allerdings läutet das Totenglöcklein.»

«Das freut mich für dich, wirklich. Und Oberhammer sind wir auch endlich los.»

«Kann sein.»

«Ist das alles? Mensch, Schorsch, freu dich doch darüber. Was hat er Kilian und dir das Leben schwer gemacht.»

«Du hast ja recht. Oberhammer dürften wir abserviert haben. Selbst wenn er das anhängige Dienstverfahren übersteht, wird er zukünftig höchstens noch Schweinehälften kontrollieren dürfen. Das passt.»

Heinlein zwang sich zu einem zufriedenen Lächeln.

«Und wo steckt Kilian?», fragte Pia. «Er hat sich weder von mir verabschiedet, noch hat er mich in den Plan eingeweiht.»

«Mir geht es nicht anders», log Heinlein.

«Komm, erzähl mir nicht so 'nen Scheiß. Ohne dich und deine Hilfe hätte das nie und nimmer geklappt.»

«Ehrlich, ich hab keine Ahnung.»

«Schorsch!»

Heinlein nahm Pia am Arm und führte sie ein paar Meter weg vom Eingang, hinaus auf die Straße, wo sie von den Fenstern seiner Kollegen aus nicht mehr beobachtet werden konnten.

«Hör zu, Pia, es ist besser, du weißt von nichts, dann kannst du dich auch nicht verplappern. Nur so viel: Die Aktion war geplant. Das muss reichen.»

«Gut, Schorsch. Aber ich will wissen, wo Kilian steckt. Ich brauche ihn.»

«Habt ihr euch denn wieder vertragen?»

«Und wie ...»

«Na bravo, dann lässt der Herr gleich zwei zurück.»

«Was meinst du mit zwei?! Diese blonde Schickse vielleicht?»

«Schmarrn. Ich meine mich. Ich hock jetzt genauso verlassen hier rum wie du. Weiß der Teufel, wer nach Oberhammer kommen wird. Und außerdem ist das jetzt auch egal. Nichts wird mehr so sein wie früher. Ich vermiss ihn schon jetzt, den Angeber.»

«Und du hast keine Ahnung, wohin er ausgebüxt ist?»

«Nein, nicht den leisesten Schimmer. Wobei es mich schon wundern würde, wenn er sich nicht irgendwo in Italien aufhalten würde. Da kennt er sich am besten aus. Und ich wette, dass ihn seine Leute vor der laufenden Fahndung in Sicherheit bringen.»

«Klingt logisch. Allerdings, Italien ist groß. Kam er nicht damals aus Genua nach Würzburg?»

«Ja, aber ich denke, nach dem Tod seines Freundes Paolo wird er dort nicht unbedingt mehr groß in Erscheinung treten wollen. Ich tippe da schon eher auf eine ganz andere Stadt.»

«Und zwar?»

«Rom. Diese Signora Yasmina arbeitet dort.»

«Hat er also doch was mit ihr?!»

«Pia, jetzt hör endlich auf. Ich bin nicht Kilians Kindermädchen. Das musst du schon selbst mit ihm klären. Mit dieser Yasmina hat er ein ganz anderes Hühnchen zu rupfen. Wenn ich richtig im Bilde bin, hat sie den Zylinder mit dorthin genommen. Und er ist der Grund, wieso Nikola sterben musste.»

«Apropos Nikola, bist du noch an dem Fall dran?»

«Theoretisch schon. Allerdings weiß ich nicht, inwieweit sich die Dienstaufsicht einmischen und wie der Polizeipräsident darauf reagieren wird. Für heute ist erst mal Pause. Gibt es was Neues?»

«Jein.»

«Pia! Keine Rätsel. Erzähl!»

«Ich bin mir nicht sicher, es ist nur der Hauch von einer Spur. Gestern hatten wir einen Toten in der PD Tauberbischofsheim*. Die Kollegen aus der Rechtsmedizin haben ihn uns geschickt, wie sie es öfter machen, wenn sie Unterstützung brauchen. Der Mann, ein ehemaliger Olympiasieger und Weltmeister, heute Trainer im Leistungszentrum der Fechter, wurde in einer Halle tot aufgefunden. Er war mit Stichwunden übersät. Es sah aus, als hätte er sich einer scharfen Klinge stellen müssen. Sein Säbel oder das Florett, wie man die Dinger nennt, war 'ne Sportwaffe, also an der Spitze stumpf.»

«Das ist Sache der Tauberer. Hat mit uns nichts zu tun.»

«Vielleicht doch. Der Mann steckte noch in einem dieser weißen Fechtanzüge. Auffällig war, dass die Stichwunden und der Fechtanzug Ausfransungen aufwiesen, die bei einer durchgehenden Klinge nicht vorhanden wären. Sie muss also schadhaft sein, eine Kerbe oder Scharte haben oder …»

* Eine an die PD Würzburg angrenzende Polizeidirektion in Baden-Württemberg.

«Ja …?»

«Oder sie besteht aus zwei Teilen und ist zusammengesteckt. Das könnte auch die Tatwaffe im Fall Nikola sein.»

Heinlein grübelte. «Zuerst ein Priester und jetzt ein Fechttrainer, der mit so 'nem Ding umgehen konnte. Ich weiß nicht, Pia, das scheint mir ein bisschen weit hergeholt. Zumal die Opfer in einer anderen Stadt, in einem anderen Bundesland umgekommen sind. Wo ist die Verbindung?»

«Das weiß ich nicht. Du bist der Kriminaler.»

«Was weißt du über den Toten?»

«Sein Name war Alexander Bauer, 49 Jahre alt, Fechttrainer, Todeszeitpunkt gegen 23 Uhr, Todesursache: Herzbeuteltamponade nach einem Stich ins Herz. Zahlreiche Hieb- und Stichwunden am Körper. Er hat sich gewehrt. Ein Kampf auf Leben und Tod.»

«Irgendwelche Zeugen?»

«Nicht dass ich wüsste. Der ermittelnde Beamte hat mir jedoch erzählt, dass sich Bauer tagsüber in Würzburg aufhielt, wo er auch gearbeitet hat. Nach einem Abstecher in seinem Verbindungshaus hat er wohl jemanden getroffen, den er aus seiner früheren aktiven Zeit zu kennen glaubte. Beim abendlichen Training hat er einen Kollegen nach ihr befragt. Er soll sehr erstaunt gewesen sein.»

«Nach *ihr*? Eine Frau?»

«Ja, so sagte er es mir. Bauer habe eine Frau getroffen.»

«Eine Frau in einem Verbindungshaus, die er als Fechterin kannte. Einen Namen hatte sie nicht?»

«Namen konnte er sich nie merken, aber Gesichter.»

«Und wieso soll er über ihre Anwesenheit erstaunt gewesen sein? Ist doch 'ne normale Sache.»

«Mein Gott, bin ich Jesus?! Keine Ahnung.»

Heinlein kratzte sich im Nacken. Das eindeutige Zeichen, dass ihn irgendetwas wurmte. «Kilian hatte mich vorgestern angerufen, als er ergebnislos alle Verbindungshäuser nach der Tatwaffe abgegrast hatte. In seiner Begleitung war diese Signora. Vielleicht haben sie das Opfer getroffen? Aber nein, das ist Unsinn, sie arbeitet für den Vatikan. Und außerdem ist sie Italienerin.»

«Dafür schien sie mir aber perfekt Deutsch zu sprechen.»

«Stimmt auch wieder.»

«Was jetzt?»

Heinlein trat den Rückweg in sein Büro an. «Komm mit.»

Nach einem Telefonat mit seinem Kollegen in Tauberbischofsheim hatte Heinlein den Meldeauszug von Signora Yasmina della Schiava und ihren Eltern aus den Jahren 1981 bis 83 auf dem Rechner. Wohnort: Weikersheim, unweit von Tauberbischofsheim gelegen. Die Eltern waren offiziell als Hausmeisterehepaar im Studienkreis der berühmt-berüchtigten Bildungsstätte gemeldet, der Verbindungen in erzkonservative Kreise nachgesagt wurden. Danach Umzug der Familie nach Köln. Informationen über den dortigen Aufenthalt fehlten, seien aber bei den Kölner Kollegen bereits angefragt.

Die Rücksprache mit den Nachbarn, die sich nur wenig an das zurückgezogen lebende italienische Ehepaar und das stille Kind erinnern konnten, bestätigte jedoch die Annahme, dass Yasmina ins Jugendförderungsprogramm des Tauberbischofsheimer Fechtzentrums aufgenommen worden war. Diese Aussagen wurden durch Archivmaterial des Fechtzentrums gestützt, das sie mit diversen Siegen und Auszeichnungen als zukünftige Meisterin mit dem Florett feierte. Ihrem unerwartet überstürzten Austritt folgten der Umzug und der Abbruch aller Kontakte.

«Das heißt noch gar nichts», sagte Heinlein.

«Was brauchst du denn noch?», widersprach Pia. «Wenn das kein Hinweis auf eine potenzielle Mörderin ist.»

«Jetzt mach mal halblang. Alles, was wir haben, ist eine Karriere als Jugendfechterin. Ich sehe weder ein Motiv noch einen Zeugen oder gar diese Signora. Niemand weiß, wo sie steckt. Ich müsste sie erst mal befragen, wo sie sich zur Tatzeit aufgehalten hat.»

«Und wenn sie gar nicht mehr in der Stadt ist? Du hast doch gesagt, dass sie in Rom ist.»

Heinlein schaute sich verstohlen um. Die Tür zu Sabines Büro war zwar verschlossen, aber er wusste, dass sie mit beiden Ohren daran klebte. «Hör zu», sagte er gepresst, «ich sagte, dass ich annehme, dass Kilian in Rom ist, auf der Suche nach dieser Signora. Genau weiß ich es nicht.»

«Dann gib eine Fahndung raus.»

«Und worauf soll sie sich begründen? ‹Liebe Kollegen in nah und fern, bitte halten Sie diese Signora fest. Wir glauben, dass sie eine Mörderin ist. Beweise? Sorry. Aber wir sind sicher, dass wir welche finden werden, wenn wir die Dame erst mal wieder hier haben.› Nein, so geht das nicht. Ich brauche einen begründeten Verdacht, der auf einem Beweis fußt. Den habe ich aber nicht.»

«Mein Gott, Schorsch, jetzt spring halt mal über deinen Schatten und mach einmal etwas, das außerhalb der Dienstvorschrift liegt.»

«Ich bin gerade noch mit heiler Haut bei der Dienstaufsicht durchgerutscht. Das brauch ich kein zweites Mal. Über weitere Abenteuer können wir uns unterhalten, wenn sich der Staub gelegt hat.»

«Dann müssen wir nach Rom. Los, komm.»

«Pia, lass mich los. Ich kann nicht einfach so mal auf die Schnelle nach Rom fahren.»

«Wieso denn nicht?»

«Ich habe einen Job, eine Sekretärin, Frau und Kind, Schwiegereltern, und die Renovierung vom Haus ist auch noch nicht abbezahlt. Ich trage Verantwortung. Verstehst du? Man braucht mich hier.»

✷

Als Heinlein die Tür zu seinem trauten Heim öffnete, war er zwar nicht ganz so erschöpft wie in den Tagen zuvor. *Country Roads* hatte er die Fahrt über auf den Lippen. Es war ein schönes Lied und es barg das tiefe Gefühl der Verbundenheit mit Heimat, Familie und unzerstörter Natur in sich, das ihm so wichtig war. Kilian, Yasmina und Pia hatte er aus seinem Bewusstsein verbannt. Morgen würde er sich darum kümmern, heute war erst mal er an der Reihe.

«Schatz, ich bin zu Hause!», rief er in den Gang, um sein frühzeitiges Erscheinen anzukündigen.

Statt einer Antwort kam ihm ein Mischmasch seltsamer Geräusche entgegen. Aus der Küche tönte es wie in einem LSD-Trip nach indischer Tanzmusik, und vom Obergeschoss hämmerten betäubende Techno-Beats herunter, die durch schrille und unmotivierte Violinangriffe bekämpft wurden. Darüber legte sich der ohrenbetäubende Lärm eines virtuellen Maschinengewehrs, gefolgt von den schmerzvollen Aufschreien der Getöteten.

Heinlein legte seine Tasche zur Seite und begann die Aufklärung in der Küche, bevor er oben nach dem Rechten sehen wollte.

Auf dem Tisch stand Claudia, sein geliebtes Eheweib und Mutter seiner beiden Kinder, Tom und Vera. In einen seiner gestreiften Schlafanzüge gehüllt, balancierte sie barfuß auf einem Bein, während das andere sich sachte im Halbkreis durch die aufsteigenden Schwaden der zahlreichen Räucherstäbchen um sie herum wand. An den ausgestreckten

Armen formten ihre Hände bizarre Figuren. Ihre Haare waren aufgelöst und hingen wirr herunter. Sie zuckte zu den sphärischen Klängen einer indischen Sitar und den wie bekifft wirkenden Gesängen aus dem Recorder. Claudia bemerkte die unerwartete Heimkehr ihres Mannes gar nicht.

Heinlein öffnete den Kühlschrank, holte sich eine Flasche Bier heraus und setzte sich zu seiner Frau. Dann nahm er einen Schluck und stellte die Flasche wuchtig auf den Tisch.

Claudia erschrak. «Schorsch, verdammt …»

«Hallo, mein Schatz.»

«Hättest du nicht eine Sekunde später kommen können? Jetzt kann ich nochmal von ganz vorne anfangen.»

«Was machst du da eigentlich?»

«Tantra. Hat mir die Gisi empfohlen. Es reinigt die Aura total gut und gibt dir dein ursprüngliches Gefühl als Frau und deine Lust zurück. So richtig archaisch. Das ist echt der Hammer, sag ich dir. Da spürst du ganz genau, dass du Frau bist. Durch und durch.»

«Eigentlich spür ich das auch ohne dieses Mantra.»

«Tantra!»

Claudia verabschiedete sich aus der gemeinsamen Unterhaltung und nahm die alte Stellung auf einem Bein ein. Die nölende Nervensäge aus dem Recorder jammerte weiter.

Heinlein nahm einen Schluck. Dann: «Du, Claudia …»

«Hmh-Mhm», gurrte sie.

«Ich muss mit dir reden.»

«Später, Schatz. In ein paar Minuten bin ich so weit.»

«Heute war doch diese Anhörung vor dem Ausschuss wegen dem Oberhammer …»

«Haaammer.»

«Oberhammer, verdammt.»

«Oh, jaaa …»

Heinlein nahm seine Flasche Bier und verließ enttäuscht den Tempel der Lust, der so unerwartet in seiner Küche beheimatet war. Im Obergeschoss angekommen fragte er sich, welchen Weg er zuerst wählen sollte. Links wurde unter anhaltendem Dauerfeuer munter weiter gestorben, während rechts die Schlacht zugunsten einer elektrisch verzerrten Violine entschieden zu sein schien. Aber auch sie hatte den Kampf nicht unbeschadet überstanden. Ein leises, fast jämmerliches Fiepen bahnte sich den Weg durch das Röcheln eines ersaufenden Klaviers.

«Hallo, Vera-Schatz!», rief Heinlein noch vor ihrer Tür.

«Hier», kam es aus dem Munde seiner unfassbar talentierten Tochter zurück, gefolgt von einem «Pssst» einer unbekannten Stimme.

Veras schulterlange Haare waren mit Claudias Drei-Wetter-Taft zu einem Strahlenkranz zusammengefasst und aufgerichtet, blau, rot, weiß eingefärbt, das Gesicht einer Geisha gleich fahl geschminkt, und ihr zierlicher Körper war in einen übergroßen US-Army-Anzug gehüllt. Zwischen Schulter und Kinn klebte die sündhaft teure Violine, die er ihr erst kürzlich zu Weihnachten geschenkt hatte und die nun an einen Verstärker angeschlossen war.

Gesteuert wurde die Installation von einem Freund, «Che!», wie er sich nennen ließ, der den Sound am Computer treffend am guten Geschmack vorbeimanövrierte. Che! trug lange schwarze Haare und einen beeindruckenden Vollbart zu einem dunkelblauen Einheits-Arbeitsanzug, den Heinlein dem Reich Mao-Tse-tungs zuordnete. Er begrüßte Che! mit dem internationalen Begrüßungszeichen des vom System geknechteten Proletariats, indem er die Bierflasche hob. Ein mitleidiges Lächeln als Antwort bestätigte Heinlein seine Herkunft, sein Dasein und seine unabänderbare Zukunft.

«Ihr übt?», fragte Heinlein leise.

«Pssst», zischte Che! und malträtierte das Keyboard weiter.

«Eine neue Performance», antwortete Vera. «Laurie Anderson war gestern, es lebe Revenge mit *You Can't Hide, Sam.*»

«Ah ja.»

«Pssst.»

«Gut, Kinder, dann lasst euch nicht weiter stören. Peace!»

Heinlein trollte sich unter dem rotzenden Dauerfeuer, das Che! und Vera über *Gottes eigenem Land* herabregnen ließen.

Blieb noch der zweite Stolz seiner Lenden, Tom. Den Joystick locker in der Rechten, saß er kahl geschoren mit schwarzer Integralbrille vor dem Rechner und gewährte niemandem Gnade. Je mehr düstere Gestalten seinen Lauf kreuzten, desto blutgetränkter wurde sein Weg durch die Unwägbarkeiten einer Stadt bei Nacht.

«Hallo, Tom, wie geht's?»

Heinlein setzte sich zu ihm an den Rechner.

«Alles im grünen Bereich», antwortete Tom, ohne den Blick von der nächsten Häuserecke zu nehmen. Sein Finger am Abzug war hellwach und reagierte auf jede noch so unbedeutende Erscheinung.

Bum-Bum-Bum donnerte es aus den Lautsprechern. Eine Mutter mit Kind fiel in eine Öllache in einem schäbigen Hinterhof. Ihr Blut mischte sich mit dem ihres Kindes. Der Kinderwagen kippte zur Seite.

«Das war aber eine von den Guten», protestierte Heinlein.

«Die hat um diese Uhrzeit draußen nichts verloren.»

«Jetzt mach aber mal langsam.»

«Glaub mir, Dad, das war ein gemeiner Hinterhalt von ‹Doom›. Die Frau gehört bestimmt zu ihm.»

«Wer?»

«‹Doom›, die gemeinste Bazille von Gotham City. Warte, ich zeig's dir.»

Tom bewegte die Computermaus auf den Kinderwagen und machte einen Doppelklick. Ein Fenster öffnete sich. «Siehst du? ‹Hidden weapons›. Die Mutter war ein getarnter Kurier von ‹Doom›.»

Recht hatte er, und sein Energievorrat füllte sich um zwei Leben.

«So ein Unsinn», widersprach Heinlein. «Auf eine Mutter mit Kind würde ich niemals schießen. Zuerst würde ich sie überprüfen, ob überhaupt ein begründeter Verdacht besteht. Und selbst dann …»

«Dad, das ist doch nur ein Spiel!»

«Ein fragwürdiges Spiel, finde ich. Du schießt auf Menschen.»

«Papa, die sind doch nicht real. Das ist reine Virtual Reality.»

«Was ist das?»

«Künstlich. Alles nur VR.»

«Wenn du meinst.»

Heinlein erhob sich und ließ seinen Sohn mit den fremden Mächten in dieser fremden Welt allein. Auf dem Gang, im Fadenkreuz seiner Familie, machte er Halt. Er war ein Außenseiter, der hoffnungslose Fall eines Ehekrüppels, ein Banause, der die Avantgarde nicht zu schätzen wusste, selbst wenn sie ihm mit der Violine um die Ohren geschlagen wurde, und ein alternder Cop, mit dem die Gangster Katz und Maus spielten.

Er zog die Leiter von der Decke und begab sich auf den Dachboden zu seiner Eisenbahn. Jahrelang hatte er mit seinem Vater an dieser Strecke gearbeitet, die sie in die entlegensten Ecken dieser Welt gebracht hatte, auf leisen Sohlen, mit Uhu, Pappmaché und Schere bewaffnet. Kein Hindernis konnte ihnen Einhalt gebieten, sei das Meer noch so tief, der Berg noch so hoch und der Schlagbaum unpassierbar einbetoniert. Das Taj Mahal war zum Greifen nahe. Die Schienen endeten irgendwo kurz vor dem Himalaja. In ein paar Stunden hätten sich er und seine Lok durch die unwirtliche Landschaft gekämpft.

Er setzte sich, nahm Schere und Pappe zur Hand. Das würde eine Brücke werden, nein, ein genial konstruiertes, frei hängendes und Kontinente verbindendes Meisterwerk der abendländischen Architektur, das seinesgleichen suchte. Im Handumdrehen würde er aufsteigen zu Königen, zu unfassbaren Schätzen und zu unbekannten Ländern, die noch nie zuvor von einem weißen Mann betreten worden waren.

Doch die Schere war stumpf.

Heinlein legte sich auf den Rücken. Über ihm das Dachgebälk, konserviert hinter Spinnennetzen und dem schleichenden Fraß des Holzwurms. Kilian kam zurück. Wo würde er sich gerade herumtreiben, mit wem flirten, an welcher Theke sich einen Caipirinha bestellen? Er erinnerte sich. Caipirinha und Samba. Zwei Dinge, die er zuvor nicht gekannt hatte. Was war ihm noch alles fremd? Was hatte er sich bisher selbst alles vorenthalten?

Er griff nach der Bierflasche. Doch statt ihr förderte er zwischen den Kartons etwas anderes zutage. Er hielt es hoch, drehte es nach allen Seiten, öffnete und schloss die Türen, selbst das Miniaturlenkrad ließ sich noch drehen.

Heinlein schloss die Augen und drückte den kleinen knallroten Alfa Spider fest an seine Brust. Aus dem Dunkel heraus eröffnete sich vor seinem geistigen Auge die

Autostrada, schnell vorbeihuschende Ortsschilder und Geschwindigkeitsbegrenzungen, die für ihn keine Bedeutung besaßen. Der Fahrtwind durchwühlte seine Haare, er rückte die Sonnenbrille zurecht und sah im Rückspiegel die Grenze, die er nun endlich hinter sich lassen würde. Er war unterwegs. Ziel: der Süden. Sein Auftrag: Wünsche wahr werden lassen.

*

Die Glocken von Santa Maria in Trastevere weckten mich. An der Decke mühte sich trunken der vergilbte Propeller eines Ventilators, dessen Daseinsberechtigung sich mehr auf Nostalgie als auf Erfrischung begründete. Durch die Lamellen der Fensterläden wehte erfrischende Abendluft herüber und erleichterte mir das Aufstehen.

Es war kurz nach 21 Uhr. Das geschäftige Treiben der Bars und Restaurants hatte die Vicolo de Cinque bereits erfüllt, als ich die Fensterläden öffnete und einen Blick über die Dächer riskierte. Die Sonne stand rot glühend einen Daumen breit über dem grünen Monte Gianicolo und tauchte mich in bronzefarbenes Licht. Ich schloss die Augen und nahm einen tiefen Zug dieser samtweichen Melange aus wohliger Wärme, brutzelndem Olivenöl und den Gesprächen flanierender Altstadtbewohner. Dazwischen das geschäftige Knattern vagabundierender Vespas. Endlich. Ich war wieder zu Hause.

«Kiliano», schallte es aus dem Treppenhaus zu mir hoch, «steh endlich auf. Essen ist fertig.»

Was will man mehr. Das Leben kann so einfach sein.

Bevor mich die Dusche vom letzten Rest Deutschland befreite, wagte ich noch einen Blick nach rechts. Hinter den Baumkronen der Platanen an der Villa Farnesia ragte die Kuppel der Basilika di San Pietro mächtig auf. Ihr Glanz trotzte der Sonne ein gehöriges Stück Selbstbewusstsein ab, sodass man fast meinen konnte, das eigentliche Zentrum des Universums befände sich wenige hundert Meter Luftlinie von mir entfernt. Dass ich damit nicht ganz falsch lag, zeigte sich an einer schwarzen Rauchfahne, die sich über den vatikanischen Gebäuden im Himmel verlor.

Der Abendtisch war reich gedeckt. Enzos Frau Ivana hatte sich ob meiner Anwesenheit ordentlich ins Zeug gelegt. Neben diversen Antipasti, frischem Brot, Oliven und Salaten standen drei Flaschen eines Vino Rosso entkorkt bereit. Aus den Schalen auf der Anrichte roch es verführerisch nach öltrunkenen Kräutern. Ivana selbst hantierte mit einem Gefäß, über dessen Rand Fischköpfe schauten.

Gedeckt war für sieben. Enzo debattierte bereits mit vier mir unbekannten Gästen über die neuen politischen Verhältnisse im Land und natürlich über den kommenden Papst.

«Buona sera», sagte ich, als ich in die Küche trat.

«Kiliano!», rief Ivana und nahm mich in den Arm.

«Ciao, Ivana», begrüßte ich sie mit aller Herzlichkeit, die ich ihr gegenüber empfand, «es ist schön, wieder bei euch zu sein.»

«Wo hast du dich nur so lange rumgetrieben? Kein Wort haben wir seit mindestens einem Jahr von dir gehört.»

«Ich hatte geschäftlich in Deutschland zu tun. Es gab leider wenig Möglichkeit anzurufen.»

«Er ist und bleibt ein Straßenköter. Untreu und verlogen», schaltete sich Enzo ein. Er hob sein Glas und schmunzelte mir zu.

«Sprich nicht so mit meinem Kiliano», nahm mich Ivana in Schutz. «Du bist der größte Verbrecher von allen.»

«Und du seine Frau», quittierte Enzo.

«Hätt ich nur auf meine Mutter gehört. ‹Er taugt nichts›,

hat sie mich gewarnt. ‹Ein Lügner und Betrüger ist er. Macht jeder schöne Augen.› Dabei war ich so ein hübsches Ding. Jeden hätt ich bekommen können, und ausgerechnet auf dich alten Gauner bin ich hereingefallen. Oh heilige Mutter Maria, vergib mir.»

«Die Frauen lieben eben die Piraten», antwortete Enzo.

«Und heiraten die Belagerer», komplettierte ich das Sprichwort.

Ich setzte mich neben zwei Schwarze, die amüsiert meine Begrüßung verfolgt hatten. Die allabendliche Einladung zum Essen war fester Bestandteil der Geschäftsphilosophie Enzos und Ivanas. Bei ihnen zu Gast zu sein, hieß mehr, als nur zu übernachten und zu bezahlen. Die *stranieri* am Familienleben teilhaben zu lassen war oberste Maxime. Und wenn dabei mal der Haussegen schief hing, *ma ché*, das war die beste Möglichkeit, eingefleischte Römer bei der Konfliktbewältigung zu beobachten. Da war kein Platz für falsche Scham. Einzige Voraussetzung: Trinkfestigkeit und Lautstärketoleranz.

«Mein Name ist Jonathan», stellte sich der Erste vor.

«Und ich bin Sunday», sagte der Zweite.

Sie stammten aus Kenia und waren auf Pilgerfahrt. Neben Enzo saßen Vladimir aus Russland und Serafina aus Portugal. Bei Vladimir war ich mir nicht sicher, ob er nun geschäftlich mit Enzo zugange war oder wirklich nur in der Stadt zu tun hatte. Serafina hingegen war alles andere als verdächtig. Ihr engelsgleiches Gesicht ließ mich auf Sozialarbeiterin tippen. So schlecht lag ich mit meiner ersten Vermutung nicht, denn sie stellte sich als Mitarbeiterin der Vereinten Nationen vor. Worin genau ihre Aufgabe lag, ließ sie im Dunkeln.

Das Abendessen verlief, wie ich es mir so lange gewünscht hatte. Es wurde ausgiebig getafelt, getrunken und debattiert. Die Gäste klinkten sich eifrig in die Diskussion ein und erhielten dadurch eine erstklassige Führung durch das soziale Leben Roms, um die sie jeder andere «Experte» beneidet hätte. Nach einer Woche Rom mit Enzo und Ivana konnte man in der Gewissheit nach Hause fahren, Land und Leute tatsächlich kennen gelernt zu haben, anstatt überkommenen Klischees aus Reiseführern nachgelaufen zu sein.

Ich musste ein ums andere Mal Ivana von den Ereignissen in Würzburg erzählen, die ich seit meiner Ankunft dort erlebt hatte. Vom toten Wachmann unter dem Deckenfresko Tiepolos, der vermeintlichen Giovanna Pelligrini, meiner überstürzten Flucht vor Galina aus Genua und vom Sicherheitsgipfel auf der Festung Marienberg und dem tragischen Ende meines alten Freundes Schröder. Aber ich erzählte auch von den neuen Freunden, Heinlein und Pia, die ich dort gewonnen hatte.

Verdammt, Heinlein. Wie ein Schlag ins Gesicht erwischte mich hinterrücks das schlechte Gewissen. Seit ich mich vergangene Nacht durch die abgelegenen Bergstraßen am Brenner gewunden hatte, war auch Heinlein aus meinem Bewusstsein verschwunden. Wie war es ihm nach meiner Flucht ergangen? Welchen Vorwürfen musste er sich meinetwegen stellen?

«Ist dir nicht gut, Kiliano?», fragte mich Ivana besorgt.

Ich verneinte und begab mich auf den Balkon. Frische Luft zur Rekapitulation der Ereignisse hatte ich dringend nötig. Der Hinterhof war fast komplett mit Platanen und Palmen ausgeschmückt und mit einer Lichterkette in ein beruhigendes Blau getaucht. Selbst auf die Zikaden schien es zu wirken, verträumt zirpten sie ihre Liebeslieder. Über mir ein halb voller Mond, der den Liebespaaren am nahen Tiber die Hände führte.

«Was haben Sie zu Ihrer Verteidigung zu sagen?», hämmerte es immer wieder in meinem Schädel. Und ich sah Heinlein schuldbewusst und hilflos dem sicheren Richterspruch ausgeliefert.

«Ich habe mich nach dieser Signora della Schiava umgehört», sagte Enzo, der meine Geistesabwesenheit bemerkt hatte. «Es stimmt, sie ist Professorin an der Universität des Vatikans. Pflichtbewusst, bescheiden und verschlossen, soweit meine Quellen berichten. Sie soll einem Orden der Spanischen Schwestern in der Via Barchetta angehören. Ich war dort. Ein geschlossener Konvent, zu dem kein Mann Zutritt hat. Das ist erst mal alles. Morgen kann ich dir vielleicht mehr sagen. Ich hoffe, du kannst was damit anfangen.»

«Grazie, alter Freund», erwiderte ich. «Ohne dich wäre ich ganz schön aufgeschmissen.»

«Du schaust betrübt aus, Kiliano. Was quält dich sonst noch? Sag's mir, und ich werd …»

«Beruhige dich, Enzo. Es ist jemand, den ich zurückgelassen habe. Ein Freund.»

«Wie heißt sie?»

«Es ist ein Mann.»

«Um Himmels willen!»

«Nicht, was du denkst. Er ist ein echter Freund. So wie du.»

«Ist es der …»

«Genau der. Er hat alles für mich aufs Spiel gesetzt. Karriere, Familie und seinen guten Ruf. Alles, was er von mir bekommen hat, waren dumme Sprüche und die Aussicht, im Knast zu landen. Ich könnt mich ohrfeigen.»

«Du magst ihn wirklich.»

«Ja, wenn ich's dir doch sage.»

«Zurück, um ihm zu helfen, kannst du jetzt nicht mehr.»

«Nicht jetzt, aber bald. Ich kann ihn nicht einfach in

der Scheiße sitzen lassen. Weißt du, dort, woher ich komme, sind viele Dinge ganz anders als hier. Wenn du was ausgefressen hast und dafür gebüßt hast, hängt dir diese Geschichte ein ganzes Leben nach. Du bist und bleibst der Sträfling. Hier in Italien ist jeder Zweite ein Gauner. Das ist keine große Sache. Normal. Man muss mit dem Leben irgendwie klarkommen. Egal wie. Ich nenne es wie ihr ‹die Kunst zu überleben›. Und dafür schätze ich euch. Aber dort …»

«Was machst du jetzt?»

«Handeln.»

Ich verabschiedete mich und begab mich eilends zu der Adresse, die mir Mayfarth gegeben hatte.

Ich musste nicht weit gehen. Die Chiesa di S. Agata war nur ein paar Häuserecken entfernt. Wie ich erhoffte, waren die Straßen und Gassen um die Piazza di S. Maria in Trastevere mit Nachtschwärmern, Autos und Vespas reichlich gefüllt, während sich auf der anderen Tiberseite, im Centro Storico, die Touristen, Gaukler und Straßenmusikanten an der Piazza Navona ihr allabendliches Stelldichein gaben und sich gegenseitig langweilten. Entgegen den dortigen Verhältnissen musste ich auf meiner Seite wenig Acht auf die Carabinieri geben. Trastevere folgte anderen Gesetzen. Streitigkeiten wurden vorwiegend untereinander geregelt, ohne den Einsatz fremder Gewalt. So hielten sich die oft verspotteten Zweierpatrouillen der Carabinieri hier in Grenzen. Ihr vorrangiges Anliegen galt mehr den chaotisch geparkten Autos, die eins nach dem anderen am Haken hingen und Platz für neue Kreativ-Parker machten.

Die Via della Lungaretta führte mich zu einer Tafel, die in Stein in das angrenzende Haus zur Kirche der heiligen Agata eingelassen war. Eine *cucina economica* sollte hier sein, eine Armenspeisung, die unter der Schirmherrschaft von Giovanni Paolo II. stand. Um die Tür hing allerlei armseliges Volk in Begleitung vieler Hunde herum, vorwiegend Punks und abgerissene Aussteiger, denen ich sonst nicht gerne begegnet wäre. Einer wie der andere wollte Geld für ein Bier, ein Telefonat oder um dem verkrüppelten Hund ein Gnadenbrot zu ermöglichen. Ich verteilte ein paar Münzen und ging weiter, da die Tür verschlossen war. Auch hier gab es Öffnungszeiten, an die man sich zu halten hatte.

Vor dem Portal der Kirche lehnte ein Mönch in weißer Kutte mit braunem Schulterteil und Turnschuhen lässig an der Mauer. Auf den Stufen neben ihm saß ein Junge in kurzen Hosen und gekreuzten Beinen. Er äffte das Verhalten der Menschen, die er auf der Piazza vor sich sah, nach. Einer der dort Stehenden fand das überhaupt nicht lustig und beschwerte sich lautstark. Der Junge gab ihm eine entsprechende theatralische Antwort, bis seine Mutter aus der Kirche kam und ihn mitnahm. Während sie in der Menge verschwanden, imitierte der Kleine die Passanten, wie er sie sah. Die Punks erhielten spiegelbildlich ihren eigenen Protest auf die Gesellschaft, wie sie sich mit offenem Mund und verdrehten Augen in der Ecke übergaben. Ein juveniler Spiegel der Gesellschaft.

Ich betrat die Kirche. Vor mir eine Holztruhe mit Schlitz, darüber war «Offerta» geschrieben. Mit Spenden musste sich diese wie auch viele andere Kirchen über Wasser halten. Von den Milliarden des vatikanischen Vermögens gelangte hierher wohl nichts. Neben mir saß hinter einem Tisch ein Mönch. Vor ihm eine weitere Schale für Geldspenden. Dafür durfte man sich ein kleines Heiligenbild der Agata für das Gesangbuch mitnehmen. Ich legte einen Zehner hinein und betrat das Kirchenschiff. Die Bänke um mich herum waren gut besucht, obwohl es fast 23 Uhr war. Ich blickte mich um, ob ich Ninian nach der Beschreibung Mayfarths entdecken würde. «Mach dir keine Sorgen», hatte er mir gesagt, «Ninian wird dort sein.»

Und so war es. Unter dem verblichenen Wandfresko von Biagio Puccini aus dem Jahr 1713 fand ich Bruder Ninian. Er war ein rundlicher, kleiner Kerl mit gebräunter Glatze und einem schelmischen Lächeln. Er hatte eine Gruppe um sich versammelt und wies auf die Restaurierungsarbeiten am Fresko. Doch was ihn für mich identifizierte, war sein verkrüppelter linker Arm, den er wie eine Kralle an sich gepresst hatte.

Ich setzte mich in eine Bank und wartete. Um mich herum Römer, jung und alt, auf einen Sprung hereingekommen und fünf Minuten im Gebet versunken, bevor sie wieder ihres Weges gingen. Die Gruppe um Ninian löste sich unter schüchternem Beifall auf. Das Geld, das sie ihm zusteckten, fasste die Kralle unerbittlich fest. Auf dem Weg zum Opferstock kam er an mir vorbei. Ich schaute ihm in die Augen und erntete ein selig strahlendes Lächeln.

«Ninian?», flüsterte ich ihm zu.

«Kilian aus Würzburg?»

Ich nickte.

«Schön, dass du es geschafft hast. Ich hatte mir schon Sorgen gemacht. Komm mit. Hier ist es zu unruhig.»

Ich folgte ihm hinaus. Wir überquerten den Lungotevere degli Anguillara, ohne von den Autos auf den Kühlergrill genommen worden zu sein, und stiegen danach die Stufen zum Tiber hinunter.

Von hier aus hatte man einen beeindruckenden Blick auf das nächtliche Castel Sant'Angelo flussaufwärts, das wie die zahlreichen Brücken prächtig beleuchtet war. Über ihnen zwängten sich die Ambulanzen mit ihren zänkischen Martinshörnern, die ihnen vor allen anderen Vorfahrt im Straßengewirr sichern sollten. Gerade als wir die letzte Stufe erreichten, bog lärmend eine Ambulanz auf die Ponte Cestio über uns ein, um die Fracht im Ospedale Fatebenefratelli zu löschen. Das Hospital der «Brüder, die Gutes tun» lag auf der einzigen Insel im Stadtbereich, der Isola Tibernia. Die ehemalige Pestinsel beheimatete vor 2300 Jahren das erste Krankenhaus der Stadt und war dem griechischen Gott der Heilkunst, Äskulap, geweiht.

Bruder Ninian ging am Tiberufer voran. Penner, Betrunkene und Nachtschwärmer, die es sich auf den warmen Steinen bequem gemacht hatten, begrüßten ihn ehrfürchtig. Er antwortete ihnen mit einem Lächeln und dem ungelenk wirkenden Gruß seiner Kralle.

«Du hast eine schwierige und gefährliche Aufgabe übernommen. Es wundert mich, dass Mayfarth dafür einen Weltlichen ausgesucht hat», beendete er unseren stillen Gang.

«Eigentlich war es Pater Nikola. Ich vermute, dass ihr euch gekannt habt. Er hatte mich ausgesucht, weil ich nicht glaube.»

«An Jesus Christus oder an gar nichts?»

«Es gibt mehr Möglichkeiten als diese. Zum Beispiel glaube ich an den Gott der Freiheit oder an den Gott des guten Geschmacks und der schönen Dinge. Auch die Göttin der Lust und der Hingabe ist mir nicht fremd. Dagegen glaube ich nicht an die Macht, die dein Papst und seine Kardinäle im Namen Jesu ausüben.»

«Ein Hedonist mit rebellischem Geist? Damit bist du Jesus gar nicht so fremd. Auch er hielt nichts von der Enthaltsamkeit am Sabbat, und die Lust an schönen Dingen war ihm wohl auch nicht fremd. Somit ist deine Wahl gerechtfertigt und macht Sinn.»

«Wie kannst du mir nun weiterhelfen?»

«Schwester Yasmina ist vergangene Nacht in Rom eingetroffen. Übernachtet hat sie in ihrem Orden, bevor sie heute Morgen dort abgeholt und in die Villa Sacchetti gebracht wurde. Mir wurde berichtet, dass sie den gesuchten Gegenstand mit sich führte.»

«Was ist in der Villa Sacchetti?»

«Die Zentrale der Prälatur vom Heiligen Kreuz und Opus Dei. Sie ist nicht weit von der Chiesa S. Maria della Pace entfernt, wo der selige Escrivá begraben liegt.»

«Ist sie seitdem wieder aufgetaucht?»

«Meiner Kenntnis nach nicht. Ich vermute, dass sie sich noch immer dort oben befindet.»

«Dann ist der Papyrus verloren.»

«Das muss nicht sein. Ich denke, genau das Gegenteil ist der Fall. Sie halten ihn verschlossen, um ihn bei geeigneter Gelegenheit für ihre Interessen einzusetzen.»

«Was wäre so ein Fall?»

«Nachdem unter Johannes Paul II. das Opus Dei zu dem geworden ist, was es heute ist, halten sie eine Waffe in der Hand, mit der sie auf einen Schlag die ganze Kirche vernichten könnten. Das macht zwar wenig Sinn, weil dann auch ihre Existenzberechtigung dahin wäre, aber was macht man nicht alles mit dem Rücken zur Wand.»

«Wer bedroht sie?»

«Jeder, der an Erneuerung und Wandel interessiert ist. Neue Köpfe, Reformer, Umkehrer, Enttäuschte. Hinzu kommen alle, die ohne Unterstützung des Opus nichts geworden sind und jetzt auf Rache sinnen. Die große Abrechnung hat begonnen. Dagegen müssen sie etwas unternehmen. Da ist ihnen der Papyrus genau zur rechten Zeit gekommen.»

«Welche Rolle spielt Yasmina dabei?»

«Man musste diskret, ohne großes Aufsehen vorgehen, nachdem der Fund in Rom bekannt wurde. Yasmina war dafür genau richtig, zumal sie sich zu diesem Zeitpunkt bereits in Deutschland aufgehalten hatte. Eine absolute Nachrichtensperre wurde verhängt. Ansonsten hätten sich alle Seiten auf den Papyrus gestürzt. Ich wette, du hättest dein Würzburg nicht wiedererkannt. Nur ein paar wichtige Entscheider waren die ganze Zeit auf dem Laufenden.»

«Wer sind diese ‹Entscheider›?»

«Kardinal Armbruster und ein paar wenige aus meinem Lager.»

«Dein Lager? Wer sagt mir, dass es das richtige ist und dass nicht auch du den Papyrus für deine Zwecke einsetzen willst?»

«Natürlich will ich das. Ich habe nichts anderes behauptet.»

«Und was hast du damit vor?»

«Endlich aufräumen.»

✻

UND WILFRID SPRACH: «ES KOSTET MICH NUR EIN WORT, UND DU BIST DES TODES. DER HERZOG UND SEIN MISSRATENER SOHN WARTEN NUR DARAUF.»

«WAS IST DEIN LOHN, JUDAS? WAS HAT MAN DIR VERSPROCHEN, DASS DU UNSEREN HERRN JESUS CHRISTUS EIN ZWEITES MAL VERKAUFST?»

«DU UND DEIN UNSELIGER COLMAN. IHR SEID KETZER, DIE DEN THRON DES HEILIGEN PETRUS ENTWEIHEN.»

«NICHT WIR SIND ES, SONDERN IHR, DIE IHR DEN PETRUS UND ALLE SEINE VERDAMMTEN NACHFOLGER ÜBER DEN MESSIAS ERHOBEN HABT. IHR WERDET BRENNEN!»

«DU WEISST, WAS GESCHRIEBEN STEHT: DU BIST

Petrus, auf diesem Felsen werde ich meine Kirche bauen.»

«Und du hast gehört, was unser Herr in seiner letzten Stunde wirklich gesagt hat: Bauet keine Tempel, denn die Zeit ist nahe.»

«Lügen! Ihr culdeischen Hunde habt die Botschaft des Herrn verfälscht.»

«Unsinn, du weisst, dass du die Unwahrheit sprichst, denn du hast ihn gesehen, den Papyrus.»

«Eine Fälschung.»

«Du hast seine Echtheit in Streneashalch bestätigt. Ich war dabei.»

«Ich weiss, dass du dort warst. Und ich weiss, dass du ihn vor mir verborgen hältst. Gib ihn mir und ich will seine Echtheit abermals prüfen.»

«Du bist schlimmer als Ischariot. Er hat sich nur einmal versündigt. Du hingegen tust es fortlaufend.»

«Unser Herr Jesus wäre nicht der Auferstandene, wenn es den Judas Ischariot nicht gegeben hätte. Jesus wusste das, und deshalb hat er ihm vergeben. Ich bin nur ein Diener dieser Kirche, der in ihrem Namen diesen mächtigen Felsen schützen will. Der Verräter bist du, Cilline, denn du bedrohst diese Kirche und somit den Herrn. Nun, gib heraus, was du uns gestohlen hast.»

«Es gibt nichts in Gottes Haus, was dein eigen ist, denn du bist der Satan.»

«Dann kann ich nichts mehr für dich tun. Die Gerechtigkeit des Herrn soll über dich kommen.»

«Den Tod fürchte ich nicht. Du weisst es, du hast unter unserem Dach gelebt und mit uns die Gebete gesprochen. Der Tod wird mich erlösen.»

XII.

An einer Tanke entlang der *strada del sole*. Irgendwo zwischen Bologna und Firenze. Ein PS-strotzender Sportwagen rollt schnurrend an einer Zapfsäule aus.

No autoservizio. Noch ein kurzes Aufheulen, um sich bemerkbar zu machen, dann stellt Heinlein den Motor ab, gähnt und wartet.

«*Ciao, Giorgio!*»

Heinlein erschrickt. Wer weiß um seinen Aufenthalt in Italien und wer kennt seinen Namen? Er sucht nach der Quelle. Ein Motorradfahrer verrenkt sich nach allen Seiten, ein Bus entlässt übernächtigte Gäste in die Toiletten, ein Wagen der *Polizia* braust davon.

Und da steht sie.

Sie wischt sich die schmutzigen Finger an einem Lappen ab, schreitet auf ihn zu, lächelt erwartungsvoll. Sie muss jemand anderen meinen. Nicht ihn, diesen grauen und unbedeutenden kleinen Bullen aus der Provinz. Heinlein dreht sich um. Doch hinter ihm ist niemand zu sehen. Er nimmt die Sonnenbrille ab, reibt sich die müden Augen, schaut nochmal hin, und tatsächlich, sie meint *ihn*.

Die schwarz gelockte Mähne tanzt auf ihren Schultern, bedeckt den tiefen Ausschnitt ihres ölgetränkten Overalls sündhaft wenig, die braune Haut ihres Dekolletés glänzt von Schweiß und von der Lust des Südens, die sich in jeder Bewegung ihrer Hüfte spiegelt. Sie beugt sich zu ihm herunter ins Wageninnere, erblickt die Einkaufstüten und schenkt Heinlein ihre ganze wunderbare Aufmerksamkeit. *«Ciao, Giorgio. Che cosa posso fare per te?»**

Giorgio kann nicht umhin, schaut tief in ihre Garderobe, schluckt trocken, holt Luft, müht sich um ein «Voll, bitte».

Die Traum-Frau antwortet mit einem Augenaufschlag und einem Schmunzeln, das weiter reicht, als er es je für möglich gehalten hätte. Sie geht an den hinteren Kotflügel. Im Außenspiegel folgt er ihr. Ihre Hand wartet, feingliedrig, ölig, mit den schwarzen langen Reißnägeln eines wilden Tieres, auf die Öffnung. Giorgio versteht nicht. Sie klopft zweimal fordernd aufs Metall, als wolle sie eintreten. Er bejaht, betätigt den Hebel, der Deckel springt auf. Die Pistole rastet aus, das Zählwerk begibt sich in Startposition, und die Pumpe läuft an. Ihre Hand führt den blank gewetzten Stutzen zielgenau ein, zwei Finger drücken den Abzug langsam durch. Neues Leben erfüllt Wagen und Fahrer.

Dann bückt sie sich und taucht vor ihm an der Scheibe wieder auf. Ihre Hand knetet einen Schwamm, ein, aus, ein, aus, bis er ganz voll gesogen die dünne Grenze zwischen ihm und ihr verwischt. Giorgio checkt seine Frisur im Rückspiegel, macht sich bereit, bevor er wieder zu Sinnen kommt. Doch sie lässt ihn nicht entkommen. Zwei Schwünge, und der Nebel weicht. Sie streckt sich quer über seine Haube, als läge sie bereits auf seinem Schoß und wolle ihn umarmen. Giorgio kommt ihr entgegen …

«Latin Lover!»

Von irgendwoher hämmerte der alte Gianna-Nannini-Song an Heinleins Ohr. Er schreckte hoch, den kleinen

* «Was kann ich für dich tun?»

roten Alfa Spider in seiner Hand fest umklammert. Dann legte er ihn beiseite, gähnte und rieb sich verschlafen die Augen.

Verdammt heiß war es hier drin. Seine Kehle brannte trocken. Durch die Scheibe erkannte er zwei Halbwüchsige, die den Motor eines 3er BMW Cabrios hochtrieben und mit durchdrehenden Reifen vom Parkplatz auf die Einfädelspur rasten.

Die Anzeige auf der Armatur zeigte 9.14 Uhr. Normalerweise die rechte Zeit für einen Happen in der Kantine, wie jeden Morgen in den vergangenen Jahren. Doch heute nicht. Heute, morgen und die nächsten Tage konnten sie ihn mal. Sollten sie schauen, wie sie ohne ihn zurechtkämen. Mord und Totschlag hatten Pause.

Er nahm die Einkaufstüte mit dem Armani-Aufdruck vom Rücksitz, stieg aus, setzte sich die Sonnenbrille auf die Nase und steuerte auf die Cafeteria des Autogrills zu. Die Sonne brutzelte wie ein Spiegelei in der Pfanne am stahlblauen Himmel. Es herrschte müde Betriebsamkeit an den Zapfsäulen. Die Armada der Holländer, Deutschen, Franzosen und Belgier füllte ein letztes Mal auf, bevor sie ihre Container für die nächsten vierzehn Tage unter einem Baum parkten. Auf den Rücksitzen ersehnten derweil apathisch dreinschauende Mütter mit verheulten Kindern die baldige Beendigung der Tortur herbei. Nie wieder, schwor sich Heinlein, nie wieder.

Der Cafétresen war rammelvoll mit Busfahrern, Touristen und verständnislos dreinblickenden Einheimischen. Letztere beobachteten stumm das lautstarke Wetteifern der Reisenden um die Aufmerksamkeit des Personals. Gelassen führten sie die Espressotasse zum Mund und widmeten sich wieder ihrer Zeitung. Heinlein zwängte sich an ihnen und den meterlangen Schlangen vorbei, geradewegs auf die Duschen zu. Für einen Zehner bekam er eine Kabine und ein Handtuch. Alles andere Notwendige hatte er noch am Abend in einer ihm unbekannten Stadt diesseits der Grenze eingekauft. Es hatte ihn ein Vermögen gekostet. Claudia würde ihn dafür lynchen. Aber auch sie hatte jetzt Pause, genau wie alles andere, das er zurückgelassen hatte. Jetzt war er mal an der Reihe, ohne Wenn und Aber.

Nach einer halben Stunde war er wie neu geboren. Sein Spiegelbild schien einem Hochglanzmagazin entrissen und strahlte eine kühle Überlegenheit aus. Der neue Anzug saß wie eigens für ihn entworfen. Er zog den Hemdkragen straff, streifte das nasse Haar nach hinten und platzierte die Sonnenbrille, wohin sie gehörte. Dann verließ er den Raum. Seine alten Klamotten füllten den Abfalleimer.

«*Un espresso*», sagte er im Vorbeigehen und stellte sich an einen der Stehtische, inmitten der Italiener.

Ein neuer Schwall verschwitzter und übermüdeter Touristen in verknautschten Shorts und lächerlich bunten T-Shirts füllte die Cafeteria. Heinlein beobachtete sie ebenso stumm und emotionslos wie die Männer an seiner Seite.

«*Prego, signore*», sagte die Kleine mit dem Espresso in der Hand.

Eine ihm unbekannte Aufmerksamkeit, freudig erregt, wurde ihm zuteil. Ihre dunkelbraunen Augen blickten ihn erwartungsvoll an. Er reichte ihr einen Fünfer und schenkte ihr ein Lächeln.

«*Basta così.*»

«*Grazie*», sagte die Kleine und verabschiedete sich mit einem Blick, der ihm *heute Abend um acht am Brunnen* versprach.

Heinlein wartete, bis das Getränk sich abgekühlt hatte. Währenddessen vermied er jeden Blickkontakt mit den

Reisenden, leerte den Espresso in zwei Schlucken und verließ eilends diesen Ort.

Am Parkplatz angekommen, war sein Wagen von einer Gruppe junger Leute umlagert. «*Ciao, ragazzi*», sagte er, «*come va?*»

Ein Druck auf den Schlüssel, und piepsend entriegelten sich die Türen der schwarzen Sonderanfertigung aus Zuffenhausen.

Heinlein stieg ein. Das Verdeck öffnete sich und verschwand wie von Geisterhand gesteuert im Kasten hinter ihm. Dann drehte er den Zündschlüssel, und alle 462 Pferde des Porsche 911 GT2 meldeten sich einsatzbereit für die letzten 200 Kilometer, die er in weniger als eineinhalb Stunden zurückzulegen gedachte. Er stieg aufs Gas, und sechs ungeduldig aufheulende Zylinder katapultierten ihn wieder auf die Autostrada.

Er betätigte den CD-Spieler. «Nun sprechen Sie mir laut nach und geben Sie die passende Antwort: *Sei contento della tua vita?*»*

Heinlein wiederholte und antwortete, wie ihm anbefohlen. «*Si, sono contento. Anzi contentissimo!*»**

Er stieg aufs Gas. Tatsächlich, wie es ihm sein Kumpel bei der Porsche-Vertretung versprochen hatte, das Geschoss hatte nach vier Sekunden die 100 überschritten und machte sich nun daran, die 200-Marke in gleicher Zeit hinter sich zu bringen.

✷

Ninian hatte mich wissen lassen, dass Yasmina das Haus noch nicht verlassen hatte.

* «Sind Sie zufrieden mit Ihrem Leben?»

** «Ja, ich bin zufrieden, sogar sehr.»

In der Stadt war derweil der Teufel los. Neben den hunderttausend Pilgern und Touristen, die um diese Jahreszeit ohnehin das Centro Storico und das Areal um den Petersplatz überschwemmten, kam jetzt nochmal die gleiche Zahl hinzu, die ihren Favoriten bei der Papstwahl durch ihre Anwesenheit unterstützen wollten. Die Brücken über den Tiber hin zur Via della Conciliazone und dem Vatikan waren hoffnungslos verstopft, und der Rückstau machte jede halbwegs sinnvolle Bewegung mit einem Fahrzeug diesseits des Tiber zu einer lähmenden Schiebepartie. Einzig die wuseligen Vespas wussten den zähen Verkehrsfluss zu nutzen. Wie bluthungrige Stechmücken stießen sie zentimeterknapp in jede freie Lücke, die sich ihnen bot, und stellten somit abermals klar, wer im römischen Straßenverkehr die Nase vorn hatte. In der Startaufstellung, bevor die bedeutungslose Ampel auf Grün schaltete, bildeten sie eine undurchdringliche Phalanx, wie beim Angriff antiker Heere, wenn die Reiter im Vorauskommando auf die gegnerischen Reihen preschten. Erst in ihrer Folge kamen die schweren Streitwagen. So hatte sich am römischen Straßenverkehr seit zweitausend Jahren wenig geändert. Jeder ahnungslose Tourist konnte ein Lied davon singen, wenn er es im tiefen Vertrauen in seine heimischen Verkehrsregeln wagte, die Straße zu überqueren, um unvermittelt von einer feindlich gesinnten Jagdgesellschaft aufs Korn genommen zu werden.

Die Via Villa Sacchetti lag nördlich des großflächigen Areals der Villa Borghese. Ich näherte mich ihr über die Viale Bruno Buozzi und bog in diese kleine, auffällig ruhige Seitenstraße ein. Zu meiner Rechten reihte sich ein Wohnhaus mit kleinem Vorgarten an das andere. Ihnen gegenüber jedoch trotzte eine erdfarbene Wehrburg mit einem lang gezogenen Heckenschild oberhalb einer gesichtslosen

Mauer, drei Hausnummern lang. Über den ersten beiden vergitterten Stockwerken gruppierten sich drei Türme, von denen aus man jeden Angreifer leicht in Schach halten konnte. Was dahinter lag, war nicht einzusehen und entsprach offensichtlich dem Geist des Erbauers. Ich ging auf die Eingangstür mit der Nummer 36 zu. Weder ein Namensschild noch ein Zeichen verrieten dem Passanten, wer sich hinter dieser Mauer und der Gegensprechanlage aufhielt. Die Tür bestand aus widerstandsfähigem Material, schweres Holz oder gar Metall. Lediglich eine lateinische Inschrift im Türstock, seltsam in- und übereinander gestellt, stellte die Sache klar: *Dominus custodiat introitum tuum et exitum tuum.** Wie Recht der Hausherr damit hatte. Während ich mir ein Zigarillo ansteckte, erblickte ich eine Überwachungskamera über mir, und weitere durften gegenüber installiert sein, um die gesamte Straße im Blick zu haben. Ich ging weiter. Zu meiner Überraschung stieß ich nach ein paar Schritten auf ein ähnliches Gebäude. Nicht verkastelt und begrünt wie das vorangegangene, aber mindestens genauso abweisend. Hinter gefährlich anmutenden Gitterstäben baute sich in teutonisch gewohnter Bauweise einer Kaserne die «Deutsche Botschaft beim Heiligen Stuhl» auf. Seltsam, welch enge Bande das vergangene tausendjährige Heilige Römische Reich Deutscher Nation mit der eigentlichen Machtzentrale des Vatikans auch heute noch knüpfte.

Ich musste feststellen, dass beide Burgen für mich vorerst uneinnehmbar waren. Für die erste hätte man schweres Gerät einsetzen müssen und vor der zweiten hatte ich mich in Acht zu nehmen, da die Fahndung nach mir sicher

* «Der Herr wacht über dein Kommen und dein Gehen.»

auch diese Außenstelle erreicht hatte. Also beschloss ich abzuwarten und begab mich wieder an die Ecke zur Viale Bruno Buozzi. Von dort aus hatte ich genügend Schutz vor den Überwachungskameras und einen passablen Fluchtweg, sofern eine Streife auf mich aufmerksam würde. Zudem hatte ich das Tor zur Prälatur des Heiligen Kreuzes und Opus Dei ausreichend im Blick.

Ich wartete nicht lange, bis eine dunkle Limousine an mir vorbeifuhr und vor dem Eingang drei Männer entließ. Jeder von ihnen trug eine Ledertasche unter dem Arm, aus der zusammengerollte Papierbögen und flaschenförmige Behälter hervorschauten, wie ich sie noch aus meinem Chemieunterricht kannte. Der Wagen parkte wenige Meter weiter. Die Männer verschwanden im Schlund der Burg.

✳

Viele behaupten, der mächtigste Mann der Welt sei der Papst. Mächtiger als die Präsidenten der USA, Chinas und Russlands zusammen. Er ist Oberhirte über eine Milliarde Menschen, die für immense Geldmittel und einen kaum zu überschätzenden politischen wie gesellschaftlichen Einfluss stehen. Ganz zu schweigen vom eigenen Saldo seiner Kirche, den Besitztümern und den vor ihr abhängigen Menschen; egal ob christlich oder nicht. Dazu kommt, dass er ein absoluter Monarch ist, auf Lebenszeit bestellt und obendrein unfehlbar. Somit kommt er einem Gott gleich. Dass der Papst und seine Gläubigen darüber fortlaufend gegen das erste Gebot verstoßen, tut der Sache mit dem Verweis auf die Stellvertreterschaft keinen Abbruch. Man wurde durch Gott selbst dazu legitimiert.

Doch das sind nur weltliche Maßstäbe. Was den Papst wirklich über alles erhaben macht, ist die Macht, jedem sterblichen Individuum bereits zu Lebzeiten die Errettung für die Aufnahme ins Himmelreich in Aussicht zu stellen, sofern er sich nach den dafür aufgestellten Vorgaben der Kirche richtet. Wenn der Tod naht, und das tut er mit jedem Herzschlag und jedem Atemzug, gewinnt ein derartiges Versprechen die Oberhand über jedes noch so prall gefüllte Bankkonto und schließlich auch über den Verstand.

«Jesus wollte das Reich Gottes, gekommen ist die Kirche», hatte ein Franzose gelästert. Für einen, der in der Todeserwartung lebte, gegen Macht, Unterdrückung und Unfreiheit rebellierte und sich auf die Seite der Verfolgten stellte, musste er nun auf seine Niederlage oder gar auf seinen Verrat blicken. Den Siegeszug der Nachfolger Jesu möglichst lange weiterzuführen und mit Hilfe der Missionierung auszubauen, war Ziel und Aufgabe jedes einzelnen der 135 wahlberechtigten Kardinäle in der Sixtinischen Kapelle.

All das behaupteten viele Kirchenkritiker, die sich seit dem «Fall Esperanza» verstärkt in den Medien äußerten. Der Druck auf die Kardinäle war enorm. Entgegen des Verbotes, Kontakt zur Außenwelt während des Konklaves aufzunehmen, sickerten über die Konklavisten und die Ärzte immer neue Schreckensmeldungen durch. Nicht zuletzt gefördert durch den misslungenen Auftritt Armbrusters vor der ganzen Welt. Einflussreiche Stimmen wurden laut, die Gedanken dieses Bettelmönchs, der sich so mutig und entschieden gegen diese Kirche ausgesprochen hatte, aufzugreifen und neu zu diskutieren. Eine Aussetzung der Papstwahl kam ins Gespräch.

Die magische Zahl lautete 91. Sie entsprach zwei Dritteln aller Stimmen plus einer. Doch davon waren sowohl Armbruster als auch Benedetti meilenweit entfernt. Im Gegenteil, ein unerwarteter Gegner war seit dem Ausscheiden von Esperanza und Mala Dingkor aus dem Niemandsland aufgetaucht. Ein unbedeutender Kardinal namens Manuel Rodriguez aus Honduras erhielt Runde um Runde mehr Zuspruch, gefördert durch den Orkan, der von der ganzen Welt aus auf den Vatikan zusteuerte. In den Heimatländern der jeweiligen Kardinäle liefen die aufgebrachten Gläubigen Sturm gegen ihre Kathedralen. Bischöfe und Priester gerieten unter Dauerfeuer. Letztere sollten gar nicht selten selbst die Wortführer sein. Das konnte nicht lange gut gehen. Schwarzer Rauch wurde in den Schornstein entlassen.

Armbrusters Konklavist kam mit tiefen Sorgenfalten von einer abseits stehenden Gruppe zu ihm zurück.

«Und, was haben sie vor?», fragte Armbruster nervös.

«Wir haben zwei Afrikaner, einen Polen und einen Chilenen verloren. Drei andere wackeln. Sie haben angedeutet, dass sie beim nächsten Wahlgang über Benedetti und Rodriguez nachdenken wollen.»

«Verdammte Verräter», zischte Armbruster. «Hast du ihnen zu verstehen gegeben, dass sie dann nicht mehr mit der Unterstützung des Opus zu rechnen brauchen? Dass ich ihnen ihre Schulen, Wohnheime, Institute und Stiftungen dichtmache? Ganz einfach dicht?!»

«Sicher.»

«Auch die Kindergärten, Krankenhäuser, Altenheime und den ganzen Rest?»

«Ja, aber sie lassen sich nicht beeindrucken. Sie haben Angst.»

«Wovor?»

«In ihren Kirchen toben Stürme. Bischöfe predigen von der Kanzel gegen sie, Priester laufen zum Pöbel über, solidarisieren sich mit ihm und ermutigen ihn noch. Die Sache läuft uns aus dem Ruder.»

«Dann sperr ich ihnen die Konten. Sollen sie schauen, wie sie was zu fressen kriegen.»

«Das nützt nichts. Nicht jetzt. Sie sind wie irre. Der ganze Hass und die aufgestaute Wut entladen sich einer Lawine gleich. Wir müssen schnellstens etwas dagegen unternehmen, sonst werden wir unter ihr begraben. Wir haben nicht viel Zeit.»

Armbruster zwang sich zu einem kühlen Kopf. Er musste nachdenken, sortieren, was er noch in seinem Köcher hatte. Der Papyrus, den Yasmina in der vergangenen Nacht in die Via Villa Sacchetti gebracht hatte, war im Moment noch nicht zu gebrauchen. Niemand wusste genau, was er beinhaltete. Das war Aufgabe der drei Spezialisten, die er hatte einfliegen lassen. Sie würden ihn heute untersuchen und ihm über seinen Konklavisten Bescheid geben lassen. Doch das würde Zeit in Anspruch nehmen, die er vielleicht nicht mehr hatte. Er brauchte jetzt eine Waffe, ein Ereignis, das ihn zurück ins Spiel brachte. Nicht nur das. Er brauchte einen Joker, der nicht zu schlagen war.

Benedetti plagten die gleichen Sorgen, wenngleich weniger dramatisch als Armbruster. Bei ihm hielten sich Zugänge und Abgänge die Waage. Wenn er nur lange genug durchhalten würde, könnte er den 28. Wahlgang erreichen und mit einer absoluten Mehrheit von 68 Stimmen als nächster Papst gewählt werden. Die Chancen standen dafür nicht schlecht. Nach Armbrusters vergeigtem Auftritt mussten seine Abgänge irgendwo unterkommen. Dadurch hatte sich seine Gruppe der Italiener und anderer Europäer um einige Amerikaner aufgestockt. Nur noch ein Teil der reformwilligen Deutschen und der liberalen Polen war unberechenbar, die anderen hatte er auf seiner Linie. Aufgrund der jahrzehntelangen Verbindungen nach Südamerika war Rodriguez ihm gegenüber zwar im Vorteil, aber es fehlte ihm an Schläue, an Berechnung und auch an Intriganz. Dazu war dieser Bauer zu einfältig, ländlich unverdorben. Benedetti jedoch war sein halbes Leben bereits in Rom. Es war von Anfang an seine Stadt. Hier musste man das Spiel eines Großstädters spielen. Bauernstreiche waren fehl am Platz. Jetzt stand er auf der Schwelle zum Petersdom, die Tür stand weit offen, er musste nur noch hineingehen.

Was könnte er den Wackelkandidaten anbieten? Eine der mächtigen Kongregationen?* Die für die Bischöfe vielleicht? Oder jene für die Evangelisierung der Völker? Beide waren Schlüsselpositionen im neuen Kabinett, dem er als Papst vorstehen würde. Da brauchte er Köpfe, denen er vertrauen konnte, um seine Pläne Wirklichkeit werden zu lassen. Oder sollte er die Katze aus dem Sack lassen, indem er bekannt gab, die noch mächtige, für seinen Geschmack aber unberechenbare Kongregation für Glaubenslehre zu schließen und sie durch eine Superkongregation für Zukunft, Kommunikation und Forschung zu ersetzen?

Und wem könnte er sie überhaupt anbieten? Wer war der neue Meinungsführer in diesem Haufen aufgescheuchter Hühner? Wer war sein größter Feind, den er mit dem Judaslohn eines Postens kaufen konnte und dessen Gefolgschaft in sein Lager wechseln würde? Benedetti schaute sich um.

Veroni war aufmerksam. Ihm entging die Spannung nicht, die zwischen Armbruster und Benedetti bestand. Genauso wenig wie das bunte Wechselspiel der Kardinäle in ein anderes Lager, sobald der Einsatz für ihre Stimme erhöht wurde. Die Börse florierte. Im Saal hatten sich kleinere und größere Gruppen gebildet, zwischen denen die Konklavisten Angebote und Nachfragen übermittelten. War etwas interessant,

* «Ministerium» im Vatikan.

so fanden sich Käufer und Verkäufer unter vier Augen zusammen.

Veroni befahl seinen Konklavisten zu sich. «Hat Ninian sich schon gemeldet?»

«Ja, er sagt, er habe diesen Kilian auf den Papyrus angesetzt.»

«Ist er vertrauenswürdig?»

«Für Ninian ist er es.»

«Hoffen wir's … Was machen die Peruaner?»

«Sie sind unsicher. Ich habe gehört, dass sie gleich eine Besprechung unter sich einberufen, wie sie weiter verfahren werden.»

«Du meinst, ob sie Armbruster weiter unterstützen wollen?»

«Ich habe den Eindruck, dass sie nicht mehr so geschlossen sind wie sonst. Einige sind zutiefst besorgt, was zu Hause passiert. Trotz aller Einschüchterungsversuche von Armbruster wollen sie über Rodriguez sprechen.»

«Bleibt Benedetti. Was plant der?»

«Irgendwas ist am Laufen. Ich weiß noch nicht, was es ist. Aber es wird gemunkelt, dass es sich um die Besetzung einer neuen, mächtigen Kongregation handeln soll, die er einrichten will.»

Veroni dachte nach. Eine neue Kongregation. Das wäre ein Angebot, das nur schwer auszuschlagen sein würde. Er blickte sich um und fragte sich, wer dafür in Frage käme. Mit wem würde Benedetti sprechen?

Doch halt, irgendetwas stimmte hier nicht. Wo waren Armbruster und Benedetti?

✵

Ein Hupkonzert begleitete Heinlein den langen Weg in die Stadt. Selbst die Nutten in der Via Salaria konnten ihn zu

Fuß einholen, so eisern hielt er sich an die Geschwindigkeitsbegrenzung, aber auch an sein Eheversprechen. Erst in der Viale Bruno Buozzi wurde es etwas ruhiger. Die Straße war breit, und aus den Seitenstraßen kam nur hin und wieder ein Fahrzeug. Er drückte die Arme am Lenkrad durch, ließ den Kopf im Nacken kreisen, um die Verspannungen der 1200 Kilometer zu lösen. Den Mann, der an der Via Villa Sacchetti auf der Lauer lag, nahm er nicht wahr.

Die Zeit der Entspannung war vorbei, als Heinlein den Tiber überquerte und sich auf dem Lungotevere in den Verkehr einordnete. Auf vier Spuren schossen die Vespas, gefolgt von lärmenden Autos, an ihm vorbei. Ihr Ziel: unbekannt; Hauptsache: schnell. Heinlein setzte sich auf, prüfte die Verfolger in den Seitenspiegeln und suchte treudeutsch seine Spur zu halten. Doch ein ums andere Mal stellte er eine Behinderung dar und wurde von allen Seiten geschnitten und beschimpft.

«Verrückt», sagte er, «die sind alle völlig verrückt.»

Die Ampel vor ihm schaltete auf Rot, und Heinlein brachte den Wagen ordnungsgemäß zum Stehen. Noch ein Fehler. Römer sehen Ampelanlagen als Teil der Straßenbeleuchtung; als Verkehrshinweis sagen sie ihnen nichts. Wie wild gewordene Hornissen pfiffen sie an ihm vorbei, Schmährufe und eindeutige Fingerzeige im breiten Sortiment. Erst als der Verkehr aus den Seitenstraßen einsetzte, beruhigten sich die Verfolger. Um ihn herum baute sich eine Reihe Vespas auf, reichlich bestückt mit hübschen und vor allem kurz berockten jungen Signorinas.

Eine blickte zu ihm hinunter, musterte aufmerksam das Wageninnere und lächelte ihm zu. «*Ciao, Giorgio, come stai?*»

Heinlein schluckte. Verdammt, woher kannte sie seinen Namen? Er rief die Lektionen aus seinem Gedächtnis ab, die die Frage klären sollte. Zu lange, denn erneut versank er in einem ohrenbetäubenden Hupkonzert. Die Ampel war auf Grün gesprungen. Die Signorina gab Gas und ritt mit den anderen die nächste Attacke.

Jetzt reichte es ihm. «Verdammt, können die nicht mal eine Sekunde lang warten?!»

Er legte den Gang ein, weckte seine 400 Pferde und entließ sie in die Freiheit. Der Porsche flog zornig dahin, wie vom Katapult gezogen. Und tatsächlich, es klappte. Wer mit 100 über die Straßen Roms fegt, lässt alle bösen Dinge und den Stau hinter sich.

✳

Yasmina trat als Erste auf die Straße hinaus, dann die drei Männer; dieselben, die zuvor die Burg betreten hatten. Ich wich ein Stück hinter die Hausecke zurück. Sie stritten. Nein, Yasmina stritt mit ihnen. Die anderen schienen auf ihre Argumente gar nicht weiter einzugehen. Ich musste mich zurückziehen, da sie direkt auf mich zukamen. Eine Werbetafel an einer Bushaltestelle bot mir ausreichend Schutz. Sie zogen an mir vorbei, und ich hörte, wie Yasmina darauf drängte, Kardinal Armbruster zu sprechen. Einer antwortete in Spanisch. Ich verstand die Worte nicht, nur so viel, dass sie sich das abschminken konnte. Yasmina kochte vor Wut.

Ich folgte ihnen zu einer kleinen Bar, wo sie ein paar Tramezzini* bestellten und sie im Stehen verspeisten. Yasmina ließ nicht locker und redete auf die Kerle ein. Einer von ihnen hatte seine Ledertasche mit dabei. Sie lag zu seinen Füßen, eingekeilt zwischen zwei Barhockern und einer ita-

* Belegte Weißbrotschnitten.

lienischen Familie, die engagiert mit dem Wirt über den nächsten Papst philosophierte. Zwei Kinder saßen auf dem Boden und spielten gelangweilt mit einer widerspenstigen Katze.

Es war einen Versuch wert. Es gelang mir, zuerst die Katze und dann die Kinder vor die Tür zu locken. Dem größeren der beiden Jungen versprach ich einen Schein, wenn er mir die Tasche unbemerkt herausbringen konnte. Überraschungen nehmen mit dem Älterwerden ab, und so forderte der Kleine zwei Scheine – einen für sich, den anderen für seinen kleinen Bruder. Man musste ja von irgendetwas leben in dieser teuren Stadt. Einen Schein als Anzahlung, den zweiten bei Lieferung. Ich ging auf den Deal ein und wartete ab, was geschehen würde.

Wie abgesprochen watschelte der Kleine an die Bar, setzte sich auf den Hosenboden und fing herzzerreißend an zu weinen, sodass es kein anderes Thema in dem kleinen Raum mehr gab. Kindergeschrei scheint bei Südländern eine seltsame Nostalgie an die eigene Vergangenheit auszulösen, und so gingen die drei Spanier wie die Mutter in die Hocke und befragten die Heulboje nach der Ursache der Katastrophe. Yasmina blieb davon unbeeindruckt. Sie bestellte sich einen Espresso. Der größere der beiden Kleinunternehmer nutzte die Gunst des Augenblicks.

Ich tauschte Schein gegen Tasche. Ein paar Meter weiter förderte ich einen Ausweis, ein Fax und diverse Papiere über antike Siegel zutage. Die Fundstücke besagten, dass der Mann Professor für Sphragistik* an der Uni in Madrid war. Auf eine Bitte hin, die mehr einem Befehl gleichkam, sollte er umgehend nach Rom in die Villa Sacchetti kom-

* Siegelkunde.

men, um ein bedeutendes Schriftstück zu begutachten. Darüber hatte er absolutes Stillschweigen zu bewahren. Eigenhändig aufgesetzt und unterschrieben von Seiner Eminenz Kardinal Armbruster.

Einmal Klingeln genügte, und die Tür öffnete sich mit einem metallischen Klacken. Ich ging hinein, die Tasche unterm Arm, die Reservebrille des Professors auf der Nase, die mir zweifelsohne einen akademischen Touch verlieh.

«*Buenas dias*», sagte ich dem Pförtner, der mich grimmig begutachtete.

«*Sì?*», fragte er hinter einer Scheibe mit einer Durchreiche am Fuß wie bei einem Kassenschalter in der Bank.

Ich schob meinen Ausweis, gottlob ohne Bild, hinein, hielt ihn aber fest. Ich gab dem Pförtner nur kurz Gelegenheit, das Wappen der ehrwürdigen Universität von Madrid und meinen Professorentitel zu begutachten. Dann zog ich ihn zurück, steckte ihn in die Tasche und ging einfach weiter, als ginge ich in diesem Hause ein und aus.

Er protestierte, warf den Stuhl um und hastete aus seinem Kabuff heraus. Er stellte mich in der Halle, die mit riesigen Ölschinken offensichtlich verblichener Geistlicher reihum verziert war.

«Halt!», befahl er auf Italienisch.

Ich antwortete auf Spanisch. «*¿Porque? ¿Que pasa?*»

Er versuchte mir klar zu machen, dass ich nicht einfach so das Haus betreten könne, dazu müsste ich berechtigt sein. Ich machte auf überrascht, dann auf einsichtig und zeigte ihm das Fax. «Eminenz Armbruster», sagte ich wichtigtuerisch.

Er wies mich an zu warten, dann verschwand er in seinem kleinen Häuschen. Nach einem Telefonat kam er zurück und bedeutete mir, dass ich ihm folgen solle. Wir nahmen die vor uns liegende Treppe, die im Halbrund in die oberen Stockwerke führte, durchkreuzten mehrere Gänge, um schließlich zu einem der drei Türme zu gelangen, den man durch eine hohe Flügeltür betrat.

Er öffnete sie und ließ mich eintreten. «Warten», sagte er. Dann schloss er die Tür, und das Einrasten eines Riegels setzte mich fest.

Vor mir erstreckte sich ein langer, massiver Tisch mit hohen Stühlen. Allerlei Unterlagen waren darauf verstreut, herrenlos, als seien sie nur kurz von ihren Besitzern für eine Kaffeepause verlassen worden. An den Seiten nahmen Bücherregale die Wände vollkommen ein. Sie reichten hoch bis an eine begehbare Galerie, auf der sich wiederum Bücher stapelten, bis eine schwere Holzdecke der Papiermauer Einhalt gebot. Dazwischen lugten kleine Dachfenster hervor, die ein wenig Licht auf diese verborgene Welt warfen.

Ich hatte nicht viel Zeit, bevor der Pförtner in Begleitung eines Verantwortlichen oder Yasmina mit ihren Spaniern zurückkämen, und machte mich an die Arbeit. Irgendwo in diesem Raum musste der Papyrus sein. Ich konnte ihn regelrecht körperlich spüren. Mit dem Erdgeschoss hielt ich mich nicht lange auf. Es war schnell nach einem passenden und vor allem sicheren Versteck für einen massiven Zylinder aus Gold abgesucht. Zwischen Büchern und Folianten war nichts zu finden, auch kein möglicher Tresor dahinter. So hastete ich die enge Wendeltreppe hoch in die Galerie, über deren Rundlauf schmale Regalfluchten in die Tiefe verliefen. Ich blickte mich um, drehte mich im Kreise. Verdammt, das war ein Labyrinth. Welchen Zugang sollte ich wählen?

Die Entscheidung fällte jemand anderes. Ich hörte den

Riegel und den vorwurfsvollen Ton eines Mannes, der einen anderen beschimpfte.

Ich saß in der Falle.

✺

«O Herr, rechne mir meine Sünden nicht an, wenn der Tag des Gerichts kommt!», soll Papst Paul III. gesagt haben, als er das von Michelangelo geschaffene Wandfresko *Das Jüngste Gericht* erblickte. Er bekreuzigte sich und fing zu beten an, so ergriffen war er von dem Werk, das Michelangelo im Auftrag des Papstes in nur fünf Jahren gemalt hatte. Seine imposante Wirkung erhält es durch die besorgniserregende Darstellung eines zornigen Christus, der als Weltenrichter einem Titan gleich aus der Mitte des Freskos hervortritt, um am letzten aller Tage die Guten von den Bösen zu trennen.

Michelangelo hatte die Auftragsarbeit für die Altarwand in der Sixtinischen Kapelle nach den schrecklichen Erfahrungen der Plünderung Roms, dem *Sacco di Roma* im Jahr 1527, gemalt, nachdem ein kaiserliches deutsches Heer unter französischer Führung in Rom einmarschiert war. Ziel des Einfalles war es, nach anhaltenden Differenzen zwischen Kaisern und aufmüpfigen Päpsten, die neben der Glaubensmacht auch die weltliche Herrschaft für sich forderten, Letzteren zu zeigen, dass sie sich dadurch versündigten. Der Papst floh auf die Engelsburg und konnte von dort aus den Vergewaltigungen von Nonnen, den Folterungen, Massenhinrichtungen und der gründlichen Plünderung seiner Stadt beiwohnen, ohne dass ihm selbst dabei ein Haar gekrümmt wurde. Manche werteten diese Katastrophe als Gottes Strafe für den Hochmut der Nachfolger Christi.

Unter diesen Eindrücken, die die Stadt viele Jahre traumatisierten, entstand Michelangelos ergreifendes Werk, das dem Betrachter bildhaft vor Augen führt, womit er zu rechnen hat, wenn er den Geboten des Herrn nicht folgt.

Da sich vermutlich niemals etwas entscheidend ändern wird und da sich in jedem Menschenleben immer wieder die gleichen Fehler und bösen Taten wiederholen, traten die Kardinäle erneut zur Abstimmung über den nächsten Papst und über die Macht um Gottes Thron an. Diese Runde sollte beweisen, dass Verhandlungsgeschick und Bestechung dem Gewissen weit überlegen sind.

«Benedetti muss mit Armbruster eine Übereinkunft erzielt haben», berichtete Veronis Konklavist.

«Welcher Art?», fragte Veroni.

«Sie wollen die Entscheidung. Jetzt, in diesem Wahlgang, bevor der Druck von außen weiter zunimmt und Rodriguez durch weitere Abstimmungen gestärkt wird. Das heißt, dass sie unseren Plan durchkreuzen.»

«Aber was kann Benedetti Armbruster bieten, damit er auf seine Kandidatur verzichtet und seine Leute für Benedetti stimmen lässt?»

«Für Armbruster soll diese neue, mächtige Kongregation für Medien und Zukunft eingerichtet werden, der weitgehende Befugnisse und sehr hohe Geldmengen eingeräumt werden. Die Kongregation für Glaubenslehre soll mittelfristig aufgelöst werden und ...»

Der Konklavist brach ab, wollte selbst nicht daran glauben.

«Jetzt sag schon», drängte Veroni.

«Sie soll auf Opus Dei übergehen, das fortan die Glaubensinhalte für die Kirche formuliert, deren Einhaltung überwacht und bei Missachtung entsprechende Konsequenzen verhängt. Die alles entscheidende Kongregation für die Bischöfe wird dabei gleich mit übernommen und mit einem Mann Armbrusters besetzt.»

Veroni schauderte. «Das wäre eine zweite Inquisition!»

«Armbruster müsste zwar dann als Chef von Opus Dei offiziell abtreten, aber in Verbindung mit seiner neuen Medienkongregation würde er deren Botschaft über die ganze Welt verbreiten. Über eine Beteiligung am neuen Netz, das die Amerikaner in den nächsten Jahren aufbauen wollen, bevor die Kapazität das Internets völlig erschöpft ist, soll bereits eine erste Übereinkunft bestehen. Entsprechende Satelliten sind im Bau, mitfinanziert durch unsere Gelder.»

«Was bleibt dann noch für Benedetti übrig?»

«Wie zu hören ist, will er von Rom aus, mit Hilfe von Armbruster, eine Neuevangelisierung nach seinen Maßstäben einleiten. Er will als zweiter Religionsstifter nach Petrus in die Geschichte eingehen und den Moslems das Wasser abgraben.»

«Er ist größenwahnsinnig.»

«Schlimmer. Er ist das Jüngste Gericht.»

Die Glocke rief zur Abstimmung. Veroni ging zu seinem Platz, wo der Wahlzettel bereitlag. Mit sorgenvoller Miene fragte er Makeluma, mit welcher Unterstützung Rodriguez nach seinen Gesprächen zu rechnen habe. Die Antwort beschränkte sich auf ein niederschmetterndes Kopfschütteln. Jackson kam hinzu und bekräftigte die sich anbahnende Katastrophe mit einem Satz: «Es sind *sehr* große Summen in Bewegung.»

Über den Köpfen der Kardinäle erstreckt sich Michelangelos zweites Meisterwerk. Es ist das ältere der beiden und dehnt sich über die ganze Fläche der Decke, 14 mal 39 Meter mit 300 Figuren. Wollte er es ursprünglich mit Geschichten der zwölf Apostel ausschmücken, so entschied er sich bei der ungeheuren Herausforderung, die ihm diese Aufgabe als Ort des Konklave und als päpstliche Privatkirche abverlangte, für die Entstehungsgeschichte der Welt und des Menschen nach biblischem Vorbild. Sollte es die Kardinäle und Päpste auf ewig daran erinnern, wessen Geschöpfe sie waren.

Die Genesis und die Sintflut sind die zwei Themen eines Mittelstreifens, der in neun Paneele* unterteilt ist. Darin erschuf der Bildhauer, Architekt und Hobbymaler Michelangelo, der sich die Freskenmalerei nach Vertragsabschluss mit Papst Julius II. erst aneignen musste, nie da gewesene Darstellungen des Menschen; jene, vorwiegend nackt, mit starker individueller Ausdruckskraft, eingebunden in einen überwältigenden Zyklus, der durch die Harmonie der Linienführung und der Farbe besticht. Die bekannteste und vielleicht eindrucksvollste Darstellung ist die der Erschaffung des Menschen, wie der Funke der Schöpfung von Gott auf den Adam übergeht. Nur ein Paneel weiter kniet die soeben erschaffene Eva vor ihrem Schöpfer, um kurz darauf mit ihrem Ehemann aus dem Paradies vertrieben zu werden. Ob der Ursprung allen Übels wirklich im Weibe liegt, ist ungeklärt. Jedenfalls endet Michelangelos Deckenwerk mit der Sintflut und der Trunkenheit des Noah.

Man erzählt sich, dass Michelangelo derart in seine Arbeit verbissen war, dass er morgens das Gerüst mit Essen und dem Nachttopf bestieg und es nicht eher verließ, bis er dort oben eingeschlafen war. Trotz allem soll ihn der Papst zur Eile angetrieben und mit dem Sturz vom Gerüst gedroht haben, wenn er nicht bald enden würde. Selbst nach der Fertigstellung des Freskos im Jahre 1511 soll Michelangelo nicht in Ruhe ein Bild oder ein Buch angeschaut haben, ohne den Kopf nach hinten zu verdrehen.

* Täfelungen.

Die Wahlzettel waren ausgezählt. Gespannt warteten die Kardinäle auf die Bekanntgabe des Ergebnisses.

«Abgegebene Stimmen 135. Keine Enthaltungen, keine ungültigen Stimmen. Zur Wahl eines neuen Papstes sind zwei Drittel der Stimmen plus einer erforderlich; das sind 91 … Auf Kardinal Rodriguez entfallen 43 Stimmen.»

Ein Raunen ging durch die Reihen um Kardinal Veroni und die wenigen Südamerikaner, die Rodriguez unterstützten. Sie hatten rund 20 Stimmen verloren. Die Fraktion um Benedetti und Armbruster jedoch strahlte vor Siegesgewissheit. Benedetti bebte innerlich vor Genugtuung. In wenigen Augenblicken würde sein Name fallen, der in Verbindung mit einer Zahl über 91 bis zu seinem Lebensende mit «Ihre Heiligkeit» verschmelzen würde. Er hatte es geschafft. Armbruster nickte ihm anerkennend zu.

«Auf Kardinal Benedetti entfallen 89 Stimmen.»

Benedetti erstarrte innerlich zur Salzsäule. Sein linkes Auge meldete sich mit unkontrollierbarem Zucken zurück.

«Nur noch drei Stimmen erhält Kardinal Armbruster.»

Jetzt spürte Benedetti den Dolch, der ihm von hinten in den Rücken getrieben worden war. Er drehte sich um, um seinem Mörder in die Augen zu schauen.

Armbruster schaute ihn ahnungslos an.

*

Der Schuppen hatte vier Sterne und eine «Terrazza Paradiso» im siebten Stock. Dort oben hatte Heinlein einen unverstellten Blick über die Stadt. Zur Rechten thronte die Kuppel von San Pietro und zur Linken stach der Engel auf der gleichnamigen Burg in den Himmel. Beides zum Greifen nahe. Das *Les Etoiles* in der Via Giovanni Vitelleschi verströmte den gelassenen Hauch eines dicken Bankkontos und war Heinleins erste Wahl auf der Suche nach Kilian.

«Sì?», fragte der Ober beflissen.

Erneut Gelegenheit für Heinlein, seine neu erworbenen Italienischkenntnisse umzusetzen. *«Una birra alla spina, per favore.»*

«Big or small?»

«Un mezzo litro.»

«German, Dutch, American …»

«Forse una italiana? Ma sopra tutto fredda.»

«On the rocks?»

«No, solo fredda.»

«As you like.»

Der Ober verließ ihn und gab die Instruktionen an den Barmann. Ein paar Tische weiter hatte der zweite Ober eine verdächtig hellhäutige Familie in Arbeit. Anstatt unter einem ausladenden Wedel der zahlreichen Palmen Schutz zu suchen, setzten sie sich übermütig der brennenden Sonne aus. Heinlein beobachtete sie aufmerksam, wiesen sie doch manche ihm vertraute Ähnlichkeit auf. Die Familie, allem Anschein nach Engländer, Mutter, Vater, zwei halbwüchsige Jungs, waren durch die Bank mit kräftigen Gläsern bebrillt. Bis auf die Mutter wetteiferten ihre Zungen mit der Sonne, wer schneller das Eis in ihren Händen zum Schmelzen brachte. Heinlein verfolgte die Szene mitleidig. Ebenso erging es der Mutter, die sich nach seinem Dafürhalten am liebsten in Luft aufgelöst hätte, spürte sie doch die Geringschätzung des Kellners vor ihr. Während sich ihre Männer mit dem Eis begnügten, bestellte sie tapfer, und vor allem auf Italienisch, einen Caffè latte. Heinlein schenkte ihr ein Lächeln; sie nahm es gern an.

«Beer, half liter, cold», sagte der Ober und stellte das Glas auf den Tisch. Den Bon über zehn Euro steckte er unter den Aschenbecher.

Vor Heinlein stand ein Krug, weiß, von Eis überzogen,

darunter ein verdächtiges Emblem blass durchschimmernd. Er sorgte mit dem Daumen für klare Sicht.

«Hacker-Pschorr, Himmel der Bayern. Das reicht.»

Er legte einen Zehner auf den Tisch. Dann stand er auf, schenkte der Frau, die dankbar vor einem schmalen Glas Caffè latte saß, einen letzten Blick und machte sich auf den Weg hinunter in die Stadt.

✱

Ich ließ das Fenster geöffnet. Das war die nahe liegendste und die verführerischste aller Möglichkeiten. Der Pförtner hatte den Köder geschluckt, nachdem er die Regalgänge durchgehastet war. Ein Blick in die Tiefe genügte, um zu dem Urteil zu kommen, dass ich über das Dach auf die Straße geflüchtet sein musste. Die Tasche des spanischen Professors hatte ich dafür geopfert, als ich sie zielgenau in die gut einsehbare Dachrinne hatte schlittern lassen. Was ich aber nicht bedachte, war, dass das Fenster nun verschlossen war. An einen realen Abstieg wollte ich keinen Gedanken verschwenden, würde ich mir doch jeden Knochen dabei brechen. So bekam ich seit über einer Stunde die Härte italienischer Firstziegel zu spüren, während ich die Verankerung eines Wetterhahns umklammerte.

Einen Vorteil hatte die Sache allerdings doch. Ich hatte freie Sicht auf den Papyrus. Er lag ausgebreitet vor Yasmina und den drei Spaniern auf dem Tisch. An der Situation hatte sich scheinbar nichts geändert, da ich zwar sehen, aber nicht hören konnte, was dort unten passierte. Yasmina lief aufgeregt im Raum umher, stritt mit ihnen, während sie beständig versuchte, auf ihrem Handy jemand zu erreichen. Aber offensichtlich wollte dies der gewünschte Gesprächspartner nicht. Mehr Glück hatte ein Spanier. Ich schloss es daraus, dass Yasmina per Wahlwiederholung eine Nummer wählte, kurz mit jemandem sprach, dann das Handy an den Spanier weiterreichte, der ruhig etwas darlegte. Yasminas Reaktion war alles andere als freudig, als sie das Gespräch an sich riss, die Verbindung aber offensichtlich abgebrochen wurde. Sie schrie auf den Spanier ein, beschimpfte ihn.

Als ihre Kräfte wie auch ihre Hoffnung schwanden, setzte sie sich auf einen Stuhl und verfolgte unbeteiligt die Arbeiten der Spanier. Ich war mir sicher, dass sie etwas plante. Ich musste nur lang genug hier oben ausharren, um herauszufinden, worum es sich handelte. Zudem hoffte ich auf eine weitere Pause der vier, die mir die Möglichkeit gab, mich aus meiner misslichen Lage zu befreien und den Papyrus an mich zu bringen. Ich musste nur ausharren.

Verdammt, alles war leichter als das.

✻

Obwohl immer noch durstig, fühlte sich Heinlein pudelwohl. Er flanierte in seinem Armani durch die Straßen des Centro Storico. Wenn er alle Plätze und Bars der Stadt, die nur halbwegs der geforderten Klasse Kilians entsprachen, aufsuchte, würde er früher oder später auf ihn stoßen. Sicher. Früher oder später. Aber jetzt war erst mal er an der Reihe. Nicht umsonst hatte er alle erdenklichen Mühen und Kosten auf sich genommen, um endlich mal das zu tun, wovon er immer nur träumte – mediterran sein.

Kilian würde ganz schön staunen, wenn er auf ihn träfe. Ein gut geschnittener Anzug, feine Schuhe und eine genial abgefahrene Sonnenbrille von Cazal. Wie seine Claudia auf die knappe Nachricht *Bin für ein paar Tage verreist. Ciao, Giorgio* reagieren würde, war ihm wurscht. Sie war über tausend Kilometer entfernt in einer kleinen Stadt am Main. Er hingegen war im Zentrum der Welt. In Rom.

Heinlein betrat die Piazza Navona am unteren der drei Brunnen, dem Fontana del Moro. Dieser, wie die anderen beiden, war von Touristenmassen umlagert, als seien sie die einzigen Wasserstellen weit und breit. Dazwischen harrte die römische Jugend auf den rechten Moment der Unachtsamkeit. Heinlein steuerte auf das Caffè di Colombia zu, das noch ein paar Sonnenstrahlen für seine Gäste bereitstellen konnte, bevor sie ganz hinter der Fassade von S. Agnese in Agone abgetaucht waren.

«Una birra alla spina», sagte Heinlein.

«Big or small?», antwortete der Ober.

Heinlein gab's auf. *«Big, cold and fast.»*

«Sì, signore», antwortete der Ober.

Ein Violinspieler hatte soeben seine Version von *La Cucaracha,* die er mit Hilfe eines Lautsprechers den Gästen unerbittlich aufgedrängt hatte, beendet und forderte für sein ungebetenes Spiel eine milde Gabe.

«Per la musica», bat er.

Heinlein subventionierte ihn mit einem Euro. *«Sì, naturalmente.»*

Kaum abkassiert, erschien ein Quetschenmann, ebenfalls mit einem Lautsprecher ausgerüstet, und gab *L'Italiano* zum Besten. Schon besser. Heinlein schloss die Augen, um gleich darauf von einem Rosenverkäufer auf die Dringlichkeit seiner Ware aufmerksam gemacht zu werden. Er ließ sich nicht abschütteln, sodass Heinlein einen Fünfer springen lassen musste. Der Ober wartete derweil geduldig, bis das Geschäft über die Bühne war, und präsentierte Heinlein eine kühle Halbe aus dem italienischen Hause Forst.

Das war akzeptabel. Der erste Schluck leerte das Glas bis zur Neige. Der Kellner hatte ein gutes Auge, Nachschub war schon unterwegs. Heinlein atmete entspannt durch. Neben ihm referierte ein beflissener Oberlehrer aus dem

Badischen über die Sehenswürdigkeiten am Platze. «Das zweite charakterbestimmende Bauwerk der Piazza Navona ist die *Fontana dei Fiumi,* der Brunnen der Flüsse. Der große Baumeister Bernini war bei Papst Innozenz X. in Ungnade gefallen. Letzterer gedachte der Piazza und den Römern einen unvergleichlichen Brunnen zu schenken. Er richtete eine Kommission zur Prüfung der eingehenden Vorschläge der Architekten ein. Bernini griff zu einer List. Anstatt den geforderten Weg für seine Pläne zu nehmen, wandte er sich an die päpstliche Schwägerin Donna Olimpia, für die der Papst eine seltsame Leidenschaft empfunden haben soll. Innozenz, nicht gerade als ein starker Regent bekannt, ließ sich von seiner Schwägerin nicht nur in seine Geschäfte hineinreden, sondern sie war die alles entscheidende Macht im Vatikan. Jedes Vorhaben musste ihre Zustimmung finden, nicht selten erst dann, wenn eine entsprechende Summe in ihre Schatztruhe geflossen war. Verließ sie auch nur kurz die vatikanischen Räume, pflegte sie Innozenz im Zimmer einzuschließen und den Schlüssel mitzunehmen.»

«Da geht's dir ja richtig gut mit mir, mein Schatz», pflichtete ihm seine Gattin bei.

«Wart, jetzt kommt's. Bernini ließ ein Modell seines Brunnens in Silber gießen und machte ihn Donna Olimpia zum Geschenk. Geschmeichelt von der Aufmerksamkeit, die ihr der große Baumeister zuteil werden ließ, wurde sein Vorschlag tatsächlich umgesetzt. Der Brunnen gilt heute als Berninis Meisterwerk … Also so ein Beschiss. Wenn man das im Nachhinein so liest, wie diese Bauwerke zustande gekommen sind, dann sieht man das hier alles ganz anders.»

«Beruhige dich, Schatz. Es gibt eben mehr als nur einen Weg.»

«Alles Mafiosi, diese Italiener.»

«Per la musica», forderte der Quetschenmann seinen Tribut. Zu ihm gesellte sich ein kleiner Junge in zerrissenen Hosen, mit schmutzigen Händen und traurigen Augen. Er reichte einen Plastikbecher herum. Ein Pantomimendarsteller machte sich derweil für seinen Auftritt bereit; er spulte die Kassette im Recorder bereits zum Anfang zurück. Das reichte. Heinlein stand auf.

Der Aufschrei einer Frau ließ ihn aufmerken. Ein junger Mann machte sich zwischen den Touristenhaufen am Brunnen eilends aus dem Staub, gefolgt von einer Frau, die verzweifelt «Haltet ihn!» schrie. Er sah sie nur kurz, bevor sie wieder in der anonymen Menge untertauchte. Claudia?

✵

Meine Kräfte neigten sich dem Ende entgegen, wie ein langer sonnenreicher Nachmittag, der sich nun dem Abend beugte. Lange würde ich es auf meiner selbst gewählten Folterbank nicht mehr aushalten, bevor mich der Schlund unweigerlich in die Tiefe ziehen würde. Was blieb, war ein Überraschungsangriff durch das kleine Fenster an meiner Seite.

Noch immer brüteten die drei Spanier über dem Papyrus, während Yasmina unbeteiligt am anderen Ende des Tisches ihr Handy nach einer Nummer zu durchforsten schien. Genervt legte sie es vor sich auf den Tisch. Ihr Blick wanderte haltlos umher, bis sie zu ihrer Handtasche griff und ein Notizbuch zutage förderte. Dabei rutschte ein länglicher, metallischer Gegenstand zu Boden, der aus der Entfernung einem aufklappbaren Teleskop ähnelte. Geschwind ließ sie ihn in der Tasche verschwinden. Die Spanier hatten es nicht bemerkt.

Yasmina nahm das Notizbuch und begab sich mit dem Handy zur Wendeltreppe, die sie exakt vor mein Fenster führte. Ich erkannte, hart an den Rahmen gepresst, wie sie eine Nummer wählte und mit fordernder Stimme sprach: «Benedetti» und «Whitby» glaubte ich zu verstehen. Es dauerte eine Weile, bis sich der gewünschte Gesprächsteilnehmer meldete. Ihre Schilderungen waren kurz, eindringlich, und sie achtete mit dem Blick über die Schulter darauf, dass sie keine Mithörer hatte. Zum Schluss des Gespräches wiederholte sie ein Wort – «Scavi».

Kardinal Benedetti betätigte die Spülung und trat hinaus an das Waschbecken. Das Handy steckte er seinem Konklavisten zu, der an der Tür Schmiere gestanden hatte.

«Für wann ist die letzte Abstimmung angesetzt?», fragte er ihn.

«21 Uhr.»

Benedetti seifte sich die Hände ein, rieb sie mit einem Lächeln auf den Lippen, das er im Spiegel verfolgte. «Wir stellen den Antrag, die Abstimmung um eine Stunde zu verschieben.»

«Mit welcher Begründung?»

«Ich werde mich kurz vorher sehr schwach fühlen und den Arzt in seinem Zimmer aufsuchen. Niemand hat Zutritt.»

«Verstanden.»

Benedetti schloss den Wasserhahn und fuhr mit den nassen Händen durchs Haar. «Gut, dann wollen wir's angehen. Ist er bereit?»

«Er wartet. In der Zwischenzeit verliest einer unserer Leute eine Erklärung, die sich mit dem gestrigen Auftritt Armbrusters befasst. Das wird die anderen ablenken, bis Sie fertig sind.»

«Es wird nicht lange dauern. Bei Gott, ich schwöre, so wahr ich hier stehe, ich werde ihn umbringen.»

Armbruster stand am Fenster mit einem Handy am Ohr. Sein Ton wie auch seine Miene waren ernst. «Nein, nicht Yasmina. Sie werden ihn mir bringen. Niemand anderes. Ein Mann erwartet Sie am Eingang. Beeilen Sie sich.»

Die Tür hinter ihm ging auf, und bevor Armbruster sich umdrehte, ließ er das Handy in einer Vase auf der Fensterbank verschwinden. Ahnungslosigkeit trat in sein Gesicht, als er sich umdrehte.

«Glaub mir, Giulio, beim Blut meines Vaters, ich habe keine Ahnung, woher diese drei Stimmen gekommen sind.»

Benedetti blieb vor ihm stehen. «Sei still. Ich habe genug von deinen Lügen. Wir hatten eine Abmachung.»

«Ich schwöre es.»

«Deine Schwüre sind so faul wie deine hinterhältigen Pläne.»

Armbruster begab sich in das Dunkel einer Ecke. Die Wand war mit mehreren Dolchen dekoriert, die an die Zeit der berüchtigten Borgia-Päpste erinnerten.

Der Wolf streifte den Schafspelz ab. «Es tut gut zu wissen, dass du noch der alte Giulio bist. Hinterhältig, gerissen und gnadenlos. Ich hatte befürchtet, dass ich meinen einzig ernst zu nehmenden Gegner verloren hätte. Wie lautet dein Vorschlag?»

«Setz dich. Ich will deine Augen sehen, wenn ich mit dir spreche.»

Armbruster trat hervor.

«Und deine Hände», ergänzte Benedetti.

Armbruster ließ den kleinen Dolch verschwinden. «Ich höre.»

«Wir müssen uns Rodriguez vom Hals schaffen. Wir brauchen seine Stimmen. Jeder von uns beiden. Am Schluss bleiben nur noch wir zwei übrig. Ganz wie du es wolltest. Auge um Auge …»

«… Zahn um Zahn.»

✷

Auf einen Schlag kam Bewegung an den Tisch. Die drei Spanier machten sich daran, den Papyrus vorsichtig im Zylinder zu verstauen, Yasmina ging dazwischen. Sie wiesen sie zurück, doch Yasmina setzte sich zur Wehr. Aufgebracht ging sie auf einen los, wollte ihm den Zylinder entreißen. Ein anderer packte sie, zerrte sie weg und warf sie zu Boden. Er hob mahnend die Hand, schien ihr etwas zu befehlen, bis er sich abwandte, um gemeinsam mit seinen zwei Begleitern und dem Papyrus den Raum zu verlassen. Yasmina griff nach ihrer Handtasche und förderte den Gegenstand wieder zutage, der ihr zuvor entglitten war.

Ich staunte nicht schlecht, als sie das, was ich für ein Teleskop gehalten hatte, mit ein paar schnellen Handgriffen in eine Waffe verwandelte. Zwei Gelenke klappten einen Handschutz hoch, ein schneller Griff befreite die Klinge von ihrer Ummantelung, der nächste verlängerte dieselbe um eine und dann um eine weitere Hälfte, die wie ein Klappmesser aufschnappte und einrastete. Yasmina erhob sich, ein kurzes Schwert in der Hand, und näherte sich den drei Spaniern, die soeben den Raum verlassen wollten. Ich pochte gegen das Fenster, damit sie sahen, was sich hinter ihnen anbahnte. Der, dem ich die Tasche geraubt hatte, hörte mich. Er blickte nach oben und sah das Licht der Welt zum letzten Mal, bevor sein Kopf von den Schultern kippte.

Ein Fenster mit einer Hand einzuschlagen, ohne sich alle

Sehnen zu zerschneiden, ist keine einfache Sache, wenn man sich mit der anderen festklammern muss und nur unzureichenden Halt auf steil abfallenden Ziegeln hat. Ich löste das Problem mit meinem Schuh, legte den Hebel um und stieg hinein. Yasmina hatte ganze Arbeit geleistet. Während ich die Wendeltreppe hinunterhastete, erkannte ich drei leblose Körper in ihrem Blut liegend, von einer unscheinbaren Frau, einer Ordensschwester, innerhalb weniger Sekunden abgeschlachtet. Der Zylinder war verschwunden.

Ich rannte durch die Gänge, nahm die Treppen wie im Flug und erreichte den Ausgang dennoch zu spät. Yasmina war entkommen. Der Pförtner erkannte mich und eilte aus seinem Kabuff. Kaum hatte er die Tür geöffnet, erwischte ich ihn knapp unterhalb des Nasenbeins. Er ging zu Boden und rührte sich nicht mehr, während sein Blut sich über die Fliesen verteilte. Ich betätigte den Schalter, und die Tür klackte auf. Vor meiner Nase brauste die schwarze Limousine, mit der die drei Spanier gekommen waren, die Via Villa Sacchetti entlang.

«Mist! Verdammter Mist», fluchte ich.

Die zornige Stimme ließ mich herumfahren. «Wo hast du gesteckt?!», fragte Ninian vorwurfsvoll; in seiner Begleitung Alvarez. «Seit Stunden suchen wir dich.»

«Habt ihr sie gesehen? Yasmina!», drängte ich.

«Sie ist mit dem Wagen weggefahren», antwortete Alvarez.

«Und der Zylinder?»

Ninian antwortete. «Sie hatte etwas unter dem Arm. Was es war, konnte ich nicht erkennen.»

«Weißt du, wohin sie gefahren sein könnte?», fragte Alvarez.

«Keine Ahnung. Sie führte ein Telefonat, bevor sie …»

«Hat sie gesagt, wohin sie wollte?», fragte Ninian.

«Ich habe nur zwei Worte verstanden. Benedetti und …»

Alvarez spuckte aus. «Diese Viper.»

«Und das zweite?», fragte Ninian.

«Scavi. Keine Ahnung, was das bedeuten soll.»

Ninians Kralle wies den Weg. «Aber ich. Ich weiß, wohin sie gegangen ist. Es ist der einzige Ort in der Stadt, wo sie Benedetti unbemerkt treffen kann.»

Wir hatten Glück. Ein Bus fuhr in die nahe gelegene Haltestelle und sollte uns direkt in die Vatikanstadt bringen.

«Was ist ‹Scavi›?», fragte ich Ninian, während der Bus die Viale Bruno Buozzi hinunterpreschte. Italienischen Busfahrern musste man gottlob nicht sagen, dass man es eilig hatte. Die Ungeduld lag ihnen im Blut. Man musste sich nur festhalten.

Ninian berichtete. «Die Scavi sind oder besser ist eine unterirdische Nekropole, ein Friedhof, auf dem Areal unter dem heutigen Petersplatz. Er grenzt an Caligulas ehemaligen Circus, der gute 500 Meter lang war und sich zur Gänze über die Fläche des heutigen Platzes und des Doms erstreckt hat. Es wird erzählt, dass der heilige Petrus dort im Jahre 67 gekreuzigt wurde. Da dies in jener Zeit mit Christen, Sklaven und Verurteilten öfter vorkam, entstand an der Nordmauer des Circus ein öffentlicher Friedhof, auf dem auch die Gebeine des Petrus zu Grabe getragen wurden. Gesichert ist diese Überlieferung jedoch nicht, genauso wenig, ob sich Petrus jemals in Rom aufgehalten hat.»

«Es ist nicht sicher?!», fragte ich.

«Das ist nicht so wichtig wie das, was darauf geschah. Die frühen Christen verehrten diesen Ort als die eigentliche Grabstätte und errichteten darüber ein Bethaus. In unmittelbarer Umgebung entstanden weitere Grabstätten,

Mausoleen, in denen sich Christen, aber auch Heiden beerdigen ließen. Zu unterscheiden waren sie an der Art der Bestattung. Während die Heiden eingeäschert und in einer Urne beigesetzt wurden, erkennt man die christlichen Grablegen an einem Sarg. Im 4. Jahrhundert mussten das Bethaus und die Mausoleen der ersten Basilika weichen, die Kaiser Konstantin aus Dank den Christen für die gewonnene Schlacht erbaute. Dazu wurden die Mausoleen mit Erde aufgeschüttet, damit ein einheitliches Niveau für die Grundmauern entstand. Ein schmales Loch führte nur noch zum Grabe des Petrus, über dem ein Altar entstand. Seine zuvor ausgelagerten Knochen wurden wieder an ihren alten Ort zurückgebracht.»

«Wo waren sie denn?», fragte ich.

«Im frühen 16. Jahrhundert machten sich die Päpste daran, die alte Basilika abzureißen und die uns heute bekannte bauen zu lassen. 1939 ordnete Papst Pius XII. umfangreiche Grabungsarbeiten unter der Krypta an, die bis 1951 andauerten und schließlich mit einer Sensation endeten. Reste des traditionellen Grabes Petri wurden entdeckt; genauer des ursprünglichen Bethauses und des Sockels des vielschichtigen Grabdenkmals. Dabei handelte es sich um eine ‹rote Mauer› und Nischen mit zwei kleinen Säulen. In der Nähe fanden die Forscher eine Petrusinschrift in griechischer Sprache und Menschenknochen. Da man sie anfänglich für die eines Tieres gehalten hatte, wurden sie in einem Schuhkarton eingelagert. 1965 hatten jedoch weitere Forschungen ergeben, dass es sich um Menschenknochen handelte, die möglicherweise von jemandem aus der Zeit Petri stammten. Ein Gewebevergleich mit einem Schädel, der in S. Giovanni in Laterano als der des Petrus aufbewahrt wurde, ergab eine Übereinstimmung, sodass Grab und Knochen nun als authentisch bezeichnet werden.»

Der Busfahrer ging energisch in die Eisen. Endstation. Vor uns der Petersdom.

✷

Die Sonne war hinter dem Gianicolo eingetaucht, und die Nacht kroch den Tiber entlang, als Heinlein an der Ponte Garibaldi eintraf, die das Centro Storico mit Trastevere verband. Obwohl es unwahrscheinlich war, dass seine Claudia hier in Rom sein sollte, musste er der Sache auf den Grund gehen. Claudia in Rom, die sonst nie ihr geheiligtes und über alle Einwände erhabenes Würzburg verließ. Für sie war alles ab dreißig Kilometer um die Stadt herum Ausland.

Die S8 Richtung Gianicolense rumpelte auf die Brücke und teilte die beiden Gehsteige hinter sich. Die Straßenbahn stoppte. Ein Rückstau verhinderte ein zügiges Überqueren, da sich am Ende der Brücke viele Menschen ins Nachtleben stürzten. Heinlein zögerte, ob er sich in das Getümmel begeben sollte, doch dann erkannte er plötzlich jemanden inmitten der Menge. Er beschleunigte seinen Schritt, rannte auf den Pulk der Passanten zu, die auf die nächste Grünphase hofften. Er hatte noch nicht einmal die Hälfte der Brücke erreicht, als sich die Gruppe an der Ampel auflöste und die ihm so vertraute Person im Gewühl verschwand. Was um alles in der Welt hatte Pia hier zu suchen?

Claudia stand heulend auf der Ponte Garibaldi, während sich die S8 wieder in Gang setzte. «Das ganze Haushaltsgeld für den Monat … Schecks, EC-Karte und Ausweise … alles weg … der Schorsch wird mich …»

«Nichts wird der Schorsch», beruhigte sie Pia, «dem werden wir die Löffel lang ziehen, wenn wir ihn kriegen. Verdammt, irgendwo muss der sich doch rumtreiben.»

«Das war eine absolute Schnapsidee von dir. Warum um alles in der Welt soll der gerade in Rom sein?»

«Wo soll er denn sonst hin sein, dein ‹Giorgio›?! Kein Wunder, dass das irgendwann mal passieren musste, wenn ihm der Kilian die ganze Zeit mit seinem Italien den Kopf verdreht.»

«Aber was sollen wir denn jetzt machen? Ganz allein in Rom, ohne Geld … und kennen tun wir ja auch niemanden.»

«Jetzt stell dich nicht so an, Mensch. Sei doch froh, dass du endlich mal aus deinem Einerlei rausgekommen bist. Jeden Tag nur Kinder, Haushalt und Nachbarn. Die Welt hat mehr zu bieten als das.»

«Das ist aber *meine* Welt. Verstehst du? Der Schorsch und ich haben lange dafür arbeiten müssen. Und wir fühlen uns wohl.»

Pia verdrehte die Augen. «Wie man sieht.»

Ein erneutes Schluchzen überfiel Claudia. «Das kann doch jetzt nicht alles vorbei sein. Was habe ich nur falsch gemacht?»

«Beruhige dich. Du hast nichts falsch gemacht. Dein Schorsch nimmt sich halt mal 'ne kleine Auszeit. Das braucht jeder mal.»

«Aber ich nicht!», unterbrach Claudia. «Und er verdammt nochmal auch nicht. Er trägt Verantwortung, hat Familie und 'nen Job. Das kann man doch nicht einfach sausen lassen. Ich versteh das nicht.»

«Na ja, vielleicht stimmt's in einer anderen Sache nicht mehr so ganz … Männer, du verstehst.»

«Was meinst du?»

«Was soll ich schon meinen? Sex, natürlich.»

«Da gibt's nichts zu bemängeln.»

«Und er?»

«Er hat sich nie beschwert.»

«Dann wär es eh zu spät.»

«Du meinst, er hat 'ne andere? 'ne Italienerin?»

«So weit muss es noch nicht sein. Könnte aber.»

«Neeeein.»

«Entschuldigung Sie, können wir behilflich sein?», fragte ein Italiener in Begleitung eines Freundes. Das Lächeln auf seinen Lippen versprach das Ende aller Sorgen in dieser Stadt der Städte.

XIII.

Vor uns erhob sich der Thron der Welt; auferstanden aus dem Staub des Circus*, den Caligula auf dem Areal der vatikanischen Felder hatte bauen lassen. Das Blut der frühen Christengemeinde war an diesem Ort zur Belustigung der Römer fässerweise ins Erdreich geflossen und hatte damit eine fruchtbare Saat gelegt. Hätten die Kaiser und Könige damals geahnt, was sie damit anrichteten, so wäre vielen unschuldigen Kindern des Herrn der Tod erspart geblieben; genauso wie der Nachwelt die Erfolgsgeschichte des Christentums, das von hier aus aufgebrochen war, die Erde zu erobern.

Die Fassade des Petersdoms erstrahlte im ehrerbietenden Schein; sie trotzte dem schwarzen Nachthimmel mit dem Glanz der ewig währenden Kirche. Hunderte hatten sich davor auf dem Petersplatz eingefunden. Sie warteten auf die letzte Abstimmung des Tages, die in der angrenzenden Sixtinischen Kapelle in Kürze stattfinden sollte.

Ninian führte Alvarez und mich zum linken Torbogen, der ins Innere des vatikanischen Territoriums führte. Hier wachte die Schweizergarde. Der Kommandant stapfte wütend auf uns zu, als wir die Absperrung passierten. Ninian wies uns an zu warten, er würde mit ihm sprechen. Ich beobachtete den Schweizer, der Ninian offensichtlich kannte und dem gar nicht so recht war, was von ihm verlangt

* Rennbahn.

wurde. Seine Gesten verrieten, dass es ihn den Job kosten könnte, uns Zutritt zu gewähren. Es dauerte lange, aber es gelang, und er winkte uns, schnell durchzugehen.

«War gar nicht so einfach», sagte Ninian. «Ich musste versprechen, dass ich seiner Mutter, wenn es mal so weit ist, in meiner Kirche das Requiem halte.»

«Ist Yasmina bei ihm vorbeigekommen?», fragte ich.

«Ja, Benedetti hat Anweisung gegeben, sie durchzulassen.»

«Dann sollten wir schnell machen. Ist es noch weit?»

«Nein, der Eingang zu den Scavi ist gleich da vorne.»

«Aber die sind doch verschlossen», warf Alvarez ein, der alle Mühe hatte, uns zu folgen.

Wir mussten uns beeilen, den dunklen Innenhof zu überqueren, ohne dass uns ein weiterer Wachmann stellen konnte.

«Die Bestattung seiner Mutter auf unserem Friedhof war der Preis für die Kombination und den Schlüssel», sagte Ninian.

«Was man nicht alles für das Seelenheil tut», fügte ich hinzu.

«Auch dir, Kilian, würde ein wenig mehr Demut nicht schaden», sagte Alvarez. «Wenn dein Namenspatron gewusst hätte, wer in seinem Namen alles Schindluder treibt, wäre er bestimmt an Würzburg vorbeigezogen.»

Ich quittierte die Schelte. «Und Christus wäre statt nach Jerusalem nach Indien gegangen, wenn er geahnt hätte, was nach seinem Tod alles passiert. Dort wäre er wahrscheinlich zum Hinduismus übergetreten und hätte ein langes, glückliches Leben am Ganges geführt.»

«Seid endlich still, wir sind da.» Ninian führte den Schlüssel in das Schloss, auf dessen Tür «Scavi» und darüber «Ufficio» stand. Den Schlüssel hinterlegte er in einer

Ecke. Der Kommandant würde gleich danach den Schlüssel an sich nehmen und die Tür wieder versperren. Von da an wären wir auf uns allein gestellt. Es gäbe keine Hilfe und kein Entkommen aus der Nekropole, dieser Stadt der Toten, tief unterhalb des Petersplatzes.

Der Weg führte über eine Treppe hinab zu einer Tür aus mehrfach verstärktem Glas, die mit einem elektronischen Schließsystem gesichert war. Ninian rief die ihm zugeflüsterte Zahlenkolonne aus dem Gedächtnis ab und tippte sie auf dem Display ein. Der gläserne Flügel fuhr zur Seite. «Schnell», befahl er, «die Tür schließt sich automatisch nach ein paar Sekunden.»

Wir betraten das unterirdische Reich der Toten. Das Licht war schummrig und der Boden weich, als liefen wir auf dünner Erde, die die noch feuchten Leiber der Märtyrer bedeckte. Ein modrig-warmer Geruch stieg mir in die Nase. Fürwahr, hier war der Tod zu Hause; mit ihm die Legende, und ich erinnerte mich an die Schilderungen Ninians über die vermutlich sichere Grablege des Petrus.

Schließlich war es aber egal, sagte ich mir, ob dort die Knochen eines Heiligen oder die eines Tieres seit fast 2000 Jahren angebetet werden. Der Glaube bezieht seine Substanz aus der Notwendigkeit, *glauben zu wollen.*

Ich erinnerte mich aber auch an die Legenden, die seit 1300 Jahren über meinen Namenspatron Kilian gestrickt wurden. Ob er nun wirklich als Bischof erst nach Rom gereist war, um sich die Genehmigung zur Missionierung (des bereits christlichen) Frankens einzuholen, oder ob er mit zwölf statt mit zwei Begleitern unterwegs war und ob er tatsächlich von der bösen Gailana gemeuchelt wurde oder von einem fanatischen Heiden, ist im Nachhinein sekundär. Was bleibt, ist der Mythos eines Helden, auf den sich alles begründet.

Wir passierten auf dem schmalen Weg Grabmal um Grabmal. Meistens handelte es sich um enge Kammern, die durch eine Öffnung vom Gang aus einsehbar waren. An ihrer Seite führte eine Treppe zur Decke, die als Zugang diente. Zeichneten sich die ersten Mausoleen auf unserem Weg durch karge Rundbögen und blankes Erdreich aus, änderte sich dies schnell, je weiter wir vorstießen. Prachtvolle Mosaiken römischer Jagdszenen, Fresken mit Szenen aus der griechischen Mythologie und kunstvoll verzierte Sarkophage zeugten von den Leidenschaften der Verstorbenen zu Lebzeiten.

Vor einer dieser Höhlen machte ich Halt. Sie unterschied sich von den anderen durch ihre Weiträumigkeit und auffallende Dekorationen ringsum.

«Das ist das Mausoleum des Gaius Valerius Herma», erklärte mir Ninian. «Es ist bezeichnend, dass du gerade vor diesem Grabmal stehen bleibst.»

«Wie meinst du das?», fragte ich ihn.

«In diesem Raum kommt viel zusammen. Dort ein Sarkophag für die Bestattung eines Christen, drüben an der Wand verzierte Aussparungen für die Urnen der Heiden, die die römischen Götter verehrten; Stuckreliefs von anderen Gottheiten und den Vorfahren der Verstorbenen. Das spricht für ägyptische Einflüsse. Du siehst, hier liegen drei Religionen einträchtig beieinander, die sich im Laufe der Zeit gegenseitig befruchteten und zumindest am Anfang kein Problem miteinander hatten. Innerhalb eines einzigen Familienclans gab es drei verschiedene Glaubensrichtungen.»

«Das nenne ich tolerant», sagte ich.

«Still, da vorne regt sich was», unterbrach Alvarez.

Ich ging voran. Der Weg verlief uneben, fiel ab, stieg an, wand sich. Ninian und Alvarez folgten mir. Die Stimmen vor mir wurden lauter und klarer. An der letzten Biegung machte ich Halt; blickte verstohlen um die Ecke. Da war Yasmina. Ihr gegenüber stand ein Mann an einer Tür mit gewundenen Gitterstäben und gekreuzten Palmzweigen darüber. Er hielt den Papyrus in seinen Händen, studierte, was darauf geschrieben stand, während Yasmina auf ihn einredete, die wahre Botschaft des Herrn ans Tageslicht zu bringen.

«Das ist Kardinal Benedetti», flüsterte Ninian mir zu. «Ich verstehe immer noch nicht, was sie mit ihm zu schaffen hat. Sie gehört zu …»

Ich bedeutete ihm, ruhig zu sein, damit ich verstehen konnte, was da vor sich ging. Womit ich nicht rechnete, war Alvarez. Er schritt an mir vorbei, ohne dass ich ihn hätte zurückhalten können.

«Schlangenbrut!», rief er und humpelte auf die beiden zu.

Benedetti und Yasmina schauten überrascht auf. «Alvarez?! Was zum Teufel machst du hier?», fragte Benedetti.

«Gebt mir, was ihr gestohlen habt», befahl Alvarez.

«Gestohlen?», antwortete Yasmina. «Du hast nicht mehr alle Sinne beisammen, alter Mann.»

Alvarez zischte sie an. «Schweig, Yasmina. Du weißt nicht, wessen Dienerin du bist. Die Lüge und der Betrug ist sein Geschäft. Er wird auch dich hintergehen.»

Benedetti ging auf Alvarez zu. «Bruder, lass die Vergangenheit ruhen. Sie ist unveränderlich. Ja, es stimmt, ich habe manches getan, das mich heute nicht mit Stolz erfüllt. Der Herr möge mir gnädig sein. Aber die Dinge haben sich gewandelt. Du hast es selbst erlebt, gestern auf dem Platz, als du dich gegen Armbruster erhoben hast. Ich war auf deiner Seite, ich habe dich gewähren lassen, ich wollte, dass du sprichst, wie viele Hunderttausende in der ganzen Welt.

Ein Sturm ist losgebrochen, der die Welt erschüttert, sie zur Umkehr ermahnt. Die Zeit des Wandels ist gekommen, jetzt endlich, nach all den Jahren der Willkür und der Erstarrung in unserer Kirche. Deine Worte kamen aus dem Herzen, aus tiefster Überzeugung unseres Glaubens …»

«Ich glaube dir nicht», unterbrach ihn Alvarez. «Deine Worte sind die einer Schlange; sie winden sich nach allen Seiten, suchen den Vorteil, der dich voranbringt, bis auf den Thron des Petrus. Du hast keine Erneuerung dieser Kirche, dieser Welt im Sinn. Nein, du willst alles beibehalten, wie es ist, und es nach deinen Plänen sogar noch verschlimmern. Das ist die Wahrheit, die ich sehe.»

Ninian drängte an meiner Seite vor; ich hielt ihn zurück. Solange sich Benedetti und Yasmina überlegen fühlten, würden sie frei sprechen und diese Charade demaskieren. Das war ein Fehler, denn ich erkannte zu spät, was Yasmina in ihrem Rücken vorbereitete.

Benedetti ließ nicht locker und versuchte Alvarez von seiner Redlichkeit zu überzeugen. «Bruder, wir beide gemeinsam können etwas bewirken. Ich lade dich ein, mit mir gegen die alten und mächtigen Kräfte in dieser Kirche vorzugehen. Mit der Botschaft des Papyrus werden wir sie in die Knie zwingen, sie aus unserer Mitte verjagen. Komm mit mir zu den Kardinälen. Sie warten.»

«Ich glaube dir nicht», widersprach Alvarez. «Du wirst die Botschaft des Herrn genauso unterdrücken wie zuvor. Denn sie setzt dir und deinesgleichen ein Ende. Sie ist das Ende aller Macht.»

«Genug!», ging Yasmina harsch dazwischen. «Wir müssen uns beeilen, bevor Kardinal Armbruster etwas bemerkt. Nehmen Sie den Papyrus und lesen Sie ihn den Kardinälen vor.»

«Armbruster», sagte Alvarez kopfschüttelnd und wandte

sich an Yasmina. «Verstehst du denn nicht, dass die beiden gemeinsame Sache machen? Der eine ist so schlimm wie der andere. Wenn du ihn jetzt ziehen lässt, ist alles dahin.»

Benedetti setzte erneut an. «*Er* ist euer Feind, unser aller Feind, den es zu schlagen gilt, nicht mich. Versteh das endlich.» Er rollte den Papyrus zusammen, steckte ihn in den Zylinder zu seinen Füßen und machte sich daran, in die Sixtinische Kapelle zurückzukehren.

Das war mein Einsatz. «Vorher sollten wir uns über die wahren Besitzverhältnisse des Papyrus im Klaren sein.»

Benedetti und Yasmina erschraken. «Kilian?», fragte sie.

«Ich bin von der Diözese Würzburg beauftragt, den Fund aus dem Grab am Kilianshaus an seinen Ursprungsort zurückzubringen», verkündete ich ganz im Stil eines deutschen Kriminalbeamten. «Was danach geschieht, müssen Sie innerkirchlich regeln, das ist nicht meine Sache. Darf ich nun bitten?»

Ich streckte die Hand aus. «Sie, Signora della Schiava, nehme ich hiermit wegen vierfachen Mordes an Pater Nikola und den drei Spaniern in der Via Villa Sacchetti fest. Die italienischen Kollegen sind informiert …»

Ich brach ab. In der Tür hinter Benedetti erschien ein Mann. Ich sah ihn vor allen anderen, aber nicht, was er in der Hand hielt. Das bekam Benedetti zu spüren. Augen und Mund verzerrten sich, der Zylinder glitt aus seinen Händen auf den Stein, langsam sackte er in die Knie.

«Du hinterhältiger Bastard!», rief Armbruster, während er den Dolch tief in Benedetti hineintrieb. «Noch einmal lasse ich mich nicht von dir bestehlen.»

Yasmina zögerte keinen Moment. Das karge Licht blitzte in der blanken, niederfahrenden Klinge auf; die Hand Armbrusters fiel, noch immer den Dolch umklammernd, zu Boden. Er griff sich an den Stumpf, aus dem sein Blut herausgepresst wurde, und starrte ungläubig auf seinen Henker.

«Du Hund!», schrie sie und hob das Schwert, bereit, zu vollenden, was sie begonnen hatte.

«Yasmina, halte ein!», schrie Alvarez. «Du versündigst dich.»

Kühl blickte sie Alvarez ins Auge. Ich stürzte auf ihn zu, stieß ihn weg und sah mich schließlich ihr gegenüber, Hand und Klinge angespannt.

«Kilian, du hast nicht den blassesten Schimmer, worum es hier geht. Wir sind am Anbeginn einer neuen Zeit. Mit diesem Papyrus werden wir ihrem Verrat an der Botschaft des Herrn ein Ende bereiten, ihnen die Soutanen, Edelsteine und falschen Lehren nehmen, um endlich das wahre Wort zu verkünden. So wie es geschrieben steht: *Und der Tag wird kommen …* Er ist da. Heute, nach zweitausend Jahren, ist der Herr mit Feuer und Schwert zurückgekehrt, um über jene zu richten, die sich in seinem Namen gegen ihn versündigt haben.»

«Und du bist sein Engel?», höhnte ich.

«Sein Werkzeug, das Schwert Gottes. Richten werde ich die Ungerechten in seinem Namen, als sein auserwählter Engel des Zorns.»

«Auch Nikola? War er schuldig? Warum musstest du ihn töten?»

«Er wusste, dass seine letzte Stunde geschlagen hatte und Flucht sinnlos war. Ich hätte ihn überall gefunden. Den Papyrus versteckte er an einem sicheren Ort, wie er glaubte. Das Einzige, was ihm blieb, war, das Geheimnis mit ins Grab zu nehmen, damit ich es nicht aufdecken konnte. Es war *sein* Wunsch, für unseren Herrn zu sterben. Ich erfüllte ihn. Er sprach das Glaubensbekenntnis, so wie ich es ihm aufgetragen hatte, und ich vollendete den Auftrag unseres Herrn.»

Ich konnte es nicht glauben, wie verbohrt diese Frau war. «Weil er dir den Papyrus nicht aushändigen wollte?!»

«Weil er dem Herrn vorenthalten hat, was ihm gehört.»

«Glaubst du, mit Benedetti wärst du anders gefahren? Er hätte dir den Papyrus weggenommen und ihn danach vernichtet.»

«Nein, er hat es mir aufs Kreuz versprochen, nicht wie dieser verräterische Hund Armbruster, der glaubte, mich betrügen zu können.»

«Wieso sollte er das tun? Du bist eine Frau, die in dieser Kirche nichts zählt.»

«Weil er gelesen hat, was geschrieben steht. Die Worte des Herrn … Aber genug jetzt. Die Zeit drängt.»

«Was hast du vor?», fragte ich in dunkler Vorahnung.

«Knie nieder!», befahl sie.

«Einen Teufel werde ich.»

Das Schwert fuhr hinab und erwischte mich am Knie. Ein Tritt folgte, und ich ging zu Boden.

«Sprich mir nach und bekenne: Ich glaube an den einen Gott, den Vater, den Allmächtigen …»

«Niemals!»

«Dann fahr zur Hölle.»

Die Klinge erhob sich wie in einem Albtraum, bereit, mich geradewegs dorthin zu schicken, wohin sie mich befohlen hatte. Ich schloss die Augen, konnte nicht glauben, was gleich geschehen sollte.

Ein dumpfes Geräusch, wie wenn Knochen auf harten Stein aufschlagen, erfüllte den Raum. Das Schwert fiel scheppernd vor meine Füße. Yasmina brach zusammen, auf die Knie, Auge in Auge mit mir, als das Blut ihre blonden Haare färbte und sie zur Seite kippte.

Ich blickte auf, sah Ninian vor mir, zitternd, mit dem Stein in der Hand. «O Herr, vergib mir.»

Alvarez trat auf ihn zu und nahm ihn in den Arm.

✸

Heinleins Suche war ergebnislos verlaufen. Erschöpft gelangte er auf die Piazza di S. Pietro, wo noch immer Hunderte Menschen ausharrten. Es war sein letzter Versuch, Pia und, was noch erstaunlicher wäre, seine Frau Claudia zu finden, sofern er sich nicht doch getäuscht hatte. Die Piazza war in schummrig orangefarbenes Licht getaucht; bis auf den linken Torbogen der Fassade, wo die rotierende Signallampe eines Polizeiwagens grelle Lichtfetzen aussandte. Vom Tiber her drängten sich Ambulanzen auf die Via della Conciliazione, um sich gleich darauf einen Weg durch die umstehenden Schaulustigen zu bahnen. Magisch davon angezogen, ging auch er darauf zu.

Auf Höhe des Obelisken stoppte er. Dieses Kichern kannte er doch. Es war ihm im gleichen Maße vertraut wie die Gesichtszüge seiner Frau, die sich blendend mit zwei Männern zu unterhalten schien. Neben ihr Pia.

«Das darf doch wohl nicht wahr sein», platzte es aus ihm heraus. «Ich renn mir die Hacken nach euch ab, und was muss ich sehen?!»

«Schorsch?!»

Claudia sprang auf, umarmte ihren Mann und drückte und küsste ihn, als hätte sie ihn seit Jahren vermisst. «Wo hast du nur gesteckt? Wir suchen dich schon den ganzen Tag.»

«Wie ich sehe, habt ihr euch Verstärkung geholt.»

Heinlein warf einen drohenden Blick auf die beiden Männer. Die Italiener mussten erkennen, dass es für sie nichts mehr zu holen gab, und verdrückten sich.

«Hallo, Schorsch», sagte Pia, «schön, dass wir dich endlich gefunden haben.»

«Was macht ihr hier?», fragte er.

«Na, was wohl?», entrüstete sich Claudia. «Haut wie ein kleiner Junge einfach von zu Hause ab, ohne ein Sterbenswörtchen zu sagen. Eigentlich sollte ich dir den Hintern versohlen.»

«Es wundert mich, dass du es überhaupt bemerkt hast», antwortete Heinlein lakonisch.

Claudia zeigte sich schuldbewusst. «Ja, ich weiß ... tut mir Leid. In letzter Zeit habe ich dich ganz schön vernachlässigt. Verzeihst du mir nochmal?»

Heinlein grinste zufrieden, fing sich aber schnell und machte auf überlegen. «Ich werde es in meine Erwägungen mit einbeziehen.»

Claudia trommelte auf seine Brust. «Du Schuft!»

«Hast du was von Kilian gehört?», schaltete sich Pia besorgt ein.

«Ich suche ihn schon den ganzen Tag, aber ich habe keine Spur von ihm. Langsam mache ich mir Sorgen.»

«Und Yasmina?», hakte Pia nach. «Gibt es von ihr was Neues?»

«Nein, auch nichts. Ich werde gleich morgen ...»

Heinlein brach ab. Aus dem Pulk um den Polizeiwagen trat jemand hervor.

Der Sanitäter hatte die blutende Wunde an meinem Knie mit ein paar schnellen Stichen und einem Verband versorgt. Ich konnte jetzt den Krankenwagen verlassen, der Platz wurde dringender benötigt. Armbruster war noch in den Scavi notärztlich versorgt worden. Er hatte viel Blut verloren und drohte ihnen wegzusterben, wenn nicht sofort der Blutverlust ausgeglichen würde. Für Benedetti kam jede

Hilfe zu spät. Das Messer hatte eine seiner Nieren durchbohrt. Der Schock und die inneren Blutungen gaben ihm den Rest. Blieb Yasmina. Schwache Lebenszeichen, hoher Blutverlust, Schädelbruch. Eigentlich hätte sie nicht mehr bewegt werden dürfen, so hauchdünn war ihr Lebensfaden. Während des Aufstieges aus der Stadt der Toten blieben ihr Lebenswille und ihre Seele zurück. Möge ihr Herr und Gott gnädig mit ihr sein.

Nachdem der Kommandant mit den beiden Polizeibeamten in die Scavi gekommen war und Ninian und Alvarez meine Schilderung zu den Vorkommnissen bezeugt hatten, ließ er mich unter Angabe meines Aufenthaltsortes vorerst laufen. Am nächsten Tag sollte ich auf die Kommandantur kommen und meine Aussage zu Protokoll geben. Dass auf mich noch immer eine Fahndung der deutschen Polizei lief, war ihnen gottlob unbekannt.

Ninian ging es weitaus schlechter als mir. Stumm und verstört hörte er die tröstenden Worte Alvarez'. Er wusste, dass er sich gegen das Gebot seines Gottes versündigt hatte. Hinsichtlich einer Absolution wegen Notwehr stand nichts in der Gesetzessammlung. Sie war meiner Ansicht nach dringend reformbedürftig. Trotz allem, Ninian fühlte sich verpflichtet, eine letzte Aufgabe zu vollbringen, bevor er sich in seine Kirche zurückziehen wollte, um die Vergebung seiner Schuld zu erbitten. Er nahm den Zylinder an sich und verschwand mit Alvarez im Labyrinth der Totenstadt.

«Kilian!», hörte ich von entfernt.

Als Erste erkannte ich Pia. Sie stürzte auf mich zu und warf sich mir an den Hals. «Hey, mach langsam», beruhigte ich sie, «du küsst einen schwer verletzten Mann.»

«Du bist verletzt?», fragte sie besorgt und musterte mich.

«Nicht der Rede wert, nur eine kleine Schramme. Aber trotzdem gefährlich», scherzte ich.

«Da bist du ja endlich», empfing mich Heinlein, in seinem Arm Claudia.

«Was ist denn hier passiert?», fragte ich. «Wo kommt ihr auf einmal alle her?»

«Wir haben uns Sorgen gemacht!», lautete der einstimmige Kanon.

«Um mich?»

Pia versetzte mir einen Klaps in die Seite, Heinlein nahm mich in den Schwitzkasten, und Claudia besorgte die Kopfnuss. «Um wen denn sonst?»

«Okay, ich geb auf. Lasst los ... Wie wär's, wenn ich euch jetzt alle zu einem original römischen Abendessen einlade?»

«Gibt's da auch was zu trinken?», fragte Heinlein.

Wir nahmen uns ein Taxi Richtung Trastevere. Ich blickte nochmals zurück. Zwei Sanitäter schleppten eine Bahre zum Wagen. Die Last war provisorisch unter einer Decke verborgen. Eine blonde Haarsträhne mit blutiger Spitze schaute darunter hervor.

✱

Alvarez stand im Kreis der Kardinäle. In seinen Händen hielt er ausgebreitet den Papyrus. Ninian saß abseits, hatte sich ganz in sich zurückgezogen, betete.

Alvarez erhob die Stimme.

«Dies sind die Worte Jesu, des Nazareners, des Königs der Juden. Angeklagt des Aufruhrs und der Verhetzung, verurteilt zum Tode am Kreuz. Aufgeschrieben von Pontius Pilatus, römischer Statthalter und oberster Richter, seinem Henker und dem Knecht seines letzten Willens.

Und Jesus sprach: So höre, mein Volk Israel. Geben will

ich dir den Schlüssel zum Himmelreich meines Vaters, deines Herrn. Ein jeder hüte ihn mit aller Sorgfalt, denn am letzten aller Tage wird er dir das Schloss öffnen. Darum befolget, was ich euch im Namen meines Vaters gebiete. Wehe dir, o Israel, solltest du dich nicht würdig zeigen.

EIN JEDER SEI FREI, NIEMANDES KNECHT.

BAUET KEINE TEMPEL, REISSET DIE ALTEN NIEDER, DENN DIE ZEIT IST NAHE.

NIEMAND ERHÖHE SICH ÜBER DEN ANDEREN. WER GLAUBT ZU BEFEHLEN, DEM WIRD BEFOHLEN. ALLE MACHT IST IN MEINEM VATER.

LIEBET UND EHRET DAS LEBEN; EIN JEDES, GLEICH SEINER ART. DENN DAS LEBEN IST IM VATER UND KOMMT VON IHM.

FOLGET NIEMANDEM UND SCHICKT DIE EUCH FOLGEN AUF IHREN EIGENEN WEG ZU MEINEM VATER.

DAS WEIB SEI DEM MANNE GLEICH. BEIDE SOLLEN MEINEM VATER DIENEN, DENN ES GIBT KEINEN UNTERSCHIED ZWISCHEN IHNEN.

REDET NICHT WIE EIN RABBI. EURE TATEN SOLLEN LIEBE SCHAFFEN. BARMHERZIGKEIT WILL ICH, KEINE OPFER.

GEBT EUER HAB UND GUT FORT. LASSET ALLES ZURÜCK, DENN NICHTS IST JEMALS EUER EIGEN. WER IN SEIN REICH EINKEHREN WILL, SEI NACKT.

WERDET VORÜBERGEHENDE.

SEID BEI MEINEM VATER OHNE UNTERLASS. WEHE DEM, DER DAZWISCHENGEHT. BRENNEN WIRD ER IN ALLE EWIGKEIT. AMEN.»

Alvarez schloss die Rede. Behutsam drehte er den Papyrus und zeigte reihum allen, was sich darauf befand.

Neben der Unterschrift des Pontius Pilatus und einem verblichenen Siegel war in das Material ein dunkelbrauner Fleck eingedrungen. Von ihm gingen fünf längliche Streifen in der gleichen Farbe nach oben und leicht zur Seite weg. Bei näherer Betrachtung war eine Hand erkennbar. Darunter in der Schrift des Pilatus fünf Buchstaben – JESUS von Nazareth.

Ehrfürchtiges Erstaunen erfasste die Kardinäle. Manche bekreuzigten sich und wandten sich beschämt ab. Alvarez rollte den Papyrus zusammen und steckte ihn zurück in den Zylinder. «Ihr habt die Worte unseres Herrn gehört. Nun tut, wie er euch befohlen. Und ich warne euch, tut ihr es nicht, dann werde ich sie nochmals sprechen – vor aller Welt, immer und immer wieder, bis dass der Letzte von euch aus seinem Amt verschwunden ist und kein Stein mehr auf diesem Tempel steht.»

Mit dem Papyrus unter dem Arm humpelte er zu Ninian, der an der Seite auf ihn wartete. Wie zwei alte, müde Männer, die sich das letzte Mal in einer Schlacht bewiesen hatten, gingen sie zum Ausgang. Dahinter die Kardinäle, noch immer schweigend, das Gehörte mühsam verdauend.

«Alvarez!», rief Veroni.

✱

DIE STUNDE, IN DENEN ICH DIESE ZEILEN FÜR EUCH SCHREIBE, WERTE BRÜDER, IST DIE STUNDE MEINES SCHICKSALS AM LANG ERSEHNTEN

ziel meiner gottgefälligen reise. mit mir harren seine treu ergebenen söhne, meine brüder aed und tadg, gemeinsam im gebet versunken auf die hand des henkers. wir fürchten sie nicht, denn nichts kann sie uns nehmen, aber alles geben.

meinen sohn chamar, der im schutze der dunkelheit zu mir geschlichen kam, werde ich nun zu euch schicken, während die hunde des satans vor meiner tür die wahrheit bedrohen. ihm werde ich geben, was ich in eurem auftrag erhalten und all die jahre vor den feinden unseres herrn jesus christus beschützt habe. möge er sich in meinem namen als würdig erweisen.

betet für die verirrte seele bruder wilfrids. der herr möge ihm vergeben, denn seine hand wird das schwert gegen uns führen.

der herr segne euch.

XIV.

Die Glocken der Stadt trieben mich aus dem Bett.

Ich öffnete die Fensterläden, und ein strahlender Morgen blendete meine Augen, als sähe ich das Licht der Welt zum ersten Mal. Ich trat auf den Balkon hinaus.

«Moin», sagte Heinlein trocken, als sei's das Natürlichste auf der Welt, mich in aller Frühe nackt auf einem Balkon in Rom zu treffen. «So früh schon auf den Beinen?»

Ich blickte verschlafen zu ihm hinüber. «Was ist das für ein Lärm?»

«Entweder brennt's, oder sie haben einen neuen.»

«Was meinst du?»

«Da drüben steigt Rauch auf.» Er zeigte Richtung S. Pietro. Tatsächlich, eine weiße Rauchfahne behauptete sich tapfer gegen den blauen Himmel.

«Dann haben wir wohl wieder mal was verpasst», sagte ich mit einem langen Gähnen.

«Ich nicht», antwortete Heinlein verschmitzt, und die Erklärung folgte auf dem Fuß. «Giorgio, wo bleibst du denn? Ich hol mir noch 'ne Erkältung. Komm wieder ins Bett.» Ein breites Grinsen in seinem Gesicht sagte mir, dass sie in der vergangenen Nacht nicht gleich eingeschlafen waren.

Ich allerdings auch nicht. «Kiliano», zirpte es hinter mir. «Ja, gleich», antwortete ich ihr. «Sofort!», befahl sie.

«Na, dann bis später», schmunzelte Heinlein. «Gutes Gelingen», wünschte er mir noch und zog sich zurück.

Noch bevor ich es ihm gleichtun konnte, fuhr unten auf der Straße eine schwarze Limousine vor. Der Fahrer stieg aus, klingelte und sprach mit Enzo, der ihn jedoch abwimmeln wollte. Der Mann war widerspenstig, er bestand auf seinem Anliegen und verwies auf die knappe Zeit. Enzo ließ sich überzeugen, trat hinaus aufs Pflaster, und als ob er genau gewusst hätte, dass ich sie beobachtete, schrie er zu mir herauf. «Kiliano, du verschlafener Straßenköter, komm runter, der Pfaffe will dich abholen!»

«Er soll später wiederkommen!», schrie ich zurück.

«Er sagt, wenn er ohne dich zurückkommt, würde er exorziert!»

«Auch gut. Einer weniger!»

Der Mann blickte zu mir nach oben. «Bitte!»

Zehn Minuten später saß ich bei ihm im Wagen. Ziel: Petersplatz. Mehr war aus dem verstockten Bruder nicht herauszubekommen. Ich stieg im Innenhof von S. Pietro, auf der linken Torbogenseite, wo ich noch ein paar Stunden zuvor aus dem Reich der Toten hinaufgestiegen war, aus dem Wagen. Er wies mich an, ihm zu folgen. Durch den Torbogen betraten wir den Petersplatz. Eine riesige Menge hatte sich versammelt, deren vielstimmiges Gemurmel erst wieder zu hören war, nachdem die letzte Glocke des Domes verklungen war, so wie alle anderen in dieser Stadt.

Der Mann führte mich zu meinem Platz, vorbei an Kardinälen, Staatsgästen, Politikern und zahllosen Kameras. Zugegeben, einen derartigen Auftritt hatte ich noch nie. Gespannt warteten hunderttausend Menschen, bis ich an meinen Platz angelangt war. Kaum hatte ich mich zurückgelehnt, musste ich schon wieder aufstehen. Über mir auf dem Balkon trat ein Kardinal ans Mikrophon. Er besänftigte mit einer Handbewegung die Massen und verkündete: *«Habemus papam!»*

Stürmischer Applaus antwortete ihm.

Dann fuhr er fort. *«Reverendissimum sacerdotem Do-*

minum Joannem Alvarez qui sibi imposuit nomen Chilianum» *

Die Menge jubelte frenetisch, schwenkte Fähnchen und erwartete den Auftritt des neuen Papstes. Ich war weniger gespannt. Dennoch blickte ich nach oben. Dann verschlug es mir den Atem. Im edlen und vor allem sauberen Gewand eines Papstes trat Bruder Alvarez heraus. Er war nicht wiederzuerkennen.

«Papst Kilian», sagte einer neben mir, den ich nicht beachtete, da ich wie festgenagelt Alvarez' Auftritt verfolgte. «Ein ungewöhnlicher Name. Finden Sie nicht auch?»

«Ja, sehr ungewöhnlich», antwortete ich.

Dann spendete der neue Papst den Segen *urbi et orbi* auch über mein Haupt.

Nachdem ich ein paar Gläser im exklusiven Rahmen eines Papstempfangs zu mir genommen hatte, ließ mich Alvarez in die vatikanischen Gärten bringen. Ich wartete eine ganze Weile, bis er endlich auftauchte.

«Tut mir Leid, Kilian», sagte er, «aber daran muss ich mich erst gewöhnen, dass jeder etwas von mir will.»

«Und ich, dass du jetzt Papst bist. Wer hätte das gedacht», antwortete ich.

«Ich habe den Kardinälen gedroht, den Papyrus zu veröffentlichen, wenn sie nicht die Worte Jesu befolgen. Zuerst waren sie wie erschlagen, dann keimte ein letzter Widerstand auf, bis Kardinal Veroni die Idee einbrachte, mich als nächsten Papst vorzuschlagen. Er meinte, wenn ich sie schon erpresse, dann soll ich doch den Job gleich selber machen. Mal sehen, wie lange ich das durchhalten würde.»

* «Den Hochwürdigsten Priester, Herrn João Alvarez, der sich den Namen gab: Kilian»

«Was geschieht jetzt mit dem Papyrus?»

«Er ist gut aufgehoben.»

«Das heißt, du willst ihn nicht veröffentlichen?»

«O doch, irgendwann schon, wenn die Zeit reif dafür ist. Bis dahin ist er gut aufgehoben. Ich habe gerade einen vertrauenswürdigen Boten, den guten Ninian, in geheimer Mission damit losgeschickt. Wer weiß, wie lange ich noch lebe. Feinde habe ich mir ja genug gemacht. Sie lauern an jeder Ecke, bereit zuzuschlagen, wenn es ihnen befohlen wird. Ein Menschenleben gilt da nicht viel, selbst das eines Papstes nicht.»

«Fürchtest du sie?»

«Ja und nein. Auf der einen Seite habe ich das Amt nur unter der Voraussetzung angetreten, dass ich die Worte unseres Herrn Jesus Christus befolgen und sie Schritt um Schritt in dieser Kirche umsetzen werde. Dazu braucht es Macht, und die hat nun mal leider nur der Papst. Auf der anderen Seite freue ich mich auf diese Aufgabe. Kannst du dir vorstellen, wie diese Gemeinschaft des Herrn in ein paar Jahren aussehen kann?»

«Ehrlich gesagt, nein.»

«Es wird ein großes Experiment werden. Ich wünschte nur, dein seliger Namenspatron Kilian hätte das noch erlebt. Er wäre wie ein echter Ire aufgesprungen, hätte sein Pint in einem Schluck geleert, bevor er eine schöne Frau in den Arm genommen und mit ihr bis zum Morgen getanzt hätte. Dann aber hätte er sich beeilen müssen, damit er rechtzeitig zum Morgengebet zurück ist.»

Wir beide mussten lachen bei der Vorstellung.

«Wieso hast du seinen Namen angenommen?», fragte ich.

«Gibt es einen besseren, der mehr Freude im Glauben ausstrahlt, als der unseres alten Freundes?»

«Ich denke nicht. Es war eine gute Wahl.»

Es war Zeit, und ich erhob mich. «Ich werde dich jetzt wieder mit deinen Gästen feiern lassen. Zu Hause wartet jemand auf mich. Um genau zu sein, sind es drei.»

«Drei Frauen?»

«Nein, nur eine. Die anderen sind Freunde.»

«Frauen», sagte Alvarez nachdenklich, «das wird einer meiner ersten Beschlüsse sein. Es wird allerhöchste Zeit.»

Ich wollte schon gehen, als mir doch noch die eine, entscheidende Frage einfiel, die mir auf der Seele brannte.

«Was steht nun eigentlich in diesem Papyrus geschrieben?»

«Ich habe eine Kopie hier im Vatikan. Du bist eingeladen sie mit mir zu lesen und, was noch entscheidender ist, die Botschaft des Herrn in die Welt zu tragen.»

«Ich, ein Missionar der Kirche? Beim besten Willen ...»

«Du wärst erstaunt, glaube mir.»

«Später, vielleicht. Bis dahin warte ich ab, ob du deine Pläne tatsächlich in die Tat umsetzt oder ...»

«Du meinst, die Macht würde mir den Kopf verdrehen?»

Ich nickte. Alvarez blickte zu Boden, suchte etwas. In einem achtlos weggeworfenen Stück Papier fand er es. Er nahm es auf, zerknüllte es zu einem kleinen Ball und legte es auf eine Bank.

«Feuer», befahl er. Mein Zippo schnappte auf und zündete. Die Flamme verzehrte das Papier.

«Sic transit gloria mundi – so schnell vergeht der Ruhm der Welt», sagte er.

Ich verstand, er musste sich beeilen.

So auch ich. Ich umarmte ihn und machte mich auf den Weg.

«Kilian!», rief er mir nach.

«Ja?»

«Komm nächste Woche zur Beichte. Ich wette, dein Konto ist randvoll.»

✵

Es war ein schöner Tag – hell, klar und warm. Genauso, wie ich mir meine weitere Zukunft vorstellte. Es würde eine gute Zeit werden, dessen war ich mir sicher, selbst wenn es im Moment nicht danach aussah. Mein finanzielles Tief und die drohende Arbeitslosigkeit würden aber bald der grauen Vergangenheit angehören. «Der Wille ist der Schlüssel zum Erfolg», hörte ich meine innere Stimme sagen. Und sie hatte Recht. Ich besaß genug davon, um nicht den Kopf in den Sand zu stecken. Irgendetwas würde sich bestimmt ergeben. Ich musste nur auf sie hören.

Als ich die vatikanischen Gärten verließ und die Stufen zur Piazza di San Pietro nahm, durchschnitt ein Schuss die Stille. Er kam, woher ich gekommen war. Tauben schreckten flatternd in die Höhe und flohen in weitem Bogen von diesem Ort.

Exitus

CHRISTUS VINCIT
CHRISTUS REGNAT
CHRISTUS IMPERAT
CHRISTUS ABOMNI MALO
PLEBEM SUAM
DEFENDAT

Christus siegt
Christus regiert
Christus herrscht
Christus schütze
sein Volk vor allem
Bösen.

Inschrift auf dem Obelisken vor der Basilika di San Pietro.

Danksagung

Dieses Buch wäre ohne die freundliche Hilfe verschiedener Personen nicht zu bewältigen gewesen. Mein besonderer Dank gilt: Dr. Jürgen Lenssen, Prof. Klaus Wittstadt und Pater Ulrich für die Unterstützung bei der Recherche, Dr. Thomas Tatschner für die gerichtsmedizinische Beratung, Rainer Seelmann für die Übersetzungen ins Lateinische, Pia Wenzel für die Korrektur und Tina L. fürs Lesen und den guten Rat. Bernd für die Hilfe am PC.

Antrieb, Ermutigung und gnadenlose Kritik verdanke ich meiner Freundin Blanka. Ohne sie wäre ich im Wust der umfangreichen Literatur, des wiederholten Plottens und der zahlreichen Überarbeitungen kläglich untergegangen.